操盘手Ⅱ

骑士精神

花荣○著

人民东方出版传媒
東方出版社

目录 contents

（下）

序
敢上九天揽月　敢下五洋捉鳖

玩儿惯了钱后，再让我玩儿段文字，不是很习惯。但看在钱的面子上，看在花荣替我挣了不少钱，我这个被媒体称为“大鳄”的人拿起了笔。原来是想让办公室秘书写，最后我签个名字，但花荣不同意，他说：“写得好坏不重要，胡说八道也没关系，关键是要借胜利者的手气。噢，现在圈内不流行说成功者和争议者，流行说胜利者。胜利者只在一时，不像前两者。说不定读者也会这么想，否则不如请个社会名流或者当官的人写。”但是这从何谈起呢？那就从认识花荣的时候谈起吧，反正没有题目，胡说八道也没关系。

最先认识花荣是因为90年代的那场期货大战。那时的资金实力当然没有现在强大，但以当时的标准看还是可以的，北京的几个朋友约我，说郑州期货市场非常热闹，一群国有企业的“土豹子”在做期货绿豆，由于是产区，他们以做空为主，却没什么风险意识，这样大家可以结伙，出其不意地劫一票“生辰纲”。为慎重起见，我先派了个探子摸摸水。他简短回复说：“钱多、人傻、快去。”于是，哥几个集中资金在一家新开的期货公司埋下雷，并在绿豆现货上动了些手脚。奇袭选在周一下午，对方毫不知觉，闪电战，过瘾！一下子就把对方打懵了。胜利来得就这么容易，这是“中原豹子”们第一次交纳这么高额的学费。据说因为亏损严重，一位博士老总被上级下了评语“志大才疏，不堪重用”，而远遁异国。几个粮食局长也因此换了地。其实这一点儿也不奇怪，“中原豹子”们毕竟是首次面对“东北虎”与“北京龙”的夹击。

后来，我们好久没有再在期货上玩，一直把精力放在全国认购原始股和俄罗斯边贸上面，但是打惯了仗，手痒，北京朋友说快两年了，估计“中原豹子”又养肥了，咱们再下山扫荡一次。这话正中下怀，探子回来说，“郑州城，除了多了几家商场，人的观念没有太大的变化。”大军就这样下山了。我们刚刚开满仓单，不利于我们的谣言立刻散遍市场，明显是预谋的，也是闪电战，不过这次是“中原豹子”把“北京龙”和“东北虎”给伏击了。亏得吐血，在俄罗斯卖得那么多货全都在这几天扔在了“中原豹子”的手里。后来一打听，原来对方请了军师，一直在等待报仇的机会。而这位军师——就是花荣，当时我恨透了这家伙。

好一阵子没缓过劲儿来，股市征战也不顺，连买的原始股都套，再后来，市场的几次机会也没抓住。我喜欢足球，发现球队一连续踢，踢得不好就换主教练。对了，咱也需要换人啦，换手如换刀。而且，换就换狠的，谁进了咱家的球，咱就让他去进别家的球。

于是，我想到了花荣，北京有个家伙还不愿意，说海南操盘的能行吗？我说：“还牛，你小子亏得最惨的一次是亏给谁的？”他不吭声了。人穷志短，马瘦毛长。虽然过程有点别扭，但还是把人弄来了，北京的天终究还比较蓝。那阵子，北京机构从外地挖了不少人，京城几乎云集了全国的高手。有些人名气越来越大，但是名气越大的人就越容易出事。花荣是阴狠，表面不露。刚开始，他不爱说话，这点让我担心。中国的头儿不都是喜欢忠心又能干的主儿？忠心还得忠在明处，你不公开表明决心，谁知道你心里咋想的？偏偏他开始满仓买的股票“深科技”不涨，大盘涨了好久也不涨，他也不解释。正当我与他斗焖子快磨尽耐心的时候，乖乖，“深科技”开始了，一跃成为当年涨幅最大的股票之一。那年国庆节，我与花荣去海南开研讨会，参加会议的有不少齐达内（法国足球球星，光头）。开会时，花荣大肆鼓吹深圳三线股。会后，深市三线股果然暴涨，让人掉口水，原以为这下我发了，他鼓吹深市三线股，自己还不全买呀！结果一看我的一大堆账号，我差点被气疯了，全都是沪市的东大阿派，就像上面压了铁板，一动不动。我质问他，谁知他回答道：“我只管帮你赚钱，没办法又赚钱又按你的习惯买股票。”过了段时间，看着不动的东大阿派心烦，我就去了新马泰，刚回来就遇见大盘连续几个跌停板，同楼层机构都在那儿捶胸顿足，只有我们的小阿派天天嗖嗖地往上涨。

2001 年到 2002 年的股市通杀，我与花荣都受伤不轻，在北京越是实力大的人越倒菜，与花荣一起进京的几位侠客，不是灰飞烟灭，就是远走他乡，至今还能聚集狼群的，也就是我们了。我想这就是生存的能力，胜时有胜时的能力，败时有败时的能力。2002 年下半年，别人都不敢动的时候，花荣问我，“你是不是也不敢干啦？”“瞎掰！你说怎么干？”我相信了花荣，重仓杀进“中国联通”。杀对了，一年后又是一条好汉。

最令人难忘的是 2005 年。这年股改，多好的事情，那些经济学家们还反对？一天，我正在俄罗斯处理贸易业务，花荣给打来电话让我回国。我说：“正忙着，回不来，破股市是不是又要破 1000 点了，我回去也救不了它啦。”花荣说：“比起现在股市里的机会，百年难遇的发财机会，其他的，包括你卖的那些破烂儿都是瞎忙。从今天起，就该啥也不干，全力炒股。在历史低位买股票，还股改送股，这等好事全世界可就这一着儿，你会放着天鹅肉不吃？”

2006 年，过瘾！我们专买正在进行股改的股票，买一个连续涨停一个，真是“钱到用时方恨少”。我够贪的了，每一只股票不见 3 个涨停不拉倒。而我们重仓持有的“江苏阳光”已经 8 个涨停了，花荣说：“再等等，说不定能十几个涨停，你看价格多低呀，换手这么大，基金经理还在抢呢。”最后，我们在第 11 个涨停出货。

我心中大为畅快，但花荣却一反常态，愁眉苦脸，说话也不刺人了，一问才知道，原来他的牙莫名其妙掉了一颗，肯定是让这么多涨停板咯掉的。我赶紧大张罗一番，这样生态才平衡。

我这人有个特长——喝酒，尤其喜欢喝那种辣喉咙的烈酒，这是在黑龙江部队时培养出的好习惯，对身体有好处。

2006 年年末，我们那时看好“工商银行”，银行每天那么多人排队，将来效益肯定不会差。中午，吃过饭，继续买“工商银行”，谁知买了好一会儿股价都不见涨，账户里钱也用不完。我打电话给花荣，问他怎么回事？结果，花荣回答说：“我的大哥，韩团长，已经涨停了呀，你又喝多了吧？等指数期货出来后，可不能这样买了呀……”

“不能这样买？等指数期货出来时，咱们再骑驴看唱本吧！”

著名机构投资者　韩军

2007 年 5 月

前言

修身赚钱助人玩天下

证券投资是伟大的职业，也是异常毁人的职业，如果你是股市投资者，一定对此深有感触。

现代社会，每个人都有事业和财富的梦想。相对来讲，男人、年轻人，更需要有一份责任，因为你的成功与否，将决定你的家庭的生活质量。如果你没有一个有钱的父亲，也没能遇上一位家财万贯的公主，那你别无选择，只有想办法让自己成为那个有钱的父亲，让你的女儿成为骄傲的公主。

这样，“修身，赚钱，助人，玩天下”就成为现代人的人生必要过程和最终目标！

无疑，我们生活在一个不可预见的社会，但也是一个意外之财随时发生的时代，任何人都不能无视“财富非常道”这一事实。然而，要想获得人生中的非常财富，必须学会新的生存方式，及时顺应社会的新变化。

目睹了新世纪的飞速发展，上世纪80年代，万元户是一个令人羡慕的称号，而现在一万元早已不是什么新奇的数字，许多人可以在一个星期内轻松赚到。在瞬息万变的当下，死守一份打工薪水远远不够，必须想办法获得第二份或者其他更快捷的收入。

股市则给聪明人提供了更快捷的收入渠道。

长久以来，中国人注重传统知识的学习，却忽视了胆识的积累。而“修身，赚钱，助人，玩天下”正是在股市积累胆识、实现精彩人生的四个步骤。

作为中国第一代职业操盘人士，一直想写一部关于中国股市专业投机原理的技术类书籍，这是因为，精研理论和亲身经历是人类积累胆识和提高技能的必经途径。

如果你爱他，送他去股市，那里是天堂；如果你恨他，送他去股市，那里是地狱。

在纷繁的股市秘闻中，精英投机高手是最变幻莫测、最引人入胜的人物。大家对于这些处于股市食物链最上端的猎食者又爱又恨。职业操盘手的命运不仅传奇，更具神秘性，一般人很难接触到，而本书演绎的正是他们的故事。

没有品尝过牛市浓浓的烈酒，没有经历过熊市漫漫的长夜，就很难对资本市场有充分全面的了解。

淘尽黄沙始见金，股市交易史正如一条不息的川流。江面的波澜与涟漪，或许更能吸引眼球，但真正负重致远的，却还在深层厚处。

股海江湖上的高手，莫不是从战斗中磨砺出来，在股海中翻过风起过浪的，给风刮过、被浪冲过的人都知道，股海江湖看上去似遍地金银珠宝，其实是一条惨金色大道，上了阵要拼杀流血。

股海江湖风云诡奇，谁练就出听风观浪的绝技，谁才可以在这条大道上捞到几笔。股海自有黄金屋，股海自有颜如玉，但是，请切记，如果没有正确的理论指导，没有上乘武功的研习，股海就不那么温柔了，美人鱼会变成大鳄鱼。

因此，希望读者读完本书，在“修身，赚钱，助人，玩天下”的途中少走弯路，在股海中让自己少留血，多钓几条为自己带来自由的大金鱼。

为了生活的精彩，家庭的幸福，把你的潜能多贡献出来一些吧！

花荣

2007 年 5 月

上

你累了没有，可否伸出双手。想拥抱，怎能握着拳头？我们还有很多梦没做，还有很多明天要走，要让世界听见我们的歌。准备好没有，时间不再回头。想要飞，不必任何理由。不管世界尽头多寂寞，你的身边一定有我，我们说过不管天高地厚。想飞到，那最高，最远，最洒脱；想拥抱，在最美丽的那一刻；想看见，陪我到最后谁是朋友？你是我最期待的那一个。

——武雄

第一篇
玄妙股神

良言难劝赴死鬼

这一天，明星基金经理方森，放下架子，与合伙人戚远约好拜访股市另一位高手。说到这位高手，非圈内人并不知晓，他不上电视、不开博客、不结交各界人士探听内幕消息。然而，在职业操盘手的圈内，流传着不少关于他的佳话。

其实，原本在方森建议拜会谢玄之前，戚远就曾多次约见谢玄。然而，谢玄离开北京已有一段时间，只身前往汶川灾区赈灾了。戚远心生疑惑："现在，大家都因为大盘下跌焦头烂额，谢玄却跑去赈灾，莫非他真如传言一般胸有成竹？看来，有必要见识见识股市里这般仙风道骨的人物啊。"

戚远，身份也定位为职业操盘手，但他行走江湖有自己的套路，他阅人无数，历经百战，游走于各色人物、各式内幕消息之间，探听真经，伺机而动。这也是他多年股市常青树的秘诀。

方森，原本是公募明星基金经理，备受赏识、前程无量，然而股市变幻莫测，他中途易主，投靠戚远，开创了盛极一时的好运来私募基金。

戚远人脉广泛、资源充足，方森股艺纯熟，二人不谋而合拜会谢玄，是因为这一对儿在股市所向披靡的黄金搭档，遭遇了2008年中国股市。

2008 年，中国股市跌宕起伏。从 2007 年第四季度的 6100 点一路下滑，最后跌至 1664 点，股民像乘上了死亡列车，一路下跌，残酷、刺激。

从大赚到暴亏，从喜悦的天堂跌到冰冷的地狱，从笑容满面跌到目瞪口呆。

暴跌、调整、再暴跌……在这残忍的一年，股民们体验到成长的剧痛，最终，也只有无奈地接受现实。电视这样报道：2008 年，股民的处境就像是身处大海中央，退一步，彩霞满天；进一步，恶浪滔天。然而道理易懂，事情难做，深陷股市，多数人还是宁愿跌得粉身碎骨，也不愿后退一步。

方森和戚远也未能躲过这场股灾。

和一般散户不同，方森和戚远早就嗅到股市的异常。但他们过于自信，坚持看好手中的个股，他们相信无论大盘怎么跌，只要手里的股票好，就有逆势上涨的可能。

一次，方森无意中看到记者采访谢玄的养子——玄天青，玄天青略显稚嫩的脸上有几分羞涩，看得出来是不善于打交道的个性，但语气却坚定有力、不容置疑，他回答道："今年的股市会异常残酷，弄不好许多股民人生中最重大的一次打击便发生在今年。我建议大家及时抽身。但是，我也清楚地知道，股市的魔力就在于，不赔光就难以醒悟，在劫难逃的命运好似注定的，良言难劝赴死鬼。希望今天的一番话，给您提个醒儿。"

方森还特意重复了一遍："良言难劝赴死鬼。哈哈，够自信的！"这时的方森，明显对玄天青的劝告十分不以为然。

5 月 12 日，汶川地震。这时，戚远和方森猛然察觉到市场的异样，他们立即商讨策略，最后决定出货。在还能出货的时候出去，防止承受不起的结果出现。出完货后，戚远看了一下市值，大概损失 30%。不过，躲过地震后的这段股市大跌，戚远和方森还是感到一丝庆幸。

回过神儿来细琢磨，方森意识到自己判断有误，对颇不以为然的谢玄和玄天青油然产生佩服之情，原来自己也是那一只"良言难劝赴死的鬼"啊。方森无奈地笑了笑，他感觉到此次战斗的力不从心，对未来走势也越来越迷惑，于是，他决定拜访谢玄，诚心讨教。此时，戚远也正苦于没有好办法挽回损失，二人便一拍即合。

谢玄一直忙于赈灾救灾，戚远和方森见到谢玄已经是 7 月中旬了，大盘这时也逐渐稳定了下来。

地点约在谢玄的操盘室趣园，一见面，戚远和方森就直奔主题："今天我们是来向您请教的，全方位、各层面的请教。首先是大盘，然后是个股机会……"

谢玄谦逊地笑道："别这么客气，咱们是同行，互相探讨，交换看法吧。"

戚远殷勤地为谢玄倒上一杯茶，说："今天，我们是真心诚意向您请教。"

谢玄接过茶壶，为他和方森各倒了一杯，不急不缓地说道："那我就实话直说了，熊市应该还未结束，弄不好会在现有的指数基础上，再跌一半。还记得 1994 年吧，后面的那一跌更惨烈。"

戚远听后倒吸一口凉气。方森听了心里是又高兴又担忧，问道："这么说来，短期内大盘是没有任何上涨的机会了？如果大盘跌幅太大，恐怕什么股票也扛不住了……"

谢玄听后不置可否，他缓缓地端起茶杯，吹开热气，然后说道："不过，有一组股票可能会有赚钱的机会。而且，这组股票容量够大，咱们两家机构同时进入也没有问题。"

"真的吗？"戚远喜出望外，没想到此行除了股市大趋势的探讨，还能获得这么有价值的信息。

"只不过，现在方案还不完善，缺少一些外部条件，我也有点着急，但想不出好办法。不知道你有没有兴趣，我们一起想想办法？"谢玄放下茶杯，抬头看着戚远。

戚远原本迫不及待地想要了解具体细节，然而他回绝了，牵强地解释道："现在股市行情不好，自己损失太大。知道此次及时刹车确实没犯错误，就安心了。过一段时间，调整好后，再向谢总讨教。"说完后，他瞟了眼旁边的方森，虽然搭档时间不短了，但方森一向自视甚高，恐怕不会长久屈尊于自己，戚远不能不多留个心眼儿。戚远就像股海里的一条大金鱼，浑身油滑得让人捞不着、逮不到。

戚远和方森告辞，出门后二人便分手而去，还没等过一个小时，戚远又拨通了谢玄电话，说："谢总，您刚刚说的那组股票，具体是什么情况？"

谢玄沉默了一会儿，开口道："我一直在趣园，你可以再过来。"

戚远迅速赶到，谢玄没多作寒暄，领他走进趣园的操盘室，戚远跟在后面。

在立式大屏幕上，谢玄敲出一只股票，对戚远说：“这组西钢钢钒股票是玄天青在翻股票时发现的。西钢集团目前在市场上有三只股票，公开消息，西钢集团正在报批资产重组整体上市。在整体上市方案中，西钢集团会给这三只股票的投资者现金选择权。在这三只股票中，西钢钢钒流通市值比较大，现金选择权是每股 9.59 元，另外两只股票的市值小一些，也有现金选择权……现在的问题，是这三只股票的价格都在现金选择权附近，如果现在买进，虽然不会亏钱，但在大盘不好的情况下，也很难赚到钱，如果……”

谢玄陷入思考，低头喝起了茶。

“您的意思是……”戚远对这组股票非常感兴趣，这题材很新颖。

谢玄喝过茶，继续说道：“这组股票的重组方案已经获得国资委的批复，完成方案实现现金选择权的可能性非常大。股价越下跌，股票的市场价格距离现金选择权的价格就越远，无风险的利润也越大，只要咱们在低价时买进，以后不管大盘是涨还是跌，都无须担心这组股票的涨跌，咱们都可以用现金选择权的价格卖给现金选择权的承接方……”

戚远想了想，又仔细观察了会儿屏幕，说道：“方案都明确了，从图形上来看，这三只股票的筹码非常集中，恐怕是公募基金的重仓股吧？”

谢玄点了点头。

戚远又提出一个疑问：“公募基金的基金经理虽然股市实战经验不足，但理论知识还是比较丰富的，他们会真的卖出把价格砸下来吗？”

谢玄的神色露出一丝狡黠：“正常情况下，他们当然不会卖，但是，如果有人告诉他们，现金选择权的方案发生了变化……比如方案被取消，你觉得他们会卖吗？一旦筹码出现松动，股价下跌会不会引起连锁反应呢？”

戚远笑了，他明白谢玄的意思。随即又问：“如果出现利空传言，基金公司不会主动询问上市公司吗？”

谢玄回答道：“如果西钢钢钒的股价不跌，西钢集团的利益方，也就是现金选择权的承接方蠢蠢欲动——远钢集团要出资 9.59 元购买西钢钢钒的股票。如果西钢钢钒的股价跌了，比如说跌到 7 元以下，远钢集团不就可以用低于 7 元的价格来购买股票了吗？那两只股票也是同样道理。若经人点拨，双方不就都好办了。”

戚远听后，恍然大悟："我明白了，哈哈！声东击西，三十六计和孙子兵法都用上了啊。这件事我有办法搞定。不过，如果这组股票的价格真跌了，咱们两家会不会因为互抢筹码导致股价再次上涨呢？"

谢玄说："这一点你可以放心，西钢集团的股价下跌后，肯定会带着'西钢系'另外两只小市值的股票一起下跌。大盘继续弱势化，基金公司会将这三只股票卖出，我会在三只下跌的股票中选择另外两只小市值的股票。如果你们先买西钢钢钒，我会等你们建仓完毕后再购买。你放心吧，这三只股票的市值足够大，够咱们两家吃的……"

戚远松了一口气，哈哈大笑道："只要大盘继续下跌，基金公司就会因为价值投资卖掉高估的股票……谢总，咱们就等着看好戏吧……"

说完，戚远不由得赞叹道："谢总，果然是高手啊，早就听说趣园的投资方法和其他机构不一样，今天我算是领教了，确实神奇得很啊。哈哈……"①

套利实战

2008年8月，北京奥运会开幕日即将到来。众多股票分析师纷纷现身各大媒体，为大家展望奥运新行情呐喊助威，被套得牢牢的股民们眼巴巴地等着行情上涨。

8月1日上午，大盘走势好好的，沪市指数上涨十几个点，股民似乎看到一线转机，可下午一开盘，失望再次笼罩股市。

"西钢系"的三只股票全部跌停，整个钢铁板块也跟着一路下滑，虽然在尾市时"西钢系"的股价小幅回弹，但三只股票的龙头股"西钢钢钒"还是下跌了7个百分点，另外两只股票的收盘跌幅更大。

受"西钢系"影响，这一天大盘指数一路下滑，尾市收盘跌10个点。

"西钢系"的三只股票突然下跌，引起分析师们的兴趣。他们对这一现象

① 注：现金选择权的含义，是在投资市场中，交易结束后需要支付交易标的物的一方可以选择实际支付交易标的物，也可以选择以支付现金的方式履行交割手续。在商品期货业现金选择权也被称为"现金交割"。证券市场中也常有类似操作。这种允许以现金支付替代实物支付的方式就叫做现金选择权。在股市实战中，具有现金选择权的股票常常暗含无风险套利的机会，被一些投机机构重视。

详细分析，有人通过电视媒体说：“‘西钢系’的三只股票具有现金选择权的题材，在大盘已经下跌50%的情况下，股价基本未跌，市盈率远远超过钢铁板块中的其他股票，与钢铁股中的绩优龙头股——东钢股份的3元股价相比，目前处于每股9元上下的西钢钢钒毫无疑问属于价值高估股。一旦现金选择权的题材消失，西钢钢钒的股价将出现补跌，甚至会跌50%以上……”

持有“西钢系”的股民开始惴惴不安，“西钢系”的股吧顿时人声鼎沸，散户都想通过这个渠道了解其他持有者的想法，结果是，骂声一片。

西钢钢钒让大部分股民失望了，只有少数股民还能保持理性的判断。

一位股民说：“我认为上市公司的大股东不会白当好人，让投资者占便宜，提供现金选择权的第三方——远钢集团——撕毁协议的可能性很大……”

股吧一片哗然。

8月2日和3日是周末，股市休市。

戚远和龙腾证券的一位投行老总周日这天晚上，宴请了几位基金公司的投资总监和基金经理。

这位投行老总手里有个IPO项目要发。市场低迷，这只名为南铁客车的大盘新股发行的市盈率非常低，但他仍担心新股发行失败。这正是投行老总今日宴请的原因，他想推介这只股票。

这位投行老总和谢玄是旧相识，以前做定向增发时，经常给谢玄推介项目。

前不久，他约谢玄打高尔夫，问他：“如果我现在发行南铁客车，你申购吗？”

谢玄说：“我会申购，不过现在房价比较低，我认识的很多大户更看好房地产的价格走势，毕竟房地产的炒作比股票更有优势，按揭贷款存在杠杆嘛……我可以给你介绍一位叫戚远的朋友，他认识的机构投资者大多很有实力，要么空仓，要么股票上损失不大，可能他会有兴趣买你的南铁客车。”

因此，投行老总结识了戚远，在戚远的周旋下，便有了今天的聚会。

饭前，投行老总把南铁客车的投资价值分析报告分发到在场的每位手里。戚远翻看后，说道：“这个项目从目前的形势来看，确实有获利机会，只可惜我现在资金紧张……”

投行老总问：“我对这个项目很有信心，你没考虑换股吗？”

戚远叹口气，说："也只有这样了……我现在持有不少西钢钢钒，最近市场传言说原来的现金选择权题材兑现不了，我正犹豫要不要抛，为保险起见……"

投行老总把目光移到另外几位基金经理身上，他们基本上也都重仓持有西钢钢钒。

投行老总问："你们感觉南铁客车怎么样？如果不是行情低迷，我们不可能用这么低的价格发行新股。"

一位基金投资总监一边翻着价值投资报告，一边回答道："我个人感觉不错，但还要回去跟公司商量才能作决定……戚总，您说西钢钢钒是不是真有问题？周五股价大跌，我们咨询了上市公司，他们说近期公司会发布公告……"

戚远夸张地挤出满脸愁容，说道："我也很犹豫。不过，现在有南铁客车这个新项目，可以替换一下，这样更安全。"

8 月 4 日，市场一开盘，股民就看到"西钢系"的三只股票全部停牌了，公司也发布公告：因为市场传言称，提供现金选择权的第三方远钢集团可能会撕毁协议。为核查传言的真实性，"西钢系"三只股票临时停牌。

8 月 5 日上午，"西钢系"三家公司针对传言发布澄清公告。公告称：西钢集团没有任何对本公司资产重组方案进行调整的计划，远方钢铁集团公司也没有作出任何关于撤回、终止、修改或以其他任何形式变更提供现金选择权承诺的决定，更没有类似的筹划或意向。

虽然"西钢系"澄清了传言，但在西钢钢钒的股吧中，股民还是对西钢集团的解释表示不满，纷纷发帖抗议。

"为什么没有说明现金选择权的时间？"

"会不会无限期拖下去啊……"

还有人发帖称："相关部门会否决西钢集团的申请，因为西钢集团是国企。"

8 月 5 日，三只股票还是开盘了，开盘的瞬间股价高开了一下，很快又出现大抛盘，股价继续下跌。

整个上午股价都在 8.15 元上下波动。戚远见时机成熟，连忙冲进方森的办公室，嚷道："马上买进西钢钢钒！"

方森疑惑不解："现在抛盘这么大，戚总，你有把握吗？"

戚远说："我有把握，听我的没错，在国内炒股更要懂政治，你理解不了。赶紧按我说的去做，不会有任何问题。"戚远一副毋庸置疑的口吻。

方森只好点头同意，连续低位挂单买进西钢钢钒。

戚远往日有午睡的习惯，今天他过度兴奋，午饭后怎么也睡不着，他干脆上网浏览起证券信息。他点进西钢钢钒的股吧，看到有人发帖说："乔锋刚刚在博客上说，他要买进一半仓位的西钢钢钒。"

戚远连忙点开了乔锋的博客，消息确凿无误，他心中暗喜：真是英雄所见略同啊。但狡猾的戚远此时仍不松口，他立即在评论区发了匿名帖子："你个庄托，西钢钢钒肯定还要暴跌，大家千万别买。"

戚远一直悬起来的心终于平稳"落"地。

下午开盘，方森又逐渐买进一些仓位。买进时，他的大脑也在不停运作，一直在思考戚远这么做的理由，从政治、利益、逻辑、市场规则和市场影响程度几方面来看，他对市场传言"有关部门不批准、远钢集团单方面毁约、重组时间无限拖延"持怀疑态度；上一次，谢玄提到看好的股票会不会跟"西钢系"有关系？不然，戚远怎么会如此坚决。然而，虽然他已经形成初步的判断，但他心里还是在打鼓，像所有人重仓买股时都会产生心理障碍一样，他总隐隐感到莫名的不安。

方森的不安在下午快收市时一扫而光。这时的大盘指数突然开始凶猛跳水，唯独"西钢系"三只股票的股价逆势猛涨。

与此同时，有几位操盘手都在密切关注着"西钢系"的价格波动，方森、戚远、乔锋、谢玄、玄天青……

之后的三个交易日，西钢钢钒的股价随着大盘下跌，连续小阴线小幅下跌，当股价跌破8元，谢玄指令玄天青逐渐分批跟进。那天，西钢钢钒突然尾市上涨，着实让谢玄吓了一跳，第二天一开盘，大盘继续下跌，西钢钢钒的股价也顺势低开，谢玄这才放下心来。

就在玄天青刚刚操作买进西钢钢钒后不久，另一位股市年轻人薛白接到一通电话，刚刚挂断，他立即拨通了薛三奇的电话："爸，谢玄和玄天青开始买进西钢钢钒了，你关注一下这只股票……"

当西钢钢钒跌到8.1元附近时，薛三奇也跟着买进了大量的西钢钢钒。

8月11日，"西钢系"再度全线跌停。

8 月 12 日，西钢钢钒收出小阳线。包括另外两只“西钢系”的股票在内，谢玄和玄天青手中的仓位已经加到半仓，在熊市下跌途中买进这么重的仓位个股，他们很少这样做。

8 月 13 日，暴跌再度上演，“西钢系”全线第三次冲击跌停板，虽然收盘时股价略有反弹，但三只股票的跌幅都超过 7 个百分点。这时，谢玄持有的仓位已经上升到四分之三。

在江南卫视的一档节目，一位小有名气的分析师正在发表他的新“预言”：“股市 5000 点的时候消灭了某某、4000 点消灭了某某、3000 点消灭了某某、2000 点被消灭的就该轮到乔锋了……”

他还说，“西钢钢钒的股票信息面是透明的，股价的表现大家都能看到，可乔锋为什么和大多数基金经理、券商分析师的看法不同？两者之间，必有一方是傻瓜……到底我们是傻瓜，还是乔锋是傻瓜？大家擦亮眼睛，拭目以待吧！”

8 月 14 日上午，西钢钢钒的股价继续下跌，一直跌到 6.25 元。不少该股的持有者心里温度跌到冰点，大名鼎鼎的职业操盘手乔锋接到很多电话，都是来询问“西钢系”股票的。

乔锋斩钉截铁地回答：“这是一个千载难逢的发财机会。”

戚远一直淡定地坐在电脑前观看当天西钢钢钒的走势，表情平静得让人琢磨不透。

突然，戚远对身旁的方森说：“我现在回家，想办法再弄点钱去。”

平常，薛三奇和薛白一对父子很少交流股票信息。这次薛三奇听到儿子态度坚决，于是下满仓买进西钢钢钒。他看着一直下跌的股票，按捺不住，打电话问薛白：“你哪来的消息？可靠吗？现在这只股票还在继续下跌，我们是不是卖掉？”

薛白并不了解具体情况，他接到消息说这是一个千载难逢的机会，然而现在他的心里也在打鼓，他回答道：“再等一等……”

薛三奇抓耳挠腮，苦恼地埋怨道：“这炒股也太折磨人了，把钱扔进去连个水泡都看不见……无风险套利我受不了这个罪，我还是先卖了……”薛三奇没有继续等待，他把手里的西钢钢钒一个大单抛了出去，在抛出的一刹那，西钢钢钒的股价又跌了一大截。

看着西钢钢钒的股价崩溃，薛三奇心想：原来不只我一个承受不起了啊。他猜测，可能这只股票的持有人，在同一时间因无法承受持续下跌而集体斩仓了。

然而，另一方，即便到了这一时刻，谢玄和乔锋仍把最后的资金全部投进了西钢钢钒，以及另外两只“西钢系”的股票。

大盘指数还在大跌，玄天青听谢玄的指令一直买进“西钢系”的三只股票。当玄天青正在买股时，突然接到券商大户助手的电话：“天青，我们老总让我问您，中午是不是喝酒了，还没醒酒？”

玄天青好生奇怪，回答道：“没有啊……我从不喝酒……”

“那为什么买进这么多股票呢？今天营业部的客户全都在卖啊，只有你在买……我们都担心您是不是喝醉了……”

玄天青听后哈哈大笑，“这就是为什么股市少数人赚钱……”

接近尾市时，西钢钢钒的股价又故伎重演——有机构猛拉股价。到收盘的时候，“西钢系”三只股票的股价竟然从接近跌停的价格，猛然上涨5%。

8月15日，北钢集团发布公告：已经斥资17亿全线举牌“西钢系”，并将继续大举买进。

此公告拨开了股民心中的“云雾”，整个事态终于明朗化了。

此时，北京奥运会赛场上，中国健儿奋勇夺金，金牌总数一路领先。

9月16日，当股民们刚刚过完中秋佳节，回到股市时惊奇地发现，沪深两市双双低开低走，上证综指全天大跌4.47%，击破了2000点大关，创下近两年来的新低，大部分股票已经在这一个半月中腰折。只有“西钢系”三只股票逆势上涨，股价接近现金选择权的价位。

2008年“西钢系”一战，打消了方森对戚远的质疑，而戚远则对谢玄彻底折服。戚远爱慕人才，刚成立好运来基金时，他费尽心思拉拢方森，为己所用。在业界，戚远人缘最好，可谓在人际关系方面殚精竭虑，这给他带来很多好处，几次大盘下跌他都因为消息及时躲过劫难。这些人对戚远来说，是具利用价值的“朋友”。然而，对谢玄，戚远情不自禁心中产生钦佩，他感到谢玄身上蕴藏着一股巨大的能量，这种能量是他没有，更驾驭不了的。

缘起哈同

谢玄生在中原，但他和人们印象中的中原男人有些不同，他的性格既有北方汉子的直爽、朴实，又有南方男人的敏锐和坚毅，看上去比一般中原人显得更沉稳、儒雅。

谢玄成为职业操盘手之前也是靠智商赚钱的生意人。他在追求财富的过程中，觉得财富的意义不亚于哪一门专业学科，他甚至定义了“财富自由”概念和标准。他总结道：生存自由的标准是360万人民币，你不高兴的时候，可以当着领导的面儿拍桌子，因为你不怕丢掉饭碗后被饿死；旅行自由需要1080万，你可以想去哪就去哪，可以在蒙特卡罗赌一场，也可以在海南三亚亚龙湾海滩躲避北京的寒冬；生命自由则要7200万，你可以去瑞士静港中心调养身心，像曼德拉那样，坐了几十年监狱，出狱时身体状况糟糕到近乎瘫痪，但通过全面疗养，竟然竞选上总统，现在90岁仍然神采奕奕；支配自由10亿，你可以买一支模特队或足球队，如果喜欢，还可以学学老顽童布兰森；完美自由是60亿，那时你可以轻松送给让你沉醉的美女一个股票涨停板，代替世俗的鲜花和焰火。

这一概念后来被许多股市投机者奉为经典，年轻人在微博上频频转发。

谢玄小时候心中就有一位偶像，也是他终生奋斗的目标，一名叫哈同的犹太人。哈同曾是远东首富，他的人生经历对谢玄影响非常大。

1872年，犹太人哈同只身从印度途经香港九死一生来到上海谋生，时年不满24岁，怀里揣着仅有的6块银元，除了一个破箱子装着几件旧衣服外，一无所有。

哈同来到上海的第一份工作是门卫兼清洁工，刚刚能吃饱穿暖。这时有谁会知道，这个犹太小伙子几年后，竟然超过原东家沙逊洋行的老板成为远东首富，并且投资建成了大上海不夜城的花花世界——南京东路与黄浦江外滩。

说起哈同的发家史，他的夫人罗迦陵对他帮助很大。哈同在上海滩看到的第一位女人便是罗迦陵，在别人眼里罗迦陵只是一介风尘女子，但哈同对她一见钟情，发誓非她不娶。

1884年中法战争爆发，中国军队在老将冯子材的率领下，接连挫败法国侵略军的攻势，这些胜利让中国老百姓欢欣鼓舞。上海的洋人坐不住了，他们担心中国战败法国后自然就会清理他们，于是纷纷逃离上海。上海的房价因此暴跌。

哈同此时也想逃去香港避“难”，但新婚妻子罗迦陵却认为这是个千载难逢的好机会，并把自己的首饰卖掉，劝说丈夫倾其所有购买房屋土地。哈同没想到妻子竟然有如此大胆的想法，这是一场可能会倾家荡产的赌博。

“万一我们输光了怎么办?”哈同问罗迦陵。

这位智慧的中国女子坚定地对丈夫说：“我们现在也不算上等人，输了就输了，重新来过。如果赢了，从此咱们的命运就彻底改变。直觉告诉我，输的可能性很小，值得一赌。”

妻子的一番话，说得哈同既羞愧又开心，羞愧自己看得不通透，庆幸自己命中遇到妻子相助。

经过罗迦陵的点拨，本就精明的哈同抓住了眼前千载难逢的机会。

他赌赢了。

清政府在军事上节节胜利的情况下竟然“不败而败”，“洋大人”们得到消息又纷纷返回上海，“十里洋行”恢复了昔日繁荣。哈同可谓名利双收。他购买的房产，也就是今天的南京东路一带，后来逐渐发展为上海的商业金融中心，在数年间地价上涨千倍以上。哈同从此成为犹太“炒房团”中最耀眼的一颗明星，被人称为“远东首富”，声望超过了他的老东家沙逊。

为了感激自己的女神，哈同建了一所著名的私家园林——爱俪园，那是一座中西合璧的“海上大观园”，园名从哈同夫妇名字中各取一字组成，哈同名欧司・爱，妻子罗迦陵，字俪蕤。爱俪园对外开放，用于符合哈同夫妇价值观的公益事业，园中开办了仓圣明智大学，资助了当时中国社会不少的青年才俊，国画大师徐悲鸿就曾是这里的学生。

哈同夫妇没有孩子，哈同领养了 11 名外国孤儿，罗迦陵领养了 9 名中国孤儿。中国儿女一律姓罗，外国儿女统姓哈同。20 世纪 50 年代末到 70 年代初有一位举国皆知的世界乒乓球冠军庄则栋，其父娶的第一任太太就是罗迦陵的养女。据谢玄的长辈说，谢玄的奶奶也是罗迦陵的养女之一。

谢玄从小便立志要做哈同一样的人，修身、赚钱、助人、玩天下。然而，用“幸运”甚或是“奇迹”来解释谢玄后来的成功，显然过于简略或粗糙，以至于抹去了一切时代行进的印迹和个人努力的细节。在难以复制的样本中，如何暴富不是关键，重要的是个人基本素养的解析。

红黄白道

谢玄是“文革”后恢复高考的第一批大学生，那时的大学可不如现在好考，一百个考生中有一两个考上就非常不错了。

谢玄上就读于一所建筑工学院。在他的班上，有三个活跃人物，一个是班长莫刚，一个是团支部书记薛三奇，还有一个就是谢玄。班长莫刚出身干部家庭，从小在大院长大。他是同学眼中的幸运儿，学习优秀，爱好广泛，十足文艺青年范儿。

然而，谢玄与莫刚的梁子，在刚开学时就结下了。

莫刚身兼班长，承担了班级组织球队的职责。恰巧，谢玄身体素质非常好，擅长各种体育运动，尤其是打篮球。第一场球赛，莫刚安排了 5 个首发球员，有他却没有谢玄。

对方有一名球员明显受过专业训练，水平高出一截，他们的比分一直遥遥领先。莫刚和队员全力奋战，却无力反超。

谢玄看得心急火燎，他突然摔下上衣，跑到薛三奇面前，比比划划地说了一会儿。薛三奇匆匆忙忙跑向裁判，裁判示意换人，莫刚被换下了场。

谢玄球场发挥出色，比分反超。莫刚没有像同学一样为赢球而欢呼，黯然离开了赛场。

还有一件事，让谢玄对莫刚油然而生一种厌恶。大三那年，英语老师病倒了，莫刚发起募捐活动，捐钱买水果，看望老师。后来，莫刚代表大家去医院送水果，再后来谢玄意外听到同学议论，英语老师说“你们班的莫刚最懂事，还花钱买水果去看我”，谢玄脸上露出鄙夷。

而团支书薛三奇是个老好人，长得粗粗壮壮，做事风风火火，平日里，他是班上最节俭、最努力的一个。他人缘不错，和班上同学都相处得来，同学也爱找这位老大哥，都说他最靠谱儿、最踏实。

一次，薛三奇、谢玄几个同学在学校附近逮到一只鸡，兄弟几个一合计，跑到附近的小树林里烤起了烧鸡。那天晚上，大家都说了很多，薛三奇也是谈自己最多的一次。

当年，他下乡到了内蒙古，一待就待了很多年。本来以为这辈子就交待在那荒芜贫瘠的土地上了，没想到，一天在食堂吃饭时，一个知青同伴偷偷告诉他：国家决定取消推荐上大学，全国恢复高考。

听到这个消息，他顿时热血沸腾："考大学，回城！"

当时的知青全都有这个想法，但像他一样最终抓住机会的并不多。

高考消息正式通知知青时，距离考试只有两个月的时间了。功课要从头温习，时间，每一秒都像金子般珍贵。但是知青们白天还要照常出去劳动，每天从天亮干到天黑，只有晚上才有时间复习功课。跟知青连的领导请假，那绝对是痴心妄想。他想起小说《三国演义》里的黄盖，苦肉计。于是，他找到当地一个熟悉的农民，让他生生砍了自己的腿一刀。之后，他装作劳动时误伤，顺理成章请到了一个月的病假。但是，伤口很重，缝了19针，因为失血过多，他还一度昏厥了过去。

谢玄心中感慨，他拍了拍薛三奇的肩膀，说道："这一刀算值得，人生又有了希望。"

薛三奇点点头，同学几个眼睛都湿润了。那个年代，谁的心里都有伤口。

大学时，薛三奇所处的位置必然会接触到莫刚和谢玄两派，他在其中和稀泥、当和事佬，所以，莫刚和谢玄虽常有摩擦，但班级整体还算和谐团结。其实，薛三奇心中是想偏袒谢玄的，他觉得谢玄虽然锋利逼人，但身上一股正气，而且脑子好使，不是那种小聪明，而是让人敬佩的大智慧。

时间飞逝，美好的青春短暂到来不及体会，等意识到时，只剩下回味的余韵了。

在大学毕业典礼上，谢玄和莫刚最终还是没能避免一次公开的冲突。

毕业祝词完毕后，发放毕业证书，莫刚第一个走上讲台，学院里最受男学生欢迎的年轻女老师倪雅斯将证书颁发给他，接下来，令台下一片哗然的是，她竟然当众给莫刚一个拥抱，亲切地祝福道："你一定要努力哦，要成为最有出息的那一位。"

同学们幻想着自己上台，也能获此殊荣，然而大家都没能受到同等对待，谢玄、薛三奇也不例外。

或许是年少轻狂不服输，又或许是女神的力量激发斗志，谢玄走上领奖台领取毕业证时，竟冲动地定下了一生的赌约。他对着台下，镇定自若地说道：

“刚才大家也都看到了，倪老师表明了学校的态度，莫刚是学校最看好的一个。我不知道大家怎么想，反正我不服气。今天，我们就立下一个赌约，请在座每一位作证……”谢玄说到这里，回头看了看坐在颁奖席的领导和老师，目光最后定在倪老师的身上。他顿了顿，继续说道，“马上毕业走向社会了，30 年后我们回到学校，大家比一比，看看谁对社会的贡献更大。”

台下爆发一片热烈掌声，同学们向最后青春的狂妄致敬，向不平等的对待反抗。

紧接着，薛三奇走上台，他也被谢玄的一番话点燃了心中的斗志：“我支持谢玄同学的倡议，我也加入这场竞赛。30 年后，看看咱们同学中谁对社会的贡献更大。今天是 6 月 22 日，咱们 30 年后的今天再回到这里相聚，大家共同见证胜负。”

转眼间，大家便从大学毕业，各奔东西。

谢玄被分配到一家桥梁建设公司，这是一份艰苦的工作。而莫刚直接被分到 H 省的省政府，顺理成章地迈进了“官府”。薛三奇被留校，当起了老师。偶有同学小聚，提到毕业典礼的赌约，感叹道：“三人的起跑线就完全不同嘛……”

桥梁建设施工既辛苦危险，又得随着工程地点变化不断搬迁。刚开始时，凭着年轻人的一股激情，被“广阔天地大有作为”的口号激励，蓝天白云下的集体生活，谢玄也干得起劲儿。然而，经过几年枯燥、繁重的工作，当初的雄心壮志渐渐被现实侵蚀殆尽。

随后，接连几件事，使谢玄原本一眼看到底的桥梁工程师生涯发生了改变。

谢玄所在施工队与当地的农民因为工地的废铁件的归属问题，发生了激烈冲突，最后还发生了大规模的打架斗殴，当地的农民有几个被打成重伤。场面甚为慌乱，谢玄竟被对方指控为主犯，这类事情对于桥梁施工队来说并不新鲜，此前也发生过几次，最后也都不了了之。所以施工队负责人就给谢玄放了几天假，说责任暂时你就先担着，等回来后正常工作，不会对你有不利影响。

谢玄请假回了家，原本打算风头过了再回来。但这次不走运，刚到工地，谢玄就被当地公安局行政拘留了。没多久，感情已经淡漠的妻子也提出了离婚。

父亲听到消息后，立即赶到了看守所，看儿子沮丧、颓废的样子，开导他说："没什么。塞翁失马，焉知非福。正好利用这个机会辞职重新开始，你愿意这样活一辈子？不想做一番事业？我要是你这样年轻，又有一身本事，可不愿意这样过一辈子。"

谢玄的父亲这么说，也并非单纯只是为了让儿子心里舒坦，那时，中国刚刚改革开放，"下海"刚刚兴起，他的一个朋友到东北老家倒卖药材，发了一笔大财。

父亲的一番点拨和鼓励，谢玄很快重新打起了精神，他在看守所那几天认真思考了工作以后的状态，他又想起大学毕业时的约定，如果真的在工地上干下去，可能他这辈子都无颜回去赴这个约了。从看守所出来后，他果断辞掉了桥梁工程师这份所谓的"铁饭碗"工作，开始了"下海"自谋生路的新生活。谢玄作出这一决定后，反而如挣脱了缰绳般坦荡，想想当年哈同独闯上海，不也是一无所有吗？正因为这样，才有破釜沉舟的勇气吧。

父亲全力支持儿子闯事业，倾其所有。谢玄花2万元注册了一家药材商贸公司，然后跑到长白山收购人参。

"老乡，我是收人参的，你这里的人参怎么收购的？"谢玄直接找到当地村长。

村长答："90元，俺们这儿的参老好了，你要多少？"

"那是，要不我怎么来收呢。"谢玄连连附和着，用手拿起一根人参举到眼前仔细看着，其实到底好不好，他并不知道。来之前，他心里打的盘算不在这参好坏上，他对老乡说："老乡，你们的参，我全买了，110元收，怎么样？"

村长一听，就愣了，瞪大眼睛瞧他："小伙子，我们这儿公道价格是90元，你为什么要出110元？"

谢玄微笑了一下，解释道："我收购的价格比别人高，你们有多少，全卖给我，不过我有个条件，也希望你们能接受。"

"什么条件？"村长听他不像是在开玩笑，那个年代，能多卖上个20元对于采参的农民来说不是一笔小数。

谢玄的条件很简单，先把人参赊给他，集中放在一个仓房里，7天内保证还钱。那个时候，民风淳朴，人与人之间没有那么多猜忌和欺骗，朴实的村长没多考虑便答应了，许多农民把人参赊给了谢玄。几天的工夫，他就收了200

多吨人参。

谢玄打算先把参搞到手，然后向银行贷款，把钱付给农民，参就归自己了。接下来，再倒手把参高价卖出，还了银行的贷款，他从中间赚差价。

但想归想，真实施起来，遇到的才是大难题。

“呵呵……你们这小公司注册资金才 2 万元，就想一下贷 200 万元？不可能!”银行行长这一当头棒喝，谢玄一下子懵了，这明显连谈判的余地都没有啊。

不贷？那怎么行，他的参不等人，货款不等人啊。他这一笔买卖根本没有退路。

谢玄足足在银行蹲了 3 天。白天行长上班，他就站在行长办公室的外边等。终于有一天，行长开口了：“你有什么东西能做抵押的?”

“我有 200 万的人参。”谢玄马上回答。

“我不信，人参在哪?”行长说话的时候，眼睛一直盯着谢玄。

谢玄满怀着希望说：“就在我租的仓房里，全是人参。”

行长被他的一腔热情打动了，真的带信贷员去了仓房，果不其然，满满的人参。他们详细测算人参加工后的价值，能值 200 万。行长拍板，就贷 200 万给他。

那一宿，谢玄连夜把农民的钱还上了。

人参在当年 H 市的药材交易会上一笔全部出手，第一笔生意，谢玄足足赚了 50 万。在 80 年代，万元户就已经人人艳羡了，这 50 万对于很多人来说都是一个遥不可及的数字。

那时候，做生意远比现在简单，民间流行的俗语“撑死胆大的、饿死胆小的”是那时致富手段的最好诠释，只要你敢想。谢玄接下来的几单大生意，几乎没费吹灰之力，农民、银行行长有了一次成功合作经历，都对他信任不已。

正好这时，中国刚刚进入市场经济时代，商海大潮在中国涌起。谢玄积累下来一百多万的资本，绝对是一个不小的优势。之后，他又涉猎其他几个不同领域，几经起伏，最终他在股票和房地产这两个行业稳定了下来。

曾经的小谢，如今已经成为身价上亿的谢总，转眼间，15 年过去了。

曾经的大学同学，都有了属于自己的生活。据说，莫刚现任一旅游大县的县长，有权有势、钱财滚滚。他与一个同学小聚时，谈起当初谢玄提议的赌约，他语气中透露出十足的不屑：“有必要吗!?”虽然他自认为胸有成竹，但赌赢的快感和一贯张扬的本性，促使他迫不及待地想让大家见识自己的成功，一天，他挨个儿给大学同学打电话，请他们来自己管辖的国家5A级风景区旅游，管吃、管喝、管玩够。

谢玄也接到了电话，但他拒绝了邀请。他心里想，莫刚这么多年过去，反倒没有了以前的耐性，莫刚的人生太一帆风顺了。那一段施工队生活的磨炼，以及后来创业生涯的艰苦和孤独，将谢玄打磨得沉稳、内敛。

其实，在20年这个年头，谢玄虽然表面看起来没有莫刚风光，但他并没有输。这一点，薛三奇心中很清楚，他一直关注着两人近些年的动向，谢玄虽然没有担任政府要职，但他创造的财富远远多于莫刚。两人红道与黄道的PK，暂时算是打成了平手吧，薛三奇心中如此评判。

其实，夹在中间的薛三奇心里酸酸的，当时班上站出来打赌的三人，现在只有他平淡无奇，白道的寂寞，人们不能体会啊。这一生，莫非就这么认输了？

骑士精神

1992年，谢玄结识了移居中国的贝天牧夫妇，他们在中国做了很多善事，在贵阳儿童福利院收养了一个残疾女孩，之后又陆续收养了一对双胞胎兄弟和一个患有唇腭裂的男婴，最后，贝天牧夫妇干脆萌生了自己创办福利院的想法。

他们开始付诸行动，当天津市武清区大王古庄镇政府得知这一消息后，答应以1元钱一亩地的费用象征性收取后，将一大片“牧羊地”的使用权交给了贝天牧夫妇。自此，“牧羊地儿童村”成为中国最大的外资孤残扶助机构，先后收养几千名孤残儿童。

谢玄问过贝天牧夫妇为什么这么做时，贝天牧笑着回答道：“我爱中国，爱中国的老百姓，更爱牧羊地，我要竭尽所能帮助这些可怜的孩子，直到我进天堂。中国不是有句广告吗？大家好，才是真的好……”

这许多年来，谢玄一直忙于创造更多的财富，有时他也会感到人生的迷茫，如果说只是为了当时年少轻狂的一个赌约而拼命付出的话，未免有些轻率。那自己为什么又要在这股市不断挑战、不断奋进呢？是对财富的渴望吗？是儿时崇拜偶像的力量在心中生根发芽了吗？虽然财富可以证明自己的价值，但谢玄并不是个贪财的人，不然他也不会心态如此之好、百战百胜成为股市的“福将”；至于，哈同对谢玄的影响，他并不真正地确定每一次选择是否都有哈同的影子，哈同的存在对谢玄应该是一种精神象征，但并不是追求的目标。

他在想，对自己来说，财富追求不过是种手段，那么，目标是什么？贝天牧夫妇的博爱和真诚，给他很大的触动。他心中的目标也渐渐清晰化。后来的每一年，谢玄都要给儿童村捐一大笔钱，默默支持贝天牧夫妇的慈善事业。

有一次，谢玄在儿童村碰见贝天牧从 H 省领来的 7 个年龄差不多的儿童。但是儿童村的床位已经满了，而这 7 个儿童年龄偏大，有的已经超过入学年龄，异地上学也比较困难，很少有人愿意收养这样的孩子。谢玄看到贝天牧担心着急，突然对贝天牧说：“院长，我想收养这 7 个孩子。”

“真的吗？你真的愿意帮助这些可怜的孩子吗？”贝天牧喜出望外。

谢玄坚定地点了点头，说：“我虽然结过婚，但是没能有个小孩儿，是个很大的遗憾。这几个孩子说来还是我的老乡，今天见到我也很喜欢，是缘分吧……”说到这儿，谢玄蹲下身，摸摸一个小男孩的头，继续说道，“说不定是上天派来的小骑士，来守卫我的。哈哈……”小男孩瞪着大眼睛看着眼前这位叔叔，很乖巧的样子，听到谢玄说自己是骑士，腼腆地笑了。贝天牧真心地感激谢玄，他没有多说什么，上前几步紧紧拥抱了谢玄：“谢谢，谢谢你……上帝会保佑你的。”

谢玄笑了笑，上帝会不会保佑他，他并不在乎，他是一个无神论者，不信上帝。他看到一个外国人突破国家的界限为中国的弱势群体如此无私奉献，让他惭愧。他忽然发现，人生除了不断奋斗、追求财富，还有更有意义的事情值得辛勤耕耘。

7 名无家可归的孩子就这样与谢玄结了缘，彼此成为了约定的亲人。

谢玄为了给孩子们留个好印象，同时安抚他们这几年流浪受伤的心灵，谢玄想与孩子们好好聚一聚，聊一聊。见面之前，谢玄足足准备了一番，他很担心孩子们会不喜欢他。

在去饭店的路上，贝天牧这样对孩子们说：“孩子们，你们很幸福，上帝安排了一位好心人与你们一同生活，他是上帝的使者，你们一定要好好与他相处，知道吗?”

“嗯。”几个孩子拘谨地点点头。

一到饭店，谢玄就热情地迎了出来，把7个孩子挨个拉到身边，拿出礼物挨个交到他们手上。礼物包装得很精美，还细心地标好了每个孩子的姓名。包装盒里面是两身衣服，还有一些其他的小礼物，每个孩子的衣服都是合身的尺码，这是谢玄事先委托贝天牧量过的。

“孩子们，向谢叔叔介绍一下自己。筱媚从你开始。”等大家坐定后，贝天牧摸摸旁边一位小女孩的头，说道。

7个孩子中，有4个女孩，3个男孩，年龄最大的叫胡筱媚，她站起来，羞涩地说道：“我……我叫胡筱媚……”接着又磕磕巴巴地说了自己的年龄和喜欢的东西，便红着脸坐下了。

谢玄的眼神充满鼓励和肯定，他用力地鼓掌，大家也跟着鼓起掌来，紧张、陌生的气氛缓和了不少。胡筱媚低着头，红着脸，抬起眼，偷偷地看了看眼前的这位叔叔。接下来，其他几个小孩子依次介绍了自己。吃饭时，谢玄笑容和蔼、语气亲切，不断给孩子们夹菜，他自己并未吃多少，他想着办法找话题鼓励孩子们多说话，多问问题。孩子们渐渐地和他熟络起来。

“谢叔叔，你这么年轻，不像叔叔，像哥哥……”

“哈哈，好，说得好。是一个好建议啊。”谢玄给说话的郁晨夹了一只又大又肥的螃蟹。然后，笑着对孩子们说：“那你们就叫我哥哥，以后，咱们8个就是兄弟姐妹，按照年龄我是老大，你们叫我大哥也行，叫我老大也行，嗯，还是叫老大吧。”

“老大!”郁晨立刻喊了声。贝天牧和孩子们一起开心地笑了起来。

谢玄说：“从这一刻开始，咱们就是一家人了。是老天爷，还有上帝让咱们8个聚到一起，咱们要感谢他们，要心怀感激地好好生存下去。虽然你们比我小不少，但我更愿意你们叫我老大，胡筱媚是二姐，姜勇是三哥，白旭是四妹，五妹嘛……嗯，应该是张冬雪。天青……不对，应该是郁晨，你是六弟，天青是七弟，最小的八妹就是尤小芳了，我们八个兄弟姐妹团结在一起，互帮互助，好不好啊?”

“好……”

“老大，嘻嘻……”

“哈哈……”贝天牧还是第一次看见这种收养方式，明明谢玄对这群孩子有养育之恩，但谢玄却更希望孩子待他仅止于兄长之情，不强加孩子的回报恩情。他感觉谢玄是个很特别的人，富有，但不张扬；做善事，但不求回报。这是一个神圣的时刻，几个孩子有了家，因为谢玄，他们不再是被遗弃的孤儿，不再漂泊。

一桌子的美味佳肴，终于，孩子们放开了肚皮猛吃起来。包间里，充满了孩子们的嬉笑声。

吃完饭，谢玄建议大家一起照相、合影，纪念这个时刻。

“今天是第一次，以后每年这个日子咱们都聚在一起，照一张，怎么样?!”谢玄笑道，并且和孩子们约定，以后每年照相时，大家要和去年的自己比较一番，看看自己又学了什么新本领。

“好，我们是‘八仙过海’，嘿嘿哈哈……”郁晨和天青夸张地比划起来，逗得其他孩子笑不停。

谢玄一下多了7个孩子，这可乐坏了谢妈妈，看着几个乖巧可爱的孩子，亲亲这个，抱抱那个，欢喜得不得了。

在回谢家见谢妈妈前，谢玄就对他们说：“你们可以叫我老大，但回到家后，得管老太太叫奶奶，听到没有?”

“嗯，听到了。明白了，老大。”

因此，一到谢家，孩子们就簇拥着谢妈妈，一声声地喊道：“奶奶好……”

“哎，好，好……”

谢妈妈乐得够呛。

为了7个孩子，谢玄同妈妈商量，在H市买了两套位于同一层的商品房，一套给女孩子住，一套给男孩子住，不仅解决了户口问题，上学问题也解决了。特别喜欢孩子的谢妈妈当仁不让地负责起这7个孩子的日常生活，自从谢玄的爸爸病逝之后，谢玄一直担心妈妈会感到寂寞，这下可谓一举两得。

谢妈妈搬去和孩子们住在一起，谢玄回家时常常陪着孩子们玩，往昔清静的家顿时热闹起来，每天都充满了欢声笑语，温情暖暖。

股市大鳄传说

安置好几个孩子后，谢玄终于有时间抽身来看股票。

这个时候，中国还没有进入网络化时代，股民必须要到证券公司的营业部。一般的散户都在证券大厅通过大屏上的股价了解市场，然后在柜台填单买卖交易。谢玄已是股市的大户，不仅有专门的大户室，还有买卖通道，交易起来非常方便快速。

这段时间，股票市场一直处于熊市。一知道谢玄来了大户室，营业部的李总马上赶过来打招呼。

“谢老师，您什么时候回来的？有什么个股消息透露一点啊？”李总满脸笑容地探听道。

谢玄忙笑着摇头，说道：“最近我一直在忙其他事，有段日子没看盘了，还真没什么有用的消息，李总你那儿有什么消息？你们公司自营盘套的那只新度酒店现在怎么样了？”

谢玄除了在H省有大户室外，在北京也有一个。很多时候，他都能从那边带回一些小道消息，经常和李总探讨，李总因此也赚过几次小钱，所以他对谢玄很热情、恭敬。

李总听到谢玄问，忙回答道：“这段时间市场一直不好，新度酒店发了权证，A1权证，A2权证，这权证挺厉害，营业部有些大户在这些权证上做短线，您可以看看。”

“你先忙，我主要过来跟你打个招呼。还有一摊事儿呢。”看见谢玄没有其他消息要同自己说，李总就告辞忙自己的去了。

说起A1、A2权证，新股民未必了解，许多老股民可能也忘得差不多了。在1995年，国有股、法人股对配股权不再无偿转让，而是以权证的形式向社会公众转让。为区分与流通股权证的区别就叫A2权证，当时流通股配的权证叫A1权证。

在经历1994年大熊市后，交易所推出新权证是为了搞活市场，公众投资者对其投资价值并不认可。认为A2权证产生的配股不仅不能流通，还有交易期限、交易时间短、摘牌后价值归零……风险实在大。之前的粤美雅、粤华电等，就是到摘牌后价值归零了。尽管这样，还是有不少投资者把A2权证当成了投机炒作工具。

“你们看，A2 权证流通的份额不多，价格又低，无涨跌幅限制、T+0 回转交易，要是再赶上机构大户添点风浪让价格波动起来……嘿嘿，兄弟，有胆的也可以试几把啊。”谢玄在北京的大户室时，就有大户室的邻居跟他这样说过。

这一次，他再一次听李总提到这个交易品种，就格外留心。翻看权证行情版时，谢玄发现这时交易所挂牌的权证仅有十几只，他看好的是新度酒店权证和武凤凰权证。

新度酒店是深圳火车站附近的一家四星级宾馆，而武凤凰基本垄断了本地区的原油加工业，公司基本面还可以。经过研究，他发现 5 月中旬，仅一周新度酒店 A2 权证就上涨了 100%，价格波动得相当厉害，最低 0.19 元，最高 1.04 元，报收 0.6 元，可以想象当时是一种怎样的炒作；而武凤凰权证也比较活跃，与新度酒店权证不相上下，一再斟酌，谢玄将目标锁定在武凤凰 A2 权证上。

这时武凤凰股票的配股价是 3.05 元，流通的 A2 权证是 3617.5 万份，价格在 0.3 元左右波动。谢玄先后参与了 5 次交易，共获利 20%，赚得 7 万元。

他本想把这 7 万元第二天取出交给母亲，作为孩子们的生活费用。临近收市时，谢玄刚打算收手，武凤凰 A2 权证的价格出现大跌，并且低位急剧放量。根据盘面经验，这种现象代表机构在该品种上正在大换手，一般散户非常恐惧这种走势。但事实上，这是后市将短线暴涨的信号。

买还是收手？谢玄犹豫了一下。

“买！这种盘面异动，以往基本上没有失误。”谢玄就在收盘前以 0.07 元的价格又买回了 70 万元的武凤凰 A2 权证。

收市后，谢玄感到一丝不安，这只权证距离摘牌的时间已经不长。他问自己，是不是买得多了一点？操作是不是过于草率？我向来谨慎稳重，怎么今天就冲动了？好像有人鬼使神差地攥住自己的思维和手一样，从来没有这样过啊？

到了晚上，谢玄听到中央人民广播电台的《今日股市》节目，谢玄的不安，反而变成了后悔。

“买少了，买少了啊……”原来，交易所宣布将 A2 权证的交易期延长一年。这明显对A2权证构成重大利好。消息公布后的第二天，武凤凰A2权证暴涨到1.1元，两天涨了15倍。70万变成了1050万，一座小金山，就这么“跳”到了谢玄面前。他乐得都不知道如何是好了，谢玄走到大户室门口，把门关严，心情舒畅得放肆地笑了起来。

“哈哈……谢玄，原来真的有上帝，这次大赚，是你做好事的回报啊。”

谢玄准备了一张50万元的存折，交给了谢妈妈。

“妈，这是孝敬您老人家的，生活费用。”谢玄得意地说。

“天哪，这么多钱？给我这么多钱干什么？这……怎么回事啊？”谢妈妈突然见到这么多钱，着实吓了一跳。

谢玄指着自己的脑袋，笑道：“妈，这可是您儿子用这里，挣回来的！”看着母亲满脸疑惑，谢玄把有惊无险的武凤凰A2权证炒作经过，大致讲了一遍。其实，谢妈妈并不能完全听懂儿子讲的内容，但她知道，儿子是通过自己本事赚来的干净钱，心里乐开了花。

谢妈妈回忆起过去，说道：“好，好，我儿子有本事。小时候，我指责你不干家务，没有姐姐和弟弟勤快，你爸爸还夸你说你是吃动脑子的饭的，现在看，还真是这样啊。哈哈……”

“那是。”谢玄得意地扬了扬头，又把母亲逗笑了。谢玄一人在外，经历了很多事情，人也成熟了很多，但只要在妈妈面前，他就像又回到了年少纯真的那个年代。

此后，谢玄在房地产和证券两个行业都非常得心顺手。大发迹之后，他还做了两件让人引以为豪的事情。一件是他接手了原H省的足球队，改头换面，让它变成了一家职业俱乐部——H古都足球俱乐部。在谢玄手中，这个俱乐部从乙级队打起，经历甲级队，现在已经是中国最高级别的足球联赛中超的一员，并且是中超16支队伍中唯一没有易过帜的老牌俱乐部。

另一件，他一直梦想在京城建一座属于自己的花园建筑，就像哈同的爱俪园，现在终于有能力了。为建造这座趣园谢玄聘请了知名设计师，设计师的主要工作是将谢玄的理念和建筑更好地结合。历经一年，一座三层的徽式建筑终于出现在东北四环，白色墙面，鲜明但不突兀，悠然的一片池塘，还有一片静谧的树林，让人仿佛置身于大自然的怀抱之中，内心清澈舒畅。再观精雕细琢的小楼建筑，主要景致可以细分为九朝十八景，而这九个朝代的十八景又风格迥异，内涵古韵而承创，既有情调浓郁的私密茶席，又有敞亮闲聚的园林散座，更不乏大气恢宏的宴请专区，新中式氛围随处可享。每处景色的点滴中都承载内涵，不管是一梁一栋、一阁一台，还是一席一垫，都彰显着新文艺复兴精神的新东方主义气质。

趣园建成后，谢玄把它打造成了一个集营业、休闲和办公为一体的商务会所。会所有效营业面积 8000 平方米，一层为葡萄酒俱乐部和西餐厅，二层为趣园——味馆，包括茶聊咖啡三境、九重天戏楼、私家菜厅、八十七神仙厅、传奇展览室等带有浓浓神韵的场所；三层为趣园——光明顶，包括中暑山庄操盘室、韩熙载夜宴、蓝牙电子现代化多功能厅、艺术品廊、书香沙龙咖啡厅等娱乐设施，还有一个神秘的四合院。内部装修装饰则以“中国式文艺复兴”为主题，呈现出古典与现代的完美结合，设计理念秉承古人“门过九重，方能造极”的思想，既不仿古，也不尚欧，而是通过现代的科技、工艺以及设计理念对中国历史上最美的文化、艺术、生活方式进行当代演绎。走进小楼，你会发现对地面及台阶的装饰也花了颇多心思，拾级而上，恍若漫步云端。

尽管谢玄一直行事低调，但他独特的趣园 style 还是名声大噪，社会上也传出很多关于趣园的传说。在股市中，传说最多的故事与八十七神仙厅有关。

说起这八十七神仙厅，最惹人眼的是厅中的镇店之宝——一张价值超过千万的花梨木长桌。此外，墙上一幅吴道子的《八十七神仙卷》更添仙道之气，此厅便得名于此，画中八十余位神仙气势浩荡，人物刻画细致入微，神采各异，并且全部运用白描技法，线条酣然流畅，粉本色和谐统一，透过玄窗阳光的映衬显得更为传神韵动，仙人下凡如临其境，与众仙同道而驰的快感油然而至，此为人间一大快事，亦为厅堂一大奇景。厅中布局参照王母娘娘的蟠桃盛宴摆放，座椅的设计原形全部来源于动画片《大闹天宫》。

传言在股市大鳄韩虎的提议下，12 位身价上亿的京城个人股市投机大户，成立了一个非正式的大户俱乐部，定期在此厅中相聚策划炒作二级市场的新概念、新热点，甚至一些著名的大牛股，一些闪电的板块游资行情就是在这个厅中策划成型的。

一个被传得玄之又玄的故事，是有一次沪市大盘因有关部门突然公布提高印花税，导致连续五天暴跌近 1000 点，许多股票都是接连 5 个跌停，很多基金参与抄底也没能扭转大盘跌势。而由韩虎带头的股市大鳄们在许多股票连续第5个跌停那天中午，每人投入2亿，居然让市场立刻止跌反涨，大盘也因此出现强劲反弹。这些大鳄买的股票，有不少从跌停板直冲到涨停板，短线获利极丰，可谓经济效益和社会效益双丰收。

对于这一传说，不少人去找谢玄证实，但每次他都摇头表示不清楚，并说："那时候我在欧洲旅游呢。"虽然他没有透露，但仍有不少人猜测他是碍于怕监管部门找麻烦，才故意装作不知情。

对此，谢玄一笑了之。

另外，谢玄还专门在趣园三楼设立一个传奇展览馆。馆中有一组展品是照片，照片的主人公，便是谢玄本人。他想在这个馆中，记录自己的人生，所以，每个重要事件的照片都会出现在这里。

文艺股民

弹指一挥间，十年又过去了。

如今，谢玄领养的7个孩子都已长大成人。年龄最大的胡筱娟已经从旅游大学毕业，成为趣园会所的常务总经理。玄天青师从谢玄，此时已经成为得力操盘手，深受谢玄赏识。天青表面看起来单纯阳光，但思维缜密，有着不错的投机天赋，天生是块学股市套利术的料儿。谢玄对他抱有很大期望，认为是老天爷长眼，竟然让自己遇到这个孩子，明摆着就是想让他传承自己的股市套利术嘛！其他孩子也都很出色，没让谢玄失望。张冬雪学的是律师专业，毕业后留在谢玄的房地产公司，帮他管理企业。尤小芳学的是师范，她选择去乡村做一名教师，立志培养出能考上清华的学生。而姜永、白旭、郁晨三个孩子学业优秀，大学毕业后，直接被谢玄送到了海外继续深造。

一天，七弟玄天青得闲独自一人在趣园展览馆看旧照片。

当看到第三组照片时，谢玄走了过来，几个兄弟姐妹间，他和玄天青聊得最多。那是一张33人的集体照，这33人都是H市的第一批老股民。当时，《H市晚报》写了一篇宣传H市改革开放成就的宣传文章，要一张照片作插图，这33人就在国庆节前聚在一起拍了这张照片。33个男人站成两排，谢玄站在第二排的最右边。

"文艺青年？这有什么关系……"玄天青正纳闷儿。

这时，谢玄开口了，说道：“这炒股就是一项艺术，所以，股民都是文艺人士，年轻的炒股人，不就是文艺青年了？”

玄天青转身，叫了声：“老大。”

谢玄小心地取下照片，去文印室复印了一份，把复印件交给了玄天青，严肃地对他说：“为什么要特意送给你这张照片？这张照片是真实的教训。照片上的 33 人，只有我一个通过股市改变了命运。其他人不但没有赚到钱，命运还很艰难，甚至，有人付出了生命的代价。你知道在股市，人最容易犯的错误是什么吗？”

玄天青摇了摇头，谢玄继续说道，“不懂得如何规避风险，人们要么是不规避熊市风险，要么是玩归零杠杆游戏。你一定要记住，在股市这个高风险的市场中，不能同大狗熊硬拼，当你看不清楚现状时，最好观望休息，千万不能赌博。”

玄天青连连点头，接过照片，认真地将谢玄的话记在心底。

接着，谢玄又给玄天青讲了讲另一张照片的故事，这张是谢玄 1995 年在“国债期货大战”大胜后照的，名字为“有知者无畏的救赎”。

在这次国债期货 327 品种的操作中，谢玄大获全胜，让自己的财富值达到了一个高度自由的状态，然而照片中不是春风得意的谢玄，而是一辆远去的出租车。

“老大，我又看不懂了。”玄天青不好意思地笑笑，越了解谢玄的过往越觉得他神乎其神，深不可测。

谢玄看着这张照片，像是陷入了回忆之中，良久之后，才沉声说道：“人生是需要决战的，这是英雄的必经之路。但是人生又不能时刻处在决战之中，咱们都是血肉之躯，没有这个本钱，最优秀的人都是会吃、喝、玩、乐、游、趣的，所以，我们要做这样的人，以玩乐为生，在玩乐中学习。”

其实，这张照片背后还有一个故事，只是谢玄一直藏在心底，不愿告诉他人。那是和谢玄同时炒股的一个大户，在这次国债大战中，做反了方向而爆仓，最后彻底消失在人们的视线中，多年后，谢玄在街头偶遇这个人，他成为一名出租车司机，风光不再。这也就是为何照片上是一辆远去的出租车，谢玄用这张照片提醒自己，繁华富贵随时都会随风而去，像驶出的车辆一样，一去不返。

无风险套利秀

山不在高，有仙则名；水不在深，有龙则灵。这是胡筱媚在经营趣园时秉承的理念。

胡筱媚喜欢把趣园会所当做山、当做水，然后引仙养龙，为趣园积聚名气和灵气，这样，趣园的风水自然变好，媒体、会员和顾客就会闻风而来，人气自然旺。

胡筱媚所谓的引仙养龙，其实指的是在趣园所举办的活动。在活动中，能人巧匠的讲座是龙，民间传说的股市大鳄是仙。前期，趣园的理财讲座，最受欢迎，甚至知名电视台也会慕名来趣园录播。

会所举办的首场讲座主讲人是玄天青，话题为“无风险套利”，听众是会所的第一批会员。

讲座定在年末的倒数第二个交易日——一个星期四的下午。

在讲座开始前，由玄天青带领第一批会员参观趣园的操盘室，这里平时是谢绝参观的，今天为了满足大家的好奇心，破例向首批来访者开放。

第一批参观操盘室的人一共有八名，小有名气的财经女记者蒋威风也在其中。

蒋威风早就想一睹趣园操盘室的风采了，经常在财经圈听到各式传闻，说趣园会所的独特、神奇，今天她的兴奋之情可想而知。

可谁知一进门，以为自己走进的是琴房。首先入眼的，竟然是一架钢琴，一本琴谱摊放在上面。

“你们这里明显和公募基金的操盘室不一样嘛，怎么还摆钢琴？”

玄天青笑了笑，继续把人往里面引。

蒋威风边走边说道，“对了，我看到网上评价你说在交易操盘时，着装随意、行为自由，和其他基金经理的西装革履相比，比较贴近土八路的形象啊……”

“哈哈……我本来就是个土八路，大家把我想象得太美好了。”天青笑道。

“这可不对，刚刚那番形象明显是江湖谣传嘛！瞅瞅眼前的玄少侠，完全是典型的儒将气质，哪是什么土八路！我要借借少侠手上的财气。”一位光头的老板，一边握着玄天青的手，一边说道。

“谢谢您的夸奖，其实都被媒体夸大说辞了。不过蒋记者刚才说的，也确有其事。前几年，有位年轻记者突击采访，让他看到了我不雅的一面，真是不好意思。”玄天青不好意思地笑了。

“这才是真性情，丢什么人啊。”有人笑道。

玄天青又腼腆地笑了，他没过多解释，话锋重新转到操盘室上面。他说，“不过，我们趣园的这间操盘室的确与其他机构不一样。”

“好，好，我们正希望见识一下这个神秘趣园呢，有劳了。”说话的，是一名打扮时尚的女性。

“欢迎各位来到趣园的操盘室。大家看，咱们现在站着的这间客厅也是作战观摩室，前边的这两面液晶屏，一面在交易时间供客人关注股市行情，另一面的使用则比较灵活，既可供表演者下单买卖股票，也可查看网上信息或刷微博、上博客。当然，如果有需要的话，还可用于讲座展示用。”

“很好，很不错，既实用又具娱乐性，想得很周到嘛。”参观者纷纷点头，玄天青微微一笑，继续介绍道，“靠近门口的这块白板用于注明临时通知、注意事项。墙角的吧台，摆放着饮料和书籍，大家累了，可以坐下喝点饮料，看会儿书，休息一下。”

“门那边的液晶屏，就是操盘室了，是我们趣园会所的一个宝贝——交易机器人。大家看屏幕上的那个在山间小路上的小机器人撑开伞，说明机器人认为现在是股市弱势周期，不适合持股操作。当股市转为强周期的时候，画中的小机器人会把伞背在背上，那时就不妨操作一下，或许会有意想不到的收获哦。”

“这机器人分析得这么清楚？就没有它不知道该如何操作的时候？”有人提出了质疑，天青脆声答道：“这位先生问题提得好，就算是再神的机器人，也不可能把股票分析得那么透彻，我们的宝贝也有犯糊涂的时候，怎么办呢？哎，说起来有点丢人，这时它总是会‘咻’的一声躲起来，不见了踪影，你说它多淘气。”

“哈哈……”玄天青的无奈表情逗得大家捧腹大笑，而画面上的小人这时果然“咻”地一下消失不见了，只留下一幅唯美的山水画……

“很有趣，很有创意啊。”有人发出惊叹声。

玄天青继续介绍道，“每当市场处于可操作期的时候，屏幕上会根据事先设定好的程序自动选出 4、8、16、32 只股票形成短线组合，可以作为初选股票参考。这下面的信息是当周的信息备忘录，需要大家多多注意。”

接着，玄天青带着大家又参观了公开操盘室和独立私密操盘室，大家都认真地听着。等把几个操盘室看完，之前的光头老板问道：“我刚才在操盘室的门口看见一块铜牌，上面写着‘中暑山庄’，字的下面还有一个牛熊拳击相斗的图案，下面是‘特别欢迎骑士、特别欢迎作家、特别欢迎有意思的人、特别欢迎……’，这有什么讲究吗？”

玄天青笑了笑，回答道：“这位先生好眼力。中暑山庄的意思是，中暑、头昏眼花、不清醒的症状。人生中，最容易中暑的领域有三个，恋爱、宗教、炒股。许多人在工作生活中耳清目明，人体机能稳定正常，但一进股市就犯糊涂，行为让人无法理解，甚至自动往赌桌上‘捐’钱。因此，趣园的操盘室，还有我们老大的博客都起名为中暑山庄，以此来警醒自己和身边的股友，切不可在股市中‘中暑’，要时刻保持清醒的头脑。”

“你口中的老大？是那位趣园的神秘人物吧？”蒋威风敏锐的职业嗅觉，一下转化了话题，玄天青毫无准备。

“哦，是的，他是趣园的主人，我的师傅。”

“有点意思，不过，这话真能起到作用吗？”有人插话，回到开始的话题。

玄天青闻言，先是叹息一声，然后一脸惋惜地说道：“这位朋友说得很对，就算我们这样警醒，也不一定起到闻者足戒的作用。我们老大曾经讲过，他的股海生涯，最痛苦的就是眼睁睁地看着与他关系很好的股友在股市中干蠢事，却无力阻拦。眼睁睁见他们往悬崖边走去，却拽不回来。我不盲目相信命运，但在股市中，有些人就好像真是命中注定要为股市奉献一样，把投资做成消费，实在是可惜。”

“命中注定，这还真是一个十分无奈的词语。那……那三个特别欢迎是指？”光头老板抱着膀子问道。

玄天青指着对面墙上的几幅装帧精美的书画，回答道：“您看，这几幅书画的内容都与骑士精神有关，趣园比较崇尚骑士精神，永不消逝的骑士精神，类似于一种信仰。站在孤高的峰顶，任由风吹拂着破损的衣衫，拍一拍满是土灰的铠甲，抬起沾满血渍的脸，微笑，凝望远方。与股海博弈需要的气场相近，永远忠于守护的骑士是最值得景仰的，所以特别欢迎骑士。”

他顿了下接着说："作家是人类的灵魂工程师，文学奖是诺贝尔奖五个奖项中的一个。在趣园的人生概念中，物质的作用是保证自己的生存和使自己获得自由，而精神境界则是人生意义的真正价值体现。内在思想的丰富应该比物质的丰足更加重要，人的行为、成就和幸福感都与文化有直接关系。所以，一个人的成功应该是优秀的副产品。人们改变自己的经济境况重要，但改变自己的精神境界更加重要。其实，欢迎作家，与欢迎骑士在思想上的体系是一致的、延续的。不过，从待客角度讲，欢迎骑士是因为个人崇尚，欢迎作家是为了社会。老大确实有这样的理想，但也不是完全大公无私的，欢迎有意思的人就是因为老大喜爱与有意思的人交往，他觉得这才是人生中最大的快乐。每个人的结局都是一样的，无非就是有人可能死得有意义，有的人死得默默无闻，但精彩的人生主要体现在过程中，这一生做过什么有意义的事非常重要，而精彩的程度以及娱乐感主要体现在你交往的人是否有意思……"

大家听了，都连连点头，越来越觉得这个趣园有意思。

讲座结束，玄天青看看时间，不知不觉已经讲了一个多小时，离预定的时间还有半个小时，正好可以实际操作一下，让大家更直观地了解股市，便说道："这次，咱们玩个真的，我当着大家的面实际操作一下，表演一下股市无风险套利的技术如何？"

"这敢情好！"他这话无疑将大家的兴趣撩拨到了最高点。

玄天青微笑着，动手操作起来。他先让与电脑连在一起的大屏幕显示股票行情，敲出一个代码 204001，然后问："有谁知道这是什么吗？"

大家摇头，他这才按了一下键盘上的 F10 键，大屏幕马上出现这个品种的相关资料，他用绿色的激光笔指着大屏幕介绍道："这是国债逆回购，一天的国债逆回购。就是说咱们可以通过卖出这一品种，把你今天股票上的账户资金放高利贷借出去，比如说现在借出去，明天上午一开盘，钱就回来了，而且会多一些利润。"

说着，玄天青打开一个股票网上自助委托软件，边操作边对大家解释道："大家看，这是现金 1000 万整，我马上就用这 1000 万操作这个品种……现在 204001 的价格是 40% 多，这是一个年化利息值，现在已经比昨天涨了 2000%，我预计马上还会再往上暴拉，到时我就会满仓操作的。"玄天青正说着，只见大屏幕上 204001 突然直线上冲，一下子由 40% 多涨到了 90% 多，他赶紧把所有资金挂在了99%的位置，顷刻就成交了，最高涨到了99.9%的数字上，收盘时收到了90%。

大家看得眼睛都直了。

玄天青收盘后打开计算器软件，演算："1000万*90%/360—1000万/10万=24900元"。

有人看到他的演算过程，便问："那个1000万除以10万是什么意思?"

天青说："那是券商的交易佣金，前面的是这笔操作不管大盘涨跌都保证无风险的利润。明天早上一开盘，这个账户里的钱就会从1000万多出来24900元，如果天天能这样做，一年的收益是90%。当然这是不可能的，因为平常时间的年化利息不会这么高，但也比银行的利息高得多。今天的时间比较特殊，是年底的周四，逆回购利息特别高。但是，平常的交易时间，还有其他一些固定收益和无风险套利的品种，组合起来，一年的稳定收益也不错。所以，刚才我说今年如果用大家都在用的方法炒股，可能会很危险，但是用新方法，不管大盘涨跌，都会收益不错的。"

这次讲座十分成功，大家发现，趣园果然有趣，还有人在心底盘算自己有多少资本，也打算到股市试试。

私募大会

近期，股市一片繁荣景象，玄天青在趣园举办的"无风险套利表演"后没多久，就到了一年一度的私募大会。

私募大会，是私募界人士公认的一个顶峰聚会，以业内聚会形式总结一年来最优秀私募基金的投资成就、经典战例，以及展示最新研究成果、技术，在私募江湖中的意义犹如武林中的华山论剑。因此，私募大会每年都会受到整个资本市场和媒体的高度瞩目，无论是业内精英，还是普通中小股民、基金持有人都会被其吸引。

今年的私募大会主题是"实现梦想，改变命运"，由谢玄的龙腾投资公司赞助承办。既然是谢玄出马，会址当然选在了壮观伟奇、让人无限神往的神秘趣园。

每年的私募大会都会涌现不少精彩的话题。比如，去年的大会主题与当年股市中的重大事件——“股改”紧密联系，会议的宣传语与监管层某官员的名言一致，“股改，开弓没有回头箭”。

在上一届私募大会上，前一年的私募基金净值增长中排名第三的好运来基金经理方森以《论用权证推动股改的现实意义》为题发表演讲，这一话题完全出乎大多数人意料，众所周知，在此之前权证这个交易品种在交易所已经尘封了十年之久。报告建议，权证这种类型的上市公司在股改方案中增加赠予流通股东不同类型的权证，调和折中非流通股东和流通股东之间的兑价比例看法矛盾。也就是，上市公司免费派发各种不同性质权证给流通股股东作为相应的补偿。此建议得到监管层、上市公司和市场的一致认可，推进了部分上市公司的股改进程。

首战告捷的便是东方钢铁公司。私募大会后不久，这家上市公司就推出了送股结合送认购权证的股改方案，成为第一个吃螃蟹的大型国企股改公司。消息一放出，众多的私募高手自然对这一事件高度关注，方森更是紧盯东方钢铁公司，一直跟踪研究这只股票的走势情况。

东方钢铁公司的股票在股改前其实也进行过类似配股的增发，只不过那时增发不巧遇到大盘急跌，导致参与增发的机构重仓被套。而这次东方钢铁以新的股改方案上市后，方森经过仔细研究，最终发现，这个权证的优势非常突出，T+0 交易、绝对价格便宜、具唯一性、凶悍机构重仓、新闻媒体热点追踪，这些因素统统促使人们认为东方钢铁的股改方案得到市场的正面认可，甚至推动其他处于观望中的上市公司的跟进。

方森把东钢权证列为重点投机品种，在其后的两个月，他几进几出，斩获颇丰，为他管理的好运来基金创造了净值增长 60% 的战绩。方森在东钢权证上的战例震惊了整个股市，也让好运来基金的持有人兴奋不已。而此时的股市乍暖还寒，人们尚未从熊市的低迷中恢复过来，网上随处可见“远离毒品、远离股市”的帖子，不断受挫的普通投资人看到方森的战绩，一瞬间又看到了希望之火。那一年的 8 月 28 日，好运来基金持有者自发聚集在世贸天阶，齐发短信“祝股海英雄方森生日快乐!”，短信被上传，只见头顶那方巨型的天幕上逐一显示，瞬间屏幕就被大家对方森的生日祝福所覆盖。引得许多行人驻足观看、拍照。方森被彻底地感动了，他感到这种心情比股市获利还要激动人心。

其实，每一届私募大会都会有些意料之外的事情发生，所以在每一届大会之前，人们都万分期待今年的大事件，对股市会有什么样的大影响。

每届私募大会常规流程有三项：红地毯仪式、荣耀颁奖时刻、达人华山论剑。本年度的私募大会在元旦假期最后一天的下午召开，走红地毯的地点选在了趣园的花廊。

这一天，虽然已经步入冬天，却下起了绵绵细雨，不少闻讯而来，想一睹私募英雄真身的股民、基民和记者冒雨等候在花廊的外侧。花廊的尽头，有一块大大的宣传画壁，是私募英雄签名留念的地方。此时，大会尚未开始，一男一女两位财经电视主持人站在画壁旁边，一边轻声交流着什么，一边焦急地等待着嘉宾。这次盛会是业内人关注的焦点，他们可不能有半点儿差错。

画壁两侧并排站着 8 位礼仪小姐，负责引导嘉宾拍照、采访和走进会场，个个貌美如花，青春娇艳。

下午 1 点，嘉宾陆续到场，首先入场的是非业内的名人嘉宾。两名主持人快步迎上一位身着西装、绅士风度的官员模样的人，50 多岁，头发有些灰白。

“秋实老师，你好，这边请。”

秋实满脸红光，边走边哈哈大笑道：“你好，你好！大家好！我这还是第一次走红地毯呢，今天由我第一个走，是不是不太合适？他们和我说这红地毯，还必须得由年龄大些的人先走，如果年轻人先走，怕压不住场子，哈哈，我就只得先走了，你别说，还真有点电影节明星的感觉，第一次……”

女主持人微笑着说：“秋实老师您太谦虚了。大家都知道您是第一任深交所的所长，现在又是著名的金融经济学家，特别是您写的《中国私募基金研究报告》，在业内影响巨大，为中国私募基金的发展和阳光化进程作出了革命性的贡献，由您第一个走红地毯是众望所归啊。”

当走到画壁前面，男主持人递过一支签字笔，笑道：“秋实老师，请您在这里签名。”

“好，好，我也来体验一下当明星的感觉，哈哈……”秋实大手一挥，龙飞凤舞般在画壁上留下了自己的大名。

接着走过来的身着休闲服的一位中年男子，引起观众的议论，纷纷猜测他的身份，其中有人突然喊道：“呀，这不是戚远吗！”

戚远的名字一爆出，观众们便不平静了，议论声此起彼伏，戚远在股市是股神级的明星投资人物。他从8000元的投资本金，到今年已经坐拥高达12亿的投资金。而中国股市前四年是绵绵不绝的熊市下跌，众多机构和职业大户亏损累累，唯独戚远从未有失利消息传出，难怪大家会对他如此感兴趣。另外，戚远同时也是好运来的股东和董事，更添一分神秘。

戚远一路微笑，来到签名板前，签好名后，很自然地接过无线话筒准备接受采访。女主持人看起来之前就认识，很熟络地招呼道："你好，戚远。投资大师、股神，我们又见面了。"戚远先向观众招了招手，然后彬彬有礼地回应道："好久不见。今天我是来和同行学习的。"男主持人连忙问："今天虽然是私募大会，但我想问一个大家都特别感兴趣的问题。您和方总这两位钻石王老五，有女朋友吗？喜欢什么类型的女孩子呢？身为知名人物，赌场得意，情场也要诗意哦！"

戚远听完哈哈大笑起来："……这个问题，我可以给大家透露，方总还没有。"男主持人也跟着笑起来："戚总太坏了，出卖朋友。"

目不暇接，红地毯又走来一人，竟然是电影明星张宝祥。张宝祥以草根形象深受观众喜爱，他刚刚出演的《囧途》创下中国电影的票房纪录。观众席中有人不断地同他打招呼，嘴里喊着："你好，阿丙兄弟！"引起会场一片笑声。"阿丙"是张宝祥在电视剧《谋算》中出演的一个角色，看来他的角色，深深烙印在大家心中。张宝祥朝着出声的地方一边挥起手一边回话道："你好！我今天不是阿丙，我是一个普通的基民。"说完，他露出了憨厚可爱的笑容，和两排整整齐齐的牙齿。

男主持人马上迎过去，问道："您买的是哪只基金？"

张宝祥毫不避讳，大方地回答道："肯定是方总的好运来基金啊。涨得很不错，听说是今年的第一名，股市万岁，方总万岁。刚才是说方总还没有女朋友吗？我愿意帮忙啊！但是不能耽误做选股功课哦！"大家听后，又哄堂大笑起来，主持人也笑得说不出话来。

与历届相比，这次的私募大会，是非业内知名人士嘉宾参加最多的一次。随后还有足球运动员海川、相声演员江笑湖、收藏家柳毅阡、天使投资人王功、性格色彩辅导师乐天等几位嘉宾。

两位主持人采访完嘉宾后，微笑着总结道："你不理财，财不理你。股市投资理财已经成为中国城市家庭最重要的理财手段，股市的涨跌起伏备受关注。私募理财业也因此方兴未艾，优秀的股市职业操盘手将成为社会上最受人尊敬的职业。今天来访的各界嘉宾，都是各行各业的潮人，对投资的热衷相信也让他们收获颇丰。”

接下来走上来的是私募业内人士，按照年底刚刚尘埃落定的年度全国私募排名，先入场的是第十名至第四名，然后重头戏，前三名入场！

“接下来入场的是，北京骑士狐狸基金的玄天青先生……骑士狐狸基金的投资风格明显异于其他，以短线操作为主，配合低风险的转债，净值曲线一直保持稳定，一年12个月的净值逐月上涨，因此获得收益稳健持续增长奖。骑士狐狸基金仅成立一年，第一年就进入三甲让人称奇，甚至在去年倒数第二个交易日还是基金年增长率第一名，只是在最后一个交易日的最后几分钟，基金的重仓股在尾盘被突如其来的几笔大单砸下了5%，而好运来基金的第一重仓股尾市涨停，才使得骑士狐狸基金变成了第三。”

主持人边介绍，玄天青已经徐徐走上红地毯，并不断向大家挥手致意。

“年度的第二名是山西十全九美基金瞿玉丰。瞿玉丰原是北京一家券商的自营盘操盘手，下海后组建了十全九美基金，是一只煤矿行业基金，主要的股东是煤矿老板，主要的客户是煤矿老板，主要的持股股票是煤矿股。基金净值增长了110.1%……”

“……年度的第一名深圳好运来基金方森。方森先生是去年的第三名，今年如愿以偿登上了冠军宝座，而且年收益率达到惊人的110.3%。不仅如此，方森的基金公司总规模也进入前三甲，另外还获得了最佳投资案例奖。方森也是十佳基金经理中唯一一位包揽三项大奖的，他无疑成为本届私募大会最大的赢家……”

这次走红地毯嘉宾队伍还有三位女性，她们的亮相出人意料，大家不知道她们的身份，为何参加本届大会。但是，无疑这三位盛装晚礼服出席的美女成为一道靓丽的风景线。

当她们走过红地毯时，男主持人问道：“三位美女，为什么参加这次私募大会呢？是不是有什么特殊的任务？”

三个姑娘相视一笑，其中一个举手笑道：“我来回答吧……”男主持人把话筒递了过去，没想到姑娘眼睛一眨，俏皮地说道：“我们来这里的任务……是保密工作！”

“这个答案……看来我们是得不到答案了，不过，不管你们是为何而来，你们的到来肯定拨动了我们这些股海骑士们的心弦……”男主持人机灵地应付道。

不知何时起，国内的私募江湖兴起崇尚欧洲骑士的风潮，本届主办方龙腾集团注意到一个现象，于是定位大会的风格为“股海骑士风”，授予年度基金净值增长排名前三的基金经理“股海骑士”称号，灵感源自电影《骑士传奇》、《亚瑟王》、《罗宾汉》等。

三位由主办方邀请来的优秀女性，分别用金箍棒轻触受奖方的两肩，然后把刻有奖项名称的金箍棒作为荣誉见证颁给三位幸运男士。而三位女神手持的是模仿孙悟空的如意金箍棒，不仅有趣，还颇有深意。

男主持人向大家介绍道：“骑士是欧洲中世纪受过正式军事训练的骑兵，他们属于贵族的最底层，后来逐渐演变为一个社会阶层的荣誉称号。不过，骑士的身份往往并不是继承得来的，而要靠自己的拼搏和勇气去争取。他们在领主的军队中服役并获得封地，还需自备武器和马匹，这些都与现在的私募基金经理地位十分相似。在我们的印象中，骑士居住在古色古香的城堡中，过着贵族般优越的生活。他们不但能战胜邪恶的魔法师和巨人，还会以贵妇或者女王的名号行侠仗义，保护着善良却又有些无知的百姓，这种生活不正是我们许多私募基金人所向往和追求的吗?”

女主持人点头称是，接着说道：“身为一名骑士，他们身上承载了太多的东西，名誉、礼仪、谦卑、坚毅、忠诚、骄傲、虔诚……为了扛起这些，他们必须拥有强大的心灵和不屈的精神。因此，一名优秀的骑士首先要爱护和尊重世间的每一个人，要时刻做好贡献自己全部力量乃至生命的勇敢精神的准备。正因如此，他们希望身后能站有一位属于自己、代表着爱和美的女神，骑士将她奉为和谐、和平的幸运之神，崇拜、守护着她。这，就是骑士精神!”

“没错!”男主持人接着说道，“骑士精神是一种信仰，每一位骑士都是时代的勇者，他们站在孤高的峰顶，任由劲风吹动已经破损的衣衫，潇洒地拍一拍满是土灰的铠甲，抬起沾满血渍的脸，微笑着……凝望远方……对我们来说，骑士精神是贯穿整个人类发展史不可或缺的东西。古往今来，东西南北，皆不出其外。我们知道，在日本有武士精神，他们效忠的是天皇；在我们中国有侠义之士，他们替天行道，效忠的是天以及天定的道德准则；西洋的骑士精神则多了些浪漫，他们效忠自己的女神。我们的‘股海骑士’也会找到他们乐于效忠的‘幸运女神’，留下一段新时代的佳话。”

“对……”观众们的热情被充分调动了起来，主持人一番话使大家一会畅游到中世纪的欧洲，领略骑士的飒爽风姿，一会儿又畅游到国内刺激惊险的股海，倾慕智士的捞金绝技。女主持人盈盈一笑，对着话筒说：“那么，马上请出今天的三位女神……”此时，背景音乐响起，本来正式的西洋骑士授予仪式应该由主礼人吟唱誓词，不过，本届大会只是借鉴授礼形式和突出精神主题，便省去了这一环节。

男主持人继续介绍道：“今天，三位美女颁奖嘉宾分别是‘智慧’、‘善良’、‘幸运’的化身，她们善良、年轻、漂亮、多才多艺，而且被评选为年度中国私募界的幸运女神。”大家的目光齐刷刷投向台前的三位美女，聚光灯下的她们光鲜亮丽，散发着神圣的光彩。

代表“智慧”的女孩名字叫蒋威风。女主持人介绍道：“蒋威风，现任知名财经记者，她以高考状元的身份考入中国名牌学府创业大学，毕业后在网上发表的一篇小说《失恋》被一家网络公司看中并改编成电影《33天》，由蒋威风亲自出演女主角，这部小制作的电影一度创造了贺岁档电影的票房奇迹。”

“‘善良女神’名叫尤小芳。她现在是四川某村庄唯一的一位女教师。尤小芳从师范学院毕业后自愿去乡村支教，学校5个年级的50多名学生都是她一个人教，非常辛苦。但是，不管那里的条件有多差、生活有多苦，她都不曾抱怨过，每天都微笑着面对生活。”男主持人动情地说道。

“只要孩子们想读书，我就会一直教下去。不培养出上清华的高材生，我不会离开那里。”

现场被台上这个小女生征服了，这柔弱的小身躯竟然蕴藏着如此大的力量。谢玄远远地望着小芳，眼睛慢慢湿润了起来，他脑海中浮现小芳去四川之前的一席话：“老大，二姐、五姐帮您打理公司，郁晨他们有自己的梦想，天青得到您的股技真传，我，要延续您的‘心’，一颗神圣、博爱的心灵。”谢玄情不自禁地鼓起掌。瞬间，会场响起一片热烈的掌声。

接下来，女主持人走到“幸运女神”面前，台下观众认出了她，小声说：“这不是京城旅游小姐的冠军章婷吗？名副其实啊，够漂亮，有气质。”

谢玄刚刚缓过神来，看到章婷，心中突然掠过一丝似曾相识的感觉，他心中嘀咕：怎么这女孩子，好像在哪里见过？

颁奖仪式上，三位女神依次颁奖给季军、亚军、冠军。

颁奖完，男主持人即兴提了一个建议，说道："美国著名的投资大师——私募基金经理巴菲特有一个著名的巴菲特晚餐，全世界竞价最高的可以和巴菲特一同就餐。咱们私募大会是不是也搞些创新，借鉴一下这个模式呢？"

章婷感兴趣地问："怎么借鉴呢？"

"咱们可以增加一项幸运女神晚餐节目啊……"男主持人狡黠地看了章婷一眼，"从今年开始，我们可以给下一年度私募冠军和幸运女神一个一起用晚餐的机会，才子佳人的浪漫晚餐。这个创意说不定能让咱们的'股海骑士'冲劲十足，振奋股市呢。"台下响起一片笑声。

女主持人响应道："好主意，骑士效忠女神，为了心中的女神，我相信骑士们，会更加斗志昂扬的！"两位主持人的话马上把会场的气氛带动了起来。只见他们话音刚落，台下立刻响起一片响应的掌声，倒是章婷不置可否，微笑地看着大家。

主持人没有善罢甘休，转过身认真地问她："明年的冠军邀你共进晚餐，你会同意吗？"

章婷犹豫了下才笑答："虽然我不是巴菲特，但我很愿意享受一下巴菲特的待遇。不过，我有两个条件，第一，菜由我来点；第二，对方要告诉我一只黑马股；第三，即使是第一名，也要收益率超过100%。"

"章婷小姐的条件还真严苛啊！"主持人佯装擦了下额头上的汗，继续说道，"不过，我相信，这点小事儿，对我们勇敢的骑士来说，不成问题，对不对？"男主持人冲着坐在台下的男私募经理问道。

"对！"台上台下又是一片掌声和笑声。

猎庄狐狸

私募大会举办的第二天迎来新年第一个交易日。沪深股市新年开门红，沪市综指上涨1.7%，深市成指更在房地产股的带动下上涨2.9%，涨势喜人。个股有近十只私募基金的重仓股也逐渐封上涨停板，其中有方森一开盘就大量买进的深市房地产股——红似火。

以往，方森每一次重仓买进都会事先仔细研究，今天他一反常态，一开盘就大量买进这只小市值房地产股票，这是昨天晚宴一时冲动下决定的，可以说是“冲冠涨停为红颜”。

昨晚，方森原本打算私募大会一结束，就飞往深圳的。国内有实力的私募基金都会有两个操盘室，一个在南方，多设在广东、福建等地；一个在北方，基本都在北京。冬天在南方生活，夏天在北方。方森也是这样，对于他来说，北京的冬天实在是有些寒冷。

但就在昨晚，在私募大会上，方森看到了章婷，只一眼，他感觉心脏瞬间被电流击中，一阵灼热。这是他此生第一次有过的感觉，应该也是一生唯一的一次。方森盯着电脑屏幕红红绿绿的线条，思绪却远远飘到了昨晚的私募大会现场。

当三位女神抽签时，方森紧张得心快悬到了喉咙眼，扑通扑通无法平静。他呆呆地看着章婷的身影，默默地祈求，上天把这个“女神”安排给自己颁奖吧。老天爷像是很乐意成全这桩美事，章婷缓缓地走到他面前，手执如意金箍棒轻敲他的双肩，他激动不已，很想抬头与她四目相对，用自信成熟的一面吸引眼前的女神。

方森一直是有名的钻石王老五，外形好，又能吸金。他对自己的魅力也很有信心，曾经以为只要他出击，没有哪个女孩能逃出他的攻势，凡是被他近距离直视的女孩都会立刻“中暑”，害羞地避开他的目光。而对方一躲闪，他就知道自己又成功俘获了一颗芳心。

但是现在，他却像情窦初开的小男生，心中一阵慌乱，竟然自己先不好意思地低下了头，避开了视线接触。他竟然觉得，此刻，自己像一条忠诚的黑背，半跪在美丽的女主人面前，希望得到她的爱怜。

方森想，难道这就是爱情吗？原来，真心喜欢上一个人是这样的感觉。在她面前，他可以卑微到尘埃里，然后开出花朵来，却丝毫没有丧失了自尊的卑贱感。

只这一初见，一切发生得那么突然，又那么自然，他爱上了她。

“呵，我今天不回深圳了，可以参加晚上的晚宴。”方森告诉会议方接待自己的工作人员。

晚宴上，章婷坐在女主持人旁边，刚开始，她除了偶尔和身边的人说说话，很少主动与其他人交谈，吃得也很少，举手投足间给人一种文静典雅的感觉。她的一举一动，方森都看在眼里。

同桌的江笑湖非常敬业，不辜负他相声演员的才华。不管见了谁，他都一副熟人模样，热情打招呼，东问一句，西讲一句，很快饭桌上的气氛渐渐热闹了。晚宴开始没多久，江笑湖就说道："怎么大家都这么拘谨？我来给大家唱首歌，活跃下气氛。"

说着，他走到屏幕前，选了一首歌，调试了卡拉 OK 设备，不紧不慢走上台。开唱前，他还不忘调侃一下，笑道："我今天唱的这首歌有意思，是一首意大利歌。不过我不会意大利语，就直接用中文唱给大家听了。其实，我觉得在座的骑士都该学学这首歌，真的很有意思，也很有深意哦。"边说，还朝玄天青和方森的方向挥了挥手。

只听他唱道："好男人是一条狗，一条智慧的狗，一条幽默的狗，一条有担当的狗，一条能打猎的狗，一条能遵守三从四德的狗，一条外圣内王的狗，一条给他一些奖励就很高兴的狗，一条能不断创造生活浪漫的狗，一条走到天涯海角都离不开我的狗……"

大家刚听到第一句话时，就乐翻了，章婷和另两位女神也掩嘴偷笑。

相声演员的基本功就是说学逗唱，江笑湖唱得很投入，嗓音也相当专业，歌词也确实如他所言有意思得很，大家起哄也跟着唱了起来，边唱边捧腹大笑。现场一度热闹非凡。

一曲终了，江笑湖带头鼓起了掌。他确实很会带动气氛，看着大家鼓掌，他还把两只手抬起来，不断地向上托举，示意大家不要停，然后又在掌声最热烈的时刻突然又把双手往下一压，示意大家暂停。

"哎，我看见了，三位女神停得慢了，得罚，罚什么呢？就罚她们合唱一首蔡依林的《骑士精神》，大家说好不好？"江笑湖走到三位美女面前，递去了话筒。

"好，好！"大家都响应道。

"那立刻开始！三位美女请……献唱！"

江笑湖很夸张地摆出绅士般的邀请动作，请三位美女上台，蒋威风站起来，满脸娇嗔，问道："还有比我们更慢的，你怎么不罚？"

江笑湖一个鬼脸，望向大家，说道：“罚啊，怎么不罚。你看不出来我这是在偏袒你们吗？等会其他人停得慢，可更严厉哦。等你们唱完了，我就罚他们，那是动真格的，喝酒，说黑马股，嘿嘿，一个不能少。”

蒋威风这才不好意思地笑了，三个姑娘一一走上台。

唱完后，江笑湖对着在座的各位问：“美女唱歌，好不好听？”

“好听！”人们哄笑着回答。

“好了，我们唱完了，接下来，该惩罚其他人了吧？”蒋威风把话筒往江笑湖面前一递，质问道。

“罚，当然要罚，先让几位私募经理自罚三杯。”他话音刚落，就有几个人起身，把酒杯摆在了玄天青、方森还有其他几位经理人面前。

“不行不行，我不能喝酒，一会儿还要开车呢。”方森直摆手，他不想在章婷面前失态。

江笑湖哪肯饶他，旁边的主办方工作人员赶紧说道：“方总放心，我们已经帮您安排好司机了，您只管放宽了心，痛快地喝。”

“您就喝了吧，方总的酒量我知道，这点酒难不住他的。”旁人还有人劝酒。

方森讪笑着抬头，余光瞟到章婷也在盯着他看，好似心有期许。于是，他不好意思再推辞，站起来，举杯说道：“好，喝，我喝了！”

接下来，玄天青没有推辞，一杯酒，一仰脖就见了底儿，喝得很痛快。

却见酒喝完，江笑湖又问道：“玄少侠，您去年最看好的股票是哪只？为什么看好它？”

“这个……不好说吧？万一把大家套住了怎么办？”

“当然不能套住大家，必须涨。今天在座的几位经理人我一会儿都会问到，谁说得不好，敷衍了事，别怪我在电视里说相声编派他，让他的基金卖不出去。”

“江老师，您真会难为人呵。那我认真想一想。”玄天青一向不善于交际，这种情况下也不知道如何婉拒，便老老实实说道：“去年我始终在关注一只价格在面值附近的转债，它的代码是1100××。”只见在座一半人拿出手机，记下了代码。天青继续说着，“这只转债快到期了，如果它的转股价和对应的正股市价差不多，就会出现盲点套利的机会。而且做买转债还有很多其他的好处，比如说，正股涨时，转债也会涨；但是正股跌时，转债由于在面值附近则不存在亏钱的风险，投资者可以选择到期兑付现金，这样进可攻、退可守，几乎不存在风险。”

江笑湖听得云里雾里，摸摸额头，咂嘴道：“这个太复杂了，大家听不懂啊……”

“复杂吗？很简单啊，与买股票一样，只不过是一种习惯，以后要靠这一品种赚钱的。是江老师让我认真说的，我是认真的。”玄天青回答。

江笑湖一顿捶胸，叹息一声说道：“你小子看着老实，可够滑头的啊，算我没那么大本事，认栽了！不过，接下来可就没这么容易过关了，要说得简单、直接，来点傻瓜型的。”

宴桌上又爆发出一阵笑声。江笑湖又点了几位私募基金经理的名，请他们讲讲看好的股票，结果，他们说的无非都是自己基金持有的重仓股。

江笑湖有些纳闷：“怎么都是你们已经持有的重仓股？真的有那么好吗？”

“咱们得言行一致啊，最看好的就是持有的重仓股，否则就会调仓了。”有人笑答，江笑湖也咧嘴笑了。

方森第一个喝酒，最后一个发言。

江笑湖在问他之前，出乎意料地竟然先走到了章婷面前，和她说了些什么。章婷听后，微笑着看了他一眼，令他心中不由得紧张起来。

他们在说什么？方森又紧张又好奇。

终于，在大家的期待中，江笑湖点了方森的名字。

章婷微微一笑，宛如翠莺般的声音：“好期待啊！终于轮到方总您了。”

方森听得一阵飘飘然，暗想自己是不是喝多了，怎么觉得晕乎乎的。江笑湖在旁边，调侃道：“方总，今天听了女神献唱，可要回馈他们劲爆消息哦。”

方森顿了顿，没说自己看好哪只股，而是先发问章婷：“刚才我听见您在和主持人小姐谈论股票，请问你们在谈什么股票？”

章婷先愣了下，没想到方森听到自己的谈话，而后微笑着回答道：“我刚才和伊楠在说我手中一只房产股——红似火。最近房地产一直在涨，我想，既然房地产涨不停，那么房地产股也肯定会涨吧。而我又很喜欢红似火这个名字，所以就买了它。”说完，章婷觉得自己在职业精英面前班门弄斧，不好意思地笑了笑。

方森温柔地望着她，听她说完后，转身笑着对大家说："我现在最看好的股票也是红似火，如果你们问为什么，我只有一个理由——那就是幸运女神看好它，所以我也看好它。我有预感，幸运女神的垂青，会让这只股票涨停。"

旁边的玄天青将一切看在眼里，他习惯性地摸了摸耳朵。

不知是巧合还是其他原因，第二天大盘开盘后，晚宴上几位私募基金经理提到的股票都涨势可喜，尤其是方森最后说到的红似火更是连续三个涨停。

玄天青说的那只转债股虽然没有出现太大涨幅，但他的骑士狐狸基金的净值增长却非常迅猛，在一两周内夺得私募基金第一名的桂冠。

第二篇
女子私募

蠢蠢欲动

财经名记者蒋威风生于南方一个省会城市，父亲是地质工程师，母亲也在同一个单位工作。蒋威风从小就受父母影响，非常喜欢野外的工作与生活。她爱听穆桂英、花木兰等巾帼英雄的故事，小时候还常常幻想自己能有大破天门阵那样的不凡本领。

上学之后，蒋威风是老师同学眼中的假小子，各项体育项目样样擅长，对眼前的任何事物都充满兴趣，生活一直充满热情、无忧无虑的。然而，后来发生的一件事，改变了她很多。

蒋威风读高三时，家里发生了一些变故。

母亲因为单位经营困难买断了工龄，自主下岗择业。不久，蒋威风的父亲被公派出差了，春节前给家里打来一通电话，说发现了一个新矿春节期间可能就不回家过年了。

大年初三那一天，队里的同事打来电话，说领导要来家里看看，妈妈感到一丝不安，难道威风的爸爸出了什么事了。门外响起汽车的声音，打开门，一辆黑色的小汽车缓缓地停在威风家的门口，走下来三个人，领头的是勘探队的任队长。威风的妈妈想走出去打招呼，却觉得脚下一阵发软。

威风的爸爸在工作中牺牲了，威风接过爸爸的遗物：一件外衣，一副眼镜。按照国际地质勘探界不成文的惯例，地质勘探者在野外作业，死亡的地点就是埋葬的地方，不需运送回来。任队长安慰了这对母女很久，还告诉他们在威风的父亲遇难时，正好有几个野外自驾游的大学生，他们及时将威风的父亲送到了最近的医院，但是因为威风的父亲脑部被严重撞击，最终还是没能逃过这一劫。任队长说："一个大学生垫付了前期的全部费用，队里已经全部还上了。你们得谢谢人家，这是他的手机号码，他的名字叫薛白。"

威风流着泪接过纸条。

家中的变故让威风更加坚强，她参加高考，如愿以偿考上了北京创业大学的英语系。然而，仅依靠父亲的抚恤金和母亲买断工龄的钱，母女俩未来的生活依然有着不小的压力。

事情过去了一年，母女俩才慢慢接受了这个事实。一天，威风终于收拾起心情，拨通了薛白的电话："您好，我是蒋丛的女儿，我爸爸的事情，谢谢你当时提供的无私帮助。"

电话那边愣了许久，才说道："时间真快，都一年了……生死有命，节哀顺变。你不要太难过。"

威风听到这话，心里觉得怪怪的，明明是一个大男孩子的声音，怎么听他说话这么老沉。

"有机会，当面感谢你。"

薛白慢条斯理地回答道："那倒没必要，我只是做了我觉得对的事情。"

这一年蒋威风 18 岁，最美的年华。大学时，她每天骑自行车，在教室、图书馆、食堂、宿舍、操场之间穿梭，周末还要去做兼职教师，争分夺秒，大学生活过得充实而紧凑。她爱好很广泛，上了大学后，课余时间除了打工，主要就做两件事情——在网上写写随笔，打打篮球。她经常加入男生的篮球对抗赛，传球、运球、投篮，出手干净利落，毫不逊色于其他队友。男生都没有因为是一个小女生而顾忌，反倒见了她的架势，担心输掉没面子，所以球赛打得是相当带劲儿。也因此，身材姣好、容貌端正的蒋威风很快成为全校男生的话题人物，一些男生喜欢给女生打分，搞排名，而威风是全校唯一一个 99 分，扣掉的一分据说是因为她拒绝了所有男生的求爱，每一天都独来独往，让人感觉很神秘。

读研第一年，一个周末下午，蒋威风去给一个初中一年级女生做家教。上完课后，与女孩的妈妈，一个在家炒股的少妇闲聊，那个少妇上周在股市猛赚了一票，持有的股票一连4个涨停，心情颇好。

她请蒋威风吃水果，讲起自己炒股的事情，“在家炒股，如果炒得好，比啥都强，不像打工、经营企业那么多事，一台看行情的电脑，一笔钱，就一切OK，随心所欲地支配自己的时间，既独立又自由，还赚得多。”

蒋威风问：“那个股票4个涨停能赚多少钱?”

“29万多，不到30万。”少妇很轻松一说，让蒋威风猛吃一惊。自己一个周末给两个家庭做家教赚600块钱，一个月2000多块，一年也才3万多。眼前这个不起眼的少妇竟然能在一周内轻松赚29万多?

蒋威风迫不及待地问：“那炒股好学吗?”

年轻妈妈说得开心，咬了一口苹果，说：“好学。如果只是买卖的话，几分钟就能学会，想要赚钱的话，选股很关键，这个就不太好学了，要有天赋，还要有足够经验，还要不断看书学习，从电视、网络上了解大量股票信息。我还总去一家俱乐部听高手的讲座，我这只4个涨停的股票就是在这家俱乐部听讲座时听来的……”

说完，她突然问：“你要学炒股？我告诉你，并不是所有人都能靠炒股赚钱的。炒股也存在很大风险，许多人也赔的，你现在还是学生吧？最好不要碰这个东西。”

蒋威风连忙摆手说：“我不炒，我就是想了解一下，拓宽一下知识面。不过我妈妈可以炒，她一直在家闲着，我正想给她找点事做呢。”说着，有些不好意思地问道：“你这儿有学炒股的书吗？我想拿回去给我妈看看，能借给我吗?”

“有，这个没问题，我去给你拿。”她起身从书架取来两本书，介绍道：“一本是《百战成精》，一本叫《百战成妖》，一个作者写的，内容很有意思，既可以学习炒股知识，内容也不晦涩难懂，可以当闲书看，是我最喜欢的两本书。上面还有作者的亲笔签名呢，你拿回去慢慢看。”

“谢谢您。”蒋威风如捧珍宝般接过两本书。回去之后，她迫不及待地把《百战成精》、《百战成妖》用一个星期看完，她被书中写到的股市套利所吸引，尤其是书中的一句话深深打动了她：股市是现代年轻人改变命运的最佳路径。

改变命运……这不正是她一直想要实现的梦想吗?

于是她拿出自己所有的积蓄，在学校对面的证券公司营业部开了户，学起了炒股，和其他新股民相比，蒋威风还是比较理智的，她知道刚进入一个新领域是要交学费的，因此她心态很好……

大学毕业后，蒋威风想留在北京，她有两个选择：一是去一家大型国企做文字翻译资料，月薪9000多元；一是去一家财经媒体做记者，月薪3000元。她为此进行了激烈的思想斗争，最后一咬牙，选择了薪水低的财经记者，原因就是记者的工作时间机动灵活，白天炒股方便。没想到的是，蒋威风当上财经记者没多久，还没在财经新闻领域有太大建树，却意外地在文学方面出了名。

一次偶然的机会，她在网上写的短篇小说《失恋》，被一个影视公司看中。和她签约后，不仅将小说改编成了电影《33天》，她还亲自出演了女主角。

结果，这部电影成为当年光棍节的主打电影，一举创下国产小制作电影的票房奇迹。蒋威风一下子声名鹊起，成为家喻户晓的美女加才女。这也是她被私募大会邀请为智慧女神的主要原因。

虽然蒋威风炒股已有一段时间，对股市也有较深的了解，但当她出席私募大会，看到私募基金的前十名明星基金经理都是男士时，突然产生一个想法：如果出现一个女基金经理会怎样？她以媒体人的敏感嗅觉，看出这是一个会受到追捧的热点。

她甚至想，如果自己有私募基金公司，一个女子私募基金……就可以专门针对女性客户，为女性理财。然而，蒋威风很快又冷静了下来，她知道，发行私募信托基金的公司资质必须有一个实收资本不低于1000万元人民币的投资管理公司，另外信托公司的首期基金发行规模也必须在5000万元以上。这两个条件无疑是她目前不可逾越的障碍。

“梦想，遥不可及啊……”威风自言自语道。

然而，世界充满惊喜。就在这届私募大会后不久，一家信托公司宣传路演了一个新型创新私募信托计划产品平台——创新型的伞形信托私募基金。即使没有公司，只要首期能够发行1500万的规模，个人也可以成立一只私募基金。

看到这个消息，蒋威风开始蠢蠢欲动。

五匹黑背

蒋威风为实现梦想，开始行动第一步，先借自己资源了解圈内专业人士。她向杂志社提交了采访股市五位精英操盘手的策划案，社长很快特批了选题。蒋威风做好准备工作后，联系了第一位采访对象——股神戚远。

“戚先生您好，我是《股精》杂志的记者蒋威风，想就本期的股市话题采访您，不知您什么时候方便?”电话里，她有些紧张，担心对方会拒绝她的采访。

“你是‘私募大会’的智慧女神吧，很荣幸。今天下午 3 点收市后在招财证券的大户室见，怎么样?”对方很爽快地答应了她。

“太好了，我一定准时赶到!”她没想到这么顺利，匆匆吃完午饭，便立即赶往了招财证券。

蒋威风选戚远为第一采访对象，是因为他的成名故事传奇又神秘，而且他和本年度私募基金的冠军——方森，在同一家公司。蒋威风本想同时采访他们二人，可惜最近没能联系上方森。

之前，证券界的老股民根本没听说过戚远这个名字，直到股市走牛，他的名字突然出现在各地媒体上。几乎是在同一时间，媒体刊登了一则“股神如何从 8000 元炒到 6 亿”的故事，而故事的主人公，就是戚远。这件事让股界众人一片哗然，也让四年来一直处于大熊市的股市出现新的生机。

四年来，A 股的投资者亏损累累，几位著名的国营大券商都因挪用客户保证金自营投资股票失败而宣布破产，最终不得不被国家托管。然而，戚远的“神话传说”，像一剂强心剂，让股民对股市重新燃起了希望之火。

媒体宣传戚远实现熊市暴利的方法很简单——向巴菲特学习。他看好几只股票后买进不动，只买不卖。只坚持这一个简单的策略，他就很轻松地从 8000 元逆势，赚到了 6 亿，确实简单又神奇。

蒋威风来到戚远的大户室，采访刚开始，她就开门见山地问道：“戚先生，请问您的投资思维是怎样形成的呢?”

戚远打量了她一番，笑道：“我是在参加巴菲特的伯克希尔・哈撒韦公司股东大会后，产生了现在的投资灵感的。为了参加那次股东大会，我买了 1 股伯克希尔・哈撒韦公司的股票。你是不是觉得奇怪，为什么只买 1 股？其实一点也不怪，1 股伯克希尔·哈撒韦公司的股票价值 10 万美金，这不算小数目，对我们做投资的人来说，能前往美国参加奥玛哈一年一度的盛会，见一见当代最伟大的投资家，是莫大的荣幸。我从内心深处钦佩巴菲特，希望有朝一日可以探寻他的人生轨迹，领悟他投资的精髓。现在看来，我做到了，而且还开始了自己的滚雪球生涯，正在越滚越大、无限壮大中。”

蒋威风又接着问道：“您用的这个投资方法也是一些主流媒体和学院教科书上所提倡的，比如说巴菲特的老师格雷厄姆的《价值投资》和您说的有相似之处，而且大部分投资者可能也都读过这本书。您认为为什么他们没有成功，而您却创造了奇迹？”

戚远笑着摇头：“你说的那本书我没看过，我基本上不看炒股类的书，我自己都能写书了，还看别人的理论做什么？而且，别人的投资方法跟我的不一样，我只要知道我做的是对的，就足够了。好的投资方法、选股非常重要，选股前一定要仔细考察公司本身的情况。比如，我投资的公司都是赚钱机器，属于那种傻子都能经营的公司。如果一个公司要靠众多的人力才能做好，我是不会买的。另外，你说的那些没有获得成功的人，很大一部分原因是他们没有坚持下去，中途低点就把股票卖掉了。我和他们不同，比如说现在，另外，我在交易时间也不去看股市行情，暂时的涨跌对我影响不大，我只等最后赚大钱的时刻来临，而且那种赚大钱的机会一定会来临……”

蒋威风觉得如果再从投资细节发问的话，不一定能找到自己想要的答案，于是随口问道：“您平时除了炒股看盘之外，还做些什么呢？”

戚远想都没想就回答道：“睡觉，旅游。其他感兴趣的事嘛，就是培养新的亿万富翁了。我的愿望是让我身边的人通过 20 年的努力都成为富豪。今年年初，我去西安看朋友，朋友向我介绍了一位道家大师，说他会用奇门遁甲预测术。我是不信这些的，但刚见面，他就说我私处长了一颗痣，我当时一愣，问他怎么知道的？他却对我说这颗痣很关键，从现在开始的 20 年才是我辉煌的时刻。更逗的是，没过几天，那位大师竟然把家里的积蓄全交给了我，让我帮他炒股。他真的很相信自己的预测术，也很相信我……”

看到他的模样，蒋威风不禁想笑，真够神神叨叨的，像足了古代起义的农民领袖，欲称王先造势，这个道士就好似陈胜吴广藏在鱼腹中的“大楚兴、陈胜王”。蒋威风暗自心中评价戚远，圆滑、灵活，他说出来的话，让人感觉真诚、亲切、有趣，却深入不到他实际的想法。

结束了对戚远的采访，蒋威风接下来采访的是股市公募“一哥”——京华信优质精选基金的基金经理王伟徽。

王伟徽刚崭露头角那一年，排名第12，第二年一跃成为第1名。这之后的几年，他一直在前3名徘徊，但今年却不知道为何一下滑到第20名。单从成绩来看，王伟徽虽然被称为业界“一哥”，但并不是每年都能当第一，他之所以被称为“一哥”，是因为他每年都能出现在基金排名的第一阵营中。时间一长，“一哥”的金字招牌也就越来越亮了。而那些曾经和王伟徽争夺排名的基金经理们大多昙花一现。

在采访王伟徽前，蒋威风上网搜集了其他媒体的采访资料。据她了解，王伟徽管理的京华信优质精选基金虽然是一只开放基金，但是第一次申购后突然规定只可赎回不许申购了，这使得这只基金一直稳定在8亿元人民币的规模上，持有者也很少赎回。而且，虽然这只股票基金叫做优质精选基金，但大量地买重组股和亏损题材股，并逐渐形成了王伟徽概念股。另外，京华信优质精选基金重仓建仓的股票，大多不是其他基金已建重仓的股票，或者基金券商研究团体公认基本面好的股票，基本上没有大盘蓝筹股。

蒋威风对此感到很好奇，迫不及待地约他进行了采访。

王伟徽，中等个子、身材微胖。刚见面，王伟徽就带着将威风参观了京华信基金的办公场所，他为人谦和，与他交流让将威风感觉很舒服。

因为这次采访，蒋威风才知道公募基金的基金经理是不直接买股票的。当基金经理有想法时，首先提交基金公司的投资策略委员会，待批准后，再根据交易部门的报单，交由交易员实施。

蒋威风跟随王伟徽走进办公室，王伟徽亲自为她接了一杯温水，蒋威风忙双手接过水杯，问道：“能讲一下您管理的基金的风格吗?”

王伟徽笑着点头说道：“我认为，基金经理分三类。其一是刚入行没多久，还没形成自己风格的一类人；第二类是经过多年磨炼，已经形成特有的投资风格及行业偏好的人；第三类就是我这种因时而变的人。就像武侠世界一样，大多数基金经理都有自己的门派，价值投资者居多。但是我没有，一名江湖侠客罢了，我的投资风格是随机应变。”

“是比较随性自由吗?”蒋威风听后笑道，见他也笑了笑，又问，“听说您喜欢足球，那您觉得投资与足球有相通的地方吗?”

王伟徽微微一笑：“蒋记者来之前做了工作嘛。说起投资和足球之间的关系？我觉得投资就像是守门员扑点球，球踢过来之前，你没办法预测应该扑向哪边，没经验的守门员只能赌运气，这次扑左边，下次扑右边，或许会有碰对的一次。但是有经验的守门员就不会这么盲目，他们事先会做很多功课。会先了解不同对手罚点球时的不同特点、偏好，在对手跑动的过程中全神贯注地观察他，等对方出脚的那一瞬间，再根据自己的经验作出准确的判断……”

“原来是这样……很有道理。”蒋威风连连点头，随后又问了几个问题，结束了这次的行程。这次采访，蒋威风很快意识到公募的行事风格与私募有很大不同，甚至连基金经理的气场都明显不同。她没有深入挖掘问题，是因为她觉得王伟徽的模式并不适用自己的女子私募。

紧接着她又联系了价值投资大师李长功，以及技术派高手东北虎基金的基金经理毕二虎，分别进行了简短的采访。

尽管这四位股海牛哥非常热情，有问必答。但蒋威风觉得除去了解了些高屋建瓴的知识和经验外，并没在实战细节方面取得什么有价值的信息，尤其是股票投资方面的知识，收获甚小。

难道没法让自己快速提高投资能力吗？采访过几个高手后，她有些迟疑，不过，当她与玄天青有过接触后，心中又萌生出新的希望，决定在股市这条路上坚定地走下去。

由于上次成为趣园的第一批会员，蒋威风这次也很顺利地约到了表演套利的操盘手玄天青。

她开门见山问玄天青：“真是太奇怪了，你私募大会结束后都做了什么？是怎么让你的基金净值增长得那么快呢?”其实，这个问题她已经思考了很久，自从私募大会后，她就一直关注方森、玄天青等人的动向，她发现玄天青晚宴上提到的转债虽然没什么奇特，但他的骑士狐狸基金成为最闪亮的黑马。

玄天青解释说：“其实，我的操作思路都来自于那天晚宴，也都是其他高手想到过的思路。每年的年初是基金排名的敏感期，公募是这样，私募也是如此。那些在当年排名比较靠后的集中持股的公募基金的重仓股，如果在年末最后几天出现明显的低位打压现象，就说明这些基金已经放弃了当年的排名战，开始为来年作准备了。虽然这些做法是不道德的，但也为破解这个现象的人带来了打伏击的好机会。”

“那么，你的骑士狐狸基金净值在去年年底是第一名，但两只重仓股在最后一个交易日的尾市突然急挫，是你不愿意当第一名，还是在为今年保存实力？”

玄天青摇了摇头，继续解释道，“都不是，我的精力主要集中在挣钱上，对短时的投机取巧、排名不感兴趣。不过，据估计，我那两只重仓股之所以会下跌，很可能和冠军方森、亚军瞿玉丰的砸盘有关。方森的可能性更大，那天他说也看好红似火股票，这让我顿生一个改变原计划伏击公募的想法，不过，从结果来看，我也算是帮了他一把，让他在红颜面前挣足了面子，不是吗？那天方森的话其实是说给章婷听的，但是大家都听见了，其他的机构操盘手也听见了。不过大家也不敢轻易拿钱开玩笑，肯定要等第二天看了盘面才会采取行动。我只是抓住了这个逻辑，先打一枪，上午开盘我就大量买进红似火，而且用大单子连续买，大家误以为是方森动手了，便有人跟着抢进。结果自然是这只股票价涨量增，这时候方森自然乐得做个顺手人情，把它封上涨停板。当然，这其中也会有市场自发的追涨力量。等红似火封涨停后，我再去买那天其他私募基金看好的技术形态好、低位的重仓股，同样也引起了高手们的猜疑追击，勾起他们提高市值的冲动情绪。虽然，最终他们得到了荣誉，我得到的嘛，是实实在在的实惠。对于其他人来说，这些股票要手快，不能犹豫，可操作性的难度大，从这点来看，还是我的转债操作更容易。”

蒋威风先后采访的五位知名职业投资人，其余四人资历深、架势足，要么说话盛气凌人、要么讲究成熟委婉。只有玄天青不同，他年轻、阳光、乐天、活力四射，与他聊天完全是站在一个平等的平台，这让蒋威风很想真诚地与他交朋友。这样一个亲和的大男孩，如果不是亲眼所见，谁会想到他竟然会是股市中的顶尖侠客呢？也许与他的投资理念有关，大多数人把炒股当成一件严肃的赚钱工具，而玄天青却认为像游戏机，边玩边挣钱。

在趣园的操盘室，玄天青身着一身休闲装，很悠闲地坐着，说：“我要快乐的投资，做三好股民——炒得好、吃得好、睡得好！”

蒋威风很好奇这样一个嬉皮士，是如何走上炒股之路的？

她便问道：“你是怎么学炒股的？”

玄天青说：“我是跟老大学的。老大是趣园的老板，一个有意思的老头，嘿嘿，不过千万别在他面前这么叫，否则他就要生气了。我高中毕业前，老大问我要不要跟他学炒股，他说我有这个天分。我一直很羡慕老大能在股市浴血奋战，马上点头答应了。”

“你的老大是你的偶像？”蒋威风笑道。

玄天青点了点头说：“我们都很敬爱他，跟老大学炒股是件很有意思的事，当时我的炒股第一课，是在赌场进行的。”

“什么？学炒股要先学赌博吗？”蒋威风吓了一跳。

玄天青好像猜到她会有这种表现，咧嘴笑道：“其实，老大说并不是所有人都适合这种教法，他说我有天赋，是特殊材料，需要特殊打造。他说炒股炒得好的人是在复利追求大概率，持续做下去一定会赢。就像一个专业的牌手，他在和非专业的娱乐者游戏时，有时会因为运气输几把，但只要坚持玩下去，就一定会落在赢的大概率上，这就等于说时间会变成金钱。而炒得不好的人就是在赌博了，久赌必输。”

“原来是这样，解释得通俗易懂啊。”蒋威风若有所思地说道，她有点嫉妒玄天青，为什么自己没有这样一位好老师、好前辈。

“是，很有思想吧，否则怎么会是国内超一流的高手呢？怎么样，没想到我们老大是这样教我炒股的吧？老大教我的第二课你更想不到，你猜是什么？”

“难道还有更夸张的方法？”

“在一般人眼中，确实很夸张。老大给我上的第二课，就是蹦极。”

“什么？蹦……极？”

“对。你觉得完全不搭边吧？我们老大说，只有体验股市中最真实的残酷，才能避免在股市做傻事。而在股市中做傻事似乎是人的天性，在所难免，甚至有人被同一块“砖头”绊倒多次，仍不懂汲取教训。我们老大那儿有一张照片，是 H 市第一批开户股民的合影，一共 33 个人，与第一批开摩托的人一样，照片中的人，除了我们老大，其他 32 个人结局都不好，这就是炒股残酷的一面了。我记得有一次，老大教我一套股市操作模式后让我去操作，但我没有按照要求来，结果亏了不少，老大当时就直接带我去蹦极了，说这是惩罚。他说，失误必须接受惩罚，只有接受教训，才能真正学会炒股。我就是这样学炒股的。”

蒋威风被玄天青的故事吸引，忽然有人推门进来，她抬头一看，正是他们谈论的——谢玄。

“老大……”玄天青站了起来。

蒋威风也跟着站了起来，略显紧张拘谨，一时忘记了打招呼。

“你是……蒋威风，财经界的才女，幸会幸会。”没想到，谢玄不但认得她，还记住了她的名字，和玄天青打过招呼后，他坐下，主动和她攀谈起来。

“听说蒋小姐对股票很感兴趣，自己也炒？”

“谢……老大，您好。我平时也炒小股，比不上你们这样的专业人士，我还是个‘小学生’呢。”近距离观察玄天青口中的“老头”，她觉得这个称呼很贴切。

“哈哈……看来天青讲了些我的事情。”他仰头笑了起来，“不管是‘小学生’还是‘大学生’，只要会炒、能赚钱，都是好学生。股市中可没有什么专家，只有赢家。”

“对，我也这么觉得……”

“对了，上次和你一起参加私募大会的幸运女神，是你的朋友？”谢玄那次看到章婷，总觉得她很像一位故人，留意观察后发现，她跟眼前这个女孩子很亲密的样子。

“她是我的室友，我们合租一间两室一厅。您认识她？”

“哦，不认识。那次活动，你们过来帮忙，应该好好谢谢你们的。”

“我们应该谢谢您才是，给我们这个机会见识股市的精英，章婷买的那只股票大涨，她高兴坏了。”

“哈哈，那是因为方森醉翁之意不在酒啊。章婷是北京人吗？”

“不是，她应该是H省的，考来北京上大学，人很优秀。其实她和我一样，都是单亲家庭，和妈妈两个人相依为命，都挺不容易的。所以，我们两个刚刚认识就一见如故，经历和想法都很像。听她说，她妈妈很有意思，还传给她一本秘籍，叫什么《帮夫秘籍》……”

“那她的父亲……”谢玄问。

“虽然我和章婷无话不说，但她很少讲到她父亲，倒是偶尔有一次，她工作受了委屈，哭着说一定要坚强，要在北京闯出点名堂来，让妈妈高兴、放心，她还说妈妈是在离婚后才发现自己怀了孕，执意生下了她，一个人带着她受了很多苦。”蒋威风说完，发现今天自己的话说得有点多，讪笑道：“您应该不爱听这些事情吧?”

“没有，听你说这些，我很感动。很伟大的一位女性。”听完蒋威风的话，谢玄感到一阵恍惚，随口应了一句。谢玄聊了几句就借口走开了。

蒋威风继续采访玄天青，她问：“很多业内机构都推荐员工看书，比如格雷厄姆的《证券分析》、艾略特的《波浪理论》以及杰西·利弗莫尔的《股票大作手回忆录》，你怎么看?”

天青笑道：“哈哈……那三本书我也看过，确实都是好书。不过我读它们的目的，不是提高自己的‘股功’，而是为了了解其他人的股市思维。读完后我发现，这三本书的作者有一个共通之处，都是最后的失败者。如果想靠这三本书提高股功，在股市中发财，最好再加一本《金刚经》，否则，容易在熊市中睡不好觉。”

蒋威风听后，笑了起来，她心想：人长得斯斯文文，嘴可够刻薄的。

玄天青见她听懂了，嘴角微微上扬了下，继续说：“我刚才听你说王伟徽的股市操作方法是没方法，乍听有道理，但仔细研究就会发现，并非如他所讲。他是把概率复利的自然科学成果，应用到了股市中。比如，在大盘涨的时候，数量较多的股票能保证与大盘同步，并抓住部分黑马股，这样不但可以保证基金市值与大盘同步，还可以把短线涨幅大的股票换成有新启动征兆的股票，这样部分资金会涨几个轮次，保证市值超越大盘。不过，公募集金与我们相比，既有优势，也有弱点。”

“那您具体说说，都有哪些?”蒋威风问。

玄天青想了想，才说：“优势就是资金量大，有主动提升市值的手段。这样既可以规避监管，还可以用整个基金公司的资源支持某一只基金，形成品牌效应。弱点嘛，就是熊市中公募基金必须要保证持有60%以上的仓位，这是公募基金的规则契约所要求的，熊市必然会赔钱。”

经过玄天青的一番点拨，蒋威风豁然开朗。她不由得暗暗佩服起这个小伙子，还生出几分亲切。

“其实，我做股市采访，是因为我想创办一家女子私募基金，专门为女性理财。你说，现实吗?”她忍不住把心里的计划告诉了玄天青。

玄天青达道：“那有什么不现实的!?这想法，很有创意啊，什么时候成立？”

蒋威风有一点不好意思：“信托公司要求基金的第一期必须募集1500万元以上，如果做得可以，他们才许可基金成立和帮助发售。”

蒋威风没有料到，玄天青听后对她说：“如果你真想成立基金的话，趣园说不定可以帮你。”

蒋威风惊喜地睁大了眼睛，问道：“真的吗？”

他点头说道：“真的。我们老大就喜欢有趣的事情、有趣的人。待会儿我去问下筱媚姐，看看能不能帮你。我觉得她会同意的，我们趣园以前做过不少有趣的事情。”

采访结束后没两天，玄天青就找到了蒋威风。

“筱媚二姐同意帮你。”他高兴地说。

蒋威风一把抱住了玄天青，玄天青愣住了，心脏扑通扑通地跳，这突如其来的喜讯让她高兴得忘乎所以。

“那需要我做什么吗？”心情沉淀了一会儿她问道。

“嘿嘿，二姐还真有条件。”玄天青把胡筱媚的要求告诉了她：“首先，你需要写一份创业申请报告。然后，这是条件……”

“好的。”她接过一张A4纸，看到内容她呆住了，“这是什么？”

纸上写着三点：

1. 蹦极一次；

2. 趣园提供梦想工艺账号中公益基金1个亿的额度，使用一个月，本月的盈利可以作为趣园申购女子私募基金的第一批资金量；

3. 趣园基金的计划止损额为500万，女子私募基金的止损额为10%。

蹦极

于是，便有了这次蒋威风与玄天青的蹦极之旅。

青龙峡位于怀柔县怀北镇境内，是集青山峡谷、古长城、绿水白瀑为一体的京郊知名旅游区。从山脚沿着长城往上走，到达青龙山最高处的“玉皇台”需三个多小时，虽然路途遥远，但可以观赏到路边怪石奇峻、绿树成荫的怡人美景。

在峡内大湖上，人们可以坐着竹筏漂荡垂钓，乘着龙舟缓缓而行，还可以乘坐汽艇游览水库的全景，既惬意，又浪漫，让人流连忘返。登到山顶后，人们还可以登高望远，欣赏眼前气势豪迈的大好河山……

其实，青龙峡之所以如此出名，除了山水宜人外，还因为这里有一处蹦极场地，吸引了众多喜爱冒险的年轻男女。

而此刻，财经女记者蒋威风坐在一辆前往怀北镇的 Q7 吉普车上，一边看着手里的蹦极宣传册，一边听旁座的玄天青讲着关于蹦极的趣事。

玄天青说："其实蹦极是一个音译词，在香港和台湾，人们都叫它'笨猪跳'。"

"为什么会叫'笨猪跳'?"蒋威风好奇地问。

"有人猜，可能是当初的翻译者认为除非那人是笨蛋，否则绝不会去尝试这么'惨烈'的活动，但他没想到，这项运动如今已经发展到世界各地，受到很多人追捧。甚至还有些极限运动爱好者把自己的婚礼仪式也'搬'到了蹦极塔上，一旦'礼成'，一对新人纵身跳入'云海'，以示自己对爱情的热诚与忠贞，听起来是不是很浪漫，很有意思？等你以后结婚，不妨也试一下，一定会感到既刺激又幸福的，哈哈……"玄天青见蒋威风有点脸红，不再吭声，赶紧收敛起来，小声地说，"不好意思，你不会介意吧?"

蒋威风心想这个大男孩简单又直接，没见过几面就大大咧咧地开玩笑，但她并不反感，摇摇头，说道："没有，倒是个好主意。继续说。"

玄天青继续说道："现在蹦极的人非但不会被称作'笨猪'，反而能拿到'勇敢者证书'。据说，蹦极这项极限运动起源于南太平洋瓦努阿图岛，是当地的成年仪式。几百年前，瓦努阿图的男人们必须经受住高空悬跳的考验，才算成年。他们用藤条捆住双腿，从几十米高的木塔上往下跳，全村的男女老少在他成功通过考验时会围着他载歌载舞，以示庆祝。"

"后来蹦极传到了英国，被英国皇室当成一项贵族表演保留了下来。当时，表演者必须身穿燕尾服，头戴礼帽，表现得十分正式。在蹦极传到美国时，才把道具改成了橡皮绳，伸缩度和趣味性增加了不少，但蹦极真正发扬光大是在新西兰，新西兰人还专门成立了世界上第一个反弹跳跃协会，并在 1988 年首次向社会公开展示了高空悬跳，从此开始大力推广这一运动……"

玄天青讲得滔滔不绝，蒋威风也听得津津有味。

为了感谢趣园的帮助，也为显示自己的诚意，蒋威风一口答应蹦极的要求，不过要求玄天青作陪同。

到了蹦极现场玄天青问她："你想好了吗？真的要跳？"

"……跳，我要跳！"她深吸一口气郑重地点点头。蒋威风知道自己今天就是奔着"蹦极"来的，如果不能完成这项"任务"她一定会后悔。

"那我去买票。"玄天青见她下定了决心，走到购票处买好了票。

现场的工作人员一边走一边安慰道："别怕，一点事儿没有，我们这里每天很多人来跳的，也有不少女孩。到时候你不要往下面看，闭着眼睛往下跳就行。"

"嗯。"跟着工作人员走进电梯，蒋威风故作镇定，其实她感觉自己的心脏都快跳到嗓子眼了。工作人员帮她按了20层，当门快关上的一刹那，玄天青突然在远处对她大声喊："没事的，我蹦过！"

哐！门关上了！她心里顿时乱成了一团，七上八下的。电梯什么时候开动，什么时候停下，又是什么时候打开……她完全没有印象，只记得风很大，吹得让人头皮发冷。

工作人员将蒋威风"五花大绑"，先用透明胶带绑住衣服，绑住鞋子，接着帮她固定了脚上的安全带，最后挂上绳子的挂钩……

当一切准备就绪的时候，蒋威风原本紧张的心竟然平静了，她甚至还和工作人员开起了玩笑："你们谁推我一把吧！"

工作人员一听，也笑了，"我们倒是很愿意把你扔下去！蒋小姐，准备好了吗？"

"呼……"她深呼一口气点了下头："好了，准备好了。"

"那好。3……2……1……跳！"

蒋威风脚尖滑落跳板，双臂展开，脑中一片空白，真的纵身跳了出去……

"啊……"她以为那会是漫长的恐怖过程，没想到害怕只是一瞬间的事情，之后不断地被弹起、下落、再弹起、再下落……

她睁开眼睛，看到自己直冲湖面，吓得赶紧又闭上了眼，当她再次睁眼的时候已经又被弹了上去……

原来这就是"蹦极"，这种把自己高高蹦起来，又重重摔下去的感觉，让她的心也跟着不断起落，直到弹落的幅度逐渐减弱，最终回归平静。那瞬间的自由落体、跨越生死之门，最后又重生的感觉让蒋威风终生难忘，此时，她才后知后觉地佩服起自己来，怎么就真跳下来了呢?!

三分钟，蒋威风完成了一项勇者的运动！当她真正回到地面的时候才彻底地体会到人活着是一种什么样的心情。穷也好、富也好、得也好、失也罢，一切都是过眼云烟，心情好才是最重要的。

“害怕吗?”玄天青问。

蒋威风摇摇头，耳中似乎还有呼啸而过的风声，她几乎是喊着告诉他：“我还敢再跳一次!”

“哈哈，看不出来，你还是个猛将，这都吓不住你，那股票更没问题了，我相信你一定能做好的。”

“谢谢，我一定要做好。”她笑道。

智斗公募

回城的路上，玄天青问：“你接下来有什么打算？公益账号明天一早你就可以用了。”

“这么快?”蒋威风好像还沉浸在刚才蹦极的过程中，愣着盯他看了好一会儿。

玄天青笑道：“筱媚姐做事向来雷厉风行、干脆利落。她答应的事儿，肯定会在最短的时间内做好一切准备，这是她的风格。所以老大交给她的事情，都很放心。”

“你二姐真好。”她感激地说道。

“那是。”他点点头说，“她很善良，特别通情达理，我们都对她心服口服，乐意听她的安排。有时，我们有事不敢去找老大，就会去找她商量，凡是合理的要求，她都会尽力帮我们。”

“那你呢?”蒋威风眼睛一转，接着问，“你说现在我该怎么办？你是不是也学学筱媚姐，好人做到底、帮忙帮到家呢?”

玄天青终于等来了这句话，他陪威风来蹦极之前，就帮她想好了一个稳妥的股市套利方案。

他说：“帮，当然会帮。你不是说过京华信基金近期正在发行资源类 ETF

基金吗?”

“是啊!”她点点头。

“那你知道什么是ETF基金吗?”

蒋威风胸有成竹地说道:“我查过资料，ETF其实是交易所交易基金的简称。不过，为了突出ETF这一金融产品的内涵和本质特点，现在将ETF称为‘交易型开放式指数基金’，我说的，对吗?”

玄天青点点头。他进一步解释道:“从本质上来说，ETF是一种特殊类型的开放式基金。它集合了封闭式基金和开放式基金的优点，投资者既可以向基金管理公司申购、赎回基金份额，又可以像封闭式基金那样，在证券市场上按市场价格买卖ETF份额。不过，ETF的申购、赎回必须是在一揽子股票和基金份额的基础上进行转换，即以一揽子股票换取基金份额，或者以基金份额换回一揽子股票。这是ETF和其他开放式基金的不同点之一。”

“我听明白了，你觉得我们可以在这上面下点工夫?”她问。

玄天青笑道:“我认为这里面有盲点套利的机会。不久前，我也收集了这只即将由京华信基金发行的资源类ETF基金的资料，我发现这只ETF基金可以在最后一个申购日用单只股票换购ETF基金，只不过，这只股票必须是资源类指数的成份股。”

“那我们岂不是没有机会了?”蒋威风无奈地说道。

“你还是没明白。”玄天青摇摇头，他知道这是正常的，盲点套利是趣园的独门绝学，是在老大多年经验和潜心研究的基础上形成的，其他人很难一下领会到。

他很自然地在她的额头上轻敲了一下，笑道:“你现在有一个亿的资金可以随意调动，我能调动的资金规模也不小，如果我们集中起来建仓一两只股票，股价上涨很正常。但是，现在市场处于平稳期，股价涨后很难在相对高位站稳，到时一定会回落，如果大资金集中卖出，股价马上大幅下跌。如果你买进的这只股票在最高点就换进ETF基金，然后再赎回基金兑现成现金，就不存在出货杀跌股价这一环节，也就是我说的套利盲点。”

蒋威风恍然大悟，两手一拍，激动地说:“对啊!我怎么没想到呢，高手出招果然不一样。”

事不宜迟，敲定细节后，当天晚上两人就约定在操盘室选股。他们主要选属于资源类指数成份股的、股价相对较低、流通市值适中且基本面良好的股票。

一番筛选后，玄天青和蒋威风锁定了6只候选股，从第二天起，两人密切追踪这6只股票的动向。

这时大盘走势较平稳，是没有方向的平衡市。蒋威风发现，玄天青看盘并不像她想象的那么专注、认真。

早上开盘后，玄天青把公益账号的使用方法教给她，另外，还交给她两项任务。

玄天青说："第一，你要联系好和京华信基金用股票换基金的事情；第二，把那6只股票设在自选榜上，如果技术面或消息面有任何异动，第一时间通知我。"

交代完这两件事后，玄天青就戴上耳机一边听音乐一边看起了微博，见他一副自娱自乐的模样，蒋威风心中竟然浮起一丝失落。理工男一个，真不把我当美女啊，连杯水都不懂得倒，蒋威风平日并不是一个矫情的姑娘，但她对玄天青却比别人要求得更多。

蒋威风起身接了杯水，喝了两口，忍不住还是开口问道："你看盘经常听歌吗？"

玄天青摘下耳机点头说："啊，是的。我们老大说，炒股是一门艺术。所以炒股的人，也是文艺青年。听歌炒股，有点文艺范儿吧，呵呵……不过，我平常听歌不带耳机的，今天例外……"

蒋威风会心一笑，她知道玄天青是怕影响到她，才特意戴上了耳机。她想了想，又说："我想现在去一趟京华信基金，把用股票换购ETF基金的事落实好。"

玄天青点点头，又戴上了耳机，说："嗯，你去吧，中午回来吃饭，我们这儿的饭菜挺不错的。"

"嗯。"她高兴地走出了房间。

和京华信基金的交涉十分顺利，因为基金公司也希望尽量多发行基金份额，只要换基金的股票不是基金公司指定的限制股就可以。基金公司专门为她指派了一名客服，把换购股票的所有程序清清楚楚地告诉了她，不到中午收市的时候，她就回到了玄天青的操盘室。但她却没看到玄天青。

“这是玄先生让我交给您的东西。”趣园的一位工作人员说。

“好的，谢谢。”她接过一看，是一张纸条和一张饭卡。

纸条上写着：中午吃饭在一楼小餐厅，我的饭卡借给你，随便用。我去朝阳公园南门看微博约架了，很快回来。

近期，微博约架逐渐成为潮流。而北京的朝阳公园南门也成了约架胜地，继一家网购公司的董事长在此和一名外资投行经理约架后，一位川籍的电视台女记者——我爱蓝天——也约上了一名大学法学副教授——无法无天，今天12时在朝阳公园南门“斗法”。玄天青得知消息，连午饭都顾不上吃就赶过去围观了。

大名鼎鼎的操盘手，生活中完全就是一个好奇心旺盛的小孩，蒋威风心想。

这就是玄天青，稚气与内敛同体。记得有一年春节，玄天青参加市里的象棋比赛。他第一次参加比赛，感觉很有趣，故意把马和象的位置摆反了。他的对手是上一届冠军，见此情景，一边帮他纠正，一边摇头笑道：“连棋都不会摆，还敢来参加比赛？太搞笑了吧。”结果，玄天青用“鸳鸯炮”击败了这位冠军。

之后的一段时间，蒋威风的精力全部倾注在这6只股票上。连续两天，大盘小幅回落，6只股票中4只跌，1只平，还有1只涨，她有些拿不定主意了，只好问玄天青：“现在怎么办？”

玄天青不紧不慢，轻松地说道：“不着急，再等两天。”

就这样，她坐立不安地迎来了又一个星期一。

早上还没开盘，他们就赶到了操盘室，天青对蒋威风说：“沪市大盘的MACD指标出了红柱线，距离ETF基金换股日只有5个交易日了，咱们今天就动手，你用你的账户买002ABC、002ABB、002ABA这3只股票，用小单吃，尽量不要把股价吃上去。今天估计要买一天呢。”

“哦，好。”蒋威风此时有一肚子的疑问，但他见玄天青一副不容置疑的样子，意识到现在情况紧急，便乖乖地听从指挥了。

星期二刚到，002ABA涨了4个多点，另外两只股票微涨。

玄天青又对蒋威风说：“把那只涨4个多点的002ABA卖掉，然后用腾出来的资金买进另外两只涨得不多的股票，一有挂单立即吃掉。”

她连忙点头答应。

星期三，002ABB 一开盘就涨了 3 个点，002ABC 涨了 1 个多点。

“现在怎么办?”她问。

天青想都没想，就答道：“把 002ABC 卖掉，然后用 10 万股买单连续买进 002ABB。”

……蒋威风很想知道这么做的原因，但又不知道该不该问，只好暂时先听他指挥，他怎么说就怎么做，结果尾市收盘时，002ABB 涨了接近 7 个点。

在同一时间，东滨市解放南路一家券商营业部的总经理办公室内，营业部王总正在关注着 002ABB 的走势。这家营业部是著名的“涨停敢死队”老巢。营业部四楼的贵宾室内坐镇的是专门做超短线的“三大高手”，手中各持五六千万的资金。这支“敢死队”和附近两家营业部构成了东滨涨停敢死队的“三驾马车”，当地的股民非常时刻关注着这“三驾马车”的动向。

解放南路这家营业部的大部分成交量，都来自敢死队的三大短线高手，营业部的王总非常重视。一次偶然的机会，王总发现营业部有一个用杭州女客户身份证登记的账号，赢利率极高，几乎买股必涨，但是这位神秘的女客户几乎没在营业部出现过。这段时间，王总特别关注这个账户的买进卖出，一旦发现买进股票，就会仔细分析，如果断定确是好股，就会通过营业部客户自发组织的短线俱乐部作出暗示，他的叔伯哥哥也和三大高手在同一大户室中。

这一天，王总又发现这个神秘账号满仓买进了 002ABB，他马上通知叔伯哥哥跟进。当天晚上，三大高手和几位营业部的核心客户重点讨论分析了 002ABB。星期四一开盘，002ABB 明显价涨量增，直线冲上涨停板封死了涨停。交易所异动涨幅榜上显示，买进营业部第一名是龙腾证券东滨市解放南路的营业部，东滨市另外两家证券营业部分别位列第二和第三。

星期五是 ETF 基金换股的日子，以当天的收盘价计算市值后换成基金的份数。数据显示，002ABB 跳高 2 个点开盘，又涨了 5 个百分点。

玄天青见时机成熟，赶紧对蒋威风说：“出货，赶紧出。”

蒋威风一头雾水，问道：“不换基金了吗?”

天青顾不上详细解释，催促道：“先出货，出不了再换。股市套利的最终目的是赚钱赢利，其他手段都是为它服务的。这个问题咱以后再讨论，现在出货最要紧。”

蒋威风不敢多迟疑，马上按玄天青的指令行动。

尾市，002ABB集合竞价，股价又猛地拉上2个百分点，收盘涨了6个点。

两人看了一下公益账户，大部分是现金，少部分002ABB股票准备换成ETF基金。仔细一算，他们这周5个交易日的赢利竟然高达1800多万元人民币。这样的资金规模已经足够成立一个伞形信托基金的子信托了。

“哇，赚了这么多……”蒋威风一阵飘飘然，觉得自己像在梦里，直到玄天青的手在她眼前晃了晃，她才回过神儿来。

“干什么?”

“来，击下掌，庆祝我们初战胜利!”玄天青笑道。

“好。击掌，这次真的很感谢你!”蒋威风击了一下手掌，再也不敢小瞧眼前这个“稚气未脱”的大男孩了。

这时，蒋威风的电话响起了，手机显示为限制号码。

第三篇
PE 江湖

股侠梦

美国西海岸最大的航空港——洛杉矶机场，往返于中美两国之间的航班最为繁忙。

众多的中国成功人士“飞”到美国的土地上，大批的留学生再也不是上世纪 80 年代囊中羞涩的寒酸样；因公出国的工作人员也不用怀着红色的爱国热情，带着大量的方便面上路了。

如今的中国人，不管是年轻的留学生还是去美国旅游的，坐头等舱并不少见，飞机上中国旅客大包小包携带大量奢侈品更是正常现象。中国旅客不少人大方得甚至令普通美国人刮目相看。

有些中国的留学生其实并没有学知识的意愿，兜里揣着大把的钱去美国开洋荤，价值数百万美元的豪宅，一些“孤儿寡母”竟一次性完成现金交易。这使只能靠 30 年分期付款，甚至要付出一辈子心血的美国邻居看傻了眼。对于这群买豪宅、开大奔的中国留学生，当地人戏称为“大陆阔少”。

薛白在美国人眼中就是这样一位大陆“富二代”。他生活殷实，吃穿不愁，从来没有因为钱财犯过难。不过，比起同样来自国内的一些同学，薛白自认只算中农，“官二代”才是真正花钱如流水的富农。

薛白的一个同学，莫天高，一次买了两辆汽车，停放在房东的门前。房东老太太十分不解，问他："你为什么要同时买两辆？"

莫天高耸耸肩，回答说："你们美国车太便宜。我同学薛白他爸一个民营企业家，一来都买了辆新宝马，我爸是厅局级，实力不比他强？买两辆也没什么大不了。"

"你的爸爸是厅局级，你的实力更强？"房东老太太更听不懂了，一个劲摇头，没理解这两者能有什么直接联系。

莫天高见她摇头，就掏出了自己的名片递给她。名片上除了他的个人信息，还印有他父母的头衔。

房东老太太搞不懂这名片为何还要写上父母的职位，依旧不解："你一人只能开一辆车。"

莫天高大大咧咧地说："没事，班上有同学没车开，只要愿意，他们可以开我的车，包括你，这也算我在异国他乡学雷锋吧。"

没过几天，房东老太太从莫天高与他同学的谈话中得知，这位"阔少"没有本地的驾照竟然就开车上路了，她立即报警并赶走了这个自称"雷锋"的"法盲"房客。她不知道，这个"法盲"房客莫天高的父亲在中国是某市的市长，而他读的专业正是法律。离开她的家后，这个"官二代"立刻买了一套豪宅。

和莫天高这类官二代相比，薛白应该被划分为认真读书的那一类。虽然他的生活不像莫天高那样骄奢淫逸，但也绝对是出手阔绰。他也寄住在美国人的家里，每次买可乐都是一箱一箱地往屋里搬；耐克球鞋也是一打一打地买；超市结账的时候，直接从上衣口袋里掏出一大摞美钞后，又慢条斯理从裤兜里掏出一沓厚厚的美钞……

"天哪，中国人哪来的这么多钱啊？"洋售货员常常这样感叹。

大多数美国人都习惯了提前消费，他们几乎没有存钱的习惯，过着入不敷出的生活，每次去商场都会带个掌上计算器，算来算去，千万不能超出预算，否则就会有"财务麻烦"。

美国人通常比较自信，尽管嘴上不说，心里是很牛的，但时常看到中国留学生那么有钱后，不禁感叹：中国人真牛！中国人真富！这样的话几乎逐渐成了美国当地人的口头禅。

不过，薛白却不喜欢美国的生活，他觉得这边生活很寂寞、很无趣，很多好玩的东西这儿都没有，比如足浴、按摩，连聚餐都不方便，他想炒个A股，还得熬夜才行。

薛白喜欢炒股，更爱钻研，他认为自己是为炒股而生。

薛白在国内读大学时一副吊儿郎当、什么都无所谓的样子，成绩非常一般，辅导员知道薛白每天晚上都不去晚自习，就找他谈话，他回应说："我毕业后会改行的，不会干这个专业，成绩只要能毕业就行，用功也没用，老师你就别担心我了。"

"学习不好，你能做什么？"辅导员生气地质问道。

没想到薛白竟然一本正经起来，很认真地回答道："我要做……我的'梦'。"

"梦？"

"是的，有一次我做梦，梦里有个人告诉我，我以后会炒股，而且很有前途。"

"荒唐！"辅导员哭笑不得，无意中扫到他的桌上，放着一本《操盘手I：自由救赎》。

他叹息一声，摇摇头看着眼前这个不可理喻的学生，无奈地说："那我就祝你'梦'想成真。只是，将来后悔了，可别怪老师这一刻没提醒过你。"

"呵呵，我会有出息的，老师，你就等着瞧吧。"

"哎，现在的学生怎么……"辅导员哭笑不得，也没有办法，他觉得，"现在的年轻人想法实在是太荒唐，难不成时代真的变了？"

就这样，薛白"混"了个大学文凭。

毕业后，他的父亲薛三奇想断了他的"炒股梦"，于是决定送他到美国读研究生。

"去美国读书？"那时薛白对美国也挺好奇，觉得出国走走可以增长见识，就点头答应了。然而，他对父亲说："我去。不过有件事我要先说清楚，我去了美国留学只是为了增加阅历、开阔眼界，以后我还是会炒股，而且我会成功。"

之前，薛三奇心想儿子年轻，出去见见世面，时间久了，他的想法肯定会变的。所以，薛三奇并没有太在意，应付地说："好，你以后是炒股的，可炒股也需要知识的不是？先读书，再赚钱，有了钱才能炒股，没钱怎么炒？”但他没料到，薛白炒股的决心竟然那么大。

25 岁那年，薛白从美国回到了东滨市。

薛三奇把儿子叫到身边，满脸严肃地对他说：“过两天，你就到集团下属的一个厂子实习，从基层做起，以后好接我的班，你说说，你想去哪个厂子。”

这么多年来，薛三奇亲手创建的这家企业的规模已经相当庞大了，不仅横跨建筑、沙场、资源回收等产业，去年还收购一家铁矿。这些产业早晚要传给薛白的。

然而，事与愿违，薛三奇设计得好好的，薛白却对父亲的企业完全没兴趣，他不喜欢那些工作，尤其不喜欢那种感觉快要窒息了的工作环境。对他来说，只有炒股才是最理想、最适合他的工作。

薛白不假思索，直接否决了：“我不去你的厂子实习。我有自己选择的事业。现在也不是子承父业的时代了。”

刚开始谈话的时候，薛三奇还能控制自己的情绪，但他见儿子态度坚决，又想到自己多年创下的心血就这样付诸东流，自己的一片苦心儿子完全不理会，他愤怒到了极点。

“爸，我真没兴趣，我只想炒股。企业不是有职业经理人管吗？”

“炒股？炒股能比得上实业吗？我明白告诉你，你生在薛家，就必须继承我的家业。炒股？你不是那块料……”

“你怎么知道我没有炒股的才能？反正决定了以炒股为生，对其他的事都没兴趣。”说完，薛白头狠狠地甩向一边，不愿再看父亲那张气急败坏的脸。

“你……糊涂！”薛三奇一直压着的火气蹭蹭往上蹿。

薛三奇怒吼道：“我是你爸爸，你听我的就在这个家住，不听我的，现在就给我滚蛋。”

“爸，总有一天我会用自己的方式，证明我会比你作的选择更成功。”薛白不能理解，为什么父亲非要勉强自己。于是，他收拾好行李，离开了家。走在路上，他想这几年学习了解了不少炒股知识，也积累了一些经验，一直做的梦不能就这样等下去，是时候大干一场了。这时，他又想到父亲那张因为生气而扭曲的脸，心里不再生气，反而委屈了起来，他不是不理解父亲创业的艰辛，但他并不想就这样放弃自己的梦。

现在，有个住处是个当务之急，薛白想到了蒋威风，他在回国前打了个电话给她，了解到她正在创立自己的私募基金，惊讶了好一会儿，他想现在去找她说不定可以一起入伙。但当他拿起电话时，他犹豫了。一是自己没资金，又没想好什么渠道可以搞到资金，在炒股技术方面也没有什么实战经验，这样去投靠人家，未免有点太便宜了。于是，他打给了一个同学，想暂时住到同学的家里，再找找机会。

第二天，同学约他去钱柜K歌，他也觉得自己确实需要放松、发泄一下。在K歌包间，有个哥们唱了首《可惜不是你》，唱完的时候，薛白跟他说："这首歌真好听……"

"你没看《非诚勿扰》吗？现在最火的电视节目。这歌就是这节目里的。"

几个哥们一聚会畅饮、畅聊，看到薛白一副有心事的样子，于是对他一阵调侃："哥们出国回来，在国内你就落伍了。现在有几个没看过《非诚勿扰》的？你脱轨了啊……哈哈。"薛白一时想不到合适的词应对，顿时一阵脸红脖子粗，尴尬地笑了笑。

回到住处，薛白在网上找到《非诚勿扰》的视频，看了几集："哈哈，好玩，挺有意思……"他转念一想，这是个宣传自己的好机会啊，那出了名，钱不就源源不断地聚来了吗？

《非诚勿扰》是江南电视台春节后开播的一档为适应现代生活节奏，而创建的大型婚恋交友节目，收视率很高，已经超过了此前芒果台最火的《超级女声》，甚至还引来同行的各种"羡慕嫉妒恨"。

薛白很快就报了名。

薛白是外表冷酷，内心闷骚的类型。上学时，他喜欢打羽毛球，每次参加学校的比赛，来看的人越多他发挥得就越好，尤其是当比分遥遥领先，他觉得势在必得，就会要些高难度的花哨动作，引得现场观看的女生不停尖叫。

此时的薛白很想通过《非诚勿扰》让全国的观众都观赏到他精彩的"幽默秀"，并因此记住他这个人，起码不能比小沈阳初次登台的效果差吧!?

想到这里，薛白自己嘿嘿傻笑了起来。

三奇创业

把儿子赶出家门的那天晚上，薛三奇失眠了。他躺在床上翻来覆去，脑子里一会儿是知青下乡时的情景，一会儿又是大学时光，还有那个 30 年的赌约，以及儿子甩门离去的身影……仿佛他一生的经历都变成了电影片断，不断地在他脑子里回放着。

薛三奇出生于安徽一个以“穷困”而闻名的乡镇边，家里一共 4 个兄弟姐妹，父母一辈子靠种地为生，日子过得很苦。他 5 岁那年，家乡闹饥荒，一个姐姐和一个妹妹先后饿死，让他从小就对饥饿产生了极大的恐惧印象。这种恐惧的记忆唤起了薛三奇“靠自己改变命运，一定要脱贫致富”的想法。

薛三奇十来岁时，还在上小学的他每天都会利用中午放学的这段时间，挑着两桶从二三十米深的井中打上来的水到离家 1 公里的乡镇上叫卖，“一分钱随便喝喽……”

那时，每个中午他都能挣两三毛钱，这相当于当地一个成年人半天的工钱了。童年的薛三奇背负着生活的苦难，却也背负着对未来的希望。

中学毕业后，刚随父母搬到上海生活的薛三奇随着“知识青年下乡运动”去了内蒙古接受贫下中农再教育。

刚开始时，他也和其他年轻人一样，带着激情，被“广阔天地大有作为”的口号激励着，每天过着蓝天白云、骑马唱歌的集体生活，觉得还挺好玩。但在这几年中，他不断地重复垦荒劳动，忍受着被蚊虫叮咬、被老鼠“骚扰”的恶劣环境，当初的雄心壮志早已被残酷的现实侵蚀殆尽，和其他知识青年一样，那时的他渐渐生出一股强烈的思乡之情。整日苦闷彷徨，却找不到出路。

幸好他后来抓住了考大学的机会，成为了时代的幸运儿。

大学毕业后，他选择了留校任教，在校领导和同事的眼里，薛三奇一直是个踏实肯干的老实人，大家都认为他会一直兢兢业业、本本分分，谁也没想到，他竟然生出了“下海”的想法。

当他把辞呈递到校领导手里时，校领导大吃一惊，问他：“放着好好的工作不干，为什么要辞职下海啊？对学校有意见？”

薛三奇摇头说道：“学校很好，我也很喜欢教师这份工作。”

“那你为什么还……”

没等校领导把话说完，他就抢先回答道：“我想为社会作更大的贡献……”

闻者无言，只好同意了他的请求。

下海后，薛三奇开过拉面馆，摆过地摊，但都没能成功。他离开学校前曾发过誓，混不出名堂，绝不回学校。所以那段时间，他就像是失踪了一样，从昔日同事的视线中彻底消失了，他怕被人瞧不起，最重要的是，要琢磨怎样才能尽快发财致富，解决眼前的困境。

有一天，薛三奇在药店闲逛，见一群人围着一个袖珍仪器反复询问，他心里好奇，也挤了过去。原来是一个新上市的耳穴疾病探测仪，工作人员介绍说："只要把两个电极夹在耳朵上，就能检测出身体哪个部位有病。"

薛三奇心想：你说有病就有病？我又看不到。想到这儿，他灵机一动，暗想：如果通过这个疾病探测仪，让患者直观地看到检测结果，肯定会大受欢迎。他觉得这是一条发财之路，第二天就拿着仅有的3万元人民币，专门请来大学的专家指导，让他按照自己的想法对耳穴疾病探测仪作了简单的改进——安装显示器外壳、输入生理图像。这样一来，患者只要手握仪器的两个电极，就能在显示器上直观地看到身体哪个部位有疾患，既方便又实用。

薛三奇的创举一炮走红，这个被命名为"跨世纪家庭CT"的新仪器，不但获得国家专利，一上市还受到一致好评，原本简简单单的疾病探测仪，经过创新后身价倍增，从原来100多元卖到了8000多元。

接下来，仿佛是薛三奇时代的到来，他的又一个想法让他快速积累起了财富。

摆摊为街上的行人检测身体，每一位患者他只收2元的检测费，即便如此，每天也有200多元的收入。

两个月后，薛三奇拿着挣到的一万多元租了间门面，一边生产"跨世纪家庭CT"，一边在老家安徽投入电视广告，很快就打开了安徽市场，仪器销售空前火热。

薛三奇凭借着自己过人的胆识和卓越的智慧，终于掘得了人生的第一桶金。不久，他就创立了属于自己的第一家公司。在公司成立的这一天，薛三奇西装革履装扮一新，专门把以前学校的领导、同事和朋友们都请到了公司开业典礼的现场，表面上是为了酬谢大家一直以来对他的照顾和帮助，实际上他是想让大家看看，他薛三奇，成功了。

见他下海果真发了财，昔日的老领导、老朋友有的真心恭贺，有的真心羡慕，还有酸溜溜的、说话阴阳怪气。酒过三巡，学校的老书记打着酒嗝坐到他旁边。

老书记说：“小薛呀，我明年就退休了，心里有个事儿，总放不下。”

“老书记，有什么要帮忙的，尽管开口。”薛三奇很慷慨地回答道。

“我总是在想，如果能在退休前为教职工谋些福利，做点好事该多好。也算是为我自己积份阴德，你说是不是呢？”

薛三奇还没接话，倒是旁边一位老师开口说道：“老书记很关心我们教职员工的生活，见我们每天上下班都是骑着自行车，既浪费时间又比较累，就有了为大家伙儿配摩托车的想法……小薛……不对，现在应该叫薛总了。您说，这是不是件大好事？”

“是，好事，确实是件好事。”他不动声色地点着头。

老书记却在此时露出了难色，十分沮丧，说道：“现在最大的问题是资金不足，咱们学校刚刚投资建了一座商业大厦，原本以为租售出去很快就能收回资金，没想到……哎……出师不利啊。”

老书记说的这座商业大厦薛三奇是知道的，前景不错，但建设理念有点超前，学校初涉商海，招商能力有限，结果导致未来的黄金旺铺到现在都无人赏识，一直没有销路。薛三奇脑子一转，问道：“老书记，您的意思是不是先把摩托车用上，车款缓一缓再付？”

“好灵性的小薛！”老书记连连点头，“不过，我们也不是全款拖欠，到时候会先付一半，剩下的一半就……小薛，你有没有什么好办法？发财了也别忘了咱们学校嘛，就当做件好事啊。”

“好的。这件好事，我做定了。只不过，具体的操作方法得按我的方式来，老书记，您看……”

“没问题，只要能把事儿办成，你想怎么做就怎么做。那就拜托你啦，越快越好。”老书记见他应了下来，脸绽开得像朵花，高兴地连敬薛三奇喝了三杯酒。

薛三奇是个好面子的人，对于这件事情他不敢马虎，而且他想到一个主意，是否能借这件事情名利双收呢？薛三奇先通过学校的学生关系联系到内地的一个摩托车货源，然后又用另外一个学生关系联系到沿海一家生产 VCD 的厂家，而他自己则承诺帮学校垫付另外一半摩托车资金，条件是学校必须以 300 平方米商业大厦的商铺抵换。

一切谈妥后，薛三奇先用商铺5年的使用权从厂家换回一批VCD货物，再用这批VCD货物换回学校要用的摩托车，最后把摩托车交到那位老书记手里……

以货易货，商界随处可见的生意方式，被薛三奇运用得炉火纯青。任何一方都来有源、去有根，四方满意，获利最丰的当然是薛三奇，只动用了一些关系，耍了耍嘴皮子，一分钱没花就白赚了300平方米的商铺产权，并租给那家生产VCD的厂家作为销售网点。

通过自己一系列的成功经验，薛三奇悟出一个真理：人脉关系绝对是一种资本，歌里不是常唱"朋友多了路好走"吗？今后要想发展事业，不但要积累资本，还要积累人脉。用资本换人脉，用人脉换资本。

这个真理的确很快就让薛三奇的事业突飞猛进。

为学校买摩托车后不久，一次，薛三奇和学校的一位副校长吃饭，在聊天时得知，他的太太在某高等军事大学工作，薛三奇心中盘算起来，但仍旧不动声色地说："我从小就对军事着迷，对军人甚至有一种崇拜的感情，我手里有两辆保时捷，我自己用不着，不知道您太太能否帮忙，捐给学校？"

"没问题。"保时捷在当时非常罕见，副校长帮薛三奇牵线，这件事很顺利就搞定了。

军校的校方问薛三奇："薛总，您有什么要求尽管提，我们一定会尽量满足您的。"

"我之所以有现在的成就，首先要感谢党和国家……现在我有钱了，想进一步地提高自己的思想觉悟，上上思想理论课……"

"这好办，你去我们的将军班里上一期课吧……"

上课期间，薛三奇天天挨个儿请将军们吃饭，结果，那几年，他的公司做了大量的军方拆迁工程。

薛三奇一做拆迁工程才知道，这里简直就是一座富矿，旧钢材可以卖给钢铁厂；报废车胎清洗切块研磨成粉后，可以做成塑胶跑道和农用车胎，不仅变废为宝，还减少了污染，他精心宣传，很快便获得社会的认可，公司信誉也因此更上一层楼，这让薛三奇产生一种充实的满足感。

事业有成，薛三奇也迎来了自己的爱情。

那是一年夏天，已经30几岁的薛三奇拿着刚拍的彩色胶卷，吹着口哨，踱进街边一家照相馆。刚刚进门，看到一位姑娘站在照相馆内，亭亭玉立，他的视线被姑娘的身影深深吸引住了，怎么都移不开，就好像周围炙热空气瞬间都凝固了一般，一阵清凉扑面而来……

薛三奇相信最美满的爱情都是一见钟情，此时此刻，他对眼前的姑娘一见倾心。此时此刻，姑娘正认真看着照片，留给他一个恬静柔美又充满想象力的侧面，一头乌黑柔顺的长发随意地系在脑后，一袭淡雅的碎花连衣裙恰到好处地勾勒出她优美的曲线，薛三奇看得如痴如醉。

薛三奇呆呆地望着姑娘的背影，用3秒钟的时间张开嘴，又用了3秒钟的时间慢慢闭上，最后用30秒搜索着30年来他和女孩子搭讪的最佳方式，却发现没有一句能用在她身上。

“嗨，你的耳朵很好看，耳垂很大。”他没想到自己搜肠刮肚竟然冒出这么一句，刚出口就尴尬地想要夺门而去。

“你会看相?”姑娘转过头，眼前这个头发固执地竖在头顶，一脸英气，身材略微发胖的大小伙，让她觉得有些奇怪，却并不讨厌。

“我……我还真会看相。”

“……你看得准吗?”

“你就告诉我你是哪年生的吧。”他努力摆出一副星相命理师的架势，想博得姑娘好感。

“我……属兔的。”姑娘看起来挺感兴趣，真把自己的属相报了出来。

“属兔的人都很单纯，而且十分善良……”薛三奇搜罗着他毕生所学，想用尽一切美好的词语努力赞美眼前心仪的对象，但他知道不能太夸张，以免适得其反。

“你说得还真准。”听完他的分析后，姑娘露出了腼腆的笑容，薛三奇心神荡漾，鼓足勇气，问道：“你的电话号码是多少?”

女孩没多想就回答了，答完纳过闷儿来，问道：“你要我电话做什么?”

“以后你就知道了，我叫薛三奇，我不是坏人，你放心吧。”真是个单纯的姑娘，他心里暗笑。

当天晚上，他就迫不及待地打给了姑娘，当听到电话那头响起了她甜甜的说话声时，他悬着的心才放下，对着话筒笑道：“我一直担心你会给我一个错误的号码呢。”

"呵呵……你真逗。"姑娘轻笑问，"有什么事吗？不会还要看相吧。"

"你叫什么名字？"他小声问道。

"什么？我没听清。"

"没，没什么，我是说……"此刻的他像一棵含羞草，轻轻一触碰，话就缩了回去，他停顿了一下，深吸一口气说，"明天是周末，要不要出来喝杯茶？我请客。"

"周末的时候，我更喜欢去爬山耶。"姑娘老实地回答道。

薛三奇一听，心里笑开了花："你怎么知道我喜欢爬山？就爬山了，我们明天一起去，怎么样？"

"好啊。"听到对方的回答，他心里更认准了，他的女神、未来的妻子，就是她了！

"我的夫人，最吸引我的，是内在和外在一样美。"直到现在，薛三奇也毫不吝啬对妻子的赞美，每当有人问起他的妻子周筠时，他都这么说："当我不开心的时候，只要一想起她，我的心就会变得柔软。她是我人生的奋斗动力。"

中国布兰森

薛三奇和儿子大吵过后，他绞尽脑汁想不明白儿子为什么非要坚持炒股，以他的思路和经验，并没得出一个合理的解释。于是，他想到了老同学谢玄，他向几个熟悉谢玄的同学打听谢玄的近况。同学不仅告诉了他谢玄的情况，还特别附赠了莫刚的讯息，说他现在已经是一个省辖市的市长了，至于谢玄也已经是国内顶尖的操盘手了，另外，他还收养了7个孩子，现在孩子都长大了，还听说谢玄在北京建了一个趣园，非常有意思。这些同学说起来也有意思，每一次聚会都会提到当年毕业典礼的赌约，时刻关注着三人的动向。日子一天一天过，同学聚了一次又一次，谢玄、薛三奇、莫刚三人的赌约已经成为同学聚会永恒的谈论主题。

不久，薛三奇特意去了一趟北京，他很想知道谢玄对炒股这个行业的理解，此外，他虽然自认为比较了解谢玄的性格，但还是对谢玄不同寻常的生活感到好奇。

在趣园，谢玄热情接待了薛三奇，两个企业家见面除了回忆大学时代青涩的时光外，在一起聊得最多的还是怎样赚钱。

谢玄说："每个时代都有不同的赚钱方法。21 世纪初的那 10 年，中国创富最快、最容易的两个行业，一是房地产，二是 PE。"

"什么是 PE?"薛三奇还是第一次听到这个词。

谢玄笑了笑，说："每个行业都不断会有新生事物，炒股也一样。所以，要想真正做稳，唯一的方法就是不断变化。PE 其实就是私募股权投资，指的是那些投资于非上市股权或者上市公司非公开交易股权的一种投资方式。"

"你仔细跟我讲讲，我想跟你学点新鲜的东西。"薛三奇手拿起杯子放到嘴边，又放回到桌子上，然后饶有兴趣地问谢玄。

谢玄拿过茶壶给薛三奇的茶杯满上，接着薛三奇的话说："单从投资方式上来看，私募股权投资是通过私募形式对私有企业，即非上市企业进行的权益性投资，在交易实施过程中会附带考虑将来的退出机制，比如，通过上市、并购或管理层回购等方式，出售持股获利。而 PE 的投资主体一般是以基金的形式出现的，因此也被人称为私募股权投资基金。只不过 PE 的风险比较大，信息披露不充分，很多基金往往会采取非公开募集的形式向投资欲望强烈的有钱人、流动性充裕的企业、养老基金以及主权财富基金等机构发行，因此，也被人们称为私募基金，这个私募与股市上二级市场私募不是一回事。"

由于话比较长，谢玄顿了顿，从桌上拿过一叠资料递给薛三奇，接着介绍，"另外，PE 以有限合伙制为主要组织形式，他们的基金管理人被称为普通合伙人，专门负责投资和决策，出资人则被称为有限合伙人。一般情况下，普通合伙人的报酬主要来自于基金管理费和业绩佣金，只要业绩突出他们每年可以获得基金总额 2% ~4% 的年度管理佣金以及 20% 的基金利润，收入十分可观。从 2000 年开始，国内一共有三批人先后做起 PE 这一行。第一批是海归，他们在把海外创业资金套现后，回到国内做投资生意；第二批是 2001 年前后从证券市场撤出转行后才开始做投资的职业投资人；第三批则是官办，比如一些地方政府办的风投公司等。"

薛三奇问："那你没有做一家这样的公司?"

谢玄说："我还真有一家。不过，我没有直接参与运营。"

……离开北京回到家，薛三奇又暗暗比较了一番，与当市长的莫刚以及搞资本运营的谢玄相比，自己的财富不亚于他俩，可仍然欠缺的是，名气和地位。

说起谢玄做 PE 基金，跟老六郁晨从美国回来，给他讲述的美国黑石基金的故事有很大关系。听了郁晨的描述，谢玄又查阅了很多资料，最后决定抓住机会，自己创建一家 PE 投资公司。

老三姜勇、老四白旭和老六郁晨都去了美国读书，姜勇和郁晨学的是金融，白旭学的是医学。三个孩子以非常优异的成绩从大学毕业后，姜勇和白旭结婚，最终留在了美国生活。谢玄也希望三个孩子留在美国，他有自己的考虑。然而，郁晨却不想留在美国，他急切地想回到谢玄身边，帮老大做事。

谢玄对郁晨的学成归来，十分高兴，决定注册红石投资公司，把公司的私募股权基金业务全权交给郁晨打理。

做 PE 业务的红石投资公司最初的注册资金是 200 万，另外还吸引了两位做房地产的朋友的委托资金，加上谢玄的资金共有 5000 万。这是此时中国本土 PE 的流行创办模式和规模。

当郁晨知道这么大的资金由自己全权运作时，谢玄和其他两个出资人不参与发表投资意见的时候，他信心不足地对谢玄说："老大，大投资项目我还是要和您商量的，您可不能撒手不管。"

谢玄拍了拍他的肩膀说："没关系，你大胆做吧，这方面你是专家。我知道的，投资是一个精英行业，集体的意见往往不见得正确。"

"我……一定会努力做好这份事业！"郁晨听后，激动地保证道。

"也要做好失败的准备，国内的经营环境比较复杂，你可能会遇到一些政策障碍，这是你的弱项。有些事情宁肯不做，也不要轻易碰雷区。另外，与官员打交道，要注意他们喜欢把手伸到民营企业的怀里乱摸，要学会忍，不能意气用事。当自己冲动时，不要立即表态，冷静十分钟再作决定。"谢玄叮嘱着。

PE 业务的运营与一般的实业公司不一样。郁晨找投资公司的手段是通过朋友推荐，从公开资料上寻找各地区的纳税明星企业，登陆政府网站翻阅政府扶持企业名单，当然也有企业主动上门寻求资金帮助的。

最开始的时候，红石投资的业务工作有点像券商的研究员，以分析公司为主。然后郁晨组建的研究团队甄选出感兴趣的企业并和对方建立联系，再进行更深入的考察、接触，以了解企业的投资价值。

郁晨的第一项投资，是北京中关村的一位朋友向他推荐的。这是一家上海的网络游戏公司，名字叫第九社区，老板的名字叫瞿军。

谢玄曾经对他的孩子们说："每个人都要有自己的人生偶像。"就像他崇拜哈同一样。受谢玄的影响，郁晨也有自己崇拜的人生偶像——英国维珍集团的总裁理查德·布兰森，一位像老顽童一样的企业家。

郁晨和瞿军都是从美国留学回国创业的，两人第一次见面，就一见如故，交谈甚欢。郁晨很欣赏瞿军，他隐隐感觉眼前的这个人会成为理查德·布兰森那样的人物，用上海话来说，是个模子。

瞿军对郁晨说道："我这辈子，做得最正确的事情就是回国。我那些高中同学99%都留在了美国、麻省理工或者伯克利，但我坚信，我以后会是钱赚得最多的一个。"

"是的，我现在也这么认为，所以现在咱们能在一起聊天。"郁晨调侃道，"坊间有很多关于你的传奇故事，那些是不是真的？"

"是吗？"瞿军笑问，"都流传了些什么传奇故事？"

"你上大学时踩着黄鱼车绕了大半个上海卖货赚钱。有人说，你当初去美国根本不是去读书，是去找赚钱机会，边工作，边看有什么好的赚钱方式可以拿到中国。还说你在美国时像个摇滚青年，长长的头发、骨瘦如柴的身体，每天背着包，四处游荡……"

"哈哈……"瞿军听后笑了好一会儿，说，"对，也不全对。"

"那全对的故事是什么？"郁晨问道。

瞿军低着头回忆说："我去美国的时候，互联网行业在美国兴起，和其他行业相比，互联网行业门槛较低，不需要资金和背景就可以操作。我当时就感觉 IT 行业肯定能挖出大金矿。虽然我对电脑和网络技术一窍不通，连最基本的开机和打字也不会，但在中国互联网开始第一波热潮时，我就带着自己勤工俭学积累的钱回到上海。三个毕业于上海交大的年轻人创办了一个游戏社区网站，他们找到我做投资人。当时，我们公司的最初定位是虚拟网络社区，包括钓鱼、网络相亲等休闲娱乐内容。社区开始时进展得还比较顺利，CNNIC 数据显示，我们的网站流量排行第 13 位，是娱乐网站中的第 1 位。但数据再好，这些虚拟的娱乐活动也不能为我们公司带来任何现金收入，所以，我们不久之后就尝试用支付卡的方式向用户收取费用，结果……呵呵……"

瞿军笑了一声，露出一丝无奈："不过在2001年并不是我们一家公司遭遇了中国互联网的第一次寒流，大部分.com公司都遇到了资金断流的问题，挺惨的……那几个年轻人实在没辙了，我只好自己做起了CEO，但他们很不满。我让技术总监做工作汇报，他说他e-mail给我，我说我不会用啊，他很干脆地告诉我，那就是你自己的事了。"

郁晨听到这儿，差点一个没忍住笑出声来，瞿军很大方地说："想笑就笑吧。估计，那几个年轻人在背后也像你一样嘲笑我的。"

"确实，一般人都不敢相信做网络公司的CEO不懂得e-mail。"郁晨笑了起来，但心底仍旧认定他是个干实事的人。

"很长一段时间，我们公司没有业务收入，也找不到发展方向，连续几个月都发不出工资，人心惶惶。为了增强信心，我追加了公司的投资，先照顾普通员工，优先给他们发工资，部门负责人以上职务的员工包括我自己晚发。我就是要告诉大家，虽然我是老板，但我们是站在一条战线上的，我愿意和大家共渡难关。最后公司剩下五六十人，副总和中层技术骨干都没有离开。"

"听说你还组织员工踢足球？"郁晨问。

瞿军点点头讲道："我爱踢足球，号召员工一起踢足球，这样既娱乐身心又凝聚人心。上海举办市运动会，我就把球队命名为'第九社区'参加了比赛。"

说到这里，瞿军露出自豪感，接着说："上海人口1400万，我们'九社'的虚拟社区中城市人口也有好几万，这还不算农村人口，凭什么不让我们的足球队参加市运动会？在这次运动会上，我们小组没有出线。但是我对队员们发下了豪言壮语，5年之后，上海最厉害的足球队就是我们，我们还要打个亚俱杯冠军。"

"那你们公司的盈利靠什么？未来在哪里？"郁晨问

瞿军顿了顿，面色严肃地说："和我们公司同在一座大楼的一家网络公司刚刚代理了韩国的游戏《传奇》，据我了解，现金流非常好。我也看中一款韩国游戏——《智博团》，绝不会差，在韩国已经到达7万在线人数，我要是把中国的代理权拿过来，就会出现网络公司的奇迹。不过，速度要快，要赶在别的公司发现这个赚钱秘密前，把代理权签下来，现在我需要钱，需要你的钱。"

经过认真地调查和分析，郁晨决定投瞿军的第九社区。为了规避政策的限制，这笔买卖，红石的合伙人并没有以公司名义出资入股，而是以自然人的名义作投资。郁晨在理性思考之外，出于感情也非常愿意帮助瞿军，因为瞿军是个有意思的人，与这样的人相处是人生一大乐事。

郁晨的资金一到位，瞿军加高价抢下了《智博团》的代理权。自此，“第九社区”果然踏上了奇迹之路。就在瞿军的“第九社区”在纳斯达克上市的那一天，他说了一句后来在互联网业被广为流传的话：“今天很残酷，明天更残酷，后天很美好！关键是你明天晚上依旧还活着。”

募资 2 亿多美元，上市第一天的股票收盘价较原始股上涨了 30% 多。其后，股价一路攀升，红石投资的三位合伙人都获益丰厚抛出了股份。

而公司的控制人瞿军并未立即出手，直到一年后，他才抛出了 6% 的股份。在抛出这部分股份后，瞿军很快买了一家足球俱乐部，进军中超联赛。对此，郁晨没有感到意外，瞿军曾经告诉过他：“我想帮中国打一个亚俱杯的冠军。”

企业上市

由于前一晚失眠，薛三奇第二天快到中午才醒来，他记得这天下午，与当地上市公司亚鸽股份的闵总约好谈事情。

他的心情依旧不好，他思考了很久和谢玄的谈话，又试着理解儿子的想法，然而这种思维的转换对于已经依靠自己的方式获得成功的薛三奇来说，确实很难。薛三奇一直认为股市投机不是什么正经营生，是不务正业的投机取巧，甚至可以说是一种变相的赌博，没有实业经营来得稳妥、踏实。虽然身边的朋友也常和他谈论炒股，但他从来不感兴趣。薛三奇很不理解为什么自己对炒股向来敬而远之，薛白却对股市如此痴迷。儿子对股市的痴迷，对自己辛苦经营的产业不屑一顾，以至于离家出走，让他很难接受，心里闷闷的，堵着一口气，舒展不开。

刚从外面购物回来的夫人周筠见薛三奇一副不高兴的样子，知道他还在生气，便放下手里的东西，倒了一杯水，端着走到他面前，对他说：“现在的孩子，思想与咱们不一样，你应该试着理解，不要一下子全部否定，这样儿子也接受不了。有话好好说，你对儿子抱着很大的希望，可是如果勉强他，对于他来说就成了很大的压力。股市我也了解一些，是国家开的，也不能说是不务正业，美国不是还有个叫巴菲特的人，因为炒股炒成了世界最有钱的富翁吗？既然儿子喜欢，现在也还年轻，不妨让他试试？”

“不行，咱们家的企业以后怎么办？再说炒股能有什么出息？”薛三奇虽然听进了夫人的劝，但心里还是有气。

夫人温柔地安抚道：“如果炒股没有出息，他年轻，还有时间重新选择。到时他自己撞了南墙，还不乖乖地打理咱家企业。不过，我觉得你也应该了解下股市，这是时代的新生事物，说不定能给你一些新的思路。”

“我……”薛三奇面对这样一位贤淑、宽容的妻子，只好作罢。

“儿子房间里有不少股票方面的书，你有空的时候是不是进去看看？了解下股市到底是怎么回事，再和儿子聊聊，要不然你说你的，他说他的，你们总不能互相理解，无法沟通交流，能不吵架吗？”

妻子的话提醒了薛三奇，他见离出门的时间还早，就走进儿子的房间，在书架上看到了十几本关于股票的书，他随手拿出一本比较旧的，发现书本的空白处密密麻麻写了很多小字，都是儿子关于股票的心得和笔记……

“臭小子，读书的时候怎么没见你这么认真？”他小声嘟囔了一句，又抽出另一本，书中也记了很多笔记，书上还写着一句“如果我能成为索罗斯那样的人该多好”……

又随意翻了几本，看着儿子的笔迹，薛三奇的心里萌生出一丝感动。

下午，薛三奇乘坐公司的奔驰前往本地一家上市公司——亚鸽股份。赶到的时候，亚鸽股份的闵总已在等候，和他一起的还有几位外地的客人。

闵总介绍道：“这几位是北京红石投资的客人，这边几位是券商投资银行的，这位就是薛总。”

闵总分别把他们介绍给对方，薛三奇接过几个券商投行人员递来的名片，五花八门的头衔让他有点找不着北，一个是“高级副总裁”，一个是“执行总经理”，还有一个“董事总经理”，哪个才是他们的领导呢？他把手里的名片来回看了几遍，也没看出个所以然来，凭着感觉对那位年轻的“高级副总裁”说道：“这么年轻就做到高管了，很有前途啊！”

年轻的副总裁讪笑着点了点头，幸好一旁的闵总及时为他解开了“谜团”。

闵总笑着把他拉到一旁，小声说道：“看晕了？券商投行的职位设置和咱们国内的企业不太一样，这是从海外投行引入的职级系统，分析师的职级最低，往上是经理、副总裁、总监和执行总经理，董事总经理是最高的职级。一般来说，分析师、经理和副总裁属于普通员工的技术职级，而总监、执行总经理和董事总经理等属于行政职级。”

“其实，北京红石投资的郁晨才是核心人物，这几个券商投行的工作人员也只是他的业务合作伙伴而已。”

“谢谢闵总点拨。”薛三奇恍然大悟，再谈话时，重要的问题都会直接和郁晨交流。

这次郁晨过来，主要是因为他们公司有一个券商的定向增发项目需要找投资机构参与，除自己的红石投资公司之外，他还牵线把亚鸽股份也介绍了进来。闵总对这个项目非常感兴趣，讨论业务时，他无意中提到国内 A 股将要开设中小板，并对郁晨说：“在我们这里，薛三奇的公司在中小板上市潜力很大呢。”郁晨立即提出约见薛三奇的建议，这才有了今天的这次会面。

虽然薛三奇和谢玄是同学，但谢玄并没有跟郁晨推荐过薛三奇的公司，他充分信任郁晨，不轻易插手公司的创投业务。

“薛总，您的公司完全可以上市成为公众公司。”郁晨直截了当地说道。

薛三奇看了他两眼，问道：“我的公司上市后能有什么好处？”

郁晨笑道：“好处有很多，具体说来有六点。”

“六点？说说看。”薛三奇的兴趣被带动了起来。

郁晨分析道：“第一能得到大量资金，可以更快速地拓展公司实力；第二能增加融资发展渠道，摆脱银行的控制；第三可以增加公司的安全度，公众公司在遇到经营困难时，比民营公司更易获得地方政府的政策支持；第四可以通过股权激励缓解管理人员与公司持有者的矛盾；第五公司上市后能提高公司的知名度和信誉度；第六也是最重要的一点，上市公司可以增加股东的资产流动性，并快速提升股东的资产总量，是股东资产快速提升的最佳捷径。”

“慢点，最后一点，你再解释一下？”薛三奇瞪大了眼睛。

“因为股票是以溢价发行，股价也是以市盈率的倍数来交易的，上市公司的股票资产交易价格都是未上市公司股权资产交易的多倍，世界上很多亿万富翁，都是这样诞生的。”郁晨回答道。

薛三奇听得心动，但多年的经验不免使他越发谨慎，问道："那我的公司上市，对你有什么好处？"

郁晨等的就是他这句话，边笑边说："薛总真是爽快人，那我就直接说了。目前，公司上市是有一定的成本和条件的，并不是任何企业都能轻松上市，需要作出专业的改善和强化，而我可以利用我们公司资源和能力帮助你的公司满足上市条件，帮助你顺利上市，不过在上市前，我们会以合理的价格参股你的公司，等到你的公司成功上市后，我们会逢高退出，获得你们公司上市前后的双轨价格差价，以此谋取盈利，这就是我们风险投资公司通常使用的赢利模式。"

"原来如此，没想到郁总小小年纪就有这么大本事，后生可畏啊……"

"薛总说笑了，您才是真正的成功人士，我们是想沾您的光，实现双赢。"

几人又谈了些事情，结束后闵总做东，请大家吃饭。薛三奇也是一个见多识广的人，不过与喝过洋墨水、搞证券虚拟经济的人，一起吃饭、聊天还是第一次。薛三奇发现郁晨说话与自己一直接触的人不一样，大胆、夸张、幽默，充满智慧却毫无脱离现实之感，这种交流让人感到舒适、畅快，不知不觉中薛三奇敞开了心扉。

闵总是一个段子高手，饭桌上，他讲了两个段子，引得大家兴致勃勃。闵总说："中国赚钱发迹的秘技是投机、结权、山寨。"

"投机？这个词有许多解释，你们理解的是怎样的？"薛三奇是"结权"和"山寨"的个中高手，他就是靠这两点发家的，但对于"投机"，薛三奇只能理解到字面意思，"投机倒把"——就像他评价儿子炒股一样，但闵总说的"投机"应该没有这么简单。

郁晨点头笑道："是的，薛总。投机有很多含义，但是我们刚才说的投机主要是指虚拟经济中的'投机'，也就是中国赚钱发迹秘技中的盲点智慧套利。"

"盲点套利？"薛三奇皱了下眉，郁晨连忙解释道："也就是聪明的人开动自己的脑筋，通过自己的智慧突破一般人的心理和能力障碍，在盲点中实现短线暴利。目前咱们中国有两个发财的投机方式，一个是房地产，一个是PE。近几年成功暴富的企业家大多都是从这两个行业中产生的。每个省的财富排行榜，都是房地产商占据了大多数的靠前位置，而民营企业在实业中获得巨大成功的人则少之又少，即便成功，也会因为经济动荡或其他因素，不可避免遇到一系列新的经营问题，甚至失败。而且，这些企业主表面风光无限，其实内心很辛苦。他们努力拼搏却只是在为社会、银行以及员工打工，一旦企业停止运营，很可能就会变得一无所有。但我刚刚所讲的投机还不单指这些，高级投机还有原始资产资本运作、双轨价格、杠杆、能力障碍等内容。就像咱们合作，你有原始资产但不具备投机能力，而我有能力并提供给你，如果双剑合璧，就能在股市中实现资产杠杆的双轨价格暴利。”

“股市?”听他提到这个词，薛三奇不由得想到了薛白，他忙问，“我儿子刚从美国回来，我原本打算让他做实业，但他执意要去炒股。”

郁晨告诉他：“炒股也是投机的一种，但是炒股的门槛比较低，属于二流的投机方式。房地产商和 PE 投机不同，入门障碍非常高，一般人很难迈过这个门槛，属于一流的投机方式。”

“二流的？那还是不让他炒比较好吧?”

“也不一定，虽然炒股是二流投机，但也是一种上乘行业，虽然没有入门障碍，但成功障碍相对较高，除了精湛的技艺，还需要了解赌博、稳利、运气、周期、博弈这些词语在股市中的真正含义。如果抹去赌博这一项，炒股是一个非常好的行业；但如果去掉的是稳利这一项，那炒股绝对是倾家荡产的行业了。一者天堂，一者地狱，就看贵公子如何抉择了。不过，对薛总您来说，贵公子喜欢炒股其实是好事，如果您的公司能够上市，您真的需要一个熟知股市的嫡系人辅佐，维护公司的资产市值。但是，年轻人炒股不能只靠自学，容易养成坏习惯，那就麻烦了，最好有人引导，找到正确的炒股方法。”

“嗯，小孩子学东西快，也容易走上歪路……”郁晨的话说到了薛三奇的心坎儿，他之所以不让薛白炒股，就是怕他走弯路学坏。

闵总接着又聊到一个微博段子，是一个 PE 高手分享他身边的小故事。某 PE 高手在微博中写道：

一个同学任某税局局长，一次饭局我说现在税收太重，逼迫民营企业不得不打擦边球。他很诚恳地对我说：“我们也知道税很重，这是策略，目的就是要逼着你们偷税，让你们随时处于‘违法’状态。这是悬在你们头上的一把剑，什么时候看你们不顺眼或者你们不听话了，我们就会砍断那系剑的绳子。”

一个券商投行的人听后不满地说道："这个说法，有点过了，缺德啊。不过，公司上市，确实是企业家抵御公司不确定性的最好方法。"大家连连点头。

这一天对薛三奇的影响很大，回家后他又想了许久，终于想通了一些事情。之前和儿子吵架，儿子总说他思想落伍。现在一琢磨，确实没有跟上最新的时代变化。他心中想道：如果儿子真想炒股，那就让他炒。堵不如疏，这样自己还能找几个这方面的成功人士帮他指点，自己参与进去，加以控制，就算最后失败，不至于一败涂地。

另外，他觉得自己也该与时俱进，学习新鲜事物了。第二天，他上网开通了自己的微博。

企鹅先生

江南卫视的节目制作大厅里，最新一期的《非诚勿扰》正在录制中。薛白作为男嘉宾被安排在这一期节目录制的最后一个上场，此时的他等在后台，既忐忑不安，又有些兴奋。

节目正式开始录制了。"欢迎大家来到江南卫视，随心而乐，天天乐音乐手机《非诚勿扰》。下面有请主持人——龙飞、傅嘉。"

龙飞和傅嘉走上前台，两人都是光头造型，瞬间点亮了观众的心情。

龙飞声音浑厚、富有吸引力，对着镜头说道："观众朋友们，您现在收看的是天天乐音乐手机《非诚勿扰》。大家好！我是龙飞。首先，我要告诉大家一个好消息，因为最近报名参加我们节目的观众越来越多。为了能让更多的观众参与到我们的节目中，从下个月开始，我们栏目组将在北京、南京、重庆、广州、沈阳五大城市接受观众的现场报名，欢迎大家踊跃参加，我想到时候场面一定非常壮观。你说呢，傅嘉老师？"

傅嘉眯着小眼笑道："5 分钟前，我把这个消息告诉了我的小堂妹，她一直希望我能开后门，让她来参加我们的节目，我没同意，她很失望，说我没人性。刚才我把消息告诉她，她高兴得回我短信说，她最爱我了，说一定会去现场报名。"傅嘉幽默的讲述，惹得现场一片笑声。

龙飞笑着说："是吗？除了你的小堂妹，你有没有小堂弟也想来参加我们的节目呢？"

“我的小堂弟不敢来，他怕被我赶下去。”傅嘉犀利地回答道。

“哈哈……”在场观众爆发出一阵阵笑声，就连在后台等待的薛白，也忍不住笑了起来。

龙飞笑道：“我们今晚有幸请到了24位漂亮的单身女生，接下来有请她们上场……”

话音刚落，24位女生在轻松欢快的音乐声中靓丽亮相，有几位还在舞台中间摆了几个卖萌的造型。

龙飞笑道：“这24位女生都很漂亮，欢迎你们的到来！请亮灯。”

24盏灯瞬间亮了起来，观众席响起一片掌声。

“接下来，让我们了解一下节目的规则。”

场外音再次响起：“每轮24位女生都可以通过‘爱之初体验’、‘爱之再判断’和‘爱之终决选’三关了解同一位男生。在此期间，女生亮灯表示继续，灭灯表示否决。当场上只剩下一盏灯时，主持人将会询问男生意见，男生同意则速配成功；当场上女生灯全灭，男生离场。三关过后，如果仍有多盏灯亮起，场上的选择权将会逆转，男生可以挑选自己心仪的女生。”

场外音结束后，龙飞说：“下面我来为大家介绍一下我们栏目组为冲关成功的男生提供的奖励。今天，牵手成功的男生可以根据场上亮灯的情况获得厂家提供的约会基金。一盏灯100元，另外还有两张世界博览会套票。如果第一关24盏灯全亮，男嘉宾还将获得赞助商提供的日本北海道和呼伦贝尔黄金牧场深度双人游奖励。下面有请今晚的1号男嘉宾上场……”

薛白前面一共有4位男嘉宾，可惜他们今天都不走运，没有一位和女嘉宾牵手成功。当第4位男嘉宾一脸沮丧地回到后台时，薛白站起来对着镜子，整整衣服。

龙飞洪亮的声音响起：“希望今天最后一位男生的神经足够强大……有请第5位男嘉宾上场……”

薛白深吸一口气，在充满激情的音乐伴奏声中从容地走了出来，他与其他男嘉宾明显不同的气场和打扮让人眼前一亮。薛白微笑着说：“大家好！我叫薛白，今年26岁。第一次同时见到这么多美女，我很激动。”

龙飞笑问：“薛白，你今天的造型很特别，而且你有口音，是安徽省人吧？”

薛白点点头，说：“我的乖乖，你听出来了。我模仿的是最近热播的《杜拉拉升职记》里黄立行的发型，结果理完后发现很丑，只好买顶帽子把头发遮住。”

观众席爆出一阵大笑声。

龙飞又指着他的围巾问：“你的这条围巾，好像以前见过……”

“这是我前天刚买的。当时我在逛街，一眼看中了这条围巾，最后在导购员的一再劝说下，我买了整套。”

“是吗？”傅嘉问道：“前面几位男生没有一个牵手成功，那你觉得自己有可能成为今天唯一的那一个吗？”

“我的乖乖，都没成功，我绝对相信我是唯一的那一个。”薛白十分自信地回答。

傅嘉又问：“你很有自信，我们先来看下对面 24 位女生，你最喜欢哪一位？”

薛白没有犹豫，果断按下了一个数字。

龙飞看了下号码，问道：“你觉得自己能把这位女孩请出来吗？”

薛白点头答道：“是的。”

龙飞接着问道：“你认为自己不仅能把这个女孩请出来，还能牵起她的手离开这里吗？”

“当然。”

“对面的 24 位女生，对这位来自安徽的非常特别的薛白……”

龙飞刚开口，薛白突然插嘴道：“解释一下，我是安徽省人，我现在在……我原籍安徽省。”说完向后退了一步。

傅嘉问他：“你后面应该还有话要说，为什么临时吞下去了？”

薛白不好意思地笑道：“其实我是想解释一下我现在住在哪个地方，后来想想还是不说了。”

龙飞也走过来，对他说：“为什么不说呢？说出来大家听听嘛。”

“那好，那我就说了……我是地球人……”

龙飞被他逗乐了：“你如果不说，估计一会儿可能有人会问你来自哪个星球。对面的 24 位女生，对这位来自安徽的地球人有什么问题？请考虑……请选择……”

随着主持人的话音，4 盏灯先后灭了，现场还剩下 20 盏灯。

龙飞对薛白说：“看来你的自信不是没有道理，这样的成绩在学校一定是名优等生。20 盏灯都亮着，你现在有什么感想呢？”

薛白回答：“其实，我读书时的成绩一直都是年级前 10 名。”

“你们年级多少人？”

“两三百人吧。”

“你们的学校很差吗？”

薛白摇摇头：“我们学校是全省最好的。”

龙飞哈哈大笑道：“玩笑结束，下面把时间交给女生们。”

一个台子前写着“外企经理助理”的女嘉宾举起了手。

“张渝，你想说些什么？”

张渝笑了笑，露出了她那一对可爱的小虎牙，“我觉得他像企鹅先生。”

“企鹅是很可爱的动物。”傅嘉说。

张渝却说：“但不是我喜欢的类型。”

“真可惜……”龙飞接着示意另外一个女嘉宾发言：“李媛媛，你有什么话想对薛白说吗？”

李媛媛缓缓开口道：“我觉得他很可爱，长得很像一个大馒头，让人看了就想揪他、切他。”

薛白看了眼李媛媛台前的铭牌，上面写着——医生，想找位花样美男。他突然觉得后背有些冷，不自然地抖了抖。

龙飞哈哈大笑，说，“你很久没有这样说话了。下一个，海燕有什么话要说吗？”

海燕是位私营企业主，她要求爱人的年龄不能比自己小，小一个小时也不行。海燕用略带天津口音的普通话调侃道：“飞哥，从我这个位置看过去，你们俩的肚子有点像。您如果再不注意身材的话，以后想照镜子时看他就行了。”

龙飞睁大眼睛问：“你这是在对他说还是对我说呢？”

海燕捂着嘴偷笑：“都是。”

龙飞听后转过身对薛白说：“她的意思是说，你如果再不锻炼身体就会堕落到跟我一样了。”

薛白点点头，很诚恳地说：“她说得非常对，我最近的确有点忙，耽误了锻炼时间。”

龙飞眉毛一挑，装作生气的样子说：“非常对？我是在跟你客气，你听不出来？”

薛白却不接他的话茬，依旧自顾自地说道：“所以，我最近准备去健身，先在健身房里待一个月。”

龙飞瞪了他一眼，对着观众们说：“有时候不能跟男嘉宾太客气，他永远不会明白你的温柔。16 号，你想说什么？”

16 号许秀珍是一位短头发的幼儿音乐老师，她说：“我很喜欢毛绒玩具，从他上台开始我就觉得他特别像一只泰迪熊。如果他愿意戴上熊耳朵的话，我觉得我会天天在家看着他。”

薛白听后笑言：“我也很喜欢送人毛绒玩具的，如果我们俩能在一起的话，我会经常送你毛绒玩具。”

这时候龙飞打断了他们的对话，身形一转，指着大屏幕对大家说：“接下来，我们一起看看薛白的基本资料。”

演播厅的大屏幕上开始播放节目组准备好的第一段 VC。

大屏幕上，薛白对着镜头说：“大学毕业后，我用自己勤工俭学挣的钱和平时省下来的生活费开始了自己的炒股生涯，正式成为一名职业股民。开始炒股不久，我在证券公司的门口捡到一张纸条，上面写着一只 ST 股票的名字和代码，我看后觉得这是只潜力股，就满仓买入。没想到，短短几天的时间这只股票就连续涨了 42 个涨停板，让我发了一笔小财。作为奖励，我给自己买了一辆自行车和一辆宝马。”

看完第一段 VC 后，傅嘉问薛白：“有没有人和你说过，你在看自己的宝马车时，眼神很像色迷迷的暴发户？”

龙飞也调侃道：“我觉得他坐在宝马车里的时候，感觉像坐在别人的车里。”

薛白说：“其实我刚去看车的时候，想买宝马三系，结果第一眼就看到了这辆五系，觉得它的个头大，而且价格也在我的承受范围内，所以不到半个小时，我就买下了。”

龙飞问：“你去看宝马之前，有没有看别的品牌。”

他摇头：“没有，只看过宝马。”

龙飞扬声问道：“我就知道他是那种一头扎进宝马4S店的人，销售员是位女生吧？”

薛白摇头说：“男的。”

龙飞讪笑道：“好吧。不管是男是女，反正是捧你说，说你年轻有为又有钱，成功人士……你从上到下的这一身衣服，是哪个营业员推荐给你的？男的女的？”

薛白笑了笑，说：“女的。她是搞服装搭配的，帮我配的这一身其实也不贵，才1000多点。”

龙飞看向台上，问道：“有人想要向他提问吗？16号许秀珍……”

许秀珍说：“我没什么要问他的。但是，我觉得我的心情从很开心变成很不开心了。”

“为什么？”傅嘉问。

许秀珍耸了耸肩，淡淡地说：“因为他刚刚说这身衣服很便宜，才1000来块嘛。”

“所以你就很不开心了？他这话让你怎么不开心了？”

“我觉得他的性格还不够成熟。”

龙飞问薛白：“她通过刚才的片子以及你的话语判断你还不够成熟，你觉得需要向她解释吗？”

薛白没有生气，反而很真诚地说：“我觉得她判断得很准确，有时候我也觉得自己不太成熟，那个……”

龙飞看着他的表情很想笑，打断了他的话，“我特别喜欢看你说话时的表情，哈哈……别介意，请你继续……”

薛白的脸微红了下，“我觉得环境变化后，人的思想也会发生变化。比如，我小时候就喜欢幻想，那时候我经常觉得自己是外星人，但现在我明确知道我是一个地道的地球人了。”

龙飞颇有兴趣地问：“你是什么时候确定自己不是外星人的？”

薛白笑道：“应该是读高中的时候，才知道自己不是外星人。”

龙飞吃惊地张大了嘴，说：“读高中后才确定自己是地球人？确定之后你是不是觉得无法适应自己了？是不是惊讶怎么那么快你就有钱了？我觉得薛白你很不简单，一个片子放完了，又讨论了这么多，20盏灯依然亮着，这是之前从没有发生过的。”

傅嘉也点头称是：“绝无仅有，一般情况下肯定是要再灭几盏的。”

薛白的嘴角一直挂着一丝不易察觉的笑容，龙飞适时说道：“我们来看下关于薛白的第二个短片。”

大屏幕上，薛白微笑着看着镜头，说：“我是一个喜欢幻想的人，也是一个有故事的人，我曾经梦到自己穿越回到了春秋战国时期，是一个侠客，去刺杀秦始皇，结果竟然刺杀成功并安全脱身了。现实生活中，我是个想做什么就做什么的人，不会考虑太多的外在因素。比如，我读大学的时候，看到别人跳舞，我也想跳，但我从没学过，只跟着别人跳了两下，就有模有样了……”

片子放完后，龙飞又调侃道：“我觉得这位男嘉宾绝对不是凡人，我一直试图总结他，但是我发现很难。我想了半天也不知道要把他归为哪一类，我感觉他应该是站在地球之外的某个地方，手托着腮看着地球上的芸芸众生。而且你看他开心的样子很有意思……”

傅嘉眼睛一眯，瞥了他一眼，问龙飞：“你有没有觉得他的快乐属于没心没肺的那一种？”

龙飞点头，“他很简单，他来自另外一个星球，见我们地球人这么快乐，他也感到快乐。这是一个很特别也很有感染力的小伙子，而且很难得的是第二段片子放完了，台上还亮着这么多灯，这真是一个奇迹啊！12号有话要说吗？”

12号女嘉宾名叫王静，是一位自称西化美女的IT门户网站客户经理，她说：“暴发户都喜欢开宝马。”

薛白笑道：“有人也这样和我说过，但我觉得宝马代表的是年轻。我自己很年轻，所以我喜欢开宝马，尤其是我在感情方面发展得一直比较缓慢，比如我在大学的时候就没有谈过恋爱。”

傅嘉有些不相信，眯着眼睛毫不客气地问：“你像大学里没有恋爱过的样子吗？”

观众席中爆发出一阵大笑，薛白很委屈地回答：“我真没有恋爱过。”

“你这话是说给谁听的？”

薛白不卑不亢地回答：“当然是说给全国的观众听。”

这时有位不怎么说话的女嘉宾问：“那你是怎么开始第一段恋爱的？”

薛白很坦诚地说：“那时候我刚毕业，觉得应该找个对象了，就找了一个。”

龙飞忍不住说：“你看他就跟买车的时候一样，他想要买个车就买了，觉得应该谈个恋爱了，就去找了一个女人……”

现场所有人又忍不住笑了起来，今天薛白带给大家的欢声笑语确实不少，就连龙飞和傅嘉也喜欢上了这个小伙子，他们主持这么多次节目，没遇到像他这样开心得这么天然、幽默得这么自如的。

之后，现场又灭了几盏灯，有的女嘉宾觉得薛白只适合做朋友，不适合做爱人，薛白听过这种说法并没有什么反应。

龙飞在台上扫了一眼，恭贺道：“首先，我要恭喜你，进入到了男生权利环节，现在还有 5 盏灯亮着，你将获得由赞助商提供的 500 元的约会基金……”

薛白点头致谢：“谢谢，我感到很荣幸。”

龙飞却淡淡地说：“一般情况下，我说完这句话的时候男嘉宾是没有反应的……”

薛白听后跟没有听到似的，龙飞继续说：“还有两张世博会的套票。”

“我什么时候可以用这两张票？”

观众席中又爆发一阵笑声，龙飞无奈地笑了笑。

“随时都能去。现在你以优异的成绩进入男生权利，知道下面要怎么做吗？”

薛白笑着点头：“知道，去按灯。”

最后一个环节，开始行使男生权利，薛白对面前的 3 名女生说：“最近哪部电影让你感动得掉眼泪了？”

3 位女嘉宾分别回答，龙飞很好奇地问他：“你为什么问这个问题？”

“因为我觉得看电影会哭的女生比较单纯。”

“其实很多坏蛋在看电影时也掉眼泪的。”

“是吗？”薛白笑道。

龙飞说：“欧洲哲学家狄德罗说过‘只有在剧场的时候，好人和恶人的眼泪才会流到一起。艺术可以感动任何人，让他们掉下眼泪’。我现在特别允许你再问一个问题，你想问什么？”

“不用了，我觉得她们都不会是坏人。”

这时傅嘉走了过来，“所以，现在是考验你智慧的时候了，《非诚勿扰》对你的考验，即将开始。”

“那还是再让我问一个问题好吗？”

观众被他逗得哈哈大笑。

龙飞却没给他这个机会，而是走向3位女嘉宾，说：“刚才你已经放弃了这个权利，你现在是坚持选择16号，还是选择另外两名女生中的一位？”

薛白想都没想就回答道：“我坚持选16号。”

龙飞请两名女生回到了原来的位置，傅嘉很好奇地问他：“在你表白前我想问一下，16号有什么地方吸引了你？”

“我觉得她的腿很漂亮。”

现场观众再一次爆笑出声，龙飞也忍不住调侃道：“你的回答太实在了，希望你今天能有好运，与16号牵手成功。接下来，请表白……”

薛白站到了16号女生面前，略显紧张地表白道：“我不知道你为什么灭我的灯，可能是觉得我比较傻，其实我并不傻。我觉得多了解后，你会发现我是一个有故事的人，今后说不定会更有意思，我的故事会让人觉得充满惊喜。”

16号女嘉宾说：“虽然我觉得你会是个‘潜力股’。但我很矛盾，我心中的理想型要更成熟些。我……只能说对不起了……”

“没关系……”薛白保持住完美的微笑，倒是龙飞一脸惋惜地对他说：“很遗憾，虽然你今天给我们带来了很多欢乐，但还是要请你离开这个舞台，临走之前，你有什么话想对大家说吗？”

薛白一脸平静地说：“我觉得有点遗憾，本来可以很完美的，可我的故事仍旧没人参与。但我相信，不久之后一定会有一个人愿意走到我的故事中来。”

傅嘉最后说：“你是一个有故事的人，只是欣赏和理解你故事的人今天没有出现在这个舞台上，希望不久的将来，懂你的那个她，能如愿出现在你的故事里……”

仙人指路

薛白出镜《非诚勿扰》的那期节目播出当晚，对观众来说，无疑是看了一场搞笑秀，薛白刚一上场就让人眼前一亮，他白皙而又略胖的脸庞，略显羞涩，那双渴望、透彻的双眼令人过目不忘。黑礼帽、黑眼镜框、黑马甲以及那条碎花图案的三角围巾把他衬托得憨态十足却又毫无突兀感。特别是他走路时的样子很像当年的卓别林，一摇一晃间，貌似不知东南西北，却让人忍俊不禁……

他和主持人的对话更像是一出经典小品剧，逗乐儿却意味深长，在安静祥和的夜晚给人们送上一道快乐的精神美餐。从他出场开始，现场的笑声几乎就没有间断过，有细心的观众作出统计，发现他在节目中讲出的可爱“雷人语”达二十多条，一夜之间成为全国屌丝网友最为欢迎的“雷神”。

虽然薛白没有在《非诚勿扰》中找到女朋友，但他并未感到遗憾。他在节目中尽情地表演，淋漓尽致地表现出了娱乐精神。

节目播出后，同学问他：“你上台是不是紧张得糊涂了？”

薛白诡秘地笑了，摇摇头说：“不是。我很清楚我要的是什么，第一眼看到 24 位女嘉宾时，我就明白那里没有我的理想女友……”

“你也太坏了！”同学笑骂道。

一夜之间，薛白成了名人，每天都有记者要采访他，他也尽可能地配合采访，享受着初出茅庐的快乐。一天，他又接受了一次采访，采访刚开始，一个颇有名气但思维偏保守的中年男记者问他：“你对当今女性的拜金爱情观怎么看？”

薛白笑了笑，最近他听得最多的问题，就是这个。

“我不在乎我的女朋友是否拜金……”薛白的回答可能有点出乎那记者的意料，记者明显愣了。

记者缓过神儿，又追问道：“如果一个女人对你不理不睬，但看到你开着宝马就马上投怀送抱，你会怎么办？”

薛白非常豁达地说：“这很正常啊，我对她不会有任何意见，女人爱男人的钱，男人爱女人的脸，这是正常人的本能反应。我反而觉得爱钱的女人可爱，而且有些男人就是为了哄女人才去挣钱的。有爱钱的女人在身边，男人才会不断上进。如果一个女人认为有钱没钱都一样，那么不但她会变成一个懒散的女人，她的男人也会因此而放弃努力，导致二人陷入平淡得如同一潭死水般的生活状态。再说了，贫贱夫妻百事哀，作为男人如果你没有维持生活所必需的财富，你又能怜惜哪位，又能拯救哪位呢?”

那位记者不知是真觉得他说得有道理，还是出于职业目的鼓励薛白多说雷人的话，连连点头，然后又问道：“你怎么面对现在外界对你‘憨憨傻傻、单纯率真’的评价?”

薛白说：“我从不觉得自己傻，我的朋友也没人说我傻，反而夸我聪明。我在学校一直是班长。”

“是吗？那你怎么理解聪明和傻这两个词呢?”记者又问。

“我认为每个人的智慧都差不多，能被人看出来的是小聪明，真正的大聪明是你看不出来的。而且，大多数人所看到的只是表面上的东西，并不一定真实，我也并不像外界评论的那样‘不像常规意义上的现代男人’，我也是一个积极上进、比较务实的男人。”

“你觉得自己也是务实的男人？那你为什么选择炒股作为你的职业呢?”记者提出了疑问。

薛白笑道：“在中国，年轻人积累财富的路径其实很有限——自己创业或者给别人打工。但自己当老板的成本太高，我又比较懒，吃不了那个苦，我觉得自己还算是一个与众不同的聪明人，不愿意给别人打工，所以我只能去寻找第三条致富之路，那就是投资或者投机了。有钱可以投资房地产，没钱就只能选择一些门槛低的投资种类，比如股票。其实是男人，就天生喜欢炒股和足球，这是属于我们现代人的文明战争。股市中虽然没有用兵布阵，但同样需要‘两军对垒’；没有刀光剑影，同样充满‘杀机’；没有硝烟弥漫，同样惊心动魄……我觉得喜欢炒股的人有一种侠客情怀……”

采访一播出，人们对这位“企鹅先生”更加关注，趣园的女服务员也在谈论薛白，有一个女服务员毫不忌讳地跟朋友表示爱上了这只可爱的“胖企鹅”。

这期《非诚勿扰》节目播出前，薛白专门给妈妈发了条短信，把节目的播出时间告诉了她，他知道妈妈肯定会把这个消息告诉爸爸。薛三奇看过他的表现后，竟然主动打来电话。

电话中，父亲的声音十分和蔼，听起来不但不生气反而有点高兴。这让薛白喜出望外。

薛三奇说："儿子，你昨天表现不错，尤其是幽默感这点，很有我年轻时的风范，男人做事就是要认真、有风格、有态度，这次你很棒，我很高兴。对了，关于炒股的事情，我觉得你可以去试试，等你回家后，咱们父子俩再好好商量一下？"

那天，薛三奇和闵总、郁晨见面后一直在思考 PE 基金参股并上市的事情。他对这方面了解得并不深，特意去新华书店买了一本写 PE 基金和公司上市情况的书研读，顺便还买了一本年轻时最喜欢读的《钢铁是怎样炼成的》，他想把这本推荐给儿子。在他的思维模式里，始终觉得现在的年轻人缺少苦难的经历和对苦难的深刻认识。

他又和公司的几个主要干部以及签约律师商议，大家一致赞成公司上市，这让薛三奇更加心动。为慎重起见，他还去了一趟重阳宫，拜见了玄明子道长，想让他帮自己"把把关"。

薛三奇信任玄明子，还要从多年前的一项桥梁建设清尾的工程说起。当时，薛三奇是这项工程的负责人，一位笃信道教的工程师和他闲聊时，提起了家乡的重阳宫。他说："重阳宫的很多道长都是有真本领的，掐算得很准。"薛三奇知道重阳宫初建于唐朝，历经千年兴衰后今日重振玄风，是道教的第十洞天、第六十福地，也是 Z 省最大的道教宫观，位于穿岩十九峰风景名胜区，深藏于山峦环抱、碧水流涟的桂竹谷中，风光绮丽，环境优美。

起初，他对这位工程师的说法半信半疑，但还是记在了心里，后来陪家人去重阳宫游玩，他特意去拜会了玄明子道长。本来薛三奇只是想问今后的财运，但刚见面，就听玄明子说："今天咱们不说远的，只讲眼前，如果你能以最快的速度回家，或许可以避免一次财祸。"

"财祸？难道我的生意不顺利？"薛三奇想问得更具体点。

玄明子摇头不答，反说："回家后，一切便知。"

薛三奇认为他是在故弄玄虚，转念一想，宁可信其有，于是怀着复杂的心情，以最快的速度赶回了家。

刚进家门，眼前的景象就让他大吃一惊，只见一名醉醺醺的陌生男子正和衣躺在他家的床上，男子手边放着一把菜刀，脚上虽然穿着鞋，却被毛巾裹得严严实实。而他们家所有房间的锁都被撬开了，柜子、抽屉、箱子里能翻的东西全被翻了个乱七八糟，家里贵重东西全部装在一起，被男子分成了5个包袱放在床边……

“天哪……110……”他赶紧报警。

警察赶到后，轻松地把还在睡觉的小偷逮住了，小偷发现有人，竟然还醉醺醺地问：“你们是强盗吗？凭什么铐着我？救命，快来人啊，救命啊……”

酒醒之后，小偷老实交代了自己的罪行。

前一天晚上，他顺着楼下的水管爬到3楼薛三奇家的厨房，翻箱倒柜把值钱的东西全打包了，做完这一切后，他发现薛三奇收藏的都是名酒，忍不住自斟自饮起来，没想到竟然喝醉睡着了，幸好薛三奇及时赶回。

为这件事，薛三奇完全被玄明子道长折服，之后每到农历新年，他都会去重阳宫上香并拜会玄明子道长。而这次他去拜访玄明子，道长不在，小道士说：“道长仙游去了，不清楚什么时候回来，不过道长早已知道薛施主会来，留了张字条给您。”

“劳烦快拿给我。”薛三奇急忙接过小道士递来的纸条，上面写了一个大大的“顺”字，他这颗心才彻底地放了下来。有了玄明子道长的“暗示”，薛三奇决定和郁晨的北京PE基金签订入股和协助上市协议。

签协议当晚，他又看了几遍录制下来的江南卫视《非诚勿扰》节目上儿子的精彩“表演”，好几次都被逗得哈哈大笑。

他主动对薛白的妈妈说：“这孩子要火啊，说不定会出名。等他回来后，我寻思要不让他开一家股民咖啡厅，挣钱、炒股两不耽误。”

“儿子一定很高兴。”薛妈妈高兴得立即拨通了薛白的电话。

薛三奇之前在趣园见过谢玄，不久前又在饭局上听郁晨讲起趣园的故事，他当时就产生了让儿子开股民咖啡厅的想法，这样既可以搭建一个炒股人际关系的信息平台，又可以满足儿子炒股的需求，何乐而不为呢。这次看了儿子在《非诚勿扰》节目中的表现后，觉得儿子声势造了起来，更加坚定了这个想法。其实，薛白也原本认为有了名气，创业会更加便利。但他确实没有想到，这次竟和父亲不谋而合。

“我连名字都想好了，就叫南极洲股疯咖啡厅。”薛三奇笑道，“我把广告词都‘想’出来了——‘北极熊为什么不吃企鹅宝宝?’我们父子俩喜欢牛，也不怕熊，哈哈，不错，很不错……”

第四篇
涨停板敢死队

三个快刀手

十步杀一人，千里不留行。事了拂衣去，深藏身与名。炒股的人说起股海江湖故事，总那么兴味盎然。

外行人觉得这些话很夸张，但炒股的人都知道股市是江湖，可上天堂，可下地狱。在这样的江湖中有一群“民间高手”，他们在市场行情低迷时，“刀枪入库，马放南山”，蛰伏观察。一旦行情转好，他们就会“见风即雨”，全线出击创造一个又一个涨停的传奇故事，上演一幕又一幕让投资者血脉贲张的股海好戏。

他们，就是传说中的“涨停板敢死队”。买进股票后立刻就涨停，甚至还出现多个涨停的行情。这是许多股民梦寐以求的事情，当然极难做到，尤其是平均一个交易日抓住一个涨停，更是完全超乎想象。

但是，在最近的一年，东滨市龙腾证券解放南路的“涨停板敢死队”却创造了奇迹。据江南卫视《股海非常道》节目的统计信息显示，在过去一年的250多个交易日中，龙腾证券东滨市解放南路营业部因涨停板而上榜270余次。

从外面看，地处闹市区的龙腾证券解放南路营业部寒酸窘迫，唯有门口偶尔停留的几辆豪华轿车彰显出这里兴许是个卧虎藏龙之地。营业部四楼的贵宾室，此刻正坐着专做超短线的“三大高手”，他们手中拥有五六千万元的资金，熊市时，营业部大多数的成交量都来自他们，可以说他们是这个营业部的财神爷。

1961年出生的朱海鸣是这三人中年龄最大的一位，他以前是一家证券营业部的总经理，辞职后专职炒股，并发现了“涨停板敢死队”的炒股模式。吴敏新比朱海鸣的年龄稍小一点，虽然和朱鸣海一样学历不高，但股龄长，炒股水平两人旗鼓相当。“敢死队”中年龄最小的成员名叫宁翔，虽然是个70后，但他17岁时就已入市，是“敢死队”里唯一一位有大学文凭的。

炒股之余，他们三人都喜欢打乒乓球，三人也是因乒乓球结缘，并组建了这支“涨停板敢死队”。那时，大户室有四个大户座位，在他们的要求下，营业部把他们三位安排在一间大户室，另一个大户是证券营业部王总的叔伯哥哥——王松林。这个王总也绝非等闲之辈，眼观六路、耳听八方，玄天青帮蒋威风盲点套利满仓买进002ABB时，他一眼看中，及时跟进，狠狠捞了一笔。

蒋威风成立女子私募基金之前，除了采访私募大会上结识的几位外，还曾特意跑到东滨市，采访这支声名远扬的“涨停板敢死队”。她在大户室中采访三位快刀手，不巧的是，另一位王松林有事外出了。

她在介绍完自己慕名而来的目的之后，问道：“你们这个‘涨停板敢死队’是什么时候成立的？”

宁翔回答道：“大概有两三年了。它的产生源于中国股市交易制度的变化，即涨跌停板制度。我记得那是在1996年10月17日，一只叫东北电的股票单日涨幅高达108%，创造了整个股市投机炒作的神话。这事发生后没多久，涨跌停板制度就正式推出了。”

“这是一个什么样的制度？对股民有什么样的好处呢？”蒋威风又问。

朱海鸣回答说：“新制度的推出，改变了市场投资者的操作习惯。那之后的几年，经验丰富的投资者逐渐发现利用这一规则的方法，比较成型的是一年前出现的‘快刀理论’。”

“快刀理论？”

吴敏新呵呵一笑，接过话头略显神秘地解释道：“这个理论的创始人是龙腾证券的三个个人大户。他们认为‘快刀理论’是对以前经典技术分析的颠覆，能把‘复利’这个世界的第八大奇迹发挥到极致。”

“三个个人大户？”蒋威风的目光在眼前这三个男人的脸上扫来扫去，突然掩嘴笑了起来，“说的就是你们这支敢死队吧？！”

“哈哈……被发现了……”三个男人也笑了起来。

笑过之后，蒋威风接着问道：“你们是怎么想到联手炒股的呢？”

朱海鸣抿了口茶，说：“刚开始的时候，我们和王松林一样，也是用自己的资金炒股。当时每个人的规模都不大，几百万的规模。后来在一次饭局上，我们四人聊天，发现非常聊得来，彼此的思维模式很像，就商定每天下午收盘后一直到晚上的这段时间，由我们三人来做股市中的功课，包括用静态的宝塔线、动态的 MACD 和成交量，配合 K 线形态选取几只第二天短线看涨的股票以及几只最新的利好的股票。第二天早上开盘前我们会交换意见，把各自看好的股票设在看盘的电脑上，如果其中一只股票价涨量增，我们四人就一起用全部的资金扑进去，加强这只股票的涨势。刚开始，我们以小为美，集中火力，专攻一只，第二天不管输赢都会卖掉这只股票。几年下来，赢多输少，资金已经积累到上千万，在证券营业部也积累了较高的声誉。后来，看我们太忙，王松林还主动包揽了很多杂事，专门负责大家的后勤工作，比如买报纸杂志、安排中午伙食啥的。”

“所以你们是‘三个快刀手’，而没成为‘四刀手’对吗？”蒋威风笑问。

三个“高手”听后一笑了之，并没有直接回答她的问题。

吴敏新说：“当时，营业部的王总为提高营业部其他客户的交易量，就在营业部组织起一个股民俱乐部沙龙，主要教大家如何短线炒股。这样一来，营业部上涨停板的次数越来越多，我们的声望也越来越高。一般情况下，我们每三天就会打一只股票，如果持股一周就算超长线了。很多时候，我们都是今天进，明天出，不管有没有赢利我们都坚决出货，绝不手软。在行情强势时，我们也会同时在几只股票上作战……”

“有媒体介绍，‘涨停板敢死队’最经典的一役是 6·21 行情，而且也是在这一役，你们赢得了当地股民的绝对认可，能说一下具体的细节吗？”蒋威风问。

“2002 年 6 月 21 日，当天是星期五，我们三个满仓吃进次新中盘股中海发展。星期一开盘，中海发展即告涨停，此后又连拉数个涨停。21 日当天的收盘价为4.59元，到28日已经高达7.30元，中海发展以领头羊的姿态成为6·21行情中赫赫有名的一只股票。”

“当时，龙腾证券解放路营业部连续几天多次上榜，很多不了解真相的市场分析师认为是你们发动了那轮行情，还评价说你们是‘一批成长于股市蛮荒年代的技术派高手，虽然并非科班出身，却有超人的市场嗅觉和胆魄。你们凭借对股市的狂热追求，依靠追击涨停板的操作手法，竟然在中国股市中脱颖而出’。对于这样的评价，你们有什么感想呢?”

“哈哈……我们也是凡人，只是喜欢思考罢了。”宁翔笑道。

“于是，你们思考的结果就是一个响亮的绰号——东滨涨停板敢死队，在2003年诞生了，是这样吗?”

“哈哈……就是这样的啊……”

采访这三位快刀手非常顺利，他们心直口快，团队氛围融洽，蒋威风满意而归。然而，顺境制造幻象，人性会在利益冲突前展现得淋漓尽致。

龙腾证券东滨解放南路营业部的热闹自然引起另外两家证券营业部的注意，东滨证券东滨解放南路营业部和金大证券东滨和义路营业部，看着竞争对手红红火火，眼热之余试图寻找突破口。

涨停敢死队建成之初，由朱海鸣、吴敏新、宁翔以及王松林组成的战斗小组总和资金还不是很大，他们只有联合起来并全部投入才能让股票出现涨停板的强势行情。以朱海鸣为首的小组团队配合十分默契，不存在分歧，每天收盘后每人报个成本价，成本高的人出货时先出。

后来，随着资金量的不断增加，以及营业部其他客户资金的跟风盘越来越大，问题逐渐显现。有时一个小盘股的容量不够四人买，尤其是行情好他们完全可以各自独立运作，这时战斗小组协作的必要性就逐渐消失了。

敢死队几位成员逐渐对现有的合作不满，但是碍于情面，还没有人公开提出。

有一天，吴敏新刚刚收市接到一位陌生女人的电话，她说：“吴先生，您好！我是一个炒股的大户，久仰您的大名，很想和您交个朋友。不知道您明天晚上有没有空呢，我想请您一起吃顿饭……”

吴敏新以前接到过很多这样的电话，基本都是来询问股票的。他对和陌生人吃饭一向没有兴趣，但今天不知道为什么，他竟然犹豫了，说：“谢谢你这么看得起我。但是很不巧，我最近几天很忙，恕难赴约。”

那个女人似乎是怕他挂掉电话，赶紧接着说：“吴先生，您先别忙着拒绝，参加这次饭局的还有咱们当地几位政府官员，有号称东滨市首富的楼总，另外还有几位美女。我们真诚希望您能赏脸，除此之外，我们还想和您探讨一下合作的事情。我们公司不是一般小公司，资金绝对充足。地点就选在你们证券营业部附近的江南春大酒楼，恭候您的大驾。”

“……好吧，你给我发个短信，我到时会去的。”听她提到东滨市非常有名的房地产企业家楼总，吴敏新才答应了下来。

几天后，吴敏新就把自己的账户转到了金大证券和义路营业部。

原来，那天参加饭局的除了女人在电话中提到的几人外，还有金大证券和义路营业部的总经理，朱鸣海问他为什么这么做时，他解释道：“他们开出了我无法拒绝的条件。”

过了两天，宁翔也把账户转到了东滨证券东滨解放南路的营业部。这一次，朱海鸣没有再问，他心里明白这是两家营业部挖墙脚，这是人之常情，好合好散，这也许正是解决大家矛盾最好的办法。

营业部的王总无奈，只好竭尽全力做朱海鸣的工作，让他留下来。

这样，东滨涨停板敢死队的大本营，由一家证券营业部变成了三家证券营业部，由“三个快刀手”组成的战斗小组也就此解散，三个刀客变成了三家营业部组成的涨停狼群首领，而且在之后股市爆发的1・14行情和9・14行情中，这三支由狼群组成的新敢死队爆发的威力让股民啧啧称奇。

“1・14”行情的第一天，沪深两市总共只有11家涨停板的股票，东滨市这三家营业部就上榜了8家，而且全部都是股票买卖成交席位的第一名。再加上年底收市的突击战，在“三大战役”后，以这三家营业部为核心的东滨敢死队威名远播，整个股市江湖为之侧目，这股基本上由大户、散户所组成的个股做多力量，俨然成为大盘弱势中不可忽视的强劲力量。

为此，江南卫视的《股海非常道》还制作了一档名为《东滨涨停敢死队》的专题片，引起全国各地证券媒体的关注。一时间，通过空中、平面、网络媒体的广泛报道，“东滨涨停板敢死队”成为散户的偶像，其操作手法，被越来越多的投资者所效仿，股市中甚至还出现了“炒股不跟解放南，便是神仙也枉然”的口号。

然而，神秘的涨停板敢死队成员，到底是什么来路，一直是众多机构投资者探听的重点。有人说他们玩的是内幕交易，也有人说他们不过是一群乌合之众，只是纯粹地玩追涨杀跌的游戏。

涨停板咖啡厅

这是一家看似很普通的咖啡馆，有三层共500平方米左右的营业面积；这又是一家很不平凡的咖啡馆，它的老板是前不久因参加江南卫视《非常勿扰》节目而走红的“企鹅哥”——薛白。

一个多月前，这家咖啡馆才正式宣告成立，它位于叱咤风云的“涨停板敢死队”大本营——东滨市解放南路，就在东滨证券东滨解放南路营业部的对面，与龙腾证券宁波解放南路营业部仅有300米的距离。

这是薛白开设的国内首家专门以“炒股”为主题的股疯涨停板咖啡馆，它不仅立意有趣，装修风格也别有新意。尤其是店面门口的两面大旗格外引人注目，一面大旗上绣着“涨停板敢死队”六个大字，另一面大旗上绣着“高手股海论剑”，两面大旗迎风飘扬，颇有军队扎营的雄壮气势。

一走进咖啡馆，就能看到大厅里的两个大屏幕，一个显示的是沪市的大盘走势，另一个显示部分自选股的价格变化。股民聚在这里不仅可以消遣会友，还可以实时看盘，随时了解大盘走向。咖啡馆的二楼是股民交易区，薛白不仅布置了50多个电脑上网接口供股民操盘使用，还专门开设了几间理财咨询室，免费提供给券商营业部，让他们义务咨询。咖啡馆的三楼是包厢区，每个包厢分别以巴菲特、林奇、索罗斯等投资大师的名字命名，由顾客随意选择。

虽然薛白的股市主题咖啡馆在开业初期遭遇大盘的暴跌行情，但咖啡馆的业务却逆市上扬拉出一根“中阳线”。每天都有各种免费、收费的主题活动在咖啡馆交替进行，不管是新股民，还是资深股民，或是民间高手，纷纷慕名而来，边喝咖啡边交流信息。

起初，薛白听了父亲开股海咖啡馆的建议，立刻产生兴趣，他想起以前在美国，华尔街就有许多理财咖啡馆，很多机构投资者经常聚集在那里，喝喝咖啡，谈谈股票，互相交流信息。这些场所还成为中国股票经纪人和职业投资人去美国时的必游景点，每个咖啡馆都搞得很有特色，让人颇感神秘。

“爸，你的想法非常有价值。我记得纽约交易所和伦敦交易所都是由咖啡馆发展而来，我对这个真的很感兴趣！”薛白把自己在美国所见所闻告诉了薛三奇。

“既然想做，那就尽快动手吧。”薛三奇拍拍薛白的脑袋说道，很明显，在股海咖啡馆这一点，父子俩默契地达成了共识。

薛白有点抑制不住地兴奋，一下子说了很多，可能比20年来和父亲说话的总和还要多，“咖啡是一种纯粹的欧洲文化，在欧美的很多城市，咖啡店是市民最早进行自由聚会的公共社交场所，也是新兴布尔乔亚聚集的社交生活中心，很多启蒙主义的信徒传播艺术思想和文化沙龙都来自于咖啡馆，它也是很多商业见闻和新技能来源的俱乐部，更是诗人、艺术家们聚会的乐土，我觉得做咖啡馆，肯定行。”

薛三奇今天也兴致极高，他觉得这次是和儿子人生中最重要的一次“和解”机会。他说：“全世界最著名的咖啡店是星巴克，它的全球董事长霍华德·舒尔茨说过‘我想要在咖啡中调入浪漫，敢于在其他人认为不可能的事情上去努力获胜，以创新的观念挑战赔率，并以优雅的风格来做这些事情’，我觉得他说得很有哲理。”

薛白听后点了点头，说：“我要把咱们家的咖啡馆做成全国股民都知道的‘涨停板敢死队’的舞台，我要在咖啡中调入智慧和财富。”

“有远大的目标是件好事，但也不能只顾事业，浪漫也不能丢失，我记得一本名叫《第一次亲密接触》的网络小说里说‘有一种咖啡叫做爱尔兰咖啡，是爱情的结晶’，你也不能忘记了。”妈妈温柔地说道，加入了谈话。

薛白看了看妈妈，妈妈走过来爱抚他的头，薛白笑了笑，说：“妈，放心，我绝对会把握住自己的爱情。”

这时，薛三奇把一小浅筐洗好的苹果端了过来，三人各拿一个吃了起来。

薛三奇边咬苹果边说：“咖啡馆真的是个好想法，我觉得今天咱们家谈话的内容，层次很高，有点像文艺家庭的感觉了。”

薛妈妈瞥了老公一眼，娇嗔地说道：“咱们家本来就是文艺家庭啊，难道你以前一直以为咱们是什么家庭？”

“哈哈……没有，没有，咱们家一直很文艺的。”薛三奇赶紧去哄老婆，薛白在一旁捂嘴偷笑。

“你打算怎么装修咖啡馆？”薛三奇转过身来，收起了脸上的笑容，很认真地看着儿子，他想听听儿子的打算，顺便也考验一下他。

薛白想都没想就回答道：“我要把这个咖啡馆做成一个将咖啡的醇厚深沉与茶的甘爽清灵融合得恰到好处，汇聚投机高手、基金经理和职业投资人的展示活动场所。我想让来到这里的人一进门就分不清这里究竟是茶馆还是咖啡馆，是交易厅还是会议室，是娱乐场所还是智慧书吧。我想做出一个与众不同的咖啡店来，但我现在无法为它作出一个确切的定义，你们看，这里既有中式茗茶，又有西式咖啡；既有一排排的投资理财书籍，又有股票分析系统的大屏幕；既有理财讲座，又会时不时地变成电视财经节目的录制现场，在这个融合的空间里，它就像是凭想象力创造出的一个全新商业模式的载体……”

“有迷茫是正常的，只要你知道自己在做什么，我和妈妈会全力支持你。”薛三奇肯定了儿子的思想，觉得可以放手让他一试。

薛白感动地说道：“谢谢爸，谢谢妈……”

就这样，在很短的时间内，薛白选定店址，装修后顺利开张。相比一般的咖啡馆，薛白的这家店开业时声势浩大，不仅请来众多股海高手捧场，还有很多媒体记者专门前来采访。

“生活就是为了好玩，我不会说一定会成为什么样的人，只要我知道自己现在是什么样的人就足够了。”面对记者，薛白这样说道，“中国第一代创业者是为了生存，第二代创业者是为了某种使命，而我不是这样，我创业是一种人生娱乐，是为了体验和享受整个创业的过程。这就像我们在体育比赛时那样，永远是友谊和娱乐第一，挣钱与成功排第二。我的咖啡馆主要是一个平台，是所有喜欢涨停板的股民们的‘娱乐’平台。最近，我关注股票比较多，我觉得‘观察’它们是很好玩的，你必须调动所有的智慧，才能在这场游戏中玩得尽兴和开心。有些人把股民当成赌徒，但是如果他了解文艺的话，他会发现股海经历是个人综合能力的体现，是人们不可或缺的人生体验，当然我指的是一个理性的、通过学习而进步的股民……”

咖啡馆开业之后，薛白做的第一件事情就是分别把“涨停板敢死队”所在的三家证券营业部的老总请到了咖啡馆，这也是他特意选择这个店址的目的。

薛白对老总们说：“我想把‘涨停板敢死队’和我的咖啡馆打造成这个城

市的名片，所以我希望得到各位重量级人物的鼎力相助。”

“你打算怎么做?”一位老总问道。

“我想把这家咖啡馆做成‘涨停板敢死队’的联络和技能培训平台，面向全国股民开放，这对你们的经纪业务也会有很大的帮助。”

“你愿意提供这个平台?”

“对。”

“好，祝我们合作愉快!”其实，这三家证券营业部老总也在第一时间关注了这家别有新意的主题咖啡馆，他们也需要新鲜的创意提升交易量，三家营业部的资源，加上薛白的创意和投入，犹如锦上添花，双方一拍即合。三家重点营业部搞定后，全市十几家证券营业部陆续主动找到薛白，和他建立了业务合作关系。合作模式为在星期一至星期五的交易时间内为咖啡馆提供免费的股民咨询，并购买会员卡提供给核心客户，让他们在享受咖啡店服务的同时享受到其他增值服务。

薛白的咖啡馆迅速蹿红，股民讨论股票信息，必会前往股疯涨停咖啡馆，如果有人说了句“股疯涨停咖啡馆是什么”，都会引来其他股民的阵阵嘲笑。

薛白的咖啡馆在经营全国最有名、影响最大的两项业务，一个是涨停板短线技能培训，一个是短线实战投机表演。每个周末薛白都会在咖啡馆举办抓涨停板短线的培训课程。他之所以会把培训课程安排在周末，一是不想耽误投资者的正常交易，二是为方便外地投资者，如此周密的安排，使每次培训都人满为患。

薛白请的第一位授课“教头”是‘涨停板敢死队’的头号人物——朱海鸣。培训班的广告下了很大力度，电视台、网站、证券报刊“三线开花”，在业界造出不小的声势，虽然培训时间只有6个小时，但报名人数远远超出了薛白的预期，全国各大省市股民纷纷涌来，甚至还有不少来自西藏、新疆以及贵州等边远地区的投资者，甚至台湾、香港以及国外的A股投资者也专程赶过来听课。为此，后来薛白还专门组织了海外专场，然而让他没想到的是，前来参加培训的人员，不少是证券公司和咨询公司的专业人士。

朱海鸣讲课时，薛白也兴冲冲地跑到第一排找到一个位置坐下，一会儿低头奋笔疾书做笔记，一会儿抬头若有所思地看着老师。

课间休息，有学员找到他聊天，称呼他为薛老板，薛白不好意思地说:

“不要叫我老板，我现在只是股票投资学习班的班长。”

“薛老板您客气了，谁说班长不能当老板……”学员们笑道。他只好指着自己名片上的头衔反复强调：“我就是觉得好玩儿才创办了涨停板技术学习俱乐部，我不是学经济的，炒股票也只是个人爱好，况且我现在的水平也只能当个班长而已，远称不上老板呢。”

薛白接着又说道，“我不是商人，也不是炒股专家，在李嘉诚那样的大企业家眼里，我不过是只微不足道的小蚂蚁，但我确实希望成为一个靠炒股养活自己并实现自由的股友，我希望其他股友也能实现财富自由，大家好才是真的好嘛。”

“……薛班长果然很有意思。”有人笑问，“是不是我们来这儿学习，就一定能成为抓涨停板的高手呢？”

薛白摇头说：“那就不一定了，参加培训只是让大家了解炒股技术的提高方法，你们是否能掌握这个方法并成为高手，还要看你们今后的努力程度和个人造化。我觉得决定人们行为的是习惯，而不是知识，但如果没有正确的知识，人们往往无法养成良好的习惯。学习股票知识是提高炒股技能的第一步，而逐渐形成良好的习惯并学会正确应用、积累信心才能成为高手。短短6个小时，老师至多给大家指出一条路，提高技能的关键还得靠自己。比如，我们都知道《孙子兵法》，但并不是所有读过这本书的人都能成为优秀的军事家，只能说读过的人比没有读过的人多了解了一些知识，更有利于日后的提高罢了。”

薛白的话诚恳得体，在场学员纷纷点头，他们对薛白的了解已经不仅止步于憨态可掬的“企鹅先生”，而是一位有头脑的实干家了。

第一期涨停板短线技能培训班反响很好，之后薛白又请来了宁翔和吴敏新，并且他还从第一期的本地学员中发展了几位证券公司的投资顾问，最后也被培养成了俱乐部的“教头”。

有三个外地学员听说要从第一期学员中招纳俱乐部教头的消息，特意拜访了薛白。

他们说：“我们想加入你的俱乐部，希望你能聘请我们当俱乐部的教头。”

薛白说：“我不了解你们，不知道你们的本事。你们应该也知道，我必须保证课程的质量，我现在选好的几个学员都是带技学徒，之前已经接触一段时间了，而且还有几位‘涨停板敢死队’成员向我推荐，我才聘用了他们。我不能只听你们口头说说，就录取你们。”

三位自诩“高手”不服气，其中两位小伙是从东北来的，说话直截了当、干脆有力。

其中一位东北小伙说道：“我们也是带技学艺的啊，而且我们各怀绝技。薛班长如果不信我们可以公开表演，如果我们抓住涨停板，你得答应让我们当教头；如果没有抓住，我们就认熊，回家，没啥说的！”

另一个东北小伙子接着说道：“对。薛班长，我建议以后的培训班学员可以志愿申请考试，一个星期之内如果能用真金白银抓住涨停板，那就发放抓涨停板工程师合格证，如果没抓住，可以打折继续学习，也可以卷铺盖回家，最好再有个补考机制，怎么样？”

薛白低头思考了一会儿，说：“好，不错的办法，我同意。”薛白是个思维活跃的人，他几乎不拒绝任何有意思、有潜力的好点子，更何况如果运用得好，这对他招贤纳士、广告宣传都有益处。薛白点头答应，他又看了看另外一位无锡的小伙子，问他：“你也愿意和他们一样，参加公开表演吗？”

小伙子很干脆地回答道：“我愿意，只要能留在俱乐部工作我什么都肯做。虽然我现在是一名软件工程师，工作稳定，工资待遇也不低，但我跟您一样喜欢炒股，为了炒股我和家里吵翻了，女朋友也离我而去，但我还是坚持要炒，我很想留在俱乐部。”

他的话让薛白联想到了自己的遭遇，幸好后来父亲支持他，否则他没准就是眼前的这个小伙子了。

股海花木兰

薛白的主题咖啡馆风生水起，蒋威风创立的花木兰基金也顺利搭上了龙腾信托公司刚刚创建的“龙腾伞形信托”的班车，这段时间，她像只陀螺一样团团转，恨不能自己可以分出多个身来。

蒋威风与玄天青的二姐胡筱媚讨论花木兰基金之前，上网收集了信托的专业知识，看到重要的地方，她还一字一句地读出来：“信托是委托人基于对受托人的信任而将其财产权委托给受托人，并由受托人按委托人的意愿以自己的名义为受益人的利益或者特定目的对这些财产进行管理或处理。简单来说，信托就是信用委托，是受人之托代人理财，和银行、证券、保险一起构成了现代金融业的四大支柱。”当她见到筱媚姐时认真地说道：“从现在起，我就是一个金融受托人了，我绝不辜负委托人的信任。”

“中国许多私募基金都是以信托基金的形式存在的，这类基金也叫做‘阳光私募’……”胡筱媚继续说道，“信托公司对于伞形信托单个子信托的最低设立规模要求在1000万~1500万元，基金认购的单位是100万，本来趣园准备让你认购1800万元的梦想公益基金，但你若坚持只认购1500万元，我会尊重你的意愿。”

“毕竟这笔认购属于友情支持，我觉得1500万够了，没必要更多。关键得看我自己是否真有做一个基金的能力。”蒋威风谦逊地笑道。

其实，蒋威风的手里除了趣园支持的1500万元外，还有一些亲戚朋友和客户的500万元。这些客户有男有女，虽然蒋威风一心想办只为女性投资理财的基金机构，但她现在的首要任务是打好基础，现在还不到选择客户的时机。不过，她已经想好了，只要基金的生存问题解决，她会全心打造一只专为女性投资者理财的花木兰女子基金。

花木兰女子基金的初始规模为2000万元，趣园梦想公益基金认购的资助资金是花木兰女子基金能否持续和发展的关键。胡筱媚与蒋威风约定，“我们的这笔援助资金，持有花木兰基金的时间不能超过一年零三个月，但当你的基金成立后就会自动进入全国私募基金的排名网，到时全国的私募基金客户都可以看到你们花木兰基金的运作情况，一年后如果基金运行情况良好，得到客户认可，他们会着手申购。而且，信托公司和托管的证券公司也会在他们的销售网络中帮你的基金做宣传和推广，只要你努力经营花木兰基金，我相信在我们趣园的梦想公益基金完成友情种子计划，如约退出后，也不会有问题。当然，如果花木兰基金在这一年零三个月中亏损达10%，趣园梦想公益基金会提前撤出，这是对基金客户，也是对你的一种保护。”

“筱媚姐，我已经做好准备，我会全力以赴的。做一个称职的女私募基金经理，是我的梦想，现在需要行动来证明。真的，谢谢筱筱姐，谢谢趣园基金的帮助。”蒋威风深深鞠了一躬，诚恳地说道。

“我相信你的能力，也相信我们趣园的眼光，我们的努力不会白费。”

花木兰基金成立的初始阶段，基金管理人基本上没有收益。蒋威风为了节约成本就在一个商住两用的小区里租了一间简装房子作为基金的营运场所，另外还招聘了一位刚刚大学毕业的计算机专业女生做自己的助理，就这样开始了职业操盘手的基金创业生涯。

这时，大盘一直处于小幅下跌的调整状态，蒋威风刚开始以为，趣园的梦想公益基金是自己的赞助人和大客户，一定会非常关注自己的操作，也一定会在业务上给予悉心指导。她还指望玄天青会经常与她沟通，但没想到，他们办完认购花木兰基金的手续后，竟然全没了声息，从那以后再未和她主动联系过，倒是那几个小客户不时打电话询问基金的运作情况。

“难道等我主动联系他们？”蒋威风左思右想，不明原因。

她打电话到趣园，问道：“你们有关于基金运作的建议吗？”

对方接电话的回答很干脆，说道：“没有，我们的梦想基金投入后一般不干涉梦想受助人的行为，这也是对你们的尊重。”

“是这样啊……谢谢……”她悻悻地挂掉电话，想了想，又拨通了玄天青的号码。

玄天青听她说完疑问后，解释道：“因为趣园认购了花木兰基金，我现在就不方便把自己的看法告诉你了，万一有什么失误责任说不清，这是我们趣园的一贯原则。而且，既然趣园梦想基金已经认购花木兰基金，就说明已经认可，你不要有压力，只管按照自己的想法去做就行了。”

“一点信息也不能说吗？”蒋威风仍未放弃。

玄天青叹了口气，说：“不能说啊，除非趣园的梦想基金从花木兰基金抽回，那我就可以随便和你说了。现在不行，趣园梦想基金的运作有自己的规矩，而且我还是趣园的操盘手和这笔基金的引荐人，更不能和你说太多了。”

“那好吧，麻烦你了……”蒋威风失落地挂断电话，虽然她觉得玄天青说得有道理，但心里还是一阵莫名的不舒服。

当初得知趣园决定援助她成立基金时，欣喜过后她也产生过疑惑，不明白趣园为何要帮助自己。那时，她和玄天青认识不久，和胡筱媚更没有私交，他们为什么主动来帮自己呢？本来她还以为趣园会提出一些苛刻的条件，谁知就这样帮她创立了花木兰基金。记得有一次，她忍不住问玄天青，他笑着回答：“我们没有任何条件，今后也不会提任何条件，你就放心吧。”玄天青笑着解释说，“不只是针对你，我们趣园的梦想基金经常做这类事情，前不久我们还赞助了四川一所山村小学的学生来北京旅游呢，就是和你一起参加私募大会的尤小芳教书的那所小学，你应该还有印象吧。”

“嗯。”蒋威风慢慢点了点头。

“所以，你不要想太多，现在你的首要任务是把花木兰基金做好。”

“我知道了……”虽然她没再继续问下去，但她总觉得玄天青肯定知道些什么。

“你说他们为什么要帮我呢？”蒋威风把趣园援助自己成立花木兰基金的事情以及心里的疑惑告诉了闺蜜章婷。

章婷脱口而出：“是不是玄天青喜欢上你，他又不好意思明说，就借助梦想基金来讨好你？”

蒋威风俏脸一红，轻轻捶了好友一拳，说：“梦想基金又不是他做主，最终决定权在谢玄和胡筱媚手里呢。”

章婷朝她眨了眨眼，说：“胡筱媚不是玄天青的姐姐吗？姐姐当然会帮弟弟啦，而且这笔钱又不是白给你，是要让你和玄天青一起挣出来呢……”

见蒋威风没说话，章婷八卦心起，追问道：“你平时和玄天青接触时，有没有觉得他哪里不对劲或者表现得不自然？”

蒋威风仔细想了想，慢慢摇了摇头，说：“好像没有，玄天青像个阳光大男孩，看不出有什么其他心思的样子。我们聊得都是关于股票的话题，很少涉及感情方面的，倒是我采访的那个戚股神总是色迷迷地看着人，每次见戚远都觉得怪怪的。”

章婷小声嘀咕道：“难道是玄天青深藏不露，欲擒故纵？”说着，章婷伸出她那修长的手指，又慢慢地攥成了拳头。

蒋威风连忙摇头，推开章婷说：“他不是那种人，我感觉得到。他一看就不像戚远他们那样有社会经验。”

“好好，那你就一个人琢磨你的大男孩吧。”章婷打着哈欠回了房间。蒋威风也上床躺下，但今夜，她们都失眠了，因各自的心事而辗转反侧。

虽然蒋威风说玄天青是个简单的大男孩，但她知道这可能只是表面感觉，从玄天青操作股票时的表现来看，他细心、善于观察和运用博弈思维，绝对不是一个简单的人。说不定他真的和其他人不一样，蒋威风也开始怀疑玄天青可能对她有意思了，要不然干吗这样努力帮她呢。

“如果是真的……我……愿意接受他吗？”她觉得自己的脸有些烫，不可否认，玄天青才思敏捷、技高于人，不单人优秀，还有趣园坚实的后盾，单从事业发展来说，他是最佳的人生伴侣……

但蒋威风理想中的爱人更加宽容体贴，而玄天青就像一个邻家男孩，做朋友很好，做男朋友好像还差点什么。

“算了、算了，人家都没表现出来，我自己在这儿胡思乱想什么……”她摇摇头，强迫自己闭上眼睛，一只一只数着绵羊入睡了。

第二天，蒋威风又和玄天青通了一次电话，她觉得玄天青对她很客气，好像只把她当成一个平常的梦想援助者，并没有丝毫追求她的意思，这让她心中很失落。

“难道我不够漂亮？还是……”蒋威风取出镜子，镜中的她抬眸启唇间尽显无限娇媚，还是往昔那个魅力十足的蒋威风啊。蒋威风放下镜子，深吸了一口气，想抛掉脑子里那些乱七八糟的想法，把重心转移到基金上。她对自己说：“现在的首要任务是把基金净值做上去，把花木兰基金平稳地做起来，最起码要跑赢大盘才行。”

这时，她接到了薛白的电话，“喂，好久不见。”

“蒋女侠，怎么样啊，你的女子私募基金步入正轨了吧？告诉你，我的涨停板咖啡馆可是热闹得很。”电话那边薛白的声音，听起来心情非常不错的样子。

“媒体都在宣传呢，你可真红了。当名人的感觉如何啊？”

“不要迷恋哥，哥只是一个传说……对了，有空来我这里捧捧场，你的女子私募是个很吸引的话题呢。”

蒋威风叹了一口气，说道：“我可不比你，之前原本以为趣园援助资金后，会提供专业指导，哪儿知道他们完全放任我一个人操作，压力很大啊。”

薛白听到蒋威风说到“趣园”，愣了许久。他听父亲说，趣园是他的老同学谢玄一手打造的“股市名园”，但一般普通股民并不知晓，只有股市大鳄经常出入，这次父亲支持他开主题咖啡馆和谢玄有很大关系。他印象中，父亲曾不只一次提过与谢玄、莫刚三人之间的赌约，每次提起赴约的事情，父亲都是一副惆怅的样子。薛白暗想：以自己的头脑和人脉，说不定能替老爸扳回一城。

“喂，怎么不吱声了?”

“哦，威风，你和趣园的人很熟?”薛白突然正经了起来。

“只和玄天青交流比较多，怎么?”

“我有件事情，想要你帮忙。”

“你说，别说什么帮忙。我一直都不知道该怎么回报你。”

……

蒋威风挂掉电话，站到窗前，一下一下咬着自己的指甲，一会儿，她握紧拳头，又拿起手机，拨通了玄天青的电话。“今天有空吗? 我想请你一起吃晚饭。”

“好啊，我们晚上见。”玄天青没想到蒋威风会请自己吃饭，很痛快地同意了。

蒋威风选了一家风格优雅的西餐厅，地理位置很好，可以透过窗户看到主街行色匆匆的人们，店里放着优美的钢琴声，气氛相当舒适。

脚踢巴菲特、拳打索罗斯

涨停板咖啡馆刚刚结束了培训课程，接着又上演了一出抓涨停板的公开表演，可谓好戏不断。消息一经传出，受到各大媒体和股民的密切关注，江南电视台的《股市非常道》节目组还专门派出一个摄制小组，计划将整个过程全部录制下来。

在节目录制前，摄制小组分别采访了三位学员。

无锡小伙子海乐升有些腼腆，面对镜头显得很紧张，他还提前准备了演讲草稿，大声地讲道:“我是一名计算机工程师，非常喜欢炒股，之前编写过很多选股公式，经过测试，准确率高达70%，我觉得这个成绩还不错。今天，我希望通过这次表演向大家证明自己的炒股能力，还希望向大家展示我的计算机编程能力。我有一个梦想，希望在不久的将来，能设计出一台炒股机器人，只要编好程序，机器人就可以自动为我挣钱，那样我就能腾出时间，拿着机器人挣到的钱周游世界、享受生活了。”

“你这个理想听起来很诱人啊。那样的话，我买了机器人，也能成为炒股高手了，哈哈……”电视主持人爽朗地笑了，又问，“你觉得今天的表演会成功吗？”

“我相信自己的能力，但这次表演能否成功，我并没有100%的把握。”

“为什么这么说？”

“因为这次表演要在指定时间内完成，难度比较大。平时炒股，我都要等到合适时机才出手，但这次必须要在三天内抓到涨停板，而我又无法拒绝这次机会，希望我能有好运气吧。”

“看来难度还是有的，高手也不能随心所欲啊。”

“对，所以我现在有点紧张，有点参加奥运会的感觉。”

“哈哈……你很有趣，能告诉我们你平时炒股的风格吗？”主持人笑着问。

海乐升说：“我把炒股看成猎豹捕食，豹子会悄悄躲在草丛中盯住猎物，不动则已，一旦出动，一招毙命。”

“看来你属于理智型的股民。”主持人总结道。

海乐升点点头，把话筒交到东北小伙曾思狂手中。

曾思狂旁边还坐着一位名叫戴超的同乡，两人都属于性格不羁的类型。主持人还没开口，戴超就先说了一句：“脚踢巴菲特、拳打索罗斯。”

主持人觉得他这句话很有意思，便追问：“你刚才说什么？请再大声说一遍好吗？”

戴超提高了音量，大声说道：“我说的是——脚踢巴菲特、拳打索罗斯。”

主持人笑问：“哈哈……为什么会说这样一句话呢？”

“这个我替他回答吧。”说话的是曾思狂，虽然名字张狂，为人却比戴超稍显沉稳，他说道，“我们两个都是武校毕业的，戴超刚才说的是武林界的一句话，自信的意思。”

主持人点了点头，问：“你们觉得这次的表演能够成功吗？”

“必须成功！”戴超自信满满地说：“这次表演是我们主动提出来的，没有把握的事情，我们向来不做。”

“刚才的海乐升属于理智型的股民，你们觉得自己的炒股风格是什么样的呢？”

戴超说：“我热衷抓较短时间内涨幅最大的股票，不只是抓涨停，更喜欢在最短时间内取得最大收益的强势股。我换股票的频率比较快，经常都是今天卖昨天的股票，然后再买进其他股票，大盘好时一天会有12%～13%的收益，比一个涨停板还多。”

“那你每个月的收益有多少？”主持人好奇地问。

“30%左右吧。”

“曾思狂呢？你的炒股风格是什么样的？”主持人把视线移到了曾思狂身上。

曾思狂想了想，说道：“我和戴超的风格差不多，有些人买一个股票只用半仓，那是因为他心里没有把握，不敢‘下注’，而我和他们不一样，我做股票没有控制仓位这一说，基本上买就全买，我对自己选的股票很有把握。而且，我没有固定的止损位，只看买了以后股票是涨还是回调了，涨，就说明买对了。”

“你买对一只股票能赚多少？”

“一般情况下，只要我买对一个股票，就可以赚10%～20%，即便买错了，亏损达到1%～2%时，我会马上撤出。现在我的技术已经有了，下一步要做的是如何提高自己的收入，成为富人。我比较实际，希望在35岁以前赚到5000万～1亿元。希望这次表演能给我带来好运，成为我炒股人生的一个新起点，谢谢！”

“好，感谢三位高手接受我们的采访，希望你们都能早日实现自己的梦想……”

采访结束，三人的表演即将开始。

本次表演为期三天，在这三天里，薛白会为三个小伙子各提供一个表演账户，里面有30万元的现金保证金，他们可以用这个账户在星期三和星期四这两天中的任一交易时间买进100股同一只股票，从买进的那天算起，只要在三个交易日内这只股票的涨幅超过10%，就算表演成功。表演成功者不仅可以成为涨停板敢死队俱乐部的签约讲师，还将获得2万元的奖金；如果买进的股票，涨幅超过3%不足10%也算达到合格水平，可以获得涨停板俱乐部颁发的短线高手证书和1万元奖金；如果涨幅为负值，则判定为表演失败。

星期三开盘后，三个小伙子都提前来到了薛白的涨停板咖啡厅，一楼大厅的两个大屏幕前，放着三台笔记本，他们在自己的位置上，一边紧盯大屏幕，一边敲击61和63这两个数字，翻看着涨幅榜。

大屏幕前站着一位女报单员，耐心地等待着三人的下单指令，旁边架着一台摄影机。咖啡馆今天座无虚席，除了来参加培训的学员，现场还有不少看热闹的股民，此时正三三两两或坐或站，间或讨论着当前的大盘形势。

这一天，上午大盘小跌窄幅横盘，下午临收市的时候，指数出现一小波跳水。三个表演者光看了一天的盘，没有任何操作，这让前来观看的股民有些失望。

晚上薛白做东，请三位表演者以及朱海鸣、王松林和吴敏新吃饭，本来他还想请涨停板敢死队小组的宁翔也参加，只可惜他临时有事。

朱海鸣非常关注这次表演，席间，他问三个小伙子："今天没有选到合适的股票吗?"

海乐升腼腆地笑道："我有点紧张，本来是想选只最有把握的股票再出击，谁知道时间一下子就过去，这么快就收盘了。"

戴超也大大咧咧地说："我也紧张，这么多人盯着你看，能不紧张吗？本来我看好一只东方黄金的股票，结果犹豫了一下大单子就拉上去了，没买成，哎……"

朱海鸣拍了拍他的肩膀，举起酒杯，说道："来，我们大家干一杯，预祝你们明天能有好收获!"

"谢谢……"大家一饮而尽。

朱海鸣说："其实你们不用这么紧张，要相信涨停板敢死队的战法，也要相信自己，相信咱们这个表演活动一定会大获成功的。不过，现在大盘处于盘整期，通常小盘低价股会更活跃，这种情况下你们可以考虑一下小盘低价股，特别是如今持续活跃的小盘低价股。做短线嘛，基本面不要太介意。"

曾思狂更加敏感，他感到朱海鸣在向他们暗示什么，试探地问："也就是说，我们要相信涨停板敢死队的战法，相信自己，相信小盘低价股，相信朱总?"

朱海鸣没说话，倒是王松林这个老江湖笑道："小伙子很聪明嘛，听朱总的话不会错。我相信，明天，你们的表演一定会成功。"

听到这话，曾思狂心里有了底。

第二天是星期四，人们猜测他们三人肯定会在这一天出手，大厅前来观看的股民更多了。

沪深交易所是每天上午9:15开始集合竞价的，9:10，海东升突然从座位上站起来，对报单小姐说："买进天龙股份，出价 8.79 元。"

大厅一下子骚动起来，在大家的关注下，报单小姐打开热自助当众买进了100 股天龙股份。

海东升出的 8.79 元是这只股票今天涨停板的价格，报单小姐操作完，电视台的主持人走过来问海东升："请问海先生，您为什么要买这只股票呢?"

海东升笑道："我对天龙股份这只股票比较熟悉，我已经观察它很久了，它每次启动的时候都会先异动，发出一个信号弹，然后股价大涨，和我昨天看好的那只没把握住的股票相比，我对这只更有把握。我发现昨天收市的时候，这只股票突然砸到了接近跌停板的位置，我推测它即将启动，决定现在用涨停板的价格买进它。"

"它的涨停板价格只在昨天的交易均价附近，你确定自己的选择是正确的吗?"主持人接着问道。

海东升点点头，说："确定，我相信它今天开盘后会大幅高开甚至涨停，而且明天一定会继续大涨。其实我现在担心的不是这只股票能否赚钱，而是能否顺利买进……"

"如果没有买进，你会怎么办?"

"如果上午一直无法成交的话，下午就撤单重换一只股票……"

"哇，真的涨停板开盘，那 100 股就是这个小伙子的吧。"就在海东升刚说完时，天龙股份的集合竞价出来了，果然买盘有十万零一百股的挂单，底下的观众议论纷纷。不过直到 9:25，海东升的挂单始终没能成交，而此时集合竞价天龙股份在涨停板上已经成交了 459 手。

9:30，戴超也开始行动了。

他对报单小姐说："买进华南地产，以比集合成交价高 5 分的价格挂上去。"

华南地产是流通盘子偏大的一只房地产行业股票，集合竞价开出来的价格比前一个交易日高开 4 个点。

面对主持人的采访，他说："今天房地产板块集体高开，这预示这个板块就是今天的热点，所以我选择高开较多、集合成交较大的华南地产。"

很快，戴超买进的华南地产成交了，整个房地产板块的股票集体上冲，华南地产更是直线上冲，中间基本没有调整，一直涨到了涨停板的价格。不过，之后，这只股票在涨停板的价格上涌出了巨量卖单，让华南地产的股价一直处于上涨七八个百分点的价位上。

上午收市时，报单小姐终于告诉海东升："恭喜您，您买的天龙股份已经成交了。"

海东升轻点了下头，视线一直停在屏幕上未曾移动。

海东升和戴超都选好了股票，只有曾思狂整个上午没有行动，他一直在看个股的成交量排名，寻找低价小盘基本面尚可的低位股。

整个上午，他一共找出6只股票，都设置在笔记本电脑的行情软件自选股中。

这一天，由于房地产股的上涨，大盘指数明显比前几天强势，给人一种短线技术调整到位的感觉。不过，到下午两点，房地产股却出现回落，指数也随即回档，而在平盘时券商股开始上涨，指数又逐渐转强。

此时，人们关注的焦点集中在曾思狂的身上，已经是下午两点多了，他还是没有任何动作，这让人们不禁好奇他的下一步行动。

终于，在2:25，曾思狂在6只低价小盘股中选中一只走势较强的化工股千川科技买进。此时，这只股票交易的情况变化不大，但几分钟之后，连续出现几个几百手的买单，开始45度角拉升，尾盘上涨5%，浮赢2个多点。

海东升买进的天龙股份依然有1百多万股封死在涨停板上，而戴超买进的华南地产此时已经回到他买进的价格附近，屏幕上留下一条长长的上影线。

股市非常道

星期一是涨停板敢死队学员涨停板短线操作表演的第二个交易日。因为《股市非常道》节目在周末播出了三位高手进行股票操作的过程，星期一股市刚开盘，许多关心涨停表演的股民就把天龙股份、华南地产和千川股份三只股票放在了自己电脑股市行情软件的自选榜中，想今天一探究竟？

这些人中，有些是想学抓涨停板技术的股市新手，还有一些是老资格的股民。他们都不相信这三只不起眼的股票会涨停，都觉得这三个年轻人想当股神想疯了……

除了观看这次表演的观众，三位当事人早早地赶到了咖啡馆大厅，等待集合竞价后的开盘。

开盘后，三只股票出现了三种不同的开盘情形。

海东升选的是天龙股份，正如他预计的那样，这只股票的开盘价直接封在了涨停板，他的表演获得了成功，他非常兴奋地以这个价格卖掉了天龙股份，圆满完成了这次经典的捕捉涨停板的表演。

《股市非常道》对今天的表演进行了追踪采访。

记者问："海东升先生，您的表演获得了成功，但为什么一开盘就卖掉这只股票呢？"

他解释道："这只是一次表演而不是实战投资，如果我想追求尽可能大的收益，会采取分批卖出的策略，但赚钱不是今天的要务，我只想证明自己的选股能力。虽然天龙股份继续涨停的可能性也有，但我更想稳妥地结束这次表演，这比较符合我稳中求胜的个性，也是这次活动举办的目的。"

海东升在说这些话时有些激动，语速很快，似乎还沉浸在成功的欣喜之中。

和海东升一开盘就大获成功相比，曾思狂的情况让大家有点揪心。他买进的千川股份在开盘时低开了 2 分钱，第一笔的成交量很小，只有 1 万股，开盘后几分钟成交量仍很小，价格也在开盘价附近徘徊。

大盘一时间陷入了飘红一两个指数点的波澜不惊的走势中。就在人们低声议论时，千川股份突然出现了集中性的买单。

2 万股、5 万股、8 万股、2 万股、5 万股、8 万股……2、5、8 这样奇怪的数字组合不由得让股民想起了打麻将时的 2、5、8 作对和。有人记得在一本经典的技术书中，作者用幽默的语言对这一现象进行过"深度"解释，说这是一种常见的机构即将拉升的盘面语言，用这样带有信号性质的买单来吸引股民跟风操作，让这只股票出现集中性的买单，把本就上档卖单比较稀少的卖盘全部吃去，推动股价上涨。那位作者列举了一个成功将某只股票价格上涨了 3 个多百分点的例子，还进一步解释道：当这种盘面语言出现时，在买 1、买 2、买 3 的三个价位上会出现分别挂有 2 万多股、5 万多股和 8 万多股的托盘，而上档卖盘则依然会保持 2 位数的小卖单……有经验且熟悉盘面技术分析的股民相对喜欢这类股票，在 K 线形态良好且大盘不太危险的情况下，这类股票更易成为瞬间急涨的短线好股票……

此时，千川股份的走势印证了这一“盘面语言”，虽然大盘指数处于小箱体的、稍微飘红的窄幅振荡格局中，但每次指数从箱底向箱顶波动的时候，千川股份的股价都会创出当天股价的新高。到上午收盘的时候，这只股票的价格已经上涨了6个百分点，进入了深市涨幅第一榜。

“对照涨停板俱乐部的培训教材，这只股票已经基本具备下午涨停的要素。”中午休盘的时候，有不少关注这只股票的股民坐在一起讨论，有人十分看好，有人则持怀疑态度，拿不准千川股份是否会在下午涨停。

有个散户哈哈笑道：“如果我现在有这个股票，下午就把它砸到跌停板，让他们闹出大笑话，哈哈！”其他几个人都跟着笑了起来。

转眼间开盘时间到了，大家的注意力又集中到股市上。

下午刚开盘，大家发现千川股份在向上冲了几分钱后，中间出现几笔偏大卖单，其中有两笔卖单是10万股，瞬间就把股价砸到了4个百分点的涨幅位置。

始终关注股票走势的曾思狂紧张得额头冒出细汗。

这时，薛白走过来递给他一个苹果，嘴角挂着一丝笑意。就在曾思狂心不在焉地接过苹果的一刹那，千川股份出现连续的大买单，将股份直线拉起，最后200万买单把这个小盘股牢牢地封死在涨停板上。

咖啡厅的人几乎看呆了，等到曾思狂反应过来时，大家都已站了起来，不约而同鼓起了掌。曾思狂的表演也获得了成功，掌声过后，大家的注意力全部转移到最后的表演者戴超身上。

戴超今天似乎不太走运，他买进的华南地产上午开盘后一反前一天的活跃状态，像陷入了冬眠期的小蛇，一动也不动。见另外两位表演者已经获得成功，戴超心急如焚，开始后悔当初说出“脚踢巴菲特，拳打索罗斯”的过头话。在之后的两天里，他一直等待奇迹出现，没有平仓，但华南地产的股价始终没涨起来，以至于表演结束时，他卖出的价格比买进时还稍微亏损了一些。

电视台的记者没有放过采访戴超的机会，问他：“你觉得自己抓涨停板的表演为什么没有成功？哪里出现了失误？”

听到这样的问题，戴超的脸憋得通红，说话也变得语无伦次：“对不起，我现在很沮丧，心里很乱。失败的原因，我想可能是我过于自信了吧。市场不好时小盘股的机会比较大，我本来应该买小盘股的，这次不知道是怎么一回事。可能是太紧张了，出现了失误……而且我的手链也不知道什么时候不见了，以前买股票时我都戴着手链的，它给我带来好运，这可能也是导致我失败的一个原因。今天很倒霉……听薛总说以后涨停板敢死队还会经常举办实盘操盘表演，等我找到手链后，还会再来表演。下次再接受你们的采访吧，对不起……”说完，就扭头离开了。

记者接着找到薛白，也对他进行了采访。

“薛总对这次的表演有什么看法?”

“今天三个表演者中有两位股海猎手抓涨停板获得成功，虽然另一位猎手很遗憾地失败了，但在现如今的平衡市道中，我对这次活动以及涨停板培训的结果还是比较满意的。”他微笑着总结道，“通过今天的成绩可以看到，我们抓涨停板的技术是有效的，是可以学会的。不过，大家也应该明白，并不是每一个学习涨停板的股民都能在短短几天的时间内，完全掌握抓涨停板的精髓，想掌控这项技能，还需要不断地积累经验，有时还需要一点点运气。比如今天的两位成功者，倘若下次他们硬要在状态不好的情况下抓涨停，可能幸运之神就不会眷顾，相反，如果让戴超再抓一次，他也可能会成功……不管是成功还是失败，结果固然重要，但更重要的是学习技术的过程，相信今天在座的各位都从这次表演中学到了不少东西，让我们期待下一次更精彩的表演吧。”

薛白的话再次引来现场观众们的热烈掌声。这次活动可以说众望所归，几位涨停板敢死队的发起成员瞬间成为股神的化身，想和他们进行合作的机构、大户如过江之鲫，每人的资金实力都大幅增强。可以说，他们才是最大的赢家。

宁翔在年底成立了自己的投资管理有限公司，做起了私募基金，他的第一只阳光私募产品基金的规模就达到10亿元；吴敏新和北京一家电视购物公司合伙收购了一家投资咨询公司和一家软件公司，并在不久之后帮助这家电视购物公司在美国纳斯达克股市成功上市；朱海鸣和王松林两人留在东滨市，依然是大众眼中的财经名人，经常被财经频道邀请作为特邀嘉宾谈股论经。

接下来，薛白举办了一次庆功宴，宴会前，他把奖金和聘书交到两位成功者手中。海东升从薛白手中接过2万元的奖金和技术讲师聘书时非常兴奋，他诚恳地感谢道：“我今天非常高兴，薛总您是我的大贵人，很期待今后能在事业上和您共进退。除了炒股，我还擅长计算机编程，希望以后我能在程序化交易这方面为公司贡献一份力量。”

“好，好！热烈欢迎你的加盟，我们为了更美好的明天共同努力！”薛白端起酒杯与海东升轻轻一碰。

当薛白把奖金和聘书递向曾思狂时，曾思狂马上从沙发上站了起来，他拿起奖金和聘书看了看，又闷闷不乐地递了回去。

“有什么问题吗？”薛白有些纳闷。

虽然表演获得成功，但一想起当天薛白递给他苹果的那一幕，曾思狂的心里有些不自在。

他低声说道：“非常感谢薛总的错爱，但是，这个奖金和聘书我不能接受。”

“为什么？”

他头歪向一边，没有正眼看薛白，说道：“我很清楚这是怎么一回事。那天吃饭的时候，朱总暗示过我们，只要买小盘股，都会涨停。很明显，这次成功不是我自己的功劳，我不能接受您的好意。而且，我和戴超是好兄弟，我们既然是一起来的，也应该一起留下。如果我一个人领了奖金，当了讲师，让他自己回东北，那我也太不讲究了。这次谢谢薛总的抬爱。”

薛白见他态度坚决，只好把聘书收了回来，但 2 万元奖金他还是执意塞到曾思狂的手里。

薛白说：“既然你已经决定，那我就尊重你的想法收回聘书，但这 2 万元钱你一定要收下，就当是你和戴超的劳务费。另外，这次表演能成功主要还是你取决于你自己的努力，朱总其实并没有给你们什么特别的暗示。这次表演无论是对你还是对我们俱乐部都很有益，想必你也明白我的意思？”

“嗯，谢谢薛总。”曾思狂犹豫一下，接过了奖金。他明白，经过这次表演，自己在股市已小有名气。

庆功宴之后，曾思狂和戴超回到东北，在一家券商营业部开设了一间工作室。不久之后，网络博客在国内的兴起，曾思狂风云再起，一时间成为股市的风云人物，演绎了一段精彩的散户故事。

涨停板敢死队的走红，使涨停板俱乐部咖啡厅成为东滨市的旅游景点，被众多银行、公私基金、券商、保险公司等当做营销的活动基地，他们定期在这里发布新的理财产品或举行投资策略报告会。另外，俱乐部还和不少证券机构共同举办了一系列“金融名家”讲座活动，邀请国内外知名金融学者或基金经理为投资者分析投资环境。不过，最吸引股民的还是经常在这里举办的民间高手实战表演，每次表演，都会吸引众多电视台和大网站。

第五篇
股海女神

威风八面

女人之间的关系很复杂。单从称呼就可以看出些端倪，关系一般且长相普通的女人常常互称“美女”；称呼“大美女”的，说明双方关系很好；称赞对方“很可爱”时，实则在说对方长得难看；夸对方“人很好”，则表示对方身材不好，长得胖；而夸对方“身材好”时，一般是指对方长得像竹竿一样“没营养”；“没朋友、很孤立”的女人在男人眼里绝对是美女；被同性称为“没气质”的那类女人，大都不仅长相出众，而且身材完美。

章婷和蒋威风在日常生活中互称“大美女”，两人刚开始工作时在海淀区合租了一套公寓，两个女孩子各有自己的人生追求和爱好，日子过得既有趣又充实。

在北京城，每个城区的人群都有不同特点。比如，在章婷和蒋威风生活的海淀区，满大街跑的都是外地留京的小程序员，还有嫌弃计算机专业无美女的小老板，他们普遍大脑袋、四只“眼”，每双的眼睛都因熬夜布满了血丝，一双袜子穿一星期，走进他们的屋里，马上就能联想到辛晓琪的歌——《味道》。这些人通常供楼不供车，翻开报纸只盯着北边的楼盘看，倒不是他们有多关心即将召开的奥运会，单纯地想找一处离公司近些的住所。

章婷为参加选美比赛作准备而辞去了工作，而且她本来就不太喜欢那份工作。这一天，难得两人同时有了空闲，于是一同去超市采购，然后回到自己的公寓聚餐畅聊。

“公司里那个梅大姐一本正经地对我说：‘一个好政委抵得上一个坦克营，而一个会说话的美女，抵得上一个坦克师’……”说着，章婷还模仿起梅大姐说话的样子，蒋威风笑得前仰后合。

“……逗死我了，看来你是遇见真精了，我也跟你学学怎么拍人家马屁。哈哈……”蒋威风打趣道。章婷挽着她的胳膊笑道：“我讲了一个好段子，你是不是也得讲一个股市的故事给我听？”

蒋威风想了想，说道：“11 年前，有个小男孩刚读初一。他给电视台主持音乐节目的李彤姐姐写了一封信，问她可不可以做自己的女朋友。李彤当时觉得这个小男孩很可爱，就回了信，告诉他，等他长大考上清华或者北大，有出息了，挣到第一个 100 万，就答应做他女朋友。结果 11 年后，李彤真的接到小男孩的电话，男孩告诉她‘我做到了，但我是用另外一种方式做到的’。”

蒋威风讲完后，章婷的思绪依然沉浸在这段浪漫感人的故事中，威风神神秘秘地问她：“你猜，这是谁的故事？”

章婷俏皮地看着她，说：“不会是玄天青吧，不会是他的故事吧？你……不会真的对他动心了吧？”

面对章婷的逼问，威风没有直接回应，她笑了笑，又赶紧把话题引到自己的花木兰基金上。她显得很苦恼：“我最近的压力超大，真不知道怎么办好了。”

章婷能理解一个年轻女孩独立创业的艰辛，挽起她的手，宽慰道：“是不是基金遇到什么问题了？”

蒋威风叹了口气，说：“我必须尽快提高基金的净值，在排行榜上获得一个好名次，才能获得市场的认可。彻底摆脱基金清盘，还要尽可能快地扩大基金的份额，用市场认购基金的份额来替换趣园的资金认购份额……”

章婷正焦急不知道该怎么安慰蒋威风时，刹那间，她像突然想到了什么，说：“哎，你原来不是在证券媒体工作吗？有资源就要好好利用啊，至少可以让一部分私募基金的投资者先知道你啊。”

旁观者清，当局者迷，蒋威风听后恍然大悟，“对啊！可以让原来的同事，帮我宣传一下啊。”

无巧不成书，蒋威风正想拨通一个原来要好的同事的电话，她的手机就响了，恰好就是她要找的那位做编辑兼记者的同事。同事在电话中说道：“蒋威风，我要做一个私募基金的人物系列，想写你呢？你看怎么样？”

“太巧了，我刚刚要向你求助呢。”她笑道。

同事说：“你是咱们国内第一个女私募基金经理，特别好的故事题材。炒一炒，准红。你什么时候方便啊？”

“我的时间很自由，看你的时间……”

“那我今天把提纲准备一下，咱们明天见面吧。”

专访约在杂志社旁边的一家咖啡馆，两人简单聊了几句近况后，就开始了专访。之前都是蒋威风采访别人，这回还是第一次接受记者的采访。在同事准备开始时，两人情不自禁地笑了。

同事忍住笑，说：“认真点，咱们开始吧。在人们的观念中，女性性格温柔，并不适合做资产管理，你怎么看？”

蒋威风微笑着说：“美国曾进行过一项研究，他们发现在限定的时间内女性投资的回报率较男性高出3.5%～4%。从生理角度分析，这可能因为女性的心态比男性稳定，不容易冲动。后来，剑桥大学神经系统科学家约翰·科茨在伦敦交易大厅进行实验时发现，女性身体中的皮质醇只有男性的10%，这使她们更不易出现非理性亢奋，所以，很多交易部门往往会雇用较多的女职员，减少金融浩劫的可能。”

“很有道理。”采访人同样是位要强的女性，对蒋威风的回答十分认同，接下来几个关于股市和花木兰基金的问题，蒋威风都对答如流。

“最后，能不能和大家谈谈你名字的来历？取蒋威风为一个女性的名字，很有意思。有什么故事吗？”

蒋威风回答说：“这个名字是我父亲取的，他本来是希望我能成为一名作家，写起文章来像大将军那样威风八面、威风凛凛……但是，现在我步入证券市场这个领域，但我仍然可以不负此名，不用排兵布阵，一样两军对垒；没有刀光剑影，处处充满杀机；没有硝烟弥漫，仍然惊心动魄。我希望实现父亲的愿望，成为一名威风八面的大将军，像大破天门阵的穆桂英那样……”

这篇人物专访最终以《一个威风八面的女私募基金大将军》为标题刊登

在杂志上，此前证券界关于女私募基金经理的报导凤毛麟角，这篇新颖的专访很快就引起业内人士和基民们的特别关注，网媒多次转载，无形中帮蒋威风迅速提升了知名度，一些准备投资私募基金的基民大户也开始关注花木兰基金的净值变化了。

章婷端起一杯水，边喝水边看蒋威风的专访，说道："这可是专访，够厉害的啊。对了，你前段时间不是一直在研究抓涨停板的技术吗？研究得怎么样了？"

"呵，你怎么知道？"听她问这个，蒋威风来了兴致，"你听我说，我把东滨涨停板敢死队的操作手法作了总结，一共六条。"

"这么厉害？说来听听，我最近老是听人说炒股的事情，感觉挺有意思。"

蒋威风说："第一，要不停地打短线，遵循强势原则，专选短期爆发力十足的个股做短线。我发现他们平均三天打一只，如果持股超过一周，就算超长线了，当然，有时这也是市场环境所迫。"

"嗯。然后呢？"章婷点点头。

蒋威风继续说道："当他们从盘口看到某只股票短线势头较猛，有望形成向上突破后，就果断介入。一旦介入，就表现得迅猛狠辣，通常采用逼空手法将大小抛单通吃，一气封上涨停。而且，因为他们选的股票之前的形态和技术指标已经走好，所以不需要耗费巨大的资金就能封住涨停板。"

"嗯……"

"第二，他们一般只运作非基金核心资产股，不会碰筹码集中股。因为这类股票的持有者大多时刻看盘，一遇到弱势就会抛盘，他们可以趁机投机，而非主力机构持有的股票，超跌后抛盘很小，出现强势还会有补仓盘跟进，投机机会较小。"

"原来这里面有玄机的啊。这样就能抓住涨停了吗？"章婷听得不由得睁大了双眼。

蒋威风喝了口水，继续说道："哪这么简单。刚才我只说了其中两点，下面还有四点呢。"

"这么多？你快说……"

"第三，他们会适当地考虑大盘短线走势，只要大盘不连续下跌他们就不会停止工作，简直就是永动机中的战斗机；第四，他们选股会找两极，捉超跌股，捉即时题材强势龙头股；第五，他们有三种拉涨停的方式，大盘较强时一口气拉上涨停；早市攻击借助‘短平快’的手法制造强势的感觉；下午两点之后拉抬强势股，一些早市走强的热门股，他们会以很大的买盘扫单，让股价几乎呈90度角上涨，在跟风盘的帮助之下封上涨停。一旦冲上涨停，他们就会挂出巨量的买盘稳定人气，降低持有者的卖出欲望。而且，他们选的个股短线走势形态都比较好，很有经典技术分析理论特征，比如说KDJ、MACD……”

“哇……”章婷感叹蒋威风竟然做了这么多功课，“既然你总结了这么多经验，实际操作结果怎么样?”

蒋威风却沮丧地摇了摇头，“不太好，我觉得自己总结得已经很全面了，可几次模拟操作，结果并不理想，有赚有赔，也经常买了的跌，看好没买的却涨停了，总体来看，还是没有想象中那么简单。”

“怎么会这样?”

“我也想不明白，现在的市场，用常规的方法分析，是不适合买股票的。但是，我这个基金经理又顶着这么大的压力。哎……”她叹息了一声。

章婷突然一把抱住了她的肩膀，“你可以去问下高手啊……玄天青，去问问他怎么样？别端着了，现在就赶紧打电话。”

蒋威风犹豫了一下，“……好吧，也只有这样了。”本就打算向玄天青请教的，只是有点犹豫，章婷一催促，她就鼓起勇气拨通了天青的电话：“大高手，我对抓涨停板有些不明白的地方，可不可以向你请教?”

“可以啊，明天收盘后，你来我操盘室吧，我们这儿方便。”玄天青仍旧很痛快地答应了。

“好，明天见。”

每次与玄天青谈话，蒋威风总感觉差了点什么，和他谈论股票，他热情、健谈，可一旦聊起与股票无关的话题，他就木讷得像根木头。

蒋威风忍不住问：“如果咱们俩现在都是大学生，冬天我站在你前面，在水房等着打水，轮到我的时候我告诉你我拧不开盖子了，你会怎么办?”

玄天青拍了一下自己脑门，不好意思地回答道：“那我会说，我先打吧。”

蒋威风很无语。

这是一道测试理工男还是文艺男的题目，玄天青给出的是标准理工男的答案。蒋威风心里竟有些气，但转念一想，自己真是奇怪，何必为这个生气呢。她心里偷偷想：管他是理工男还是文艺男，反正他是上天专门给我留着的，以后慢慢引导他开窍吧。

回来后，蒋威风把这个想法告诉了章婷，结果成了章婷取笑她的话柄，以后一看见她发呆，章婷就会打趣道：“想你的王子了吧？还不赶快去表白？”

玄天青与蒋威风的交流很长一段时间都只停留在股市技术层面，由于趣园是蒋威风的援助人，玄天青从未给出结论性的投资建议，在听了蒋威风的“涨停板敢死队操作手法总结”后，他忍不住笑了。

“在股票市场里，热闹的东西不一定能赚钱。有的股票在熊市时涨到了天上，散户认为这个庄家肯定是神兵天将，但最后机构没准连身家性命都赔了进去，涨停板敢死队确实是个传奇，但这个传奇到底是悲剧还是喜剧，不到最后我们谁也不知道。”玄天青说。

见蒋威风听得一脸茫然样，他解释道：“你这份总结在市场强势的时候还是可以用的，虽然比较耗费精力，但效率快，也不失为小资金的一种操作方法。但现在市场处于弱势，只靠这份总结是不行的，股谚说‘强势注意热点，弱势注意盲点’，所以我们现在要注意的，就是这个盲点。”

玄天青的桌子上正好放着蒋威风专访时的那本杂志，他拿起笔在那句“女性基金经理大多管理的是债券型基金、货币型基金和保本型基金等低风险类别的基金”划了一道线，然后对蒋威风说：“涨停板敢死队的技术是热点，它不一定适合现在的弱势，那么现在市场中有不少转债品种，这算不算盲点？这不正好是你们女性的优势吗？你可以好好想一想。”

告别玄天青，蒋威风一直在想玄天青说的盲点，她觉得这些品种好像确实是很少有人注意，难道这个所谓的“理工男”是在暗示我什么吗？想到这里，蒋威风打开了电脑，把平常不怎么关注的几个债券品种从技术面到基本面逐一详细地作起研究来。

一个月后，章婷下班回家，刚推开门就看见客厅里放着一大束鲜花、一大篮水果和一个漂亮的洋娃娃。

她知道，自从蒋威风从杂志社辞职创业花木兰基金后，已经很久没有买过这些“奢侈品”了，马上一个念头闪现在她脑子里，令她激动不已：“这是谁送的啊？快说，是不是青蛙王子苏醒了？”

蒋威风也很兴奋，几步跑到她的面前："别瞎猜了，青蛙王子还没有苏醒，这些东西都是我买的。"

"抓住涨停板了？几个涨停？"

"比抓住涨停板还开心。快来看，我的花木兰基金现在是全国私募信托基金的第一名。"

章婷抬眼瞧向电脑屏幕，果然见一篇文章写道：巾帼不让须眉，媒体女记者出身的蒋威风操盘的花木兰1期以20.89%的月度收益夺桂，从上月的97位飙升至第1位，其近两个月24.05%的收益令众私募大佬刮目相看。

在私募排行网研究中心研究总监的私募月度报告中，他这样评价道："去年年底发行的花木兰1号，运行半年净值走势较稳，表现波澜不惊，而本月突然逆市崛起，单月逆市取得如此高的收益，胜在它独特的操作思维上……那么，花木兰基金使用了哪些独特的操作思维呢？请看我们下面的具体分析……"

选美小姐

星期天下午，章婷和蒋威风手挽着手，高高兴兴地逛着街。两个姑娘追求、爱好虽然各不相同，却一见如故，可能是因为有相似的单亲经历。

章婷与蒋威风的相识缘于一起偶然事件。章婷坐出租车，将手机忘在了出租车上。蒋威风随后上了那辆车，捡到手机，不由得说了句："啊，有个手机。"司机立刻回过头说，"给我吧，我交给公司。"蒋威风看了看司机，没做多想，正要把手机递给他。这时，手机铃声响起，蒋威风接通了电话，果然是失主，两人交谈几句，约好了交还手机的地点。

于是，两个美女就这样认识了，一起吃了饭，最终还合租了一套公寓。

两人在步行街逛了一下午，吃过晚饭，蒋威风去操盘室处理一些事情，章婷则乘地铁直接回了家。从地铁里出来，不料外面下起了小雨，她犹豫了一会，在报摊儿买了一份晚报，顶在头上一溜小跑赶回了家。

回到家，已经是晚上七点半了，没有什么可看的电视节目，章婷只好拿起那份湿答答的晚报随手翻了翻。

"环球小姐分区大赛30名佳丽耀京城？"她在娱乐版看到一条新闻报道。

之前，章婷曾参加过“京城旅游小姐”的竞选。那一次，起初只是因为好奇才报了名，报名后听工作人员说，前十名参赛人员每人有 2 万元的奖金，她心动了一下，又听说冠军有 20 万元的大奖，她立即热血沸腾。心想：平时上班省吃俭用存了那么久的钱，也才十几万，一旦获得冠军就能拿到 20 万，未来几年在北京的房租和饭钱就不用发愁了。

章婷开始接触选美比赛。经过一番努力，天生丽质的章婷果然如愿夺得了“京城旅游小姐”的桂冠，也因此被邀参加了私募大会的年会典礼。

章婷把整篇新闻仔细读了两遍，发现新闻中说三十名佳丽已经决出，这就意味着自己不可能按照正常程序参加这次比赛了。

“要生存，就要学会争取。”章婷一直坚信这句话。

她看了看时间，已经晚上八点多了，她对自己说：“决定尝试就不要轻言放弃。”于是立即动手查到了组委会的电话并拨了过去。

“您好，我想找一下组委会的负责人。”她屏住呼吸，紧张地等待着对方的回答。

“您好，负责人现在不在，请问您有什么事情？也许我也可以帮您解决。”对方委婉地拒绝了她。

章婷灵机一动：“我是《京城晚报》的记者，有重要事情想要和你们的负责人谈谈。”

“请您稍等。”这一招很管用，对方一听她是记者，连忙把电话切到了负责人的办公室。

“你是《京城晚报》的记者？”负责人问。

“对，我们晚报想采访一下您，现在您有时间吗？”

“现在？这么急？”对方有些犹豫。

“对，我们需要赶明天的新闻，时间比较紧……”

“那你来我办公室采访吧……”

章婷挂断电话时，雨还没有停，她用最快的速度打扮了一番，就冲出了家门，进了负责人的办公室，直接说明了她的来意。

她真诚地道歉道：“对不起，为了见到您，才在电话里说我是记者。其实，我不是记者，我是来参赛的。”

“我们的比赛已经开始了，报纸上不是已经登了吗？”

“就是因为这样，我才来找您的。”

“嗯？这怎么行呢？不行，不行，坚决不行。”负责人很坚决地拒绝了她。

章婷不甘心，对负责人说：“请您让我参加吧，北京是我们国家的首都，你们办这么大的比赛，一定希望有一个真正有实力的女孩能够代表本赛区站在国际舞台，您说呢？我觉得如果你们漏掉我，就会漏掉最优秀的选手。我不是故意给你们添麻烦，你看，这是我前不久刚刚获得的京城旅游小姐的银头环……”

可能是这个银头环，也可能是她那无法让人拒绝的美艳，打动了这个中年男人。他不由自主地接过银头环，看了看，“……这样吧，”他说，“这次比赛还有另外两位负责人，如果他们同意你参赛，我就答应你的要求。”

中年男人把另外两位负责人也叫到了办公室，他们的目光在章婷和银头环上扫来扫去，她的自信和美艳，让男人无法拒绝。

组委会最终同意她作为特殊的第 31 名选手参加京城赛区的决赛。

环球小姐大赛已经举办了 51 届，它与世界小姐大赛、洲际小姐大赛，并称为世界三大美女比赛，其宗旨是帮助全球女性实现她们的理想，促进她们事业、生活和个性的发展。今年是环球小姐大赛第一次在中国设立赛区，在北京分赛区的决赛中，有一位中途参赛的选手，一路过关斩将赢得了北京赛区的第一名，她就是章婷。

当得知自己获得了中国赛区决赛权之后，章婷在第一时间把这个消息通过电话告诉了妈妈，“妈妈，我得了北京赛区第一名，我一定要在全国比赛中拿到好名次。”

妈妈却没有为她感到高兴，而是委婉地说道：“女孩子参加选美不太好，毕竟不是一生的职业。”妈妈又顿了下，意识到不应该这么打击女儿的积极性，因为这一刻女儿期待的是与她分享胜利的喜悦，于是又说道：“选美可以，可不要丢了工作，年轻，喜欢玩，可以多尝试。”

“好的，妈妈，我心里有数。”章婷对妈妈的话感到有些意外，挂了电话，心想上次妈妈不是还鼓励我吗？其实远在外地的妈妈很快就忘了这件事情，她以为章婷只是图一时的新鲜，时间久了就会放弃的。

章婷弄了一大堆 CD 盘，她知道比赛会有专门老师的辅导，但还是觉得自己应该准备得更充分一些。她在电脑屏幕前不断模仿那些美女如何走路，如何表现。不仅如此，在观看选美比赛录像的时候，她还会自己模拟评分，看冠军如何夺得第一，如果遇上自己的打分和评委不同，她还要琢磨半天，分析原因，比做工还要认真。

早在私募大会上第一次见到方森时，章婷就感觉到方森有些不一样的神态，这种神态章婷在其他对自己心仪的男人脸上也曾见过。那天，章婷也有心留意过方森，中上身材，白皙的皮肤，文质彬彬，虽然不如她当时的男朋友清秀，但方森更多出些沉稳和刚毅。当晚的众多巧合，让章婷也曾一度动心，自己与方森是不是有些缘分？

那次见面后的一个周五，疑心和少许期待已渐渐冷却的章婷竟然接到方森的电话，说他要参加晚上的一个私人酒会，投资圈的，主办人邀请短信上专门强调了，希望尽量带能歌善舞的女伴出席。方森问章婷是不是有兴趣陪他一起参加？

那时，章婷正与在异地工作的男朋友发生冷战。男朋友是她大学同学，在上海的一家外资企业工作，他希望章婷能到上海。而章婷则毫不客气地问他为什么不能为了自己到北京？男朋友听后，很久没有吭声。他问："是不是有人在追求你？"章婷回答得直白："追求谈不上，讨好的总有几个。"挂电话前，男方提出建议，关于谁到对方的城市去，两人都再认真地考虑一下。三个月双方都没有作出让步，就这样潦草收场了。章婷清楚地知道，他不会让步，自己也不会，如果能让，早在毕业时就已经让了。

那天，与章婷一起参加酒会，方森脸上一直是温和得体的笑容，或是由于笑得太过温和，寻不到丝毫暧昧痕迹。方森对她，眼神不流连，举止不偏袒，言辞间亦无特别的眷顾。这让章婷刚刚泛起的迷惑，很快消散了。

酒会中有一个环节，酒会主人给每个女宾赠送一份礼物，抽到贵重礼物的女宾要回答主人问的一个问题，以增添酒会的乐趣。章婷抽到了一条金手链，估量值1万块左右。主人问章婷，"你一定有男朋友，而且还有追求你的，有暧昧关系的应该也不止一个，你能给我们透露点最有希望的是哪一个吗？"章婷想都没想，用手指了指天上。主人抬头看了看，纳闷儿道："这是什么意思？他是飞行员，开飞机的？"章婷也被他逗笑了："他不是飞行员，但是在上海，要坐飞机才能见到。"章婷说最后一句时，方森的嘴角微微抽搐了下。

酒会后，方森送章婷回家。即将下车时，方森对章婷说："以后我们就是朋友，有事需要我帮忙，就给我打个电话，就像你今天帮我一样。”

“好！再见。”

章婷和方森确确实实变成了朋友，那种寻常可见，彼此无甚暧昧的异性朋友。在这个节奏快的大城市，第一次会面定下关系的基调，再推翻似乎很困难，两人真的顺风顺水成了君子之交。

章婷有些自己不能办的事情就向方森求援，方森总是有求必应，表现得像大哥哥一样。方森有饭局时，常常带上她，也约她喝咖啡，如有旁人在场，他们反而能热络起来，相反的，只有他们两人时，场面反倒变得冷清。两人都不愿意这样尴尬，所以，几乎不单独会面，也就这样，两人的关系慢慢定格在了哥哥妹妹的来往上。

“你是怎么看待方森这个人的？”有一次，蒋威风好奇地问她。

她说道：“证券行业中的精英男好像和其他行业的人不太一样，他们似乎都有一点骑士精神和绅士范儿，但和理工男有相似之处，就是过于自信，自尊心过强……”

章婷有时会想，好感与爱、恩情与爱、合适与爱到底是不是一回事？彼此间又有什么区别？有几次她想问方森的看法，但话到嘴边又咽了回去。

当她问起蒋威风这个问题时，蒋威风没作声，而是给她讲了一个笑话。

她说：“昨天和一个清华的美眉去必胜客，点了一个 12 寸的比萨，结果等了一会儿服务员说没有了，还说可以用一个 9 寸的和一个 6 寸的比萨来抵换，我觉得挺不错，刚想同意，清华美眉却向服务员要来了纸和笔，先计算一个 12 寸的比萨的面积是 113.0973 平方寸，接着又算出 9 寸比萨的面积是 63.62 平方寸，6 寸比萨的面积是 28.274 平方寸，最后结果，一个 9 寸的比萨加上一个 6 寸的比萨面积之和竟然只有 92 平方寸左右，比一个 12 寸的比萨小多了。清华美眉认为自己吃亏了，坚决不同意换……”

蒋威风讲完自己又忍不住咯咯地笑了起来，扭头一看，依然陷在思绪里的章婷并没有笑，反而问道：“玄天青也怪怪的，难道炒股的男人都喜欢玩哥哥妹妹的游戏，不喜欢谈恋爱吗？”

帮夫秘籍

在趣园见到蒋威风，听她讲章婷的事情，谢玄当时就怔住了，最近他心里也一直沉甸甸的，多了不少心事，莫非章婷是前妻章敏的女儿？从蒋威风的说法来看，这种可能性确实很大。姓章，与前妻同姓，同在H城生活过，还有一本《帮夫秘籍》。

谢玄最近取消了不少原定安排，经常一个人待在办公室里，筱媚和天青也不敢打搅。谢玄不断回想着过去的每一幕。

大学毕业不久的一个星期天，谢玄去H城最大的新华书店买书。从书店出来时，他被书店门前广场某电饭锅厂家的促销活动吸引住，停下了脚步。两个女歌手在临时搭建的舞台上歌舞翩翩，要知道那个年代这种方式还是很吸引人的。一首歌完了，她们又转型成主持人，主持电饭锅的知识竞猜。

答案全写在宣传纸上，白痴都能答对，但是主动上台回答问题的观众并不多，大家都是抱着看热闹的心态。谢玄一时兴起，跑上台回答了一个白痴问题，得到的奖品是一张电影票；这时，只见一骨感美女也盈盈地上了台，也得到一张电影票，那个人就是谢玄的前妻——章敏。两张电影票的位置是连号，他们就这样结识了。

章敏在台下已经注意到谢玄，她有一本《帮夫秘籍》，按照这本秘籍的描述，谢玄的面相刚好属于潜力股。与谢玄结识后，章敏得知谢玄是大学生，那时大学生还是稀有品种，这让章敏更加坚定地认为，谢玄不是一般的小伙子，他的未来将会是一段传奇。

章敏的父母都是印尼华侨。20世纪50年代，他们大学毕业后，不愿在章敏爷爷奶奶的海外家族企业工作，怀着爱国的热情回到了祖国，在一家大型国企做技术工作。命运多舛，章敏的父亲被打成右派，直到80年代初期才平反。

《帮夫秘籍》是章敏的妈妈传给她的。给章敏这本书时，妈妈说："这本书是你奶奶给我的，她说对女人很有帮助。你奶奶就是因为这本书，结识了你爷爷，并嫁给了他。你奶奶认识你爷爷的时候，你爷爷只是个穷裁缝，在你奶奶的帮助下，你爷爷的小缝衣铺发展成一家颇有规模的制衣公司。《帮夫秘籍》里讲，一个男人，一个女人，是不可能单独获得人生的幸福和成功的。男人要想获得成功，必须要有一个有好运气的女人激励；一个女人要想生活得幸福，也必须要有一个不平凡的男人滋润。两者缺一不可。但是，女人在年轻的时候，往往比较感性，不识男人。特别是，女人一旦陷入热烈的爱情，根本无法条分缕析地判断未来。男人的行为是激情，还是本性，女人往往看不清楚，完全跟着感觉走，靠运气赌人生，赌幸福。”

章敏中学毕业，考大学对于她来说难度太大，100个毕业生中只有一两个能考上大学。她只考上一所师范中专，毕业后成为一名初中语文教师。章敏深受母亲的爱情观和这本《帮夫秘籍》的影响，工作后一段时间她都没有结婚的打算，其实她一直在观察遇到的男孩子，然而，所有同学、同事，抑或邻居给她介绍的，没有一个符合要求的。

章敏与谢玄刚结婚的时候，两人住在章敏的宿舍里，每天同进同出，完全是一对恩爱的小夫妻模样。一个月后，谢玄由于队里的工程去了外地的工地，半年也回不来一次。看到人家小夫妻亲密恩爱，加之，生活的琐碎和无奈，两人的感情由异地的牵肠挂肚逐渐跌落至淡漠。曾经炽热的情感就这样被生活磨得变了模样。

谢玄又因工程事故被捕送进劳教所，章敏失落的心情跌落至绝望，她提出离婚，见谢玄并无挽回之意，便最终下定决心离他而去。而竟然在此时，章敏发现自己怀孕了，但她性格坚忍要强，绝不肯告诉令她失望透顶的丈夫。

当时，谢玄一直忙于外地的生意，如果不玩命做，吃饭都成问题，或者说他更需要这样的忙碌，让自己没有时间去品味这段感情，刻意不去碰触与章敏有关的记忆，以及有关章敏的一切。他觉得很挫败，章敏在这个时候离他而去，但他更愧疚，他发现原来自己没有办法给自己的女人幸福。再后来，章敏随父母搬到了广东。因此，对于章敏和他们的女儿章婷，他一无所知。

想到这里，谢玄心中掠过丝丝愧疚。他拿起电话，拨通了胡筱媚，说：“筱媚，你来我办公室一下，我有件事要告诉你。”

胡筱媚来到谢玄办公室，谢玄把章婷可能是自己女儿的事情告诉了她。胡筱媚对谢玄除了感恩，心里还一直隐藏着一种很复杂的特殊感情。她听完谢玄的话，有点不知所措，问道：“老大，你想怎么办呢？”

谢玄说：“你跟蒋威风联络一下，不动声色地多打听章婷的消息，特别是她妈妈章敏的情况。我想见一见章敏，尽可能帮帮她。”

胡筱媚点了点头。

“另外，蒋威风创设的那个信托私募基金，条件不具备，你可以用趣园的公益基金，多帮帮她。”

胡筱媚回答说：“好吧！我马上去约蒋威风。”

人生路上，除了自己的努力，贵人相助也必不可少。蒋威风创设私募基金这件事，到底谁是贵人？是有心的谢玄，无意的玄天青，还是一切都被蒙在鼓里的章婷，这谁能说得清楚。或者，这三人，都是。但蒋威风，又怎会猜到这内里的故事。

不久，谢玄特意飞去广州见到了章敏，两人见面的地点约在一家咖啡厅。

几十年过去，谢玄差点没认出章敏，两人沉默坐了一会儿后，谢玄先说道："一个偶然的机会，知道你的信息。刚好有事情到广州，所以……你过得还好吧？"

章敏大大方方地回答道："还好。我现在还是在学校教书，我先生也在同一所学校，生活跟大多数广州人差不多。比上不足，比下有余。听说你事业做得不错？"

谢玄不自然地应道，"事业还可以，你当初没有看错人。可惜，那段日子，有点不顺，我脾气也大。"

章敏听了没作声，这几句话勾起了她很多心酸的回忆，她故作镇静地喝了一口饮料，挤出一丝微笑，说："年轻的时候，总会犯一些错误，男人也不会一帆风顺，都要先锤炼一下。你今天来见我，不是专门来告诉我当初的眼光吧？"

谢玄见章敏与年轻时一样，还是直率爽朗的性格，就开门见山，问道："你先生姓什么？"

"姓王。"

"那为什么章婷不跟他姓王，跟你姓章呢？"

"我跟老王结婚前就有了章婷，已经上了户口。"章敏的语气很平静。

"章婷是你跟我的女儿？"

"是。"

沉默了一会儿，谢玄说："对不起。我真是……"

章敏的声音也微微颤抖："没什么对不起。是我自己愿意的，也是命运。"

谢玄提出给章敏一千万作为章婷的抚养费，被章敏拒绝了。

章敏说："我们家现在过得不错，不缺钱，你没必要用这一千万来打扰我们。至于章婷，我还没有跟她提起过你，你先不要打搅她，等有合适的机会，我会告诉她的。这一点，你一定要答应。"

谢玄无奈地答应了，又说道："如果，你和婷婷有什么困难，一定要告诉我，别让我再有什么后悔的事情了。”

回到北京的趣园，谢玄把跟章敏的见面情况告诉了胡筱媚，他叮嘱说：“你帮我多关注章婷，工作还有生活状况，尽最大努力帮她。”

为了解章婷的情况，胡筱媚加强了与蒋威风的联系。有时候忙，就让玄天青替自己保持与蒋威风的联系，在这个过程中，她和蒋威风也渐渐熟络了，甚至喜欢上这个有点帅气的女孩子。

有一次，胡筱媚以开玩笑的口吻暗示玄天青，说：“天青，我觉得蒋威风这女孩不错。如果你也觉得好，可不能太被动，要有男子汉的勇敢劲儿。这方面要靠自己，老大恐怕不会教你追女孩的本领的。千万别让大家觉得，咱们趣园的男子汉，只会炒股票，没有侠骨柔情啊。”

玄天青从小就很听胡筱媚的话，经过二姐一番开导，玄天青也意识到自己对蒋威风的感觉，已经不只是朋友的好感了。一开始他只是无法拒绝蒋威风的任何要求，现在他发现自己竟会不自觉地想到她、担心她。他想应该听二姐的，主动一些，追她。于是，木讷的玄天青终于开始了骑士的攻势，他知道蒋威风喜欢鲜花，于是一星期送一束，并在卡片上写道：一生娇艳。蒋威风收到第一束鲜花时，莞尔一笑，想他这回终于开窍了。谁知，鲜花每星期送来一束，她才明白“一生娇艳”是玄天青向他许下的承诺，心里萌生出暖暖的幸福的感觉。

刚认识方森时，章婷曾偷偷用《帮夫秘籍》的条件衡量他，她发现方森一半条件符合，一半不符合。参照《帮夫秘籍》，方森是表面风光的英雄人物，然而缺乏韧性，一旦遇到障碍，易被某一特殊的偶然事件击倒。这一句“易被某一特殊的偶然事件击倒”指的是什么？章婷想不明白，这一个事件指的是婚姻，还是事业？

章婷原本心里对方森是有好感的，她遇见的优秀男人很多，方森算一个。章婷很骄傲，爱情中一向都是她选择同意或不同意，章婷想方森应该会追求她，或者再给他些暗示让他采取行动，等方森心中的那把火被点燃，再来考验他的韧性，如果真的经不住考验，可能就如《帮夫秘籍》所言，是宿命了。

其实，方森见到章婷第一眼，就已经完全、彻底被她征服了。章婷那深邃的目光、性感的厚唇、象牙色的肌肤、完美曲线的身材，都深深地印在了方森的心里，章婷的美超越了东方传统意义层面，是一种现代的性感美，当她穿着一条修身牛仔裤，紧绷结实的翘臀被衬托的曲线简直完美。

章婷的靓丽夺目，让男人垂涎三尺又望而却步，甚至会在动念头的同时自惭形秽。方森就被这样一种强烈的感觉折磨着。他原本觉得自己很自信，因为在同龄人中，他毫无疑问是最优秀的那类，但他在章婷面前甚至会忘记自己的存在感。章婷的大胆、率真，甚至偶尔显露的功利，都让方森割舍不下。

上一次邀请章婷出席晚宴，方森已经翻来覆去了很多个不眠之夜，最终总算鼓起勇气。然而，章婷暗示的那个他，是在婉拒自己吗？如果自己逾越朋友的界限，以后会不会连相见都难？方森心里忐忑得像一个初恋的中学生。

日子一天天过去，方森对章婷的爱意却不曾削减一点。终于，在五一长假前夕，他给章婷发了一条短信：我想五一去云南丽江看雪山，你愿意跟我一起去吗？

方森没有说得很直白，因为他怕章婷的拒绝。但他相信章婷明白他的意思。

章婷五分钟之后回复：当然愿意，我还没有看过雪山呢！

方森看到短信，高兴得振臂大呼：雪山，雪山……

之后，方森仔细、妥帖安排好两人去丽江的一切事宜。然而，就在假期的前一天，章婷突然给方森打来电话，用不容商量的语气说道："我有事情，去不了丽江了。"

这让方森猝不及防，慌乱中，脱口而出："别，别这样啊……都安排好了，我盼了……"

章婷在电话一边郑重地说："你可千万别爱上我啊，到时可是你自讨苦吃。"说完就挂掉了电话。

到了五一假期，方森受伤的内心一直无法愈合。戚远见他整日闷闷不乐，给他推荐了一位女旅友，他想着一个人背负实在太痛苦，竟鬼使神差地听从戚远的劝告，与女旅友坐上了去丽江的飞机。

这件事又偏偏让正在观察考验他的章婷知道了。章婷心中很不快，嘀咕了一句："真没想到，经不起考验……"

极品女人香

章婷满怀希望地参加了全国决赛，她信心十足。

总决赛夜，章婷自认为自己发挥得非常完美，“自己是最优秀的”她在台上默想。最后一刻，主持司仪宣布章婷是第三名，她有点不知所措，眼泪一下子涌了出来，嘴边微笑着，眼睛里却含着泪，说不清是高兴还是伤心，坚持到颁奖完毕，章婷哭着跑下了台。章婷知道自己的梦想破灭了，因为只有冠军才能代表中国出征世界环球小姐的比赛。

工作人员走过来关心地问她：“章小姐，您怎么了？”

她转身把奖杯放在了桌子上，没有答话，从桌上抽出一张纸巾，抹掉眼泪，转身离场。工作人员小声嘀咕了一句：“装什么大牌。”章婷听到了，但是并没在意。

场外守候着很多记者，他们也预测章婷会夺冠，没想到结果出乎大多数人预料，有些记者眼光敏锐，观察出章婷的异样，此刻见她出来，马上围了过去。

“章小姐，这次全国大赛你获得了第三名，您有什么感想？”

“请问你为什么会哭？是不是有什么委屈？”

“章小姐，比赛的过程中是不是发生了什么不愉快的事情？”记者们纷纷把这件事情当做这次选美比赛的重大新闻线索。

面对记者连珠炮似的提问，章婷恢复了理智，她微笑着说：“没什么，就是有点激动，想哭，没什么好说的。”

第二天，关于章婷的事情还是被媒体夸张地报道了出来，媒体纷纷猜测章婷对名次不满意，还有媒体直接质疑这次的总比赛是否公正，背后是否有“猫腻儿”。

环球小姐大赛中国组委会工作人员看到报道后气得直拍桌子，当初接待章婷的那个负责人说：“这次咱们确实做了一件违反比赛规则的事情，就是让章婷没报名直接参加了比赛……”

“真不知道她是怎么想的，得了第三还不知足，不但不感恩，反而当众闹情绪，让这些记者胡乱猜测……”

“哎，现在的女孩子……”其他的几个负责人也纷纷摇头叹气。

章婷虽然对比赛的结果一度失望，但她并不是轻易服输的人，她决定参加下一年度的环球小姐比赛。为了在下一次比赛中表现得更加完美，她为自己制订了全面的改善训练计划，包括体态、修养、知识、心理素质。

为了使身体更完美，需要付出的代价，恐怕是一般的女孩子很难做到的，然而章婷坚持了下来。蒋威风见她如此“折磨”自己，劝说道：“我知道选美冠军是你的梦想，但是尽力而为，也不要太为难自己啊。”

章婷笑着回答道：“别担心，为了实现梦想我不怕辛苦。我最怕的是绝望、迷茫，没有梦想。我知道，你懂得。”说着，章婷俏皮地看着蒋威风，长长的睫毛闪闪颤抖着。

蒋威风会心一笑，说道：“真想不到，选美小姐原来是大强度的体力活。”

章婷顽皮地挺起胸脯：“我是一个勇敢的女人，我要勇敢地面对自己的梦想，自己的未来，我不仅要积极迎接每一个新的挑战，还要面对即将出现的各种失败，更有踏上艰辛旅程的决心……”

“哈哈……”两个女孩肩搭肩，肆无忌惮地笑了起来。

一天，章婷刚回来，蒋威风就叫住了她，说：“我在网上看到一个好东西，你肯定会喜欢。”

“什么好东西？”

“来，看看这个网页。”蒋威风打开电脑，输入链接，按下回车键，屏幕上出现设计精美的网页。

“魔女修炼术教你如何变一个完美女人？魅力淑女培训班体验课程？我要去！”她高兴得跳了起来。

几天后，章婷参加了这个体验班，讲师是一位中年女性，温雅大方，举手投足间散发出的女性魅力，即便同样身为女性的她也怦然心动。女讲师的声音，温柔不失感染力，说：“你们知道一个真正意义上的好女人，比如神话故事中的完美女人是什么样的？大家能想象得出吗？”

“美丽温柔？”有人回答。

女讲师未置可否，说道：“如果用形象的例子和准确的词语来形容，完美女人身体要像费·雯丽那样妖娆婀娜，无需言语也让人迷恋；要像麦当娜那样果敢坚韧，不过分张扬却成为时代的领潮人；还要像莱温斯基那样怀抱梦想，做麦田里那朵最大的麦穗。”

“麦田里那朵最大的麦穗……”章婷觉得这个比喻十分有趣。

“没错。”女讲师点点头，“女人的出生是为了战胜男人，比如埃及艳后克里奥帕特拉。她像魔女一样先后‘俘虏’了两位世界上最伟大的男人。魔女要对男人有超一流的敏感度和鉴赏能力，心术不正只会到处搅浑水的笨女人是成不了魔女的，当然，想要成为一名合格的魔女也不容易，还得像‘齐天大圣’那样经历修炼和磨难。”

“怎么修炼呢?”章婷问道。

女讲师微微一笑，说：“这就是我们今天要讲的课程，三个50天，让你修炼成仙。”

“真的假的?”

“三个50天?”不少人对此十分怀疑，章婷却从眼前女人的言行中看到了希望，这位让人感到高贵典雅，却内心凶猛的女人，绝对有足够的能力“改造”自己。

“50天修身，50天养性，50天用来长脑子……就像中国神话中所说的那样，500年一开花，500年一结果，500年你们就可以飞向月球了……中国最漂亮的女医生白素贞就是这样修成正果的……”

“最漂亮的女医生？我还是第一次听到这样评价白素贞……”章婷笑道。

女讲师露出迷人的笑容，说：“我们首先来讲什么是身体修炼术，这是魔女修炼术的基础内容。”

“成为魔女首先要性感，像出水芙蓉一样撩人，像巴黎香水一样浪漫，但绝不能招摇，要让身边的人若有所感而又浑然不觉，就像舞台上的舞蹈演员和车展模特一样。不要学时装模特，过于做作，毫无亲切感，甚至会有令人不寒而栗的‘杀气’。话说回来，虽然漂亮的女人都是‘杀手’，但绝不能带着‘杀气’，聪明的女人会让男人觉得，他们才是真正的杀手。”

章婷听后连连点头，这个道理她还是明白的：男人都喜欢掌控的感觉，尤其是女人的一切。

讲师继续说道：“我们与人接触要拿捏好分寸，要学会见什么人说什么话，和陌生人说话时，话不要多，保持微笑很重要；和熟识的人相处，可以多说些，甚至可以表现得‘疯狂’，恰到好处地让人感觉到你的‘狐媚’气息。身体的修炼，自然要从仪表开始，我们可以参照欧美电视台女主持人的标准来要求自己。”

“首先，要勤洗澡、香身体。女人的身体是最重要的武器，清洗的时候一定要用心，我建议你们用精油或高级香皂与温水仔细清洁身体。它是你们职场打拼、颠倒众生的一个非常重要的资本，所以，在生活中，你们可以少炒一个菜，可以少打一通电话……但洗澡的时间绝对不容侵占。不但要仔细清洁身体，对身上不平滑的地方还要用专门的高科技护肤药品轻轻搓拭，以确保每一处皮肤都光洁嫩滑。俗话说‘女人如水’，就是在提醒我们要时刻让自己的皮肤保持湿润。”

我们看一个女人的仪表是否得体，首先就看她的面容是否洁净，这就要求我们‘勤洗脸，护好发’。在护发时，一定要选择适合自己的护发素，住宾馆时也绝不要使用他们提供的廉价产品。使用前，我们还需要对所有护发产品仔细研究，确保找到最适合自己的那一款。另外，为生计忙碌的女人不要忘记经常清洗脖子和耳后，男人是一种奇怪的‘动物’，他从不问你的年龄，因为他可以通过你脖子的状况猜测你的年龄，如果他认为你的年龄偏大，很有可能会让你变得更加忙碌，甚至还会让你的股票上涨得很慢。”

“原来老师也炒股。”章婷心里暗笑。

“还有，女人的标志处要用柔和的护理液清洗，要让自己永远都像十七八岁的女孩子那样干净爽洁，而不是味如王婆的缠脚布，顶风臭十里。女人的脚底也要勤洗，因为很多男人喜欢抚摸心仪女人的脚心，如果你的男人没有这样做过，那你可能还不是他最喜欢的那一个。闲暇时，你们可以到专业的足疗店做足部按摩，既保持了清洁又能缓解疲劳，一举两得。洗干净双脚，别忘了涂上漂亮的指甲油，女人的脚趾若涂上指甲油却缺了一块就像摔坏的搪瓷盆，再珠光宝气也显得潦倒笨拙。”

“现在，我想问问大家，除了身体要保持干净，我们还有哪里也要保持整洁呢?”女讲师放缓语速，低头看着大家。

“发型不能乱……”

“穿合适的衣服……”

“对，女人衣服也有讲究，‘佛靠金妆，人靠衣妆’嘛。”讲师微笑着，继续说道，“女人的衣服除取暖和遮羞外，还是她一生的战袍，衣服好坏决定你在战斗中的胜败。如果你对自己的身材很自信，那就不要穿奇装异服。衣服最重要的一项作用是掩饰自身的缺点。你可以照时装杂志上介绍的方法打扮自己，但要记住永远不要怀疑专家的眼光，也不要幻想自己会比专家的水平高。女人在穿衬衣时，衣领要低到一个恰到好处的位置，什么位置呢？要能正好勾起男人的想象力和探索欲望，但注意不要让自己走光，这是为最重要的猎物准备的‘食饵’，不能随便暴露于人前。如果你想打扮得性感一点，可以穿稍微透明一点的衣服，这是一种文雅的挑逗。再有，一个性感的女人要清楚地知道自己适合穿什么颜色和款式的衣服，面色不好的女人应尽量避免青绿色类娇嫩的衣服，否则会像一只青虫一样吓人。”

大家都被女讲师幽默的话语逗笑了。

“我们可以多准备几件白色的衬衣，但衣领的式样和质料要略有不同，这样才能做到宜攻宜守、可进可退，披上外套可以自信地冲入职场，脱下外套可以性感地跃上大床。黑色系的衬衣也要准备一些，以便于长袖挥洒、短袖生风。裙子是魔女必不可少的‘秘密武器’，长裙庄重，短裙性感，和淡妆搭配显得干练神秘，与浓妆搭配衬得妖冶迷人。红色的上衣是第一次见重要人士时的经典装束，这样可以让对方注意并记住你。另外，穿无袖衫、低腰裤和高开衩的衣裙时，大家首先要把体毛剃干净，世界标准美女腋下和腿部都是白净如玉的，能把这些细节处理得完美无瑕的女人才能‘杀人于无形’，眼神环视如同扫射一般，猎物欲逃不能。”

“原来穿件衣服这么多讲究。”章婷暗想，她抬头看了看讲师的穿着，确实得体讲究。

“我想问问在座的各位，你们平时喜欢喷香水吗？”女讲师突然问。

坐在章婷旁边的一个女孩点头说道：“当然要喷啊，男人不都喜欢香女人嘛……”

“那你呢？”女讲师问另外一个穿正装的女孩，她羞涩地摇了摇头。

女讲师笑道：“是的，如果女人要做‘香妃’的话，就要学会喷香水。腮边一点叫吐气如兰；发上一点叫雾鬓风鬟；手肘一点叫皓腕香雪；脚踝一点叫莲步轻移；大腿一点叫暗香浮动……俗话说，战士上阵不能不带枪，美女出门不能不带香，但喷香水也不是庙里的香火越多越好，喷香水要像喝酒，微醺的感觉最宜人，不爱那么多，只爱一点点。”

章婷听了很有同感，她旁边的女孩香水味浓重，熏得人头晕。

“下面我们来讲一下养性50天，不过在说这个话题之前，我想问一下大家如何看待‘狐狸精’这个词？”讲师问。

“讨厌的女人！”有人轻声骂道。

“你那是嫉妒人家年轻美貌。”有人反驳道。

在大家争吵不休时，女讲师插话道：“其实，‘狐狸精’是送给美丽女人的最高赞誉，刚才我所讲的内容就是教女人们如何拥有‘狐狸精’般的身体。但是，只有身体还不够，我们还要学会‘狐狸精’的娇媚。真正的极品女人要学会指挥男英雄去争取胜利，女人依靠男人征服世界，而男人用征服世界来讨好女人。那么，大家知道该如何养性吗？”

大家都摇了摇头。

女讲师柔声说道：“养性的第一件事是学柔。”

“学柔？”章婷联想到“发嗲”这个词，不由得打了个冷战。

大家纷纷问道：“为什么呢？”等大家都听上瘾的时候，女讲师指了指墙上的钟表，一脸惋惜地说道：“可惜时间到了，如何学会柔，我们下周再讲，今天的课就上到这里，希望你们今天过得愉快而且收获颇丰……”

章婷没想到时间过得这么快，她完全被女讲师的话吸引住了，记下下周课程的时间后，她伸了个懒腰，迈着轻松的步伐走出了教室。

一个星期很快就过去了，淑女培训班第二次体验课程开讲，讲师还是上次那位魅力中年女性，章婷一看到她心里就觉得开心。

“老师今天还是这么魅力十足。”她微笑道。

女讲师含笑而谢：“你今天这件衬衣也很漂亮。”

“谢谢。”

“上节课咱们讲到女人要学会柔，温柔的女人就像夏天里的水床，冬天里的羊毛围脖，让男人情不自禁地想把你捧在手心里。要做到柔，首先要不厌其烦地重复同一件事：比如运动中的瑜伽，生活中的织毛衣，工作中的打字。累的时候可以偶尔叹气，但切忌恶言恶语，实在控制不住情绪时，可以去游泳、跑步，然后重新回来继续做这件事。”

“你们一定想问这样做的目的，原因很简单，在日常生活中，我们大都在重复一件事情。养成不抱怨的习惯，无奈和疲劳时可以叹气，叹气可以最大限度地放松和调节身心，气功里的沉肩坠肘就是以叹气为前提。男人不向你抱怨并不意味着没有抱怨，而你不抱怨，其实就是在给他抱怨的机会。相识满天下，知音有几人？成功的男人更需要一个温柔的倾听者，你不需要为他解决任何问题，只要安静地听他讲讲心里话就足够完美。当你千娇百媚地递去一杯温水，你就已经成为男人心目中的温柔女神了，这样的神仙姐姐，他怎么能不宠爱你呢?”

大家听得津津有味，女讲师继续说道：“接下来，我来教大家如何学嗔，不会嗔的女人就像不会动的华丽木偶，缺少一分灵气。女人犹如西湖，嗔是点缀，晴湖不如雨湖，雨湖不如夜湖，夜湖不如雪湖，嗔如雨、如夜、如雪，虽然不易做到，却平添了韵味……”

女讲师微笑着用眼神示意几个窃窃私语的女孩小点声，继续讲道：“聪明的女人还要树立与男人平等的世界观和价值观。如果你学会了前面的招数，那么你就是一个百毒不侵、百鸟朝凤、百炼成精的‘魔女’了，在最后的时间里，我要教你们如何‘全盘放弃’。”

“啊，全盘放弃?”所有人都惊呆了，疑惑不解地看向讲师，“前面的白讲了?”

女讲师高深莫测地说：“有时候，空仓退却是最好的进攻方式。在征服男人的迢迢征途上，女人心中可能早已没有了爱恨纠葛。男人拥有的职位、薪水和地位，你一样可以拥有，这世界一半属于男人，另一半掌握在女人手中。你的生命并不是依附于他的。而且，除了男人拥有的一切以外，你还拥有美丽，在他眼里美丽，在别人眼里同样美丽。当你磨炼、打造，甚至不惜重塑自己，为一个男人付出感情、献出身体后，最后收获的应该是平等。男人和女人之间应该是平等的，为了换取它，你首先应该放低姿态，但这并不意味着你的生活要任由别人控制，人生的主角永远只有自己。而男人只是因为你选中了他，才有机会出现在你的生命里。当他离开你时，你要继续将自己的戏隆重地演下去，你失去的不过是一个锦上添花的男配角，生命深处的掌声永远为你响起。”

“你一开始可能贪图他的钱、他的色、他的舒适怀抱，但最后你会发现，比起你所付出的感情，那些东西显得微乎其微，就像一位女士所说，堆在银行里的金山银山，不如床上欢娱时的一声尖叫。女人永远不可能把性和情彻底分开，只有树立起坚强的精神支柱，你才能守住最后的底线。而这个支柱很简单，拥有属于自己的朋友圈、事业圈，那时你完全可以对他说‘不’。女人应该了解，身体是用来享受生命的，而性能使生命更加美好，爱人也是如此，如果不能变得更美好，就只能离开了，到时你将收获整片森林……”

女讲师一气呵成。教室里立刻响起了热烈的掌声。

海南艳遇

东滨涨停板敢死队声名鹊起，他们的投机方法如雨后春笋般出现在全国各地，其中杭州、上海、苏州、深圳、济南和东北等地的十余家营业部逐渐成为涨停板股票买进榜上的常客，这些营业部的活跃客户大都参加过东滨市的涨停板敢死队培训班。

薛白曾对股友吹牛说："我的涨停板敢死队培训班就是中国股市的'黄埔军校'。"他还根据涨停板敢死队培训班的教材出版了一本名为《涨停板敢死队战法》的书，这本书一举成为当年股票类最畅销书籍，薛白和涨停板敢死队的几名核心成员，瞬间成为股市名人，甚至有不少网络媒体把薛白称为东滨涨停板敢死队的少年军师。

薛白这一次华丽转身，成功从憨态"企鹅先生"转型为股侠高手，完成了自己的愿望。

事业蒸蒸日上，薛白觉得自己应该不久就会迎来爱神的眷顾了。

国庆节股市休市，薛白、海东升和股友小吴决定一起去海南三亚亚龙湾度假。正值旺季，海滩上人群熙攘，帅哥成群，美女如云。

薛白看到不远处站着三位风姿绰约的美女，他推推旁边的伙伴："哎，想不想赌一把？"

"赌什么？"小吴好奇地探过头来。

薛白指向美女的方向，小声说："赌谁能把那三位美女邀请过来，赌金5000元，怎么样？"

"我先来！"小吴信心满满地走到美女身边，说了几句，并没能打动三位美女，只好沮丧而归。

海东升急忙问他："你怎么说的？"

小吴叹了口气说道："我说你得了绝症，让她们看在上帝的面子上，过来安慰安慰你，可她们没有同情心……"

"呸！"海东升气得大喊起来，"你才得了绝症，活该失败！瞧我的吧！"他边说边走了过去。

海东升摇头晃脑向几位美女比划了半天，但美女们依旧不为所动，笑着拒绝了。

等他无奈地走回来，小吴连忙问："你怎么说的？"

海东升一脸沮丧，"我说你是股市操盘手，如果过来和你聊聊天，说不定会得到意外的内幕消息，大赚一笔。可是她们都不炒股……哎……薛白，你还是别去碰壁了，我看咱们和这三位美女有缘无分。"

"那可不一定。"薛白微微一笑，径直走了过去。一分钟不到，奇迹发生了，三位美女笑盈盈地拎着自己的东西跟他一起过来了。

小吴和海东升大吃一惊，一副欧美腔，拍拍薛白的肩膀，悄悄地问他："伙计，你是怎么做到的？"

薛白耸耸肩："很简单，我答应把赌金分给她们一半……"

"啊？"小吴张大嘴说不出话来，原来你把兄弟们给"卖"了？

"这是桑美静，两位是她的朋友。"薛白指着最漂亮的那位女孩介绍道。

桑美静甜甜一笑，对他们说："首先我要声明一下，我们是看在你们'三顾茅庐'的诚意上才过来的，并不是为了你们的赌金，不过赌金我们也要，正好用来买王菲演唱会的门票……"说完笑了起来。

"是啊，是啊……"另外两个女孩也应声附和。

"哈哈，没问题……"小吴说。

当天下午，6个年轻人聚在一起，玩沙滩排球、打扑克、游泳、海边晒太阳，玩得极是惬意、尽兴。

晚上，薛白请吃饭，几人边吃边聊，听说桑美静喜欢玩微博，薛白便问："你有没有关注名人的微博？"

"有啊，很多呢。"桑美静一笑嘴边露出两个可爱的小酒窝，薛白越发觉得她甜美可人。

"都有哪些？"

桑美静想了想，回答道："王菲、姚晨、任志强……"

"还有任志强的？"

"嗯，我很喜欢他的说话方式，很直接，敢说真话，而且他和潘石屹互相调侃非常有趣。除了偶尔在房地产问题上表现得有些功利之外，对生活的感悟还是很睿智的。"

薛白听后笑道："我也关注了'任大炮'，我猜没准那些房地产话题是他自己写的，而那些睿智的生活感悟都是他秘书抄来的……哈哈……"

"你太坏了……"桑美静掩嘴笑了起来，"今天谢谢你们，陪我们玩得这么开心，又请我们吃这么丰盛的晚餐，那赌金我们就不要了……"

之后大家互相关注微博，道了再见便分开了。当晚，薛白在宾馆的房间里看世界杯亚洲预选赛，中国队不出意料地又一次失去出线权，他闷闷不乐关上电视，打算睡觉。可是他躺在床上翻来覆去，难以入眠。

薛白失眠了，但和中国足球队输球没有关系。只是一闭眼睛，眼前就出现桑美静风姿绰约的身影，她在海边随风飞扬的长发，恬静美丽的面容，还有一说话就时隐时现的酒窝儿，她的一颦一笑都在牵动着他的心。薛白想：难道我爱上这个女孩了？

他不知道明天是否还能在海边见到桑美静，越想越觉得后悔，为什么没有留她的电话呢？幸好关注了她的微博。

第二天一大早，他起床后没吃早饭就匆匆跑到了海滩，找了一圈又一圈，却始终没能发现桑美静的身影，第三天也是如此。桑美静再没有在海边出现过，而薛白三人的假期也马上结束了，他带着遗憾的心情回到东滨市，心却留在了海南。

回到家后，薛白马上打开电脑，把桑美静的微博从头到尾看了一遍。从微博上，他得知桑美静是京城人士，音乐学院毕业，王菲的粉丝，喜欢弹钢琴、拉小提琴和二胡，还喜欢旅游。微博上有一张桑美静穿白衬衣的工作照，薛白目不转睛地看着这张照片，自言自语道："气质文雅、面容姣好、性格开朗的姑娘，简直是我的完美女神……"

他欣赏着她的相册，突然，一张桑美静和一个中年男人的合影跃入视线，照片中的两个人看起来很亲密，薛白不由得胸前一紧。

"是她的男朋友吗？"他一阵胡思乱想，仔细看看，又觉得两个人眉宇间有些相像，就小声嘀咕道："难道是亲戚？不过，这么好的女孩有男朋友也不奇怪吧……"

薛白把桑美静关注的人都看了一遍，尤其是男性微博，看得十分仔细，并没有发现她有男朋友的蛛丝马迹，于是心情又好了起来，"如果她有男朋友，也不会和两个女孩子到沙滩来玩了，而且，就算她有男朋友，我也有办法把她追到手。"

不一会儿，他看到桑美静更新了一条微博，是一张在三亚的照片。薛白喜出望外，马上评论道："真美，可以出演一个女操盘手！"

桑美静看到评论后问他："为什么可以出演女操盘手？"

薛白回复："我的意思是说，你有安吉丽娜·朱莉的气质和睿智，她是我心中饰演女操盘手的最佳人选。"

不一会儿，桑美静回复了一个掩嘴偷笑的表情，薛白内心躁动，立即回复了一条私信：

"我也是王菲的粉丝，在海边听你说要去看她的演唱会，我本来很想去的，但是门票太难买了，你能帮我买一张吗？"

桑美静马上答应下来，回信道："正好我这儿还有几张贵宾票，欢迎你一起来看，不过票价比较贵，3000 元一张，就你一个人来吗？"

薛白大喜，忙回信："太好了，谢谢观世音菩萨！就我一个人，我的手机号码是 139＊＊＊＊＊888，到时联系。"

"好的。"

两个人约好了相见的时间和地点，等待的这几天，薛白觉得度日如年。他并没有像往常一样选股以及和股友讨论股票行情，而是跑到时装店，试了一件又一件，他挑剔地"装备"自己的"战衣"，另外，还学唱了几遍王菲的歌曲。

终于熬到了见面的日子，在桑美静单位旁边的一家咖啡店，薛白终于又一次见到了日思夜想的女神。聊天的时候，桑美静问："我很早以前就见过你，不是在三亚，而是……你是不是上过电视？"

薛白感到自己的脸有些发烫了，他小心翼翼地问："你是在哪个节目上看到我的？是财经还是娱乐频道？"

"当然是娱乐节目……"桑美静有点诧异地说："咦？你还上过财经节目？"

薛白不好意思地笑了："你看过《非诚勿扰》吧？娱乐节目我只上过那一次，财经节目我倒是常客，如果你炒股的话，兴许看过我的节目。"

桑美静开心地笑了起来，"其实，在三亚的时候我同事已经认出你是'企鹅先生'了，要不然也不会那么爽快答应和你们一起，我看过你微博中的自我介绍，知道你是个操盘手。‘企鹅先生’，你能告诉我操盘手和一般职业有什么不同吗？”

薛白颇为自豪地说：“当然很不一样啊！”

“我看未必。”桑美静装出一副不以为然的样子。

“操盘手是股市食物链顶端的猎食者，很牛的！不信？那咱们做个小游戏证明一下，怎么样？”

桑美静点头说：“好啊，什么游戏？”

薛白说：“很简单，我做三件小事，如果你能准确无误地模仿出来，就证明我们操盘手并无过人之处，怎么样？”

桑美静说：“好的，没问题。”她心里想，这“企鹅先生”还挺有意思，这个做法和相声里学说三句话的游戏有点像。

薛白先从桌子上抽出一张餐巾纸，桑美静也跟着抽了一张。薛白看了她一眼后，把纸放在桌上，桑美静也看了他一眼，把纸放在桌上。薛白对她笑了笑，拿起面前的茶杯，喝了一口水，桑美静也端起杯子喝了一口水……

“没有挑战嘛。”桑美静很得意，可是她却看见薛白一副镇定自若的表情，她莫名其妙地问：“为什么这么看我？我做错什么了吗？”

薛白依旧笑而不答，而是鼓了鼓嘴，然后才咕噜一下把口中的水咽了下去。

“你……刚刚没咽下去？”桑美静意识到自己没有观察仔细。

薛白一脸灿笑，“虽然我可以把水吐出来，但我更想让你赢……”

听了这话，桑美静的俏脸上泛起红晕，嗔笑着说：“原来你们操盘手就会耍人……”

第六篇
强者法则

雷锋在愚人节

薛白的事业蒸蒸日上，薛三奇也在为公司东方资源上市作前期准备，公司特意找来了媒体。

记者采访时，薛三奇回答说："我们企业家的人生价值体现在让更多的人享受到企业发展的成果。财富如水，如果只有一杯水，你可以独自享用；如果你有一桶水，可以存放在家中；但如果你拥有了一条河流，就要学会与他人分享……"

记者追问道："公司上市后，您的身家将会过10亿，作为一条财富'大河'，您会和别人分享成果吗？"

薛三奇微微一笑，回答："我们东方资源希望能成为一个'雷锋'式的上市公司，不仅会让投资人获得分红，还会从个人所得中拿出一部分作为慈善资金，让没有机会投资我们上市公司的穷人也能获得实惠。我听说很多公司在上市后变成了铁公鸡，只圈钱不分红，股东们无法获得收益，而我们东方资源不同，只要赚到钱就给大家分红，公司上市后，我准备每半年就分红一次，让股东们都受益。"

面对记者，薛三奇接着承诺道："口说无凭，我会用行动证明一切。"

薛三奇果然说到做到，在东方资源进入招股询价期，他在边远山区G省B市的政府广场举办了一场名为“一路慈善一路歌”的个人慈善演唱会。在现场，他不仅当场派发了3000头猪羊，还捐赠了100台农用拖拉机，由当地政府统一分配给农户。在演唱会的前一天，薛三奇到现场进行彩排。当地市民听说后纷纷赶来捧场，人黑压压的一大片。

“叔叔，你能给我签个名吗？”彩排结束后，一个小朋友走到薛三奇面前，怯怯地说。

“好啊，签在哪呢？”薛三奇问。

“能签在书包上吗？这是我最喜欢的书包，爸爸说叔叔捐了很多拖拉机，以后我们种田不用那么辛苦了，我有更多的时间读书了……”

“好孩子……”薛三奇轻轻抱了下他，在书包上，认真地写下了自己的名字。

深秋时分的B市气温很低，但演唱会当天露天广场却热情似火。激情热舞《让世界充满爱》拉开了演唱会的帷幕，在全场热烈的呼唤声中，演唱会唯一的“大腕”薛三奇登上舞台献上一曲《爱的奉献》，虽然并不专业，但仍赢得了热烈的掌声。

到了中场，薛三奇演唱了《朋友》、《我的中国心》等八首歌曲，还深情朗诵了自己写的散文诗《我是谁？为了谁？依靠谁？》。当地的“粉丝”特意为薛三奇制作的两首歌曲也在演唱会中亮相，《我是你的三奇》和《将慈善进行到底》，饱含着B市人民对薛三奇的感动和深深谢意。演唱会上，薛三奇还和当地的少数民族歌手合唱一曲，整场演唱会热闹非凡，薛三奇唱得高兴，B市市民听得开心。

演唱会接近尾声，薛三奇把3000头猪羊一一送到了现场观众手中，大家脸上洋溢出幸福的笑容，纷纷对前来采访的记者说：“奇哥真是好样的，这样的捐赠方式让我们普通老百姓直接得到实惠。”

“您为什么选择在B市开演唱会呢？”有记者问薛三奇。

薛三奇笑道：“两年前，我在B市捐赠500台教学电脑和两部商务车，被评为B市的‘荣誉市民’，这两年没再为B市作什么贡献，想来实在惭愧。中国的贫困家庭太多，我个人力量有限。所以，我选择今天在B市开演唱会，想通过这种新颖的方式，吸引更多的人参与到慈善和环保活动中来。”

"那你为什么会现场赠送猪羊呢?"记者又问。

薛三奇说:"做慈善也不一定就非得走寻常路,我以前赠'鱼',是希望大家都能吃饱,现在希望帮助农民朋友脱贫致富。一对公猪母猪现在值2000多元,农民朋友领回家养上10个月,能卖两万多……"

第二天,B市各媒体对此进行了详尽报道,引起全国股民的关注和议论。在B市日报刊登的新闻照片中,薛三奇站在舞台上,后面密密麻麻一群猪羊,照片下印着又红又大的一排字——东方资源总裁薛三奇携全体员工祝B市市民发财!

演唱会后不久,东方资源迎来了上市的好日子。

当天早上,薛三奇怀着激动的心情,等待股市开盘的那一刻。根据交易所的规定,新上市公司的领导要亲自参加交易所的开市敲钟仪式,当薛三奇轻轻敲响了开盘钟后,大盘的集合竞价很快出来了……

他问身边的工作人员:"东方资源的开盘价格是多少?"

工作人员回答:"东方资源的开盘价是20.8元,比原始股16元的发行价高出了30%……"

薛三奇一直提着的心,这才慢慢平静下来。一整天,股市市场都比较平稳,大盘飘红,尾市甚至出现一小波急升。

东滨市是涨停敢死队的大本营,历来东滨地区的股票在新上市时表现都非常活跃,形成良性循环。所以,作为东滨地区的又一家上市公司,东方资源也引起了全国短线活跃资金投资者们的注意,包括原敢死队成员朱海鸣和已经在东北创建了自己工作室的曾思狂。

朱海鸣和曾思狂都是喜欢炒作新股的短线爱好者,他们对新上市的股票都会进行透彻的研究以决定是否出手。根据交易所的规定,新股上市第一天,当开盘价首次上涨或下跌超过10%时,就会临时停牌1小时,向投资者警示市场炒作风险;涨跌幅度超过20%时临时停牌至14时57分;当盘中换手率超过50%时,临时停牌1小时,之后继续交易。

此规定的出台,监管层的原意是抑制新股投机。但对于一些喜欢炒新股的投资者,还有漏洞可钻,即目标股的股价涨到距离开盘价20%时临时停牌至14时57分,这也就意味着停牌期间第一天的原始股抛压自动断闸,利用好了,有点t+0的意思。

东方资源开盘之后，先是往上冲了一小波，比开盘价又涨了2%，之后横盘窄幅震荡，到上午11:10，朱海鸣之前已经吃进一些，见此时这只股票的上档卖单十分稀少，猛地连出几个10万股的大买单，同时在营业部大厅有人吹响三声响亮的口哨。

东方资源的股价如火箭般直线发射，成为即时市场涨速最快的股票。这一现象导致原来意欲卖出的投资者暂时处于观望的状态，而喜欢炒新的短线蜂拥而进。不到上午收盘11:30的时候，东方资源就冲上距开盘价上涨20%的熔断价格，股票自然停牌。

第二天，这个股票又高开5%，之后稳住，股价逐渐开始跟随大盘指数同步波动。朱海鸣小单一点一点卖出。他很高兴，这笔炒作获得双重受益，除了他自己的资金盈利外，还有一笔资金是这只股票的创投股东短线借给他，让他帮忙稳定新股定价的，赢利的钱全归他，如果亏损则由提供资金的创投机构承担。这是大量创投机构入股的新股上市初期的惯常现象，也可以说是一种潜规则，不了解内幕的一般投资者对某些股价活跃的因素并不知情。

东方资源的股价稳定后，薛三奇兴奋不已，不仅自己的资本实力扩大十多倍，迈入“10亿俱乐部”，还为股市“制造”了一批亿万富翁、千万富翁……新股IPO和房地产商成为亿万富翁的生产线，这几年也是中国亿万富翁产生最多的时间段。

3月5日是学雷锋纪念日，薛三奇又有了新的慈善新创意，他提前一天拍摄了一组身穿军大衣，头戴绿军帽，手持冲锋枪的照片。照片上他神态庄严，俨然一副雷锋的样子。

“你为什么拍这组照片呢?”有人不解地问他。

薛三奇说：“我是为了传承雷锋精神，雷锋精神的实质就是助人为乐、无私奉献，这种精神不会过时，值得提倡和大力弘扬……”

薛三奇的“雷锋照”被传到网上，网友热议，有的认为实至名归，有的认为他作秀炒作。东方资源的员工看到负面评论，非常气愤，纷纷替薛三奇鸣不平。他却笑道：“我始终觉得人在做、天在看，关键自己是否真用心做慈善。说我作秀也无所谓啊，如果能像我一样，用真金白银作一场秀，我代表全社会感谢他。”

薛三奇看到网友评价“3月学雷锋，4月无影踪”时，当即在自己的微博上发起“千位雷锋在行动——义务献血和植树”活动，向其百万“粉丝”发出号召，相约在4月1日这一天，进行集体献血和植树活动。

“雷锋装由我公司统一发放，希望大家踊跃报名！”

“我参加！”

“我报名！”

“奇哥，我是你的忠实粉丝，这个必须顶！”

不到24小时，报名人数超过了1000人，薛三奇在微博上感动地写道：“谢谢各位‘雷锋’同志的大力支持！”

4月1日是西方的“愚人节”，东方资源公司的门口却挤满了来自全国各地的千名网友，他们身穿雷锋装，头戴红星帽，系着红领巾，佩戴毛主席像章，浩浩荡荡踏着正步，迈向东滨市大广场献血，然后去郊外植树……

消息灵通的记者早就候在现场，在薛三奇献血时，有电视台记者采访：“您为什么选择今天学雷锋做好事呢？”

薛三奇对着镜头认真地说：“我只是想告诉大家，在‘愚人节’这一天，我们没有说谎而是在行动……这次活动可能有点‘雷’，但大家日后想起来，一定会觉得是有意义的。”

群狼围剿

“涨停板敢死队”成名之后，便成为众多中小资金模仿操作的对象，大家纷纷借鉴敢死队，每天都有股票出现在涨停板。这让市场逐渐脱离“泥潭”，沪市指数慢慢步入了上升阶段。市场的复苏犹如茂盛的草场使“羊群”日渐肥硕，引起因熊市而远离市场的“狼群”高度注意。“狼群”伺机而动，逐渐调回力量重入股市。

趣园的八十七神仙厅正在召开股市机构研讨会，由股市大鳄、江湖绰号韩老虎的韩虎主持会议。参会人员除了他，还有和他关系较好的12位亿万级股市大户，一个非正式的股海投资俱乐部，谢玄和他的徒弟玄天青亦是其中成员。这家投资俱乐部的资金规模非普通机构大户可比，更远远超过了东滨市的涨停板敢死队，俱乐部每位成员的背景和专业素质跟涨停板敢死队亦不可同日而语。《操盘手Ⅰ：自由救赎》中的主人公乔锋是这家股海大盗俱乐部的项目工程设计人之一。

此时，韩老虎和乔锋聊了几句，抬头看了眼墙上的时钟，轻咳一声，扬头说道：“现在会议开始，请大家先听我说几句。去年我们在中集集团获得大捷之后，已经有一年时间没在股市‘打猎’了。今天是个好日子，用乔锋的话来说‘是个千载难逢的好机会’。为此，我特意放下手头的事儿从国外赶回来，下面就请乔锋向大家介绍这次计划的具体内容……”

乔锋打开笔记本电脑，利用大厅里的投影机一一展示他收集到的内部信息。

“我们这次的股市投资项目取名‘剿匪’，‘攻打’近期市场出现的涨停板敢死队，利润比较肥。”乔峰介绍道，“这群涨停板敢死队，崇尚一种技术性的博傻操作，是一群对市场全貌严重缺乏了解的乌合之众，他们盲目痴迷于技术分析，如今发展势头正猛，而且有进一步扩大的趋势。虽然现在还不是他们最强大的时期，但也足够‘肥’了，值得我们动手。”

“那你想怎么做呢?”一个身材微胖的大户问乔峰。

“我的计划是，募集 50 亿元的资金，预计在三个月之内获利 40%……”乔锋把自己的周密计划细说了一遍。

与会者没有异议，韩老虎直截了当地说：“下面大家开始认购吧。”

按照老规矩，每人把自己准备认购的份额写在纸上交到乔锋手里，然后乔锋再根据份额按比例分配额度，最终成立一只合伙式基金。

“韩老虎认购 25 亿，谢玄认购 5 亿，其他十人总共认购 20 亿……”乔锋宣布认购结果。

“实在抱歉，我们近期投资了一个房地产项目，资金周转困难，所以这次就不认购了。”一个俱乐部成员遗憾地表示。

大家对此表示理解，韩老虎开口说：“经过协商，我们决定推选玄天青为监盘手，乔锋担任基金经理。在此我宣布，‘剿除涨停板匪帮’合伙基金正式成立。”

谢玄看向乔锋，冲他点了点头。

虽然乔锋的个人经济实力不如其他大鳄雄厚，但大家对他的实战操作能力非常认可。随着“剿匪”合伙基金的成立，各地的“涨停板敢死队”日渐萎缩，最终受到前所未有的冲击。

首先是东滨市龙腾证券解放南路营业部发现，奥运龙头中体产业由接近跌停直接拉到涨停。这样强势的短线品种营业部自然不肯错过，率先在20日和21日分别买进778万元和2544万元。但是24日上证指数突然暴跌百点，个股惨跌，甚至解放南路营业部的大客户朱海鸣也只能在亏损685万元后，认赔出局。

而短线高手——东南证券上海丰收路营业部——的战绩也不甚乐观。在染指辽宁成大以前，上海丰收路营业部在弱市的战绩辉煌，在东湖高新、龙头股份和威远生化等个股中都获得过丰厚的利益。自从染指辽宁成大后，营业部发现今年一直非常抗跌的辽宁成大竟在连续大涨两天后暴跌。上海丰收路的骨干客户宁翔重仓买进的5487万元，最终不得不在29日和次月7日分批卖出，总共损失559万元。

另外，丰收路客户参与过的界龙实业、巴士股份、天津港等一些近期比较强势的股票也出现同样情况，导致丰收路的客户不是亏损出局，就是账面浮亏惨重。

“我偏不信这个邪！”宁翔越想越不甘心，又重仓买入图标精美的山西焦化和天药股份，结果这两只股票刚涨到他欲出货的价位就遭遇巨大抛压，使股价又跌回起涨位置，他又一次损失惨重。

除了涨停板敢死队原核心成员，各地的“涨停板敢死队”均遭受不小的损失，“敢死队”的失利败绩越来越多，活动频率也急剧减少。人们发现，虽然市场上依然有涨停板的股票，但大部分都不是正宗“涨停板敢死队”的杰作，并且营业部的上榜季度也缩减了不少。

在老打法连续遭受两次挫折后，宁翔心急火燎地从上海赶回东滨市，找到朱海鸣，两人约在五龙潭风景区见面，欲讨论近期的投资策略。

“我最近做得不顺，想找您聊一聊，不知道你那边怎么样？”宁翔边说边递给朱海鸣一根烟。

朱海鸣接过烟，点着后摇着头吐了个大烟圈，缓缓说道：“我也不顺，接连割了好几块肉，这几天也在考虑。”

宁翔说：“我想了很久，觉得咱们之前那套打法是建立在市场长期超跌基础上的，很多股票的持股者都被套了不少，里面的机构也是这样，一两个涨停板对他们来说没有太大的意义，因此也就不存在抛压的问题，反而会使一些被套者在看见股票动了之后进行补仓。我认为，在弱势中，活跃的股票其实并不多，咱们做的那些股票的一举一动都会吸引全国短线投机者的注意，这也是前一段时间我们这个打法能够获得成功的根本原因。但现在情况发生了变化，随着市场的活跃，一些原来保持不动的机构和散户也开始关注股市，因此股票一旦短线涨幅较大，就会遭受抛压……"

朱海鸣听后没有马上回答，沉默一会说："你这个想法有一定道理，前几天也有人跟我说咱们这个打法之所以失灵，是因为现在已经完全被公开，知道和利用的人太多。但我仔细分析之后，觉得他说得并不完全准确。其实股票的打法就好像某些技术指标一样，相信的人越多，应该越精准，唯一的缺点是买股票的时机变得不太容易掌控，这是因为抢得人太多了。比如咱们这个打法刚出名时，我买股票经常是刚一上大单子，股票就自己飞涨起来，不得已只好再另选一只股票来买。现在仔细想一想，我倒有点怀疑是不是因为咱们的打法公开了，有些人事先商量好，根据咱们的选股思路，选类似图形技术指标的股票，提前建仓、出货呢？以前我也做过类似的伏击，只不过没想到有一天会被伏击，妈的……"他骂了一句。

宁翔一愣，说："之前我也觉得奇怪，我做的那些股票刚下跌的时候抛压很重，确实不像一般散户能做出来的事情，倒像是有人在打伏击。看来，咱们现在的这种打法不能用了。"

朱海鸣摇了摇头，抽了一口烟，慢理条斯地说道："那也不至于，追涨杀跌是所有看行情做盘的股民的天性，这也是咱们这些套利者的主要利润来源。所以，咱们现在的打法没有问题，只不过需要作些小修改，不仅要考虑大盘的节奏，还要考虑持股的成本，缩小每一次操作的利润空间，不让对方嗅到我们的动向，这样他们就会错失打伏击的最佳时机。最后，不管是用敢死队战法的人，还是打伏击的人，当他们发现自己打不着鱼，还把网给撕破了，自然就会收手。"

"很有道理。"宁翔连连点头，接着他们又讨论起打法的修正方案。

而这时候，乔锋的基金已经获得了丰厚的收益，仅一个半月的时间就获利30%。虽然最近伏击战操作的获利正逐渐减少，但这在他的意料之中，想要达到预计的40%以上的利润完全不是问题。

玄天青看着收益记录，更加钦佩乔锋。

在股票投机技术上，玄天青最佩服的两个人一个是老大谢玄，另一个就是乔锋。因此，当他得知自己是这次私募合伙基金计划的监盘手时，曾兴奋地对谢玄说："这次我不但要做好基金监盘手，还可以利用这个机会，观察乔锋操盘，向他学习更多的炒股技术。"

谢玄点头称赞道："嗯，要用心观察。我也信服他，学到技术，比获利更重要。"

在观察了乔锋的两次操作后，玄天青也试着选股，通过自然的买卖行为使所持有的股票达到"敢死队"的技术指标状态，然后大单买，成功使得持股触发众多的数量化交易软件发出买进信号，这时全国的敢死队员就会追涨该股。而结果也正如他所想，股票如火箭发射般直线冲向涨停板。这时候，他又赶在追风盘卖出股票之前出货，打对手一个措手不及……

"感觉真不错，就像下围棋杀大龙一样，刺激、痛快……"玄天青惬意地伸展着身体。

之前谢玄教给他的以防守反击的盲点套利技术为主，虽然也有些攻击战术，但是像这样大规模地撒网捕捞"鱼群"还是第一次。他不由得心想：那些不知道"所谓股市投资技术其实就是人与人之间的博弈"的人太可悲了，他们盲目认为投资者是在和技术指标、图形以及基本资料博弈，这简直是无知的表现。思维落后就要挨打，在股市也是一个道理。

这一天，玄天青在伏击涨停板敢死队时，偶然间发现一个绝佳的短线高率套利机会。

当时，大盘中石化要发行配售比例非常大的转债，不过持有中石化的机构需要抛售股票来认购上市公司配售的有明显利润的转债，导致在配售转债股权登记日的当天中石化大跌。

因为原始转债上市的第一天，小盘股通常都有30%的利润，大盘股也有将近10%的利润，这样一来，中石化转债配售权登记日在当天尾市时股价跌幅高达9%。因此，如果能在尾市买进处于超跌状态的中石化，在第二天开盘时就算平盘把股票卖掉，再获得转债认购权并大比例地认购转债，也能获得一笔不错的近似于无风险的套利利润。但当时，玄天青正在运作一只股票的涨停板伏击战，一时无法抽调资金进行中石化转债这个项目，他只好忍痛放弃了。没过两天，又有一只小盘筹码集中股——中鼎股份——也出现类似机会，但他因为同一原因放弃了。

在放弃这两只转债运作机会时，玄天青曾想到把这个消息告诉蒋威风，但转念一想，现在威风和公司之间有合约，自己不能参与公司基金资助项目运作，因此，只好作罢。

玄天青知道蒋威风最近在研究自己给她推荐的《百战成精》，他觉得如果她有投机天赋，兴许自己能发现机会，这也是职业高手必须具备的基本素质。

“喂，天青，告诉你一个好消息……”没过几天，玄天青接到蒋威风的电话，电话里她显得十分兴奋，“花木兰基金私募基金净值增长到第一名了……”

果然，蒋威风不仅抓住那两次投机机会，还抓住了一个超跌反弹后的涨停板股票。由于基金规模小，进出灵便，使得花木兰基金一下子成为这个阶段私募基金净值增长第一名。蒋威风的进步让玄天青十分欣慰，他不由得感叹：“好聪慧的蒋威风啊，你会成为股市里威风八面、挥斥方遒的大将军的。”

狐狸眼

谢玄多年的摸爬滚打，磨炼出一副如狐狸般诡谲精准的投资眼光。这也是他“股神”般的故事，在投资界被广泛传说的原因。

一次，谢玄抱着看热闹的心态，跟朋友参加一场艺术品拍卖会。朋友花光了手上的 18 万拍下两幅字画后，又看上一幅清代的字画，他建议谢玄：“这幅画真不错，可惜我没钱了，你不买?”

就这样，和最早买股票认购证一样，谢玄又一次幸运地跨入了另一个暴富的领域——艺术品投资。

在普通人眼里，艺术品投资是个高雅而暴利的行业，谢玄却有自己的看法。

他在自己的收藏室里向玄天青传授艺术品投资技能时说：“我其实弄不清楚这个行业，甚至也不想去做什么鉴别专家。那我凭什么去买货呢？占有，就是从人的欲望去买，别人都想要，我先抢在手里再说，与股票一样。拍卖前我从来不看预展，最多到现场看图册，看哪个贵。现场抢的人多，我也抢，抢到了就是我的，抢不起也举牌，总之不能让有钱人买便宜了，就这心态……”

“老大也有不理智的时候。”玄天青小声嗫嚅了一句。

谢玄说："艺术品、房子跟股票还不一样。股票的流动性强，一定要理智。而艺术品、房子，流动性没那么强，也没有那么多的比较。"

接着，谢玄压低了声音说："还有一点很重要，民营老板投资书画艺术品还有'避税'的因素在内。税务部门在征税时会把书画等艺术品默认为企业文化的投资成本，最终纳入企业经营成本中。这些艺术品作为'经营设施'年年折旧，最终消耗成为零资产，而艺术品本身却在逐年升值，这才是我进入收藏界的真正原因。"

说到这里，谢玄站了起来，走到自己的收藏品前，像是自言自语，也像是在告诉玄天青："丁群飞的这幅画，300 万元人民币买下的；胡帆的《多娇》，以 265 万元人民币拍的；这是今年刚拍的，397 万元人民币，余冠中的《城雪》……他们说我是'神秘买家'，艺术品行情推手，没那么复杂。"

除了艺术品拍卖行外，谢玄还经常光顾另一个"拍卖行"——法人股拍卖市场。在国内还没有掀起 PE 风潮时，谢玄成立了一家投资公司专门投资没人要的法人股。他把这种投资方法称为盲点套利。

玄天青曾好奇地问他，"老大，咱们公司买法人股，是盲点套利吗?"

谢玄回答道："是的，法人股的流通，是迟早的事情。政府已经有了减持国有股的意向，所以我认为买法人股，是一种盲点套利行为，属于双轨价格套利。"

正因谢玄预见 A 股未来一定会规范，法人股必然流通。谢玄通过投资公司大肆收购法人股，因正确预见未来 A 股的规范和法人股流通，当 A 股股改时，他已成功持有了十几家上市公司累计约 2.7 亿股的法人股，被人戏称为"法人股大王"。

谢玄低价吃进的法人股，不仅可以质押给金融机构盘活资金，还可以在法人股拍卖市场上倒手变现从中攫取差价。

谢玄教导玄天青说："除了我，没有人敢大规模收购法人股。主要是大多数人缺乏耐心，他们短线暴富的心态过重，无法认识到这是一项真正的价值投资。虽然在市场率高企的二级市场上，我反对伪价值投资，但是真有价值投资机会，我是认可并行动的……"

私募大鳄韩虎与乔锋是挚友，他每次到京城时，都要请乔锋去九号公馆相聚。有一次，两人闲聊，韩虎问他："你是怎么看谢玄这个人的?"

乔锋回答道："他是中国民营资本家中真正的贵族，然而，对待朋友非常真诚。"

韩虎有点疑惑地问："贵族从何说起？"

乔锋把趣园发生的一系列富有骑士精神的故事告诉了韩虎。韩虎由此对谢玄产生了好感，并通过乔锋结识了这位贵族操盘手。以后每次到北京，韩虎都会去趣园和谢玄聊一会儿，并愈发觉得谢玄是个值得交往的人物。

韩虎背景关系庞大、坐拥巨额资本，为人自信有余，嚣张跋扈，这一生能让他心生敬佩的人少之又少。在中国股市中，也只有乔锋和谢玄能入他的眼。这也是他加入趣园私人大户俱乐部的原因，他常说："与乔锋和谢玄这样的人交往，是一种快乐。"

大牛市中，会因为运气的作用，出现大量的好运股民。但不幸的是，很大一部分人，错把这牛市中的好运气看成能力，熊市一来，倒霉蛋或者糊涂蛋的本色就会暴露出来。还有一部分人，通过打探消息炒股，这无非也是在靠运气赌博。

长期稳定持续的赢利必须依靠真正的能力，而且赢家并不辛苦，只需掌握准确的方法。

股改行情启动后，谢玄很快发现这次股改规模很有可能空前绝后。与乔锋交换对行情的看法时，谢玄说："股改将调动几乎所有上市公司的大股东做高市值的动力，相当于这些大股东演变成一阶段的二级市场大庄家，而且这种庄家效应是集群扩散性的，这必然导致市场的供求关系出现很长时间，至少是股改这段时间的供求失衡，指数出现大规模的上涨是具有明显的事实支撑的。"

乔锋同意谢玄的看法，他动员当时在国外做贸易生意的韩虎回国，集中一切精力专做股市。

为了全力应对这次股改行情，谢玄把实业交给了部下，自己的所有精力都放到了股市。

他把资金分成两份，一份由他自己操作，另一份交给玄天青。由他操作的资金专门申购定向增发股。

在牛市中，定向增发的价格往往远远低于二级市场的即时交易价格，这其中存在双轨价格，有时有的股票的定向增发价格是二级市场股票价格的一半。这样，一买进就立刻获利，甚至获利100%，随着大盘的上涨，获利会更多。

这毫无疑问，是一条既简捷又高效的投资思路。但这种方法的门槛很高，需要足够的资金，认购定向增发的资金往往一份数千万，而且，必须得到上市公司大股东和承销商的认可。这些条件，谢玄都已经具备，由于定向增发股有锁定时间，一般为六个月。为了提高效率，谢玄会把手中持有被锁定的定向增发股向银行抵押贷款，使得牛市投资具有杠杆效应。

对玄天青这份资金的运用，他安排道："我集中精力做股改股的定向增发，你以分散投资的方式做二级市场，胆子要大一些，摆脱熊市思维，可以多考虑一些基本面不佳的股票。"

"好的，老大，有你这话，我就敢干了！"玄天青也铆足了劲准备大干一场。

可玄天青不解："为什么要分散投资，考虑那些基本面不佳的股票？"

谢玄解释说："股改是股票上涨的动力，大多数股票都会进行股改从而上涨，然而股改的时间是难以预料的。我们不知道股价暴涨的准确时间，只能把资金分散到所有进行股改的中小市值的股票上，中小市值的股票在牛市，股性比大盘股活跃。这种情况下，我们手中持有的股票有一部分会先涨起来，等这些股票短线爆发期过去之后把它们卖掉，换进其他还没有上涨的股票，这运用了自然科学的力量。在操作的时候，我们可以适当加大 ST 股票的买进分量，因为 ST 股的股改经常带有基本面的巨大重组变化……"

"我明白了。"玄天青恍然大悟，"第一，我们押中黑马的机会因此大大增加；第二，大部分资金在一轮股市行情中指数可能会涨两次、三次甚至更多……在复利和概率的结合下，我们肯定能跑赢大盘的。"

"而且，牛市中很多运用主观能动性选股的机构和股民常常跑不赢大盘，出现资金周转不灵和心态不稳的现象，我们的方法完全避免了这种情况。"谢玄补充道。

"老大，太厉害了！你的这些炒股思维，谁都没有想到过。"

随即，玄天青把这个操作策略告诉了蒋威风，两人商定具体的选股细节后，稳稳当当地操作了起来。一天玄天青被谢玄找去，商量事情，蒋威风一个人在操盘室看盘，她心神不宁，几次拿起电话又放下，最终，她重重地将手机摔在了桌子上，冲出了操盘室。

谢玄的方法果然灵验，玄天青和蒋威风管理的私募信托基金在这一年中始终处于领跑地位，不仅排名处于私募总榜的前 10 名，而且有越来越靠前的趋势。在最后的年终冲刺阶段，蒋威风因为基金规模小，拿下私募冠军，玄天青获得亚军，在风云变幻的私募排行榜中两人格外醒目。

玄天青得意地对蒋威风说："这是东邪西毒的上乘武功，江南七怪哪里斗得过咱们?"

蒋威风听了笑骂他"臭美"，两人搭肩笑做一团。

无独有偶，"私房菜基金"的公募基金经理王伟徽也在这一年中异军突起，他采用"分散车轮战"的战术，一举夺得全国公募基金冠军。

业内会议上，有人问王伟徽："你是不是有什么内幕?"王伟徽笑着摇摇头，没说话。心中暗想："我哪有什么内幕，只不过是动了动脑子，运用了科学的力量，不像你们只喜欢配置大盘蓝筹股，这还是托了你们'懒汉思想'的福啊……"

下

把青春献给身后那座辉煌的都市。为了这个美梦，我们付出着代价。把爱情留给我身边最真心的姑娘，你陪我歌唱，你陪我流浪，陪我两败俱伤。一直到现在，才突然明白，我梦寐以求，是真爱和自由。

想带上你私奔，奔向最遥远城镇；想带上你私奔，去做最幸福的人。

在熟悉的异乡，我将自己一年年流放。穿过鲜花，走过荆棘，只为自由之地。在欲望的城市，你就是我最后的信仰。洁白如一道喜乐的光芒将我心照亮，不要再悲伤，我看到了希望。你是否还有勇气，随着我离去。

想带上你私奔，奔向最遥远城镇；想带上你私奔，去做最幸福的人。

不要再悲伤，我看到了希望。你是否还有勇气，随着我离去。想带上你私奔，奔向最遥远城镇；想带上你私奔，去做最幸福的人。

（郑钧）

第七篇
公募基金

临危受命

1997 年 11 月，洪敢成受命筹建中国第一家面向大众的公募基金管理公司——京华信基金。基金公司的筹备组一共有十几个人，包括金旭、李纲、王伟徽、鲍晖、滕子辉、方森在内，大部分都是洪敢成在京华信证券东四营业部的老成员，这些人后来几乎都成为中国股市的风云人物。

筹备组将公司设在北京万寿路的寿松饭店，面积达 500 平方米，十几个人就在这一边忙公司的装修，一边学习基金知识。那时候，公募基金和公募基金管理公司在中国股市还属于新鲜事物，即使是洪敢成自己对这方面的知识也是一知半解，一切都是从零开始。为了更快地展开工作，基金筹备组还特意去香港的基金公司参观和学习。香港之行，洪敢成一行人不仅学到了技术，还将办公场所的风格一并偷“搬”了回来。

1998 年 3 月 11 日，中国证监会批复同意筹建京华信基金管理公司，注册资金 7000 万元。

“同志们，告诉你们一个好消息，咱们的基金管理公司正式成立了！”洪敢成手中拿着批复文件激动地对十几位并肩战斗的“战友”说，“虽然没有鲜花，没有掌声，甚至连一个简单的仪式都没有，但我们是在开创历史，股史会记下我们的……”

大家都激动万分，但还没等他们平和下来，洪敢成接着说道：“中国证监会还批复了京华信基金发行公司的第一只基金——基金聪华。基金聪华是一只封闭式基金，采取和新股一样的发行方式，在交易所集中申购。而且，为了支持基金业的起步和发展，监管层还将大量配售新股的特权批给了包括我们基金聪华在内的第一批基金公司。这一特权等于给这几家基金公司高额的无风险收益，这对我们基金聪华的发行十分有利。”

在京华信成立后的第一个周末，洪敢成春风满面地对大家说：“今天我请客，大家到全聚德吃烤鸭。”

十几个人一阵欢呼，这段时间真把他们累坏了。

洪敢成曾经说过：“我要做成全球资本市场最有影响力、受人尊敬的资产管理公司。”这是他对基金公司的未来愿望。

出门前，他提议：“咱们作为第一批工作人员，一定要合张影！”

“对，永远不能忘记今天。”他们叫来摄影师，在摄影师按下快门的瞬间，洪敢成大喊一声：“等一下！”

“怎么了？”

“我还有个提议，一会儿大家不要喊‘茄子’，我们喊‘业绩’，好不好？”

“这样？哈哈……好，喊‘业绩’，听你的！”

洪敢成说：“我的原则是说到就要做到。从现在开始，以后咱们每次照相合影都要喊‘业绩’！”

“没问题……”

席间，酒过三巡，鲍晖说:：“洪总，听说您有很多操盘的传奇故事，能给我们讲一段吗？让我们这些新同事也学习一下。”

李纲、滕子辉等几个老京华信部下也跟着起哄：“对，洪总讲一段战斗故事，给我们打打气。”

洪敢成今天的心情不错，几杯酒下肚，也有些兴奋起来。他微抿嘴唇，想了想说道：“领导选我负责组建国内的第一只公募基金，当然不是没有原因的。今天高兴，吹一次牛，就给你们讲一段我在京华信证券做自营秘密救市的故事。说明一下，目的不是吹牛，而是希望你们长江后浪推前浪，以后遇到困难，关键时刻，要显露英雄本色，有担当……”

大家连连点头，洪敢成见他们一个个盯着自己不吃菜，笑了笑，扬手说道："吃菜啊，光看我填不饱肚子。"

一下把大家逗乐了，王伟徽笑了笑，动起了筷子。

接着，洪敢成绘声绘色地讲道："去年是单边上涨的大牛市，春节后大盘就开始上涨，中间基本没有中断过，虽然管理层调控了多次，但大盘都是急跌一下后又开始上涨，几乎没有起到任何调控的效果。深市成指从1000点涨到了5000点，市场一直热火朝天。但在1996年12月16日这天，人民日报突然发表了一篇名为《正确认识当前股票市场》的特约文章，文章中点名批评了咱们京华信证券……"

洪敢成顿了顿，小酌一口，继续说："消息是在周末公布的，到了星期一，沪深两市一开盘就是跌停，基本上所有股票都在这一天跌停了，京华信证券顿时被千夫所指，成为了股市的'罪人'。与此同时，京华信证券接到证监会的电话，担心股民情绪激动，为了防止营业部出现骚乱，各证券公司必须每隔两小时向证监会汇报一次情况。事实确实是这样，愤怒、呆滞……股民们复杂无助的目光让证券公司的工作人员不知所措，各大营业部布满了绝望的气息，大家无奈地聚在营业部，下班时间到了也不愿离开。"

对于这件事，王伟徽等老部下都亲身经历过，但有一些内幕他们只是零零碎碎地听过传闻，这次听到老领导主动"爆料"，一个个兴奋不已。

洪敢成似乎也被这种气氛所感染，眼神变得深远起来，渐渐陷入回忆之中。

星期二大盘继续跌停，个别营业部还发生了股民打砸电脑的暴力事件，但此时营业部的工作人员依旧束手无策，他们明白，在这种情况下如果没有逆转措施，继续跌停，不仅市场会完蛋，股民们的情绪也随时会失控，到那时，场面一定会失去控制。

快下班时，洪敢成接到大老板打来的电话："你有解决办法吗？"

洪敢成跑到大老板的办公室，开口便直奔主题："我觉得咱们公司应该主动出击救市。"

"我也知道现在的情况严峻，咱们不能就这么看着、等着，现在是市场关键时刻，如果在这时向其他投资者表现出我们的信心，完全有可能带动他们对接下来几天的市场信心……"

“对，咱们肯定有办法阻止股市出现第三个跌停。”洪敢成斩钉截铁地说。

大老板想了想，把财务部经理叫到办公室：“公司现在能拿出多少资金？”

财务经理拿计算器低头算了一阵，最后抬头说：“大概有8亿。”

大老板问洪敢成：“如果我们明天入市4个亿，会有什么效果？”

洪敢成说：“我觉得悬，资金有点少，但如果打对了股票，也有可能会带动其他机构投入资金，这是我们现在唯一的希望了。”

大老板点点头：“股市暴跌对谁都没有好处，我相信大家都不希望股市这样跌下去，想救市的也许不只我们一家，但大家现在都在观望，只要有人带头肯定能鼓舞大家的信心。虽然我们的钱不多，投进去可能起不了太大作用，但大家看到有人动了，也许会跟着行动起来，这和古代打仗是一个道理。这样，为了不泄露风声，你亲自去选股，具体做什么股票你自己决定，毕竟你经验丰富。另外，既然做了就要公平，咱们把4个亿平均分给沪市和深市，在上海选一两只能影响大盘的股票，在深圳再选一两只，以一个为主，其余为辅……”

“没问题。”洪敢成点头答应，当晚就在上海和深圳各选了一只龙头股，它们是上海的四川长虹和深圳的深发展，同时他还挑选了青岛海尔、深科技和泸州老窖等几只辅助股票。

京华信证券决定将8亿元的可运作资金分两天进入市场，12月18日入市4亿元，19日再入市4亿元，上海、深圳每天先各入1.5亿元，留下1亿备用。

京华信证券的目标有两个，一是阻止第三个全线跌停的发生，另一个就是让绩优股涨停，至少要翻红。

星期三早上，在一片恐慌性抛盘的气氛中，洪敢成正紧张地做着最后的救市准备工作。

离开盘还有1个小时，大老板给证监会打了个电话，“京华信证券准备进场救市，不会因此受到处罚吧？”

“太好了！不会！你们尽管放心大胆地去救市，我支持你们。”监管部门的领导听到这个消息后十分高兴。

有了证监会的“支持”，洪敢成开始大胆地操作。随着大老板一声令下，他按照计划把3亿资金投进了股市。可情况并不乐观，一直到上午快结束，股市还是全面跌停，洪敢成的心里也开始打鼓了。

“没有动静，还是跌停。”他有些沮丧地向大老板汇报。

大老板此时决定孤注一掷，他面色凝重：“既然已经出手了，就要继续走下去，绝不能半途而废。”

“是。”洪敢成知道大老板也很紧张，他自己也知道，如果这8亿元进场后起不了作用，京华信证券就算完蛋了，但既然已经砸进去4个亿，就没法退缩，只能奋勇前进，拼死搏击，这样也许还有些胜算。

下午开盘后，洪敢成准备继续买进时，发觉市场发生了微妙的变化。“也许其他公司也开始参与救市了。”他暗自猜测。

几小时后，长虹和深发展两只股票涨停，没多久，其他股票也开始翻红……

“我们成功啦!”电话中，洪敢成激动地向大老板大声汇报这个好消息。

收市时，大老板接到证监会领导的电话，表扬他们的同时，又询问了他们下一步的计划。

“我们准备见好就收。”大老板向证监会领导表达了自己的意思。

证监会领导劝导大老板：“我希望你们不要停，继续坚守在市场，万一你们撤退了市场又跌下去，怎么办?”

这次救市行动，京华信证券起到了四两拨千斤的作用，并收获颇丰。四川长虹和深发展在半年内股价翻番，一时引得市场沸沸扬扬，传言京华信证券是四川长虹和深发展的庄家。

故事讲完，王伟徽忍不住说道：“我说呢，那几天您神神秘秘的，几乎看不到您的身影，原来上阵救火去了。看到大盘开始飘红，心里什么感觉?”

洪敢成盯着酒杯，笑道：“感觉就是，心里的一块大石头终于落地了。当天收盘时，京华信证券的两个目标都实现了，市场稳定了，信心增加了，绩优股和绩差股也分离了。漂亮啊!”说完他拍了一下桌子，禁不住满脸的兴奋之情。

“为洪总这一仗，大家干一杯!”李纲站起身，提议道。大家举起酒杯，一饮而尽。

洪敢成放下酒杯，显得有些意味深长：“其实，我们并不是那次的庄家，据我所知，四川长虹的庄家是财政信托，而深发展的庄家是郑州的一个租赁公司和一个个人大户。当我上午买进的时候，他们正在计算资金量，后来看到咱们公司的买盘一直不断，误以为是国家在救市，下午于是就跟着杀了进来。”

方森吃惊地问：“郑州的一个租赁公司和一个个人大户？谁有这么雄厚的实力?”

“租赁公司的操盘手名叫乔锋，个人大户叫谢玄，他们在股市和期市都很有道行，以后如果你们在证券市场碰到他们，千万不能掉以轻心，一定要多留心。”洪敢成郑重地说。

“看来沪深股市真是藏龙卧虎，民间藏着不少高手啊。”方森感叹道。

基金黑幕

京华信基金管理公司的第一只基金叫做聪华基金，经理是方森。

方森成为京华信基金的首位基金经理，颇让人感到意外。他既不是京华信的老员工，也没有什么家庭背景，不过是一个出身贫寒的毛头小子，却突然担任要职，这在第一批公募基金的基金经理中实属罕见。

有人认为，方森获得这一职位，主要得益于他的高学历。他是当时京华信基金管理公司中唯一一位毕业于有“中国金融界最高军校”之称的“五道口”（中国人民银行研究生部）金融专业的研究生，而公司中其他人的学历都不如他。比如，王伟徽虽然是安徽省的高考状元，又毕业于清华大学，但他毕竟是从理工科转行过来的。

“现在有才的年轻人大多智商高，情商高的不多，而方森二者皆备。”京华信基金管理公司的二股东郭总向洪敢成介绍方森时，这么说道。而方森正是二股东推荐进京华信基金公司的。

当时，洪敢成听后，还以为方森和郭总有什么特殊关系。公司筹建后，一次员工集体爬香山，洪敢成特意和方森走到一起，二人闲聊了起来。

“小方是哪里人啊?”

方森礼貌地冲洪敢成笑了笑说：“我是湖北黄冈人，老家在山村，父亲是豆腐匠，母亲是山村教师……”

“湖北黄冈？这地名我怎么听着有点耳熟呢?”

方森颇为自豪地说：“我们黄冈出了不少大人物，林彪就是其中最有名的一位。而且我们黄冈和其他地方不太一样，有自己的特点。”

“哦？”洪敢成颇有兴趣：“都有什么特点呢？”

“有两个特点。第一个特点是将军多，虽然说我们那里穷人多，但再穷都会让孩子读书，知识丰富了，大家的思想也就活跃了。我们黄冈的男人都喜欢外出闯荡，回来时喜欢将听到的新鲜事儿分享给亲朋好友，所以我们那里的人对新知识的接受能力不亚于大城市，而且有胆有识，要不怎么出了那么多将军。”方森憨憨地笑了，谈起自己家乡，他的自豪感油然而生，话也多了起来。

“第二个特点是爱读书，古代就有很多人考中进士，如今黄冈籍的高考状元也是一个接一个，就连北京的中学都在使用我们那里出的辅导教材……”

洪敢成若有所思地点点头。突然话锋一转：“你跟郭总很熟吗？平常是不是常有来往？”

方森摇了摇头：“我们不是很熟。我研究生毕业后分到他们公司，没多久就来了咱们基金公司。平常和郭总没太多接触，倒是他的夫人和我联系相对多一些，她买股票之前，一般都会先问问我对股市的看法。”

“这样啊。”洪敢成笑着打量了他一下，“那你是从什么时候开始炒股票的？”

方森想了一下，说：“大概是大学二年级开始的，那时我还获得了网站举办的实战炒股比赛亚军，我和郭总的夫人就是在那次比赛中认识的。”

“然后呢？你们成为了股友？”洪敢成在谈话中仔细观察着方森。

“嗯。她帮我介绍过女朋友，但没成。”方森说得有点投入，“我的研究生导师贺羌也是一位投资大师，他工作特别忙的时候会托我帮他买卖股票，正因为这样，我的技术才慢慢成熟起来。”

“人生需要有‘四行’。自己行，别人认为你行，认为你行的那个人行，身体行！不错，小伙子都具备，在公司好好干。”洪敢成满意地拍拍他的肩膀。

方森忙点头称是。

源于这次谈话，洪敢成有了让方森当基金经理的想法。他觉得这个年轻人有才干、为人温和，不仅符合各方股东的利益，而且学历高，这是在他们这种单位很关键的一项指标。另外，从私心来讲，他没有深厚的家庭背景，不会威胁到自己的地位，好好培养可能会成为自己的得力助手。

沪深股市第一批公募基金管理公司共有10家，他们旗下的第一批基金共有22家，主要股东都是大券商，工作人员也基本上由券商的自营坐庄高手和高学历研究员组成。

1997年，国家颁布了《证券法》，明令禁止因连续买卖股票而导致股价波动等类似的市场行为。此前，券商们的自营操作模式基本上以吸货、洗盘、集中筹码、对敲拉高和出货为主。这种坐庄模式用新的《刑法》和《证券法》来衡量，已经属违法行为了。

聪华基金成立后，很快就展现出与其他同行公司不同的一面。聪华基金对《证券法》的颁布十分重视，虽然这时方森是基金经理，但基金的管理仍然由洪敢成、方森以及其他几位成员集体负责。洪敢成为了让员工真正重视起《证券法》，给每位员工都分发一本，还专门组织了一次《证券法》法律条文的考试。

在新的法律规范下，聪华基金开始探索规模资金在股市投资的新出路。

方森为聪华基金看中的第一只股票是福耀玻璃。当时，福耀玻璃的价格并不高，4元多点，但企业的效益很好，是中亚甚至亚洲最大的汽车玻璃供应商。日本本田、一汽奥迪、上海桑塔纳等知名汽车生产商都在使用这家公司的玻璃，而且这家公司还是法国圣戈班最大的汽车玻璃供应商，且持有圣戈班的股份。

方森对洪敢成说："随着中国经济的发展，富裕起来的人越来越多。中国总有一天会和西方发达国家一样，在电视机、洗衣机等家电业取得高速发展后，汽车业会成为消费升级的主要受益者。这只股票值得我们投资，我想把汽车业以及与汽车相关的行业股票作为主力投资品种，洪总，您觉得呢？"

洪敢成也赞同方森的看法。他点头说："其实，我们还可以适当考虑一下白酒业。"

"好的，我明白。"就这样，在聪华基金成立的前两年，他们将重点持股目标锁定在汽车业和白酒业，这种以采用价值发现的办法做基金的方式在当时尚属首例，开了业界先河。

一年半后，基金获利颇丰，当然这与监管层给基金配售无风险暴利的IPO新股有关。京华信基金随后又发行了几只基金，运作思路和聪华基金基本类似，基金净值增长十分稳定。

"不过，和其他依然采取坐庄模式的基金相比，咱们京华信旗下的基金没有一只能进入年基金净值增长的前三名。"京华信旗下的基金没能成为业界的

“标杆”，洪敢成对此很不甘心。“咱们也把基金风格改变一下，怎么样？像其他基金那样，来一个激进式的发展，你说呢？”他对方森说。

方森没吭声，洪敢成以为他的意思是不同意。

就在这时，震惊业内的基金黑幕事件被揭发，业内人自然十分关注。

“到底怎么回事？”中餐时，债券基金经理鲍晖问方森。

方森说：“起因是一家基金管理公司的内部斗争。”

“我知道这家公司。”金旭凑过来神秘兮兮地说道：“上次开会，他们公司的刘总，讲了两个笑话，特有意思。第一个笑话是，一个国企，如果一人当家，是南霸天；两人当家，是楚汉争霸；三人当家，是三国演义；集体当家，是春秋战国。另一个笑话是，我们工作搞不好，一是像寡妇睡觉，上面没人；二是像妓女睡觉，上面总换人；三是像和老婆睡觉，自己人总搞自己人。哈哈……”

“很多公司的人事关系不都是这样嘛。”王伟徽双手一摊，无奈地说。

“确实是这样。他们基金公司的总经理和一个董事因为公司的运作产生了分歧，结果两人谁也不肯退让一步，最后竟演变成激烈内斗。”方森补充说道。

公司总经理提议让基金管理公司以公司的名义，提请中国证监会审查这位公司董事的任职资格。没想到三天后，在基金管理公司召开的董事会上，董事长授权这位董事主持会议，反而通过了罢免那位总经理的决议。那位总经理将此次“内斗”的过程和部分基金运作内情披露给了媒体。并且，他的一位在上交所工作的同学，突然向几家权威媒体提供了中国证券市场10年来第一份对机构交易行为有确切描述的报告。这份报告对近几年国内10家基金管理旗下的22家证券投资基金，在上海证券市场的大宗股票交易记录进行了跟踪，详尽地分析了它们大量违规、违法的操作行为。

基金黑幕的报告登报之后，很快引起监管层的重视，马上派人介入进行深入调查，报告内容基本属事。

整个基金业经历了一次人事大地震，大量的基金经理由于违规操作被取消基金从业资格。

这次事件，京华信基金是唯一一家未受基金黑幕事件影响的公司，其旗下所有基金均无违规操作，而聪华基金也因净值增长相对较高而受到社会和媒体的赞誉。

也正因为这一事件，洪敢成更加认可方森。不久之后，方森被提拔为基金公司的股票投资总监。

明星基金经理

后来，方森被誉为“明星基金经理”，是在他参加江南电视台的顶尖高手论坛之后。

江南电视台的周播节目《顶尖高手》在股民中人气很高，不久前，节目组对方森进行了一次名为“从大山里走出来的明星基金经理”的专访，详细介绍了方森的经历。

专访的最后一个环节是机智问答，方森不仅对答如流，还表现得诙谐、幽默，观众一下就记住了这个既朴实又睿智的基金经理。甚至，他的话被年轻股民追捧为经典语录，时常挂在嘴边，一时间，方森成了名副其实的“明星基金经理”。

女主持人问方森：“你能用一段话形容一下股市吗？”

方森说：“股市中没有用兵布阵，一样两军对垒；没有刀光剑影，一样充满杀机；没有硝烟弥漫，一样惊心动魄。”

“很生动的回答。”女主持人赞叹道，又问，“能谈谈你是如何理解人性和生活的吗？”

方森想了想回答：“女人一半是天使，一半是魔鬼；男人一半是绅士，一半是流氓；友谊一半是牵挂，一半是提醒；爱情一半是激情，一半是执著；家庭一半是依恋，一半是责任；人生一半是现实，一半是梦想；幸福一半是金钱，一半是满足；工作一半是马屁，一半是能力……”

“很精辟的总结啊！对于工作，你认为除了有能力，还要会拍马屁，是吗？”女主持人好奇地看着方森。

方森微微一笑，点了点头。

女主持人紧接着问：“你认为在股市中，投资者最糟糕的行为是什么？”

“高消费，也就是赌博……”

“难道不是投入越多，挣钱越多吗？”

“这话一听就是外行人说的。”

女主持人略显尴尬，不过很快就恢复了自然，又问道：“如果你有女朋友，你最希望在她生日那天，送她一份什么礼物？”

方森毫不犹豫地回答道：“涨停板。”

节目顺利录制完成，方森准备离开时，制片人叫住方森，说：“国庆长假马上就要到了，这次正好和中秋节连在一起。我们节目组准备组织一次国内顶尖高手论坛，在长江三峡的一个游轮上说股论道。到时，大家一边欣赏三峡美景，一边交流股市行情。我们想邀请您，方先生是否有兴趣？”

“除了我还有谁参加？”方森问。

制片人说：“除了您，我们还邀请了四大公募基金高手、四大私募基金高手、四大券商高手、四大咨询公司高手、四大民间高手，和一些上市公司的董秘、企业家、大户等，还请了几位歌手助兴。怎么样，方先生愿意参加吗？”

“去！”方森进入京华信基金后，虽然也参加过一些券商组织的年会，但经常来去匆匆，和外界的朋友联系较少。和这么多高手交流，机会难得。

长假来临，方森应邀参加了三峡游。豪华游轮上，每个人都有单独的船舱，方森所在的船舱和股神戚远、江笑湖的船舱挨着，三个人自然走得更近一些，每次活动都是一起去，一起回，除了睡觉，他们几乎都凑在一起。时间一长，一个公募基金经理，一个股神和一个炒股的相声演员熟络了起来。

有一次，在饭桌上江笑湖问戚远：“大侠，你炒股这么厉害，为什么不自己开个私募基金呢？让大家跟着您一起受益嘛……大家好才是真的好，您说呢？”

戚远眨了眨眼睛，说道：“很多人都问过我这个问题，我也一直在犹豫，如果不做私募，就像现在这样自由自在地过日子也挺好；如果做私募，为社会作一些贡献，自己也能获得不错的收益，还能结交不少朋友，也是个不错的选择。所以，我到现在还没有考虑好，也许以后会做一个私募基金吧，人过留名，雁过留声，人活在世上，总得为社会做一些事情。”

“确实应该这样。”江笑湖答道。

戚远扭头看了看方森，问他：“方少侠，现在有不少明星基金经理‘私奔’转行做私募，你没有考虑过？虽然做公募基金经理也不错，但终究是为别人打工，不算自己的事业，听说公募基金的决策环节多，工作效率完全不如私募快，对个人的限制很严格，个人的聪明才智无法完全发挥。”

方森看了他一眼，笑道：“这些问题在国企基本都存在，而多数公募基金的大股东都是国企，你说的都是实情。但是，每个人的想法和情况不同，就像您刚才所说，是想不想做的问题，对我而言，除了想不想做，还存在具不具备‘私奔’这一条件……”

“不好意思，你们先聊着……”江笑湖看到一位熟人，打断了方森，离开座位过去打招呼。

戚远趁机小声对方森说：“其实像方少侠您这样有真才实学的人，想自己创业很容易，没有想象中那么复杂。我认识一些朋友，他们都很有实力，不仅经济实力雄厚，其他方面的能力也很强，如果您真想自己创业做私募，我可以介绍你们认识。”

“是吗？”方森听后感到有些意外。

戚远笑道：“公司注册、启动资金、市场销售维护和后勤服务，这些杂事都不用您操心，您只要操盘就能占有一定股份，还能受到大军区首长的待遇，厨师、司机、秘书都给您配齐。有时间你好好考虑考虑，以后咱们可以找时间详谈……”

“不，我现在还不想离开公司。”方森回绝说。

第八篇
各谋出路

交织的命运

涨停板敢死队的失利，直接冲击了薛白的咖啡馆，眼看着客人日渐稀少、门厅日渐冷清，他无奈地把大厅大屏幕转成了电视信号，这天，他正在看一档《让世界了解中国》的电视节目，突然，画面切到一个身材肥胖、满面红光的中年男人，主持人介绍他为“山南市市长莫刚”。薛白一阵胸闷：“老爸的那个‘官二代’同学，果然顺风顺水啊。”

节目为中美两位市长的对话，已近尾声，两位市长互相邀请对方访问自己的城市。莫刚热情地邀请美国莱得蒙德市的凯瑟琳市长，凯瑟琳市长高兴地接受了邀请，却表示：“我身为一市之长，办公费用均来自市民的纳税，每一笔开支必须对我的市民负责，访华的费用是一笔额外的开支，不在我的办公费用之中。所以，我需要先向社会募捐，获得赞助之后，才能安排访华的行程……”

莫刚没有想到凯瑟琳市长会这样回答，心想：美国 GDP 那么高，经济那么繁荣，况且凯瑟琳市长所在的莱得蒙德市可是微软公司总部、任天堂公司的所在地，然而她当这个市长却也不过如此，看来国内有它的好处。莫刚大方地接受了凯瑟琳市长的访美邀请，并针对她的“难处”，慷慨地表示：“凯瑟琳市长，您放心，您访华的一切费用将由我们中方支付，您考虑一下日程，我们安排，我是诚意地邀请，请您务必答应。”

电视节目的主持人感觉很有意思，刻意问莫刚：“来回机票、住宿、吃喝、随员等全部费用都由您支付吗?”

“是的。”莫刚点点头，似乎觉得这还不够显示他的大方、友好，补充说道，“我们还会向凯瑟琳市长赠送丰厚的特产、礼品。近几年，中国发展得很快，这些费用我们承受得起。”

“谢谢!”中国市长的慷慨“打动”了美国市长，她笑着说：“我会尽快安排访华事宜，参观莫市长领导的城市。”

节目的最后，主持人带头为莫刚的大方鼓掌，全场观众也为之喝彩。

看完节目后，薛白不屑地骂了一句，“真不知什么叫廉耻。”

莫刚大学毕业后，就通过父亲的关系分配到H省的政府工作。两年后，调职为H省一位副省长的秘书，之后又陆续被任命为省政府办公厅秘书、省委办公厅秘书……

莫刚的仕途，就像得到了幸运之神的垂青，一路顺风顺水，职位升迁的速度之快，在政界实属罕见。在成为H省史上最年轻的省委书记秘书时，莫刚的自信心得到前所未有的膨胀，更萌生出对更高功名的强烈渴望，他为自己设计了宏伟的发展蓝图，最终目标是封疆大吏。多年来，他一直朝着这个蓝图，一步一步向前。

不久，莫刚顺利出任山南市市长，在职期间他把山南市“打理”得不错，市容市貌发生了翻天覆地的变化。他把工作重点放在的市容市貌上，无非想以最显而易见的方式向领导展示他出色的施政能力，他想证明：我莫刚不只是一个出色的秘书，还是一位懂经济、管理，能驾驭全局、有非凡领导才能的年轻政治家。莫刚从不吝啬彰显自己“高贵”的身份和特殊的背景，在装修得富丽堂皇的办公室，他专门把自己与高层领导的合影精心拼凑成一张巨幅照片。

莫刚和戚远是小时玩到大的邻居。戚远小莫刚几岁，戚远小时，体质虚弱，个头不高，常被大院里的小孩欺负，莫刚几次帮他出头，戚远就像找到了保护伞，成为莫刚一个忠诚的小跟班。

一天，戚远找莫刚办事，说：“刚哥，你能帮我朋友审批一下这个出口物资申请单吗?”

莫刚一脸豪气地说："当然没问题了。"

事情办成后，戚远将一张当时市场通用的证券公司股票账户磁卡塞到了莫刚手里。戚远说："这张卡是我朋友的谢礼，里面已经存入了10万元本金，你拿着玩吧。"

"我又不会炒股。"莫刚把卡又推回给他。

戚远想了想，说："其实，我现在也在炒，那这10万元我帮你拿着，我帮你炒，怎么样？"

见莫刚没反对的意思，他趁机说："现在炒股靠的就是消息，听说你认识省证券公司的老总，能不能介绍我们认识一下？我想跟着他们公司的自营盘炒，这样可以保证稳定赢利。等到赢利之后，再把这10万元的本金还给我朋友，这样就避免出现经济问题了，你说呢？"

"行啊，有局我叫着你。"莫刚痛快地答应了，他觉得戚远办事还是很聪明的，多年的交情，让他对戚远也相当信任。莫刚很快把戚远以短线客户的身份介绍给了省证券公司的老总。其实，莫刚根本没指望戚远能赚回多少钱，谁想到一个月后，戚远竟然打来电话说："你的账户已经赚了8万元。"

"这么短时间就赚了这么多？"这令莫刚难以置信。

"其实炒股挺好学的，你要不要也学习一下？"戚远问。

"不是说风险很大吗？"

"没那么夸张，你亲自试一下就知道怎么回事了。"

莫刚心动了，但没有立即显露出来。一次偶然的机会，他遇到了证券公司的孙总，问道："孙总，戚远怎么赚到那么多钱？"

孙总说："我只是向他透露了一点消息，说最近甬城隍庙很不错，他果然抓到了这只牛股，大赚了一笔。"

莫刚经验老到，他听明白孙总的话，这个股票得看什么人炒，懂的人自然能赚大钱，风险相对小很多。他当即打电话给妻子，让她重新开通一个交易账户，再通知戚远把原来的账户注销，钱全部转移到新账户，又移交到戚远手里。

"除了以前赚到的，我基本把家里的所有存款都存进去啦，你就放心地炒吧。"他对戚远说。

"交给我，您放心。"莫刚的信任，使戚远异常兴奋，他说，"刚哥，能不能再多介绍些证券公司、上市公司的老总给我，这样可以获得更多的股票信息……”

“行，没问题。”莫刚更加爽快地应了下来。

从此，莫刚除了仕途外又和股市紧密联系在了一起，不过，他只需坐在办公室里看着账户上的数字日渐增长，戚远则忙碌地“穿梭”于各位老总和股市之间。戚远很愿意帮莫刚打理账户，毕竟很多机构和上市公司的老总都是通过他认识的。莫刚的资源，配上戚远的头脑，财富就像顺势而下的雪球，越滚越大。

戚远的生活也并非只有炒股，他业余时间常常泡在高档夜总会，开始是为了应酬，后来就渐渐成为一种习惯。

泰国传奇

戚远还有个爱好是旅游，他常跟朋友说要走遍未知的花花世界。这几年，他去了不少国家，印象最深刻的还是泰国。泰国景色旖旎，然而最吸引世界游客的是芭堤雅，因为那里色情业非常发达。在泰国，“芭堤雅”就是“色情”的代名词。

芭堤雅是个濒临大海的地方，风光秀丽，景色宜人。美国人于 1962 年越战期间，仗打一个月，休息两个月，于是选中有夏威夷之称的芭堤雅作为休整地。

当地人拿出本地不足 1 泰铢的啤酒 5 泰铢卖给美国人。当地女孩子白天卖啤酒，晚上卖身。泰国男人发现女人更容易赚钱，于是到夜晚就装扮成女人，勾引美国士兵。醉醺醺的美国大兵也急切饥渴，胡乱抓住一个压在身底下，顾不上分出什么男女。

渐渐的，当地穷人发现了这个“商机”，为增加家庭收入，他们把家里的小男孩当成女孩来养。小男孩长到 5 岁时，父母会带他们去打激素，使孩子的男性特征逐渐消减，女性特征越来越突出。从那以后，泰国的人妖之风便逐渐兴起，现在就形成了泰国最重要的旅游“资源”。

如今，在芭堤雅，随处可见能容纳几百人的“人妖大剧院”，歌舞表演一场接一场，格外火爆。当夜幕降临时，芭堤雅灯火辉煌，夜生活的帷幕悄然拉开。放眼望去，在那些“人妖大剧院”的舞台上，“美女”如云，个个性感十足，艳丽绝伦。然而，如果你仔细看，就会发现这些“美女”身上的男性特征。

大街两旁，遍地是露天酒吧，大鼻子、蓝眼睛的外国人，怀里揽着小巧的泰国女人坐在吧台上，尽情地喝酒；街头上，袒胸露背、花枝招展的美女不断搔首弄姿，极尽风骚。

除了“芭堤雅”，泰国的另一大旅游“招牌”是“泰国浴”。到了晚上，随处可见闪着霓虹灯的招牌，上面分别用泰文、英文和中文写着“泰国浴”。泰国浴，是女人用自己的双乳、双腿为客人洗浴，游客受到皇帝般的礼遇，因此泰国浴又被称作“皇帝浴”。

戚远走在夜晚的芭提雅，欣赏着展示人妖身体各部位的“综合神秘秀”、表演脱衣舞的“海上夜总会”……当然，他也见识过“三租”和“老鼠吃大象”。

与一般的游客不同，戚远对泰国股市更感兴趣。每次到泰国，他都会到一家券商的营业场所转一转，每当有驴友随行，他还会拍着胸脯骄傲地地告诉他们：“我在这里可是一个传奇故事。”

1998 年，东南亚爆发金融危机，泰国股市暴跌，无数财富顷刻间灰飞烟灭，投资者几夜之间一贫如洗。多数人看到的只是令人不寒而栗的危机，少数人却能在危机面前看到战机，戚远属于后者。泰国股市跌得最狠时，正在泰国花天酒地的戚远，自然嗅到了这股特殊气味。他立刻到一家股票营业场所转了一圈，发现当地股票相当便宜。在别的投资者脸发绿的时候，戚远果断动用一部分资金抄底抢反弹，直觉告诉他，可以赌一把，不久，结果就证明他赌对了，股市出现强烈反弹。只此一把，他把在泰国消费一辈子的钱都赚足了，还远远不止……

戚远对莫刚说过：“我这辈子遇到三位贵人，第一位就是莫市长，你让我轻松赚到人生第一桶金；第二位是索罗斯，他制造的东南亚金融危机，让我赚到人生中最大一桶金；第三位是尚主席，如果不是他任职期间发动股改，中国股市不会出现这么大的牛市。”

莫刚与戚远之间既有类似兄弟的情义，又有官僚和经纪人的商业关系。

莫刚把戚远当成自己人，偶尔会和他拉拉家常，说说心里话。两人在九号公馆泡温泉时还曾聊过应该怎样当官，怎样生活？莫刚说：“我当官前后，对‘官’的认识完全不同，以前我从没把官和请客吃饭、做文章这些事联系在一起，当官后我才发现，越大的官，越要请客吃饭，越要做文章，越要伺候好你头顶那些更大的官……至于具体的事务，那是普通干部的事。”

戚远笑道：“官儿也不是谁都能当的。”

莫刚撇撇嘴，叹口气道：“有人嘲讽当官的都是‘四狗干部’，对待上级像‘哈巴狗’，对待下级像‘狼狗’，对待利益像‘疯狗’，对待女性像‘公狗’……虽然难听，但也不是完全没道理，当官的不就是要伺候好上级、管理好下级，但做这两项‘工作’就需要资金，你就得像‘疯狗’一样到处捞钱，才能让上级满意、下级听话……‘公狗’嘛，我倒没有这样的毛病。哎，对了，咱俩的老婆孩子都在美国，你平常是怎么解决公狗问题的？”

戚远心思很细，脑子又灵活，他暗想：“市长大人是蠢蠢欲动了。”

他哈哈一笑，说道：“我在这边有一个女朋友，是我们公司的出纳，她自己主动往我身上贴，不睡白不睡嘛。而且，我的很多钱都放在她那里管，不睡她我也不放心，俗话说‘一日夫妻百日恩，百日夫妻似海深’，女人不睡变不成自己人，睡过才能放心……”

莫刚坏笑着用手指捅一捅他，说：“再富不能富丈夫，再穷不能穷老婆，这话说得一点不错。你不怕对不起孩子的妈啊？”

戚远笑道：“我老婆特别理解我，我去美国看她时，她还对我说，别憋坏了自己。只要别变心就行。”

“哦？她是这么说的？”

“真是这么说的。她还告诉我，瑞典、挪威、丹麦等北欧国家很开放，在性方面甚至比美国还自由。这几个国家，夫妻任何一方都可以拥有除配偶以外的性伴侣，当一方和性伴侣约会时，另一方还会主动离开家，给对方提供方便。他们觉得在婚姻中，一方是无法长期满足另一方的，所以婚姻还需要配偶以外的性伴侣。他们不认为这是出轨，反而没有性伴侣的家庭成员会被人嘲笑，说明你的魅力不够。不过他们也会有自己的底线，那就是双方的身体可以出轨，心不能出轨……”

“哈哈……弟妹真够开放开明啊，西方思想跟我们的儒家不一样，你活得比我这个市长潇洒多了，我戴着市长的‘帽子’，什么都得注意……”莫刚说话的时候，不由得舔了舔舌头。

戚远看见了，心里暗笑：“那是因为你在心里给自己设障碍。”戚远强忍住脸上的表情，一本正经地说道，“其实当官的只要看准了路线，不在路线上犯错，生活上完全可以很潇洒自在。现在都讲究两情相悦，只要你能放下思想负担，平时多帮美女一些小忙，哪愁没有几个红颜知己呢……对了，我知道一家比较特殊的家庭旅馆，那里一般只对熟客开放，而且女主人的素质很高，就像住在自己家里，我好久没去了，有时间咱们一起去私访？别憋坏了自己，身体可是革命的本钱……”

打造股神

戚远在股市投资上有着丰富的经历和自己的心得。他对股市的分析，以基本面分析为主，技术面分析为辅，不过他认为要想盈利，最好的手段还是靠消息……

在股市打拼这么多年，戚远已经从最初的几万元保证金，炒到了近一个亿的资本，如此成绩少不了几个相关机构工作的朋友的“支持”。有些是替莫刚当权力掮客赚到的，大部分是靠内部消息。奇怪的是，自己在股市中赚了大钱，那几个提供股票消息的好友却没能赚到，甚至销声匿迹，失去了联系。

戚远这些年认识了不少股友，有一点让戚远特别想不通，这些人很多在其他领域都是成功者，但一到股市便糊涂了，不少人从千万富翁炒到了百万富翁，从百万富翁炒到了一贫如洗。

90 年代，戚远刚开始炒股时，他最信任的，也是给他炒股消息最准的，是营业部的老总老孙。老孙这人真不错，有能力、会做人、没架子、爱助人。

有一次，老孙自豪地对戚远说：“股市越下跌，涨势越猛，能在牛市中赚钱不算本事，在熊市赚钱才是真正的大赢家。”

老孙告诉戚远的股票，走势特点就是股市越下跌的熊市涨势越猛。在熊市中赚钱不赔钱，这一绝招戚远多亏了老孙。

老孙在证券公司就职时，大股东不断变更，从银行、信托到国企，几经沉浮，而老孙与其他中层干部所不同的是，职务一直在升，因炒股自营能力强做到了证券公司副总裁的位置，主管公司的股票自营和客户资产管理。但就是这样一个在股市上有着非凡才能的牛人，最后还是栽到了炒股上，锒铛入狱。据说是因为熊市中逆市坐庄，被套后挪用并亏损了大量的客户保证金。又再度亏损。

那个时候，证券公司还没有实行客户资金三方托管制度。

另一位经常放消息给戚远的，是一位人称“大张”的上海人。

大张在大庄家德龙集团旗下的一家公司工作，经常把德龙坐庄消息透露给戚远，最典型的就是德龙控股的三驾马车。那时，德龙重仓持有的股票，只要在市场走强时杀进去，就会获得远远超越大盘指数的涨幅。

为了获得德龙系的股票消息，戚远经常到上海会老张。每当逢年过节，还会给他寄送礼物。一旦靠他提供的消息赚到钱，便亲自上门现金酬谢。戚远在老张面前可谓完全树立了重情重义，有恩必报的良好形象。

大张是个有情有义的兄弟，最后一次，戚远重仓持有德龙三驾马车，走势甚好，三只股票不断逆势创新高，老张突然打来电话，“戚远，你手里的德龙系三只股票赶快卖掉。”

“啊？喂喂……”对方说完便挂断了电话，戚远纳闷儿，大张平时只告诉他买的时机，从未说过卖的时机，这一次……

他预感到不安，马上卖掉三只股票。

第二天，有人告诉他：“你看网上消息了吗？德龙系出事了。”

他抛出的三只德龙系股票开盘跌停，连续跌停，最后股价跌去90%。

“好险啊。”戚远后怕的同时，真心感激大张。

大张从牢中出狱后便不再炒股，在上海市开起一辆出租车。戚远打听到大张的情况，专门送去30万元。每逢节假日，还会为他备一份礼物。

遇到第三位贵人小雷，正逢他在股市如日中天，当年媒体举办的南北对抗擂台赛，小雷一人打通关，连败北方10大高手。

戚远慕名找到小雷，小雷让戚远转户加入他的工作室。那时券商营业部的工作室，都是高手开办的，实盘指导客户炒股，但是，客户交易佣金要比普通客户高一些。绝大多数工作室的客户总是希望能尽量地降低自己的交易佣金，但戚远主动要求把自己的交易佣金设在最高限，赚到钱还给小雷发额外奖金，亏了钱从来没有一句怨言。于是，小雷有好的股票消息总第一个告诉戚远，舍不得告诉别人的小盘股消息，也乐于告诉他，在那轮网络科技股浪潮中，小雷告诉戚远的清华同方，赚得盆满钵满。

小雷最后一次放给戚远的消息是一只海南股，戚远买进这只股票后，很快上涨30%，然后公司因造假业绩，突然停牌。一年后，再开盘时，这只海南股变成一家科技公司的名字，一下翻了一倍，而小雷却在海南股停牌时突然失踪了……

为什么自己如此佩服的这几位股市高手，最后都销声匿迹，而自己却有幸成功了呢？所以说，即使是成功人士也不一定能完整诠释所谓的“成功秘诀”。摆在大家面前都是一样的范本，就看个人的悟性了。戚远不只一次思考过这个问题，后来他得出一个自己还能接受的结论，主要原因有四个：其一，自己从没在熊市中赔过钱，熊市的时候，他持仓的股票都能保持不跌的趋势，甚至有些还会逆势上涨，否则宁愿空仓，什么也不干；其二，牛市的时候，他运用一些简单方法抓住了几只牛股；其三，他自认为具备良好的综合素质和股市专业素养，以及识人、用人的本领和一定的股市投资技术；其四，他运气好。最后一点，在炒股过程中尤为重要。

没有了股市高手提供的消息，就只能靠自己了。再说，自己也是老股民，多少有点本事，戚远心想。然而，股海风云诡谲，高手需要的是观风听浪的真本事，好运不会永远眷顾你。不久前，戚远翻了一次“船”，亏损了几百万。

“你一直都很小心，为什么这次会赔这么多？”事后，莫刚问他。

戚远说：“我自己总结，我认为随着庄家的减少，特别是基金黑幕事件出现后，市场发生很大变化，庄家和庄股都越来越少，这样能提供准确庄股消息的人也随之变少，是我没有与时俱进，没有意识到这一点。”

“消息不灵通，确实很容易犯错。”莫刚点点头，继续听他说。

他接着说，“另外，我前期盲目跟风涨停板，这种敢死队的炒法有局限性，只能在大盘处于超强势时的部分时间内使用，大盘弱势时简直是在自掘坟墓。我还发现我目前掌握的股市专业技术，还不足以支撑自己在股市中稳健地持续赢下去，而且，这一次幸运之神没有眷顾我，所以输了……”

“哪有一次不输的，没关系，下次扳回来……”莫刚笑着说道，一半安慰，一半鼓励。

对于财富，戚远并没有太准确的定义，觉得只要做事情不愁钱就可以了。然而，当戚远去了一次股市大鳄韩虎在瑞士的庄园后，彻底改变了原本的看法。

股市大鳄韩老虎瑞士的庄园，极尽奢华，国内的私宅无出其右，让戚远好生羡慕。本来他也曾幻想拥有自己的私人小岛、百年私宅，但他也只认为那是梦想。当他看到同以股市法家的韩老虎的庄园，他开始觉得拥有一座永远属于自己的庄园并非那么遥不可及，他甚至找专业人士测算建造这样一座庄园，需要一亿美金。

“身价一亿的人，才是这世界上最贫穷的人。”他听朋友说过这样的话，人有钱后，精神追求的层次就会提高，尤其是处在身价几千万这个阶段的人变化更明显……戚远迫切想拥有一座属于自己的庄园，他想：我不能在股市停滞不前，过去赚钱的招不行了，今后怎么办？得想想新招……

很长一段时间，戚远不清楚怎么做才能尽快赚到更多的钱。直到有一天他见到一位在信托工作的朋友，聊了几句，他脑中突然灵光一闪，暗自想道：我可以成立一家属于自己的信托基金啊。

戚远认为这很符合自己的实际情况，他最熟悉的是证券行业，而且有一定的资金实力，有能力把基金的架构组建起来，再加上自己广泛的人脉关系和识人的本领，招募几个为自己冲锋陷阵的大将不成问题，还愁赚不到钱!?

方向明确后，戚远立即行动起来。

他首先要把自己塑造成一位股神，这样就能筑巢引凤，把那些有意愿但无出头机会的高手吸引过来，资金自然也会被吸引过来。

戚远找了一个在媒体工作的朋友，把自己想造神炒作的想法告诉了他。

媒体朋友回复说：“在这个时代，只要你付出足够的代价，就算想把一头驴打造成‘汗血宝马’也不成问题。由于几千年缺乏独立思考的文化延续，老百姓中有相当大比例的人群无法辨别是非，还有许多人只要无关自己的利益，对于是非曲直黑白也没有兴趣辨别。如今股市已经熊了四年，人心思涨。这个时候，如果出现一个股神来激励股民的投资信心，也是符合所有人的心思和利益取向的，况且你本身是一个股市成功者，我觉得这个办法可行。”

“那我下一步具体该怎么做呢？”戚远问他。

朋友想了想，说：“我先给你介绍一家媒体公关公司，你直接把想法告诉他们公司老板就行。这是他的名片。”

“好，我马上找他们。”

很快，戚远见到了那位媒体公关公司的老总，并把想法告诉了他。

媒体公关公司的老总说：“问题不大，我们就是干这个的，只是……你是否支付得起公关费用呢？”

“你开个价吧。”

老总比划了一个数字：“至少要这个数……”

戚远知道公关费用都是以百万为基础单位，但他对于该花的钱从来不吝啬，见老总出的价自己能接受，便点头说：“行，咱们签合同吧……”

一个月后，多家媒体关于戚远的专访报道铺天盖地地同时出现，内容大体相同，都是介绍戚远如何从1万元资金炒到6亿的传奇故事，参与炒作的媒体包括报纸、杂志、网络和电视台，几乎做到了全方位立体网状的造势。

一家收视率极高的电视台还专门为他做了一个专访，这让他也颇感意外。

几乎一夜之间，戚远以高达85%的持续年收益，成为中国股市有史以来最成功的股票投资者、股市名人、股神……当然，也有一些媒体质疑，甚至有一家南方的电视台专门组织了一档节目和几个嘉宾质疑这个新股神。

“我该怎样应对他们的质疑呢？”戚远问媒体公关公司的老总。

老总笑道：“不用担心，质疑会让你更红。”

“哈哈！‘有钱就能让鬼推磨’啊，几百年的俗语，却屡试不爽……哈哈。”股神打造行动非常成功，接下来，戚远开始着手招募高手。

他直接找到几位客户比较多的大券商，让他们帮自己打印出近几年股市收益率排名靠前的股民资料，他认真研究分析，并结合网络上的新闻报道，排除运气因素，总结出这些人的成功原因，他这么做是想找到一员有稳定技术能力的“冲锋大将”。

结果让戚远甚是失望，前几年熊市太残酷，股市早已远远超过1赢2平7亏的股谚描述。在这样残酷的环境下，大多数盈利的股民依靠的无非都是运气，完全依靠股市投资养活自己甚至发财的人寥寥无几。而那些有能力的炒股者大多是股市账户保证金超过千万的大户，这些人通常是不会为别人打工的。

这条路看来走不通，戚远只好从股市里为别人打工的操盘手和基金经理中寻找千里马，经过一番甄选，他最终将目光投在一位明星基金经理的身上，这个人就是后来和戚远成立好运来基金的方森。

仔细研究过方森的经历和业绩后，戚远对他非常满意。

潜规则

在市场需求和制度性垄断等因素的共同作用下，中国的公募基金行业走上了高速发展的道路。京华信基金公司成立不久便发行了5只基金，基金公司的组织架构也相对更为规范，基金的投资程序由基金经理、投资决策委员会、下单交易员三层构成，具体来说，基金经理提供运作建议，投资决策委员会审核，如果同意，则交由下单交易员实施。

方森管理的聪华基金在这段大盘震荡横向波动期间，净值一直处于停滞不前的状态，这种情况让他苦恼不已，他一直在想，用什么方法才能让聪华基金在今年的全国公募基金净值排名中取得好名次。

今年对方森来说是一个好时机，之前的基金黑幕事件，导致不少基金管理公司的基金经理大换血，一批接触证券市场只有两三年的年轻人成为新一任基金经理，他们经验明显不足，从能力来看，对方森构不成威胁。但是，竞争者多了，运气会起到一定作用。一个炒股高手与一万个门外汉比赛，想拿前三名也不容易，有运气的因素在，一万个门外汉里总会冒出几个幸运儿。

虽然市场和媒体对这次大换血议论纷纷，但基金公司特有的垄断特权让他们对此不屑一顾，公募基金在这个时期的生存，甚至拓展销售都未出现任何压力。

由于不太确定大盘下一步的动向，大多数基金公司对旗下的基金运作持相对稳健的态度，即不变化不行动。但就是在这样的市场状态中，方森仍洞悉并总结出一条规律。

方森发现，新上市的股票活跃度明显高于老股票。这段时间他一直有调整所管基金重仓股的想法，但原有基金十大重仓股中，有几只是公司决策委员会建议购买的，公司的几个领导都明确表示看好。虽然，方森不明白为什么要买这几只股票，但他还是同意了。可是这几只股票的表现一直不好，不仅没有收益，还把方森建议买进的股票收益“吞食”了，这让他心里很不痛快。

其实，方森看不明白的这几只聪华基金重仓股，同时也是基金公司控股股东京华信证券的重仓股，而且这几只股票的上市公司再融资项目也是由京华信证券承接的。当时，京华信证券在做这几个上市公司的公开增发项目时，由于市场低迷，被迫包销被套，现在他们已经在一点点地减持这几只股票了。

就在方森考虑是否基金换股的时候，一只名叫西北航空的大盘新股上市了，第一天就跌破了发行价，并在发行价下面5%的价位出现巨量换手现象，买盘似乎比较踊跃。

方森根据自己的实盘经验，设想如果此时再有一个大资金加入西北航空的买盘力量，同时采取大资金买股的技巧，一定会引起该股的市场共振，导致这只股票的股价短线急涨。他翻看了这只股票的公司基本面，虽然发现国际石油价格上涨的不利因素，但更看到了人民币升值的利好因素。

“我建议卖出两只不看好的重仓股，买进一亿的西北航空。你赶紧拟一份投资报告建议，交到决策委员会。”方森交代自己的助理。

第二天公司晨会，决策委员会的一名成员却说：“这只股票是新股，还没有进入公司的股票池，不宜买进。”另一位副总想了想，说：“让方森和公司研究部的行业研究员商量一下，做一份这家公司的调研报告，先把西北航空调进公司的股票池，再讨论西北航空的买进计划吧。”

“好，就先这样吧。”决策委员会的主席洪敢成表态说。

方森虽然心里憋屈，但这是制度，在这家公司做事也没办法。会后，他只好立即找到公司航空行业的研究员，和他一边研究报告，一边讨论股票池的问题。

一天的时间就这样过去了。

第三天，研究员还没来得及把研究报告呈交到决策委员会，西北航空的大买单突然发力，股价涨停，一举收复了新股发行价，之后又出现两个涨停板。

眼看着一个好机会，就这样错过了，方森抓狂，懊恼至极。接下里，又发生一件让人更恼火的事情，方森的情绪差点失控。

在方森管理的聪华基金的持股组合中，有一个名为东电转债的交易品种。一般的转债在发行时，都会在发行公告中与市场约定强制回购条款。当该转债对应的股价上涨到转股价上方30%以上，并连续维持30个交易日，上市公司就可以启动强行回购措施，这时持有转债的投资者要么卖出转债获利，要么把转债转成对应股票。否则，上市公司将以接近面值的低价回购，这样会导致转债持有人出现市值损失。

事情不巧，就在东电股份的股价上涨到其转股价上方第26个交易日时，方森突然接到家里电话，从小带方森长大的姥姥卧床不起，快要离开人世。方森和姥姥感情很深，他想无论如何也要赶回去，见姥姥最后一面。

离开公司之前，方森写了一张纸条交给负责这只转债交易的下单交易员，并嘱咐道："如果发生上面所说的这些情况，你就把基金持有的东电转债全部转成股票。"

一个星期后，方森从老家回到公司，发现东电转债果然触发了转债的强制回购条款，但是交易员没有按照他的嘱咐把转债转成股票，该转债被上市公司以接近面值的低价购回，导致聪华基金的市值直接损失500多万元。

姥姥去世，方森情绪一直很低落，听到这件事情，他情绪几近失控，直接冲进基金交易室质问那个女交易员："你为什么不按照我的要求进行操作?"

女交易员一愣，心虚地慌乱找借口说，方森指示的操作说明不清。

方森愤怒地咆哮道："我没写清楚？你把我写的纸条拿出来，让大家看看，我写得清不清楚!?"

女交易员故作镇定地说道："通知单过了时效，已经放进碎纸机了。"

方森知道对方是想推卸责任，生气地说："你为什么不承认自己的错误？你这种态度怎么可能提高技术水平，我觉得你根本不适合这个岗位。"

听到这话，女交易员激动起来，她尖声辩驳道："这么简单的岗位还需要什么技术性吗？我适不适合这个岗位，需不需要提高水平，不用你指手画脚。"

方森也大声喊道："我说你不懂，你还不承认？以前的交易员在下单时都很懂技巧，他们完全能理解我的操作意图，为什么你理解不了？以前的交易员在买股票的时候，都能根据当天大盘的分时指数波动情况买卖股票，而你只会机械买进，大盘明明在跌你还不停地买，收市后大盘都跌50个点了，这种情况，如果晚买一天，我们的成本就可以低很多，这些最基本的常识，你都不会吗?"

"我……"女交易员一时语塞。

方森继续吼道："上次大盘反弹，你买进那只中小板的齐楚科技花了8000万元，股价却纹丝不动，如果是一个懂行的交易员，8000万砸进去股价没准儿都涨停了，怎么可能基金的净值一点不涨?"

女交易员愣了一下，回过神来，像抓住了小辫子，大声嚷嚷道："大家快来听听，你们给我评评理，他这是在讲工作技巧吗？明明是基金经理指使交易员操纵市场……我要告你，看看是你不适合基金经理的岗位，还是我不适合交易员这个岗位，哼!”

女交易员这几句话确实把方森噎得哑口无言，他愤然转身，走向洪敢成的办公室，然后把这件事一五一十地汇报给他。

谁知，洪敢成一改往日的和蔼慈祥，沉声说道：“这件事情你们都有错，你要承担主要责任。”

“什么？为什么?”方森想不通。

洪敢成告诉他：“你明知道她是个新手，为什么只发出通知，不亲自监督落实和执行？你不要以为现在是明星基金经理，就可以在工作中耍大牌，不尊重同事……这次你当教训，好好反省一下。”

方森没想到洪敢成会这样不分青红皂白地批评他，一反常态，这让他的心情跌落到了极点。他垂头丧气地从洪敢成的办公室走了出来，一个同事凑上前来，劝慰道：“兄弟，那姑娘家的后台很硬，洪总也得罪不起，你就别跟她较真儿了……”方森冷冷一笑，径直走出了公司。

方森几天没有去公司上班，一天晚上，戚远约方森去了一家高档商务中心。

听方森倾诉完苦，戚远劝道：“哥们，看开点吧，在国企替别人打工要先学会忍，接受潜规则……”

“潜规则?”他看看戚远，心想你又没有进过国企，怎么知道那里面的潜规则。

戚远哈哈大笑，拍着他的肩膀说：“你平常不是挺聪明的嘛，怎么这次糊涂了？那个女交易员什么都不懂，就被安排成你的基金交易员，为什么？在国企，员工的背景出身比能力更重要。洪总看中的是这一点，你只好摆正自己的位置，既然选择这条路，就要遵从这条路上的‘规矩’。其实，在某种意义上，国企是私企，私企才是国企，这个道理，你懂吗?”

“嗯……”方森说不出话来。

接下来，公司的处理方式彻底惹恼了他。不久，京华信就接到一份监管层的通报。通报中指出，京华信基金公司旗下的两只基金，在8月中旬，因未能及时转股、卖出所持有的东电转债，被上市公司强制赎回，造成基金损失1100万元。此事件是近年来，因基金管理人未能勤勉尽责，操作不当而引发的较大案例之一，是相关投资管理人责任心和风险控制意识薄弱、专业素质和技能不合格的直接表现……

方森在洪敢成的办公室看到这份通报时，气愤得脸色铁青。

洪敢成说道："公司董事会接到这份通知后十分重视，我知道这件事让你受委屈了，所以公司决定安排你去香港大学充充电，了解海外市场的情况，为公司以后发行 QDII 海外基金储备知识。你也顺便休息一段时间，工作暂由助理接替，今天就去办理交接手续吧。"

方森愕然，愣愣地盯着洪敢成的办公桌，也没开口说话。

洪敢成又补充道："你别多想，这是公司保护你，但需要向上级表一下态，等你学成归来后，基金经理的位置还是你的。不要把这件事想得太严重，这不是处分，属于正常的工作调整，以后其他的基金经理也要被派出去学习。"

方森慢慢抬起头，对他说："感谢洪总长期以来对我的关照，我年轻不懂事，工作经验不足，给公司和您添了不少麻烦，我决定辞职……"

说完就离开了总经理办公室。

洪敢成完全没料到事情会变成这样，他有些措手不及。

洪敢成有些后悔，但冷静下来，一番细想，他又释然了。他虽然爱才，但他清楚在这个环境中，和上边的关系至关重要。

当方森正式递交辞职报告时，他没有说挽留的话，在辞职报告上签了名。

在方森之前，京华信基金的创业团队中，债券总监鲍晖、基金经理杜波已经辞职，各自创建了自己的私募基金。辞职的三位都不是洪敢成从老京华信证券带过来的旧部下。

和其他"私奔"的基金经理不同，方森辞职之前并未作好创业的准备，也未找好下家。戚远很快就知道了方森辞职的事情，他虽然心里暗喜，却表现得很平静，问道："你今后有什么打算吗?"

方森叹了口气，回答道："我还没有想好未来的出路，无非两条，一是主动找一家新的基金公司继续给别人打工；二是组建自己的投资管理公司……"

戚远说："我觉得你的性格不太适合给别人打工，就算自己不当大老板，至少也要当个公司的股东吧。"

方森不由得皱紧了眉头，他一没客户资源，二没足够的管理经验，三没雄厚的经济基础支撑，自己创建私募基金的时机还不成熟。

戚远趁机说道："你还记得上次在三峡游轮上，我和你说过的话吗？现在，我正和一个很有背景的朋友谈创建私募基金的事情。如果你愿意，可以入伙……你再想想，想清楚告诉我……"

"谢谢，我会考虑的。"方森点了点头。

戚远原以为很快就会有回复，但他等了又等，一直没等到自己想要的消息。

他连忙找熟人打探，这才知道方森认识的另一位炒股大户也找他合伙成立私募基金，而且在方森不出资的情况下占到基金公司51%的分红股份，这是戚远无论如何都不愿开出的条件。可除了方森，他根本找不到合适的人选。

方森现在住北四环的一套民宅里，交易时间他自己炒股，闲暇时和朋友们聚聚会。

以前，他很不喜欢和一般大户来往，但这段时间只要有人邀请，他都会答应。这一天，方森又接到电话，对方自称是一家券商的大客户，非常仰慕他的才情，想邀他吃顿便饭，方森正好有空，就应了下来。

对方是H省一家典当行的老板，陈姓，也是一个股民。到了饭店，方森发现，除了这位陈老板外，还有两位，一位老板模样，另一位穿着正式、面相严厉，听陈老板介绍，这位是H省某地级市的检察长。

席间，几个人说话粗鲁、肆无忌惮，俨然一副天王老子都不怕的地头蛇派头，这让方森感觉很不自在。方森被硬灌了几杯酒后有意离开，这时陈老板的电话响起，他满脸堆笑道："方总，不好意思，你们先吃着，我去接个电话。"

本来准备告辞的方森听后，无奈只好又坐下。

这时，坐在方森对面的某老板边剔牙边对方森说："方总，我知道你是炒股高手，一直想跟你合作却没机会，现在你工作丢了，要不要考虑一下咱们合作？"

方森像心中一阵翻腾，但碍于情面，他勉强笑道："怎么合作？"

"我拿500万给你炒股，你每年只要保证我的本金安全，再给我50%的赢利就行了，其他赚的钱都归你，怎么样？"

这个条件很无理，方森直接回绝道："对不起，我不替个人炒股，你提出的条件我无法接受……"

某老板听他说不愿意，马上变了脸，沉声说道："你不是高手吗？还是瞧不起我们啊？刚才秦检给你面子，敬你酒，你他妈连站起来都不站，你真以为兄弟好欺负啊？实话告诉你，我是从牢里出来的，什么都做得出来。你嫌少我可以加到1000万，但如果你今天不答应我，小心别人犯事把你送进去……你懂不懂，公检法那可是跨省执法的？”

方森这时脸色铁青，他侧身问旁边的秦检察长：“秦检，他说的话代表你的意思吗？”

秦检察长阴阳怪气地摆摆手说：“方少侠，莫生气，我这兄弟喝多了……不过，我们做案子的时候，如果真有人牵涉到你，就算你不认识他，事情也完全与你无关，但法律还真给了我们找你谈话的权力，确有其事的……”

见方森板着脸不再说话，秦检察长又冷笑道：“方少侠，你还年轻，社会上什么人都有，有涵养的，没素质的……我们工作的原因经常和犯罪分子打交道，所以不讲究什么档次，这你就受不了了啊？以后真遇到事情还不得气坏自己？”秦检察长抿了一小口酒，继续说道，“我兄弟刚才也是信任你才说那些话，你不想想，如果你给他炒赔了，拍拍屁股走人了，吃亏的还不是他……”

方森没再说话，恰好陈老板推门进来，见屋里气氛不对，问了一句：“怎么了？”

方森摇了摇头，站起来说：“没什么，陈老板我今天不舒服，先回去了……”

陈老板猜到发生了什么事，连忙道歉：“今天这事都怪我，方少侠您别生气，我让司机送您回去，下次再专门向您道歉……”

陈老板说完回头骂了一句，那个老板一听不乐意了，拍桌而起，“骂谁呢？你自己交的鸟朋友，给脸不要脸，我就不信我这脸今天摔地上还捡不起来了，500万试试他到底是高手还是骗子，有什么不对？”

陈老板拥着方森的肩膀往外走，“别理他，他就是一无赖，本来今天我就只请了你和秦检，没想到他也跟来了，真是对不住了……”

方森闷声说道：“那个所谓的秦检也不是什么好东西！”

陈老板忙往外推他，“嘘……有些话不要随便讲，他们这帮人不好惹，你在大城市好日子过惯了，不知道底层社会上的险恶，现在很多地方都官黑勾结，这些人千万别惹。我一会儿回去和他们解释一下，如果下次这些家伙来找麻烦，你千万别硬来，能忍则忍，那人坐过牢，就会犯浑，咱们的命金贵，和他那条不值钱的贱命赌什么气……”

听完陈老板一席话，方森有些后怕。回到家，上网查起了地方检察院的职责，还真发现几起地县级检察院、公安局跨省抓人的事件，其中抓的还有电视台的记者……

他感觉那个无赖老板和秦检关系不一般，喝酒时两人称兄道弟，说不定以后真会来找他麻烦。从饭店出来那会儿，无赖老板说什么要把他掉在地上的脸捡起来，他会不会真对自己下手啊？

第二天一大早，方森就给戚远打了个电话，他偶然想起戚远说过他认识H省省委书记的公子。

“晚上能见一面吗？我有件事想请你帮忙。”他说。

“行啊，晚上洗浴中心见吧。”戚远痛快答应道。

晚上，方森到了洗浴中心，把昨天晚饭时发生的事情告诉了戚远。

“会不会出什么事？”方森问。

戚远皱了一下眉头，说：“这帮地痞流氓向来不按常理出牌，你以后小心一点，尽量不要再和他们来往了。不过，你以后确实要注意这方面的处事方法，起码得学会见人说人话，见鬼说鬼话吧。”

方森低头沉默了。

戚远想了想，问：“他们是H省的？”

方森点了下头。

戚远笑道：“那就不用担心了，我在H省有熟人，正好这两天我要去H市办事，到时候帮你处理一下……对了，如果你有空的话跟我过去一趟吧，就当散心，正好也把我认识的那几个实力派人物介绍给你，以防那个秦检出阴招……”

基金私房菜

在戚远的邀约下，方森一同飞赴H省的省会H市。

刚下飞机，戚远径直走向停机坪上不远处的两辆车，一辆是配有全套看盘操作办公系统的奔驰商务车，一辆是引道的警车。

警车开道，商务车一路畅通无阻，最后在一处风景区内的一家别墅宾馆前停了下来。戚远在路上就跟方森解释说："行政级别不够或没有特殊关系的人可住不进这家宾馆哟。"

宾馆的负责人好似和戚远很熟，已经候在别墅门口，他把大家引领到各自的房间，然后问道："戚总，现在开饭吗？"

戚远点了点头："好，开吧。还真有点饿了。"

很快，服务员将精美佳肴端上了桌，宾馆的负责人去房间招呼方森，等他坐下，戚远说："别客气啊，这是咱们自己的地盘，有什么需要尽管跟服务员说。饭后你先休息一下，我的秘书邬倩会帮你安排，有事也可以直接找她。"

戚远扭头歪向旁边的一位美丽女子说："邬倩，把你的联系方式告诉方森，今天下午陪他逛逛。"

"好的。很高兴认识您，方总，我叫邬倩，这几天我就是您的秘书兼导游，欢迎吗？"邬倩俏皮地问道。

方森有些拘束，点了点头示意。

戚远看着方森，说："这里还住着一位领导，我下午过去和他谈些事情，很抱歉不能陪你了，就让邬倩代我，她很能干，会安排得令你满意的，咱们自己人，自己的地盘，有事别客气，尽管同邬倩说。"

方森笑道："已经很周到了，谢谢戚总的安排。"

下午，方森在邬倩的陪伴下，到马场骑了马，玩得很尽兴。

第二天早上，邬倩陪方森吃早饭时告诉他："今天戚总去省城办事了。我陪您到梦圆湖走走，梦圆湖是我们H省最著名的秘境高级休闲地，它是位于沙漠中的一片绿洲，因为轮廓像月亮，得名月亮湖。还有一个神奇的传说，据说在这里做的梦，都能实现。所以很多人又管月亮湖叫圆梦湖。湖中的野鸭子一点儿都不怕人，水里的鱼伸手就能捉到，住在湖畔的木制别墅，是种世外桃源般的享受。"

方森好奇地问："沙漠里的湖？那咱们怎么去那儿啊？"

邬倩回答说："坐车。不过，要在沙漠边的一个中转站换乘悍马吉普，半小时后就能看到绿洲美景了。"

见方森饶有兴趣的样子，邬倩继续说："北京有些炒股大鳄'大捷'之后经常来这里度假，在这里玩一趟比欧洲八日游还要贵。"

"是吗？"方森有些好奇，"在沙漠里都有哪些好玩儿的呢？"

邬倩故作神秘地说："现在要保密。可以告诉你的是，与一般走马观花的旅游不一样，要亲自参与，很刺激，还稍有点惊险。怎么样？方总想不想一探究竟?"

邬倩说得没错，梦圆湖的休闲娱乐项目确实刺激。

第一个项目开始于不知不觉中，从沙漠边的中转站到梦圆湖畔，短短半个小时就给所有第一次来的游客一个下马威。这段路程根本没有可循的路，全是起伏不断、波谷相间的沙丘。狼狈的悍马在这沙海中，冲上掉下，急转奔驰，让人感觉车随时会翻，心肺随时会颠出来。

到达湖畔，方森惊魂未定，他晕晕乎乎地问前座司机： "真惊险呵，翻……过车没有啊?"

司机回答："我在这儿已经开了5年车，从没翻过，也没听说哪个司机翻过。游客也可以开，从中转站开到这儿，公司还有10万大洋的奖金哦。"

方森紧张地摆摆手，说："我可不敢。"

下了车，方森看看邬倩，一副泰然自若的样子，问："你不害怕吗?"

邬倩笑着说："我第一次坐的时候，都吓哭了。坐了几次，习惯了，就不害怕了。"说完，她神秘地莞尔一笑，继续道， "你不知道吧，我是退役军人。"

除了晚上的消遣项目篝火晚会外，另外几个项目，直升机跳伞、沙脊骑骆驼、吉普猎黄羊，等等，都是在国内其他地方玩不到的……

在梦圆湖逗留了两天半，第三天晚上，方森才意犹未尽地赶回省城参加戚远安排的晚宴。

晚宴开始前，戚远附在方森耳边轻声介绍道："今天参加晚宴的，有H市市长、H省省委书记的公子、H省检察院的副检察长、H省电视台台长、H省某首富，还有两位知名女演员和一位正在走红的军旅作家……"

方森面露微笑，边听边点头，心里暗中惊讶，他没有想到戚远的关系网竟如此庞大。

方森看得出来，戚远与几位绝非泛泛之交，显然是老相识。

这几天，方森体验了"上流社会"的生活，他被戚远的雄厚实力彻底折服。他想难怪戚远能把自己炒作成股神，他确实有这个能力和实力。虽然股神巴菲特靠自己的努力和极大的热情获得成功，但在他成功之前，不也是被当议员的父亲，介绍给包括美国总统在内的众多成功人士了吗？

回到北京，一切如戚远所愿，方森欣然地接受他的邀请，与他合伙组建了一家私募基金公司。公司董事长由H省省委书记的公子担任，占有30%的股份，他并不参与经营，只帮忙介绍几位大客户。

戚远占有30%的股份，担任公司董事并代行董事长职务，负责日常行政管理，方森则集公司总经理、投资总监、基金经理等职于一身，负责基金的具体投资事宜，也占有30%的股份，另外10%作为公司人事激励的活动股份，暂由戚远代持。

有了自己的私募公司，方森很想马上大干一场，凭着戚远的关系和名气，再加上自己的影响力和技术，肯定马上就能赢得规模庞大的基金认购份额，但戚远却对方森说："不要着急，现在的行情不太好，我认为咱们应该先发行一个不对外开放的限购小基金，只允许公司董事、员工以及一些关系户认购，不愿意认购不动员，然后，再在短时间内用特殊手段让这期基金创造出奇迹，为以后的基金营造声势。"

"你说的特殊手段，是用大资金托小基金？"没等戚远说完，方森就领悟了。

"对，为了让奇迹尽快变成现实，用我账户中的大资金托这个小基金，做小盘股……干脆我们就叫它好运来一期小盘基金，你看怎么样？"

"没问题！哈哈，两个月之后，不管是公募基金还是私募基金，肯定都会傻眼的！"方森兴奋地回答道。

"……到时候要让整个市场上的人都知道，买了咱们好运来基金，就会'你好我好大家好，大家好才是真的好'。"戚远头一扬，佯装明星的样子，逗得方森大笑。

两个月后，果然，方森的好运来一期小盘私募基金创造了奇迹，在大盘表现平平的大形势下，好运来基金净值增长竟然达到惊人的49%，这让众人感到不可思议。

好运来一期小盘私募基金的良好收益，在令市场震惊的同时吸引了众多媒体的关注，一时间各大媒体竞相报道。在一档股市评论电视节目中，有嘉宾评论道："现在的市场依然是盘局的格局，短线赚钱的操作难度很大。"

主持人马上反问道："难度大吗？可是，最近有个私募基金两个月的收益就接近50%？”

嘉宾似乎不知道这个消息，一副难以置信的样子，失言地问道：“不可能吧……”

主持人点点头：“根据最新的私募基金排行显示，好运来一期小盘基金最近两个月的收益达到49%，平均每星期5%左右。”

嘉宾惊讶地说：“真想不到……”

此时，张宝祥正在江笑湖家里一起收看这期节目。张宝祥问江笑湖：“江员外，你觉得他们是怎么把收益理财做到那么高的？”

江笑湖笑道：“还记得他那个基金的名字吗？小盘私募……专门做小盘股的，现在股市的行情不太好，大盘的成交量不大，只有小盘股才有机会，前不久我买的那只医药小盘股表现就不错……”

张宝祥恍然大悟：“难怪我的两只大盘蓝筹股一直动也不动，我打算买一份他们的小盘基金试试……”

江笑湖抿了一口茶，说：“如果你想买，我认识他们基金的人，可以帮你介绍。”

好运来一期小盘私募基金在市场上赢得极高声誉后，方森适时推出了好运来二期成长基金，基金的认购踊跃，仅一星期即发行12亿元，成为同期发行量最大的一只。就这样，方森和戚远终于成功搭档，共同运作好运来基金，并创造了私募第一的神话。

不知道是市场在前期就已经见底，还是由于戚远股神的炒作，或者是好运来一期基金的短线神话，抑或是涨停板敢死队的战法推进，大盘在这段时间，逐渐抬高，现出“稳中有涨，涨幅有限”的态势，个股的活跃度明显不断加强。

方森离开京华信后，洪敢成提拔自己的老部下王伟徽为股票投资总监，并兼任新发行的一只规模偏小的基金——京华信大盘精选基金——的基金经理。

尽管，王伟徽管理的一组社保组合基金有过一段时间的波折，洪敢成依然对他信任有加，把他当做公司股票基金投资业务上最重要的助手。因为导致这个基金业绩不佳的是第一重仓股南方航空，而南方航空曾经是基金公司的大股东京华信证券自营盘重仓股，所以，责任并不在王伟徽。

在基金经理的群体中，大多数都是基本面分析派，新人居多，对本群体更关注，属于近亲繁殖。而王伟徽在现有的100多位基金经理中年龄偏大，行事明显像个异类，涉猎几乎所有的股市技术分析方法，并更关注那些非基金经理高手群体的投资思维以及他们对市场的看法，还经常跟原京华信证券的机构大户保持密切联系。

方森的好运来一期小盘私募基金两个月获得49%收益的消息自然也引起了王伟徽的注意。他感到诧异，很难相信这是一个基金正常运行的结果，直到好运来二期火爆发行后，他恍然大悟，甚至佩服起戚远和方森的狡猾。

王伟徽认为好运来基金的运作手法完全可以移植到公募基金，而且公募基金拥有的综合资源远比私募多。

洪敢成对王伟徽的想法很感兴趣，和他仔细研究推敲了一番。这时，南方基金公司始终是公募基金行业规模的第一名，而京华信基金公司则位居第二，对此，洪敢成一直耿耿于怀，始终在等待好的时机一举拿下第一宝座，王伟徽的这一运作方法点燃了他战斗的热情。

不久，京华信大盘精选基金以即时通讯的方式召开了持有人大会，会议审议并通过了《关于明确大盘股定义并修改相关基金合同的议案》，把大盘股的定义从不低于新华富时中国A200指数的最低市值规模修改为总市值不低于15亿元，此后，京华信大盘精选基金就可以购买中小盘股票了。

另外，京华信大盘精选基金还公布了一条“特色”措施，即在现有规模上停止申购，基民对该基金只可赎回不可申购，京华信大盘精选摇身一变成为封闭期最长的基金……

有股民开玩笑说：“京华信其实是开放式的封闭基金……”

还有传闻，京华信大盘精选基金在停止申购前，出现一股神秘资金的短期突击申购。

白富美炒股记

股市行情逐渐升温，蒋威风的花木兰基金从最初的2000万元的规模发展到2600万元，还清了趣园的所有援助资金。在原有基金初始规模中的2000万元中，有1500万元是趣园的援助资金，这部分资金有明确的时限和使用条件。

在市场化基金认购份额足够支持花木兰基金独立生存后，蒋威风兴奋地赶到趣园，得意洋洋地对胡筱媚说：“筱筱姐，我现在可以把趣园的1500万元还回来了……”

蒋威风知道趣园的员工平时喜欢打羽毛球，还特意买了羽毛球包送给胡筱媚，为玄天青也准备了一份礼物——一套运动衫。

胡筱媚高兴地接过羽毛球包，笑道：“谢谢你送的球包，我很喜欢。这个月底我安排财务先赎回1000万元，剩下的500万元还留在信托计划中，作为一般性的基金投资。”

“真是太好了！”听到这个好消息，蒋威风高兴地一把抱住了胡筱媚，感激地说：“谢谢筱筱姐的支持，我会继续努力的。对了，我有几个新的投资想法，一会儿去找天青帮我把把关，不把你们的资助资金还上，我都不敢去找他谈这些事……”

“好，好……”胡筱媚笑着把她送出了办公室。

其实，蒋威风的另一位贵人是薛白，他“无意”间介绍的“贵客”桑美静，一次性申购了1000万元的份额，花木兰基金才会发展得这么顺利。

桑美静的爸爸是“山西煤老板”，而且是名牌大学毕业的煤老板。前些时候，山西整顿煤矿资源，缩减煤矿牌照，老桑顺势把煤矿卖给了一家国企煤矿，然后移民到加拿大，夫妇俩决定常年定居温哥华。

桑美静从小在北京上学，但由于户口政策，不能在北京考大学，于是索性到英国读的大学。为支持桑美静创业，父母拿出1200万元供她自由支配。桑美静本来打算用这笔钱在北京开一家酒楼，但听说做餐饮业费力劳神，辛苦一年还不一定赚到钱，就果断放弃了这个计划。后来，她又想买商铺出租，但寻来觅去，1200万元在北京实在“淘”不到好的商铺，只好再次作罢。

桑美静看《非诚勿扰》时，初见薛白，对他的价值观念就颇为认同，后来又在海南邂逅薛白，一段时间接触后，引起桑美静极大兴趣。她在薛白的带动下，养成了看财经博客的习惯，还买了书来学习，参加了证券从业考试。

后来，薛白跟桑美静讲到女子私募基金时，桑美静一下子被这个题材吸引住了，她央求薛白把她介绍给蒋威风。一开始薛白有些犹豫，但他在桑美静的面前基本没有招架之力，很快就热情奉上了蒋威风的操盘室地址和联系电话。

桑美静第一次见蒋威风，是在蒋威风的操盘室。她开门见山：“我是薛白的朋友，听说你创建了国内第一家女子私募基金，我想加入。”

蒋威风笑了笑，说：“我们花木兰基金原本每份是50万元人民币，现在净值涨了，估计会多十几万元，股市有风险，还请桑小姐慎重考虑。”此时的威风，成熟了很多。

桑美静也笑了：“我知道股市有风险，你们基金有没有清盘线？是多少？”

蒋威风说：“清盘线是0.70元，信托警告线0.80元。”

桑美静听后很干脆地说：“我清楚了，那就先买一份吧……”

“谢谢你的信任。”

在蒋威风的指导下，桑美静开始炒股。有一天，桑美静突然对蒋威风说：“我觉得花木兰基金的净值增长表现非常好，我打算再买1000万元的花木兰基金，而且我还能动员一些煤老板的子女购买，他们大多住在北京，肯定会成为花木兰基金潜力客户群。不过，我有一个条件……”

“太好了啊，但你的条件……？”蒋威风问。

果然，桑美静笑道：“我的条件就是——让我和你一起工作，成为花木兰基金的一分子。”

蒋威风没有思考多久，提议说：“不如我们做合伙人吧。我负责基金操盘，你负责基金营销，各施所长，共同获益，你看怎么样？”

“好啊。”桑美静露出甜美的笑容，两人一拍即合。这一天，花木兰基金份额大扩张，蒋威风也多了一个合伙人。

再后来，桑美静的父母听说这件事后，很支持她的决定，还提议：“我们可以在温哥华帮你们建立分公司……”蒋威风得知时，高兴好一阵子：“太好了，公司一定要给你父母销售佣金，这是咱们私募基金的行规，不知道这个温哥华会不会成为全国第一个海外基金销售分公司？”

蒋威风和桑美静共同憧憬着美好的未来……

不久之后，蒋威风在薛白的炒股主题咖啡厅举办了花木兰基金讲座，向特定股民圈宣传这只极富特色的女子私募基金。桑美静的加入，不仅解决了花木兰女子私募基金生存问题，还极大增强了自身实力。半年后，花木兰女子私募基金走上良性循环的道路，基金份额扩展到6000万元，净值达到1.51元。

薛白的无心帮助，却让蒋威风感到很大压力。

京城私人沙龙

江笑湖是京城的第一批老股民，与其他同道中人不同的是他并非依靠认购原始股起家，最初他只是一位相声演员，炒股只是他的副业。

20世纪90年代初，江笑湖已经是相声界的腕儿了，他的代表作《江记婚介公司》、《江记饭馆》一经问世，便广受追捧，被称为经典作品。当年，他在北京展览剧场举办的《笑星江笑湖幽默演唱会》连续演出19场，场场爆满。他举办的全国巡回演唱会，走遍大江南北，演出场次多达500场。江笑湖的名字很快红遍大江南北，他的相声甚至影响了一代人。

江笑湖在演艺界的人脉很广，在圈里声望很高。他身为文工团团长曾带着一帮人走南闯北，不少参加全国巡演的歌手后来都成为了知名歌星。

从文工团退休后，江笑湖仍不时参加演出，爱好也相当丰富，炒股、玩微博、广交朋友……

关注他微博的人都知道，他常分享炒股心得和趣事，曾有一家电视台的股市节目以“从著名相声演员华丽转身为股市顶尖高手”为题做过一期专访，讲述他的炒股生涯。

江笑湖在京城的朋友圈被尊称为“江员外”。如果要把他的朋友圈分个类的话，一为演艺圈美女，二为炒股大户的男士，概不涉及闲杂人等。如果把人生比作一副牌，江笑湖手中的“老K”、“美Q”最多，他靠这些牌结交了更多大牌。

和戚远相似，江员外的炒股方式也是以打探消息为主，比如ST盐湖、ST黑龙、ST金泰都是从朋友那得到的消息。作为北京第一代老股民、北国投第一批大户，江员外的炒股战绩也一时堪称传奇。江笑湖在1992年炒股拿出保证金几百万，直到现在其炒股的本金仍是几百万，用他的话说“自己就是喜欢这种对冲风格”。

他女儿却说：“不是‘对冲’是‘猛冲’!”

江笑湖听后哈哈大笑，我会‘对冲’，也会‘猛冲’。除了炒股，他的另一大人生乐趣就是助人，他常炫耀自己的辉煌成果，“我撮合成功的婚姻有70多对呢，都是富男美女的组合。”

江员外撮合姻缘的手法和大户炒股如出一辙，先不动声色，后大动声色。

他既负责牵线搭桥，还负责“业务”培训，比本职工作还上心。当他看中一对男女有缘，便暗中指点，促使他们培养共同爱好，找到共同语言。江员外这个“月老”还有一个特色，不仅负责撮合，还负责“拆”。

这一点和他的炒股习惯类似，他不仅自己，而且规劝朋友果断脱手“垃圾”股。不过，有一次，他刚成功劝说朋友抛出手里的“垃圾”股，这只股就开始猛涨。事后，他感叹道：“人生最大的痛苦莫过于刚抛出的不涨股，一天后连续暴涨……”

江员外的故事很多，要写成影视剧剧本，肯定比《贫嘴张大民的故事》更精彩、温馨。

比如，江员外很喜欢热闹，经常在城东的别墅举办周末沙龙，邀请的多是股市高手和演艺界名媛，渐渐成为京城股海界颇有影响力的小众聚会。受到江员外邀请的人甚至会感到荣幸。

有一次，媒体刊登了一篇文章盘点演艺界炒股明星，女星李好投入300万元买了一只ST股票，这只股票前不久刚刚停牌股改，在复牌当日，李好的股票市值竟然飙升到3000万元。一个不懂股票的女星第一次炒股就狂赚2700万元，着实让人羡慕不已。

记者采访李好：“你是怎么选中这只股票的？”

李好说：“我在参加江员外家的周末理财沙龙时，听大家说股市牛市来了，就把大家说的几只股票记了下来，回家后见ST黑龙的价格最便宜，就买了它。那时候，我根本没想到这只股票会涨得这么厉害，到现在我还像是做梦中了彩票一样，恍恍惚惚的，真是太感谢江员外和他的周末理财沙龙了。”

后来，在观众视线中赚到钱的炒股人士，偶有提到江员外的周末沙龙，一家知名电视栏目闻讯，专门采访后制作成了专题节目。

又是一个周末，江员外如期举办家庭周末派对，玄天青、蒋威风、桑美静、薛白等人也在受邀之列。

蒋威风和玄天青被邀参加过几次，与江笑湖已十分熟悉。江笑湖走过来打招呼时，蒋威风向他介绍了桑美静和特意从A省赶来的薛白。几人聊了一会儿，沙龙正式开始。

江笑湖女儿开场献唱了一首《喜欢你》，婉约感人的歌声沁人心脾，大家不由得安静下来。

走进我的视线，勇敢地去接受一回；

没有你的歌陪我做伴，有时也会有泪，这时候，说不清，谁又是谁。

今晚还有几颗心，难以入睡；

走出我的故事，打开孤独的心扉。

我的心和你一样，真心笑了几回；

这世界，心似海，却不是水；

明天会有一颗心，带我去飞。

喜欢你，喜欢你，你就带我去飞；

喜欢你，喜欢你，你就带我去飞。

今晚还有几颗心，难以入睡……

一曲终了，何晴眨眨眼睛调皮地说："接下来咱们玩个小游戏，我点两位，请他们对唱，大家说好不好？"

何晴的一句话把沙龙的气氛调动了起来，大家纷纷喊道："好啊，好啊……"

蒋威风笑得正开心，打算看谁的笑话，正四处张望着，却远远看到何晴的手慢慢指向自己。

"蒋威风、玄天青，你们两个上来。"何晴把话筒塞到蒋威风手中，笑着闪到了一边。

"我唱得不好啊……"玄天青尴尬地说道。

"声音要洪亮，还得看着她的眼睛唱哦……"大家都忙着看好戏，没人搭腔。

蒋威风顿时羞红了脸。在众人打气下，玄天青不好意思地走到蒋威风身边，轻轻地问："开唱吗？"

"嗯。"蒋威风点了下头。

两人之间的暧昧和微妙感情，被有心人江笑湖，和斜靠在椅子上的薛白看在眼里。

"喜欢你，喜欢你，你带我去飞……"玄天青的歌声虽称不上动听，但他温柔地望向威风，眼中饱含深情。

这一刻，两个人的心暖暖地融在了一起。

父爱如山

一年以后，章婷再度出现在环球小姐S省分赛区的比赛现场上。

章婷轻松通过初赛进入复赛，舞台上的她更加成熟、自信。

在少儿歌舞团上百名少年纯真、优美的童声合唱中，已持续一百多天的环球小姐S赛区选拔赛总决赛终于开场，36名选手经过运动装、泳装、旗袍、晚装等风采展示后，最后的总冠军即将揭晓。

本次比赛竞争激烈，36人中仅有8名选手能参加全国总决赛。在这36名选手中，既有去年中国环球小姐的前三名，也有全国模特大赛的获奖选手，每个人都铆足了劲，力争通过最后一轮考验。

一番激烈的角逐后，章婷如愿夺得冠军。她站在领奖台上，万众瞩目下，手捧奖杯，微笑致意。这时，主持人问她最想说的话，她眼睛湿润了，说道："妈妈，我爱你。"

这时，远在北京观看现场直播的谢玄，眼睛也湿润了。

一个星期后，章婷与S赛区另外7名入选佳丽来到海岛天涯市，她们将在这里进行10天的集中培训，然后参加本年度环球小姐中国赛区的总决赛。在充满地域特色的海岛舞蹈中，总决赛拉开序幕。39名手提灯笼的佳丽缓缓走上舞台，她们身上洋溢着的青春气息让台下观众眼前一亮，热烈的掌声夹杂着欢呼声，瞬间将现场的气氛推向高潮。

这次总决赛中，首先进行的是晚装比赛环节，身着晚装的佳丽们个个风情万种、婀娜多姿，黑色的露背装、白色的拖地长裙、古典的红色旗袍……在高大英俊的男模们的衬托下，显得仪态万千、娇艳妩媚。

在智力回答环节，评委问："在当今社会中，你认为是物质重要还是精神?"

大多数佳丽都回答道："当然是精神重要。"

轮到章婷回答时，她却提出了不同的看法："我认为物质更重要。"

"为什么呢?"评委问她。

章婷说："以哲学观点来看，社会应该是先有物质后有精神，经济基础决定上层建筑。如果社会保障体系足够完善，企业家的诚信可以提升一个高度。相反，在社会保障体系不完善的今天，企业家由于担心自己失败，进而'饿死’，才会利用不诚信的恶性竞争手段。”

章婷的回答出乎大家意料，现场观众为她的犀利而热烈鼓掌。

章婷的回答博得台下观众的一阵笑声和阵阵掌声，但评委却有不同意见，有评委认为，章婷在舞台上过于张扬，言语尖锐，不符合传统的东方审美。章婷在总决赛第一轮惨遭淘汰，连前20名都没能进入。听完结果后，她完全愣住了。

一个夺冠呼声很高的选手被踢出前20名，这让观众迷惑不解。后来记者采访时，她反倒放平了心态，说道：“选美不是体育比赛，评委有自己的看法，我尊重评委的决定。”

章婷像被打磨过的圆润雨花石，不再棱棱角角。她经过这一年的历练，心智也愈加成熟了，看事情冷静、客观了很多。

章婷首轮失利，谢玄为女儿惋惜。女儿身上有自己的影子，他想尽一切所能帮助女儿取得成功。

谢玄把胡筱媚叫了过来，对她说：“联系一下国际洲际小姐大赛的组委会，你想想办法让章婷代表中国参加比赛。”

京城媒体举办了一场“欢送中国环球小姐征战加拿大”的新闻发布会，章婷也出席了这次发布会。此时，她的心情已经平复，得知国际时尚人士安淑仪也受邀，她特意在门口等候安淑仪，向她讨教国际大赛的经验。

安淑仪在几位记者的簇拥下走进会场，章婷看到安淑仪坐下后，走上前，大方地介绍了自己。安淑仪上下打量了章婷，说：“这次比赛你一直很自信，这是你的优点，但也是你失利的主要原因……”

“自信不好吗?”章婷疑惑地问。

“自信当然是好事，但评委对你了解不深，你过分自信的言行在他们眼里就变成了嚣张，虽然自信与嚣张这二者的性质不一样，但它们的表现是相似的，尤其是在这个圈子里，很容易导致他人误会。”

安女士的一番话令章婷连连点头，她觉得可能是自己过分执著，这一面呈现在大家面前时变成了骄傲、自负。

胡筱媚通过蒋威风联系到章婷，她在电话中，解释道：

“感谢您私募大会时的热情帮助，我们趣园的总经理非常欣赏章婷小姐。不久前，我们获得德国举办的洲际小姐比赛推荐权，这次比赛不亚于环球小姐大赛，是世界三大赛事之一。我们想推荐你代表中国参赛，你愿不愿意接受呢？”

章婷惊喜地说道：“太好了啊，我又有机会了！我要怎么报答你呢？”

胡筱媚语气平和：“取得好成绩。”

章婷高兴得一把抱住了旁边的蒋威风，但等兴奋劲儿稍微降温后，她心中闪过一丝疑虑：“为什么他们要帮我？他们的总经理我怎么没有印象？”

她推推蒋威风问道：“你的私募基金也是趣园赞助的吧？玄天青是那儿的总经理吗？”

蒋威风也一副若有所思的样子，回答道：“是的，他们帮助我也没有提出商业利益方面的条件，也不像另有所图……趣园说话算数的，也是玄天青口中的老大，一个叫谢玄的中年人。”

“谢玄？”章婷快速搜索着对这个名字的记忆，但她不记得与这人有过什么交集。

“对，他是股市顶尖的操盘手，趣园的主人。为人和善，对了，有一次，他还和我特意打听过你。这次筱媚姐要你的电话号，我还奇怪，原来是推荐你去选美大赛……”

“不管他们是另有所图，还是慈悲为怀，这次大赛，我一定参加。”章婷收拾起所有疑虑，铿锵有力地说道。

章婷约出胡筱媚，她想具体了解下大赛的事情，没想到胡筱媚又告诉她：“如果你愿意，我会联系大赛组委会相关工作人员，推荐一位专业人士对你进行赛前培训，还有其他什么事情需要我帮助的吗？”

章婷惊奇地看着胡筱媚，她虽然心中疑惑，但眼前的机会让她无法拒绝，也没多作考虑，她愣了一会儿，说道：“您安排得很周到了，太感谢你们了。”

决定参加国际洲际小姐大赛后，章婷立刻着手赛前的准备工作。

胡筱媚又介绍了一位叫娟子的服装设计师，娟子免费为她设计了两套价值几万元的手绣旗袍。所有准备工作完成后，比赛时间也临近了，章婷“飞”到了德国。

到达德国赛场后，她见到几位其他国家的参赛选手，外形自不待言，气质绝佳、体态优雅，尤其是他们身上散发出的自信，足以俘虏眼前的千军万马而临危不乱，看来能代表国家“出战”的美女名不虚传啊。

通过几天的相处，章婷留心观察，暗自在心中排名，如果自己能出色发挥，吸取上一次失利的教训，兴许自己能排到十几名的样子。这样的预估名次，反而让她心态平和很多，以一种轻松的心情走上舞台。

所有的佳丽都到齐后，比赛的负责人对她们说："从这一刻起，对你们的评分就已经开始了，你们的每一个笑容、每一个动作都有可能为自己加分或者扣分，但你们不会知道评委到底躲在哪里，祝你们好运……"

听到这话，大家立马都绷起了一根弦，但表面上还得表现出不在意的样子，这样才能证明自己平常就是这样的优雅和自信，才能展示最好的一面。

组委会安排佳丽到酒店住宿，入住时，章婷在前台遇到一位老人，他拿钱包刷卡付费时，一张纸条从他的钱包中掉了下来。章婷蹲下身，捡起纸条，微笑着递给了老人。

老人慈眉善目，主动问她："哦，谢谢。你是从中国来的吗?"

章婷点头说道："是的，我是中国人……"

"神秘国度的美丽姑娘啊，希望我们能再次见面。"老人说完挥挥手走了。

她侧过身，微笑着点头和他道别。几天后，组委会组织活动，这位老人家突然"冒"了出来。

"嗨，美丽的中国姑娘，我们又见面了……"

"您好，可爱的老先生，您怎么会在这里呢?"章婷表现出吃惊的样子。

"因为我是这里的工作人员啊。"老人活泼地眨了眨眼睛，随后，老人又走到其他佳丽身边，热情地同大家打着招呼。

果然，如大赛负责人所说，比赛已经在不知不觉中开始了，

章婷的比赛助理也是胡筱媚安排的，晚上助理给胡筱媚打电话汇报比赛情况。

助理说："你不用担心了，现在的章婷，在回答一些看似轻松实则暗藏玄机的问题时表现稳定，应对自如，问题回答得很巧妙，既委婉表达了见解，又恰到好处地表现出谦逊的礼节，她的英文非常棒，这一点绝对加分。"

组委会安排了外景拍摄，佳丽们集体活动，大家累得心情烦躁，章婷这时在后座哼起《天仙配》来。

坐在她旁边的新加坡小姐好奇地问："你唱的是什么歌?"

章婷笑着说："我唱的是中国的古老'歌剧'——黄梅戏。"

“你能再唱给我们听一听吗?”

“当然可以。”章婷想了想，唱了一首黄梅戏，“为救李郎离家园，谁料皇榜中状元；中状元着红袍，帽插宫花好哇，好新鲜哪。我也曾赴过琼林宴，我也曾打马御街前；人人夸我潘安貌，原来纱帽照哇，照婵娟哪……”

虽然章婷唱得并不专业，但外国人都是头次听鲜，被中国歌曲的特色韵律和味道所吸引，拍手附和，这一幕也给评委留下了深刻印象。如组委会的提示，参赛佳丽们的评分是综合的，除了比赛分数，还根据日常对待生活的态度、行为举止、待人接物等表现来打分。

大赛期间，外国记者采访章婷，问她：“你认为中国现在最缺的是什么?”

章婷回答：“中国现在最缺的是时间，一头逐渐苏醒的雄狮，需要时间重振雄风……世界500强的企业都在积极开拓中国市场。”

外景拍摄后，章婷小组赛顺利进入前十名的角逐，许多往事在脑海涌现，不禁百感交集。

章婷在心里感慨，为了梦想，为了今天，她付出了很多努力，收集近年来所有环球小姐的问答题，她始终坚信通过自己的努力，可以收获胜利。如今，正是验收成果的时刻……她曾经偷偷地在没人的时候哭过很多次，但这并不代表自己软弱，她只是觉得有些辛苦、有些委屈。”

环球小姐中国区的总决赛对章婷的打击不小，不是因为没有拿到奖杯，而是开始怀疑自己的决定，怀疑努力是否会获得回报，甚至怀疑自己。但现在看来，也许正是那次打击，才让她变得更加成熟，更有力量……

人的能力和素质就像种子，它被埋在土下，等待温度适中，阳光和煦时，才能真正开花。

前十名选手晚礼服展示完毕，大赛最终结果即将揭晓。

主持人宣布：“前五名获奖佳丽即将诞生……”

章婷和其他九位绝色佳丽顿时紧张起来，虽然章婷觉得进前五名的可能性很小，但心中仍有期待。她相信生活中仍有很多不经意的美好，例如妈妈曾经在自己都忘记自己生日的时候，订来蛋糕，还有丢掉手机那次遇见的好姐妹，蒋威风。

第五名获得者，主持人喊出的是哥伦比亚小姐。

章婷的身子晃了一下，有那么一刻，她很想就这样冲下台去，但她握了握拳头，深吸几口气，努力控制好自己的情绪，看着哥伦比亚小姐站到第五名的位置上，她和台下观众一起鼓掌祝贺。

“第四名佳丽是来自印度的……”

章婷心里十分震惊，她以为印度小姐会是今年的冠军，但舞台上、镜头前的她还是微笑、平静地鼓着掌。

“第三名是来自中国的章婷小姐……”主持人的声音犹如天籁，她惊讶地睁大了双眼，虽然此刻她的体态和举止仍然不慌不乱，但她睁大的双眸和扩张的瞳孔，告诉细心的观众，她是多么激动、多么兴奋。这一刻，在办公室认真看直播的谢玄，不由得站了起来，会心地笑了。

“章婷，恭喜你……”

这次德国之行对章婷来说，是一次精彩绝伦的人生体验。刚回到国内，章婷就迎来了众多媒体的追捧，胡筱媚还专门为她准备了一次见面会以方便媒体采访。

章婷实现了梦想，国际大赛季军的光环笼罩着她，让人觉得那么遥不可及。成功的背后，有两个男人默默地注视着他，一个是从未谋面的父亲，谢玄对女儿的出彩表现，深感欣慰；而另外一位则完全被章婷的光环淹没了，那个人就是方森，他原本就觉得章婷太过闪耀，而现在他甚至觉得章婷是他永远不可能追求到的梦想。

在章婷获得世界选美比赛第三名的时候，方森的事业正处在低谷，二期信托基金的净值增长不尽如人意。方森面对这一境况，无计可施，只好静观其变。

章婷所选的选美之路，他心里一直比较复杂，既希望她能获得一个完美的结局，又隐隐担心。章婷刚从德国回来时，方森就给她打过一次电话。

他思前想后，终于鼓起勇气，说：“婷婷，祝贺你取得胜利！今天晚上，我想请你吃饭……”

他的话还没说完，就被章婷打断了：“今天不行，我正在接受采访，下午你再给我打电话吧！”

其实，章婷心里还是很高兴方森主动打电话给她，但她正在接受记者的采访，还要赶飞机去香江电视台录制节目，只得匆匆挂断电话。此时，她并不知道方森在事业上遇到了挫折，这时的他像一只惊弓之鸟，脆弱的自尊随时会散落一地。

下班前，方森又给章婷打了电话，但那时她已经上了飞机，手机关机。

方森失望地挂断电话，第二天，他在香江电视台的一档娱乐节目中看到章婷。

节目中，潇洒风趣的男主持人问章婷："我想问一个很私人的问题，可以吗?"

章婷微微一笑，回答："我会尽量回答。"

"你现在是一个人生活吗？你心目中的男朋友是什么样的?"

章婷犹豫了一下，回答道："在我的心目中，我的男朋友不一定要全身心地来爱我，但我希望他能理解和支持我，能给我一个共度一生的承诺，我希望我们之间是真诚的。"

听完章婷的话后，方森愣了很久，他似乎明白了什么却又不确定。他心里酸酸的滋味逐渐蔓延开来：婷婷，我可以全心全意地支持你，百分百理解你，而且我真诚地希望你是我一生的伴侣。但是，你的梦想让我相形见绌，你的光芒让我找不到自己，我不知道，这样的我能给你带来什么幸福?

方森拿起手机，看着联系人中一个又一个的名字划过，终于出现了章婷的名字，但他很快又放回到桌子上。

章婷做完节目后，想到接受采访时挂断方森的电话，心中很愧疚。她拿出手机，打通了方森的电话。然而，提示音响起："你所拨打的电话暂时无人接听，请稍候再拨……"

就这样，两个人曾经的热情和好感渐渐、渐渐地淡化了。

爱情很美丽，但结束时却毫无道理。

第九篇
头狼哥传说

天下第一博客

“鞋都挤掉了，还是进不去呀！”这可不是抓狂的追星族见不到偶像，而是狂热散户进不去“头狼哥”博客的主页。

随着股市走牛，国内股市出现一位名叫“头狼哥”的奇人，他开通的股市博客迅速蹿红大江南北，受到众多股民的追捧。在短短的三个月时间里，他的博客点击率已经超过2000万次，日平均点击率30万次以上。

“头狼哥”的博文语言犀利，甚至气焰嚣张、目中无人。

他说：“我若是天下第二，没人敢称第一！”

他还说：“我的预测准确率超过90%。”

他对粉丝们说：“股票是我的王国，散户是我的兄弟，只要有我在，你们就可以藐视一切机构和主力，在我的剑下他们只能瑟瑟发抖。”

“狼行千里吃肉，狗行千里吃屎。”

“我是个赌徒，一个极品赌徒，我奉劝那些想和我对着干的人们，你们不会有好下场的，就算是专业机构来了，我也不怕！”

“我要成为散户的代言人，要带领所有散户赚钱，打败庄家！”

如此狂妄之人其实不是别人，正是前不久参加了涨停板实战表演的曾思狂。

涨停板实战表演后，曾思狂回到东北J市，开始在一家证券公司营业部炒股，偶尔参加一些当地电视台的股评节目，渐渐在当地闯出了名气。

曾思狂所在的营业部有几位女大户，都是阔太太。一开始他们自己炒股并不在乎输赢，只把股票当成和打麻将一样的娱乐活动，但几次跌停之后，她们有些按捺不住了：这么输下去，早晚要赔光光啊。

“不如我们集资请个私人炒股顾问吧。”一位阔太太提议。

这个提议得到其他太太们的一致认可，很快她们就把资金整合到一起，并找到了曾思狂，请他担任她们的私人顾问。

曾思狂点头答应道：“没问题，我会在每个星期三晚上向你们传授股市短线走向分析的技术，还会在炒股过程中提一些具有实战性的可行性建议。”

拿着报酬的曾思狂工作十分卖力，一个星期后，他就指挥阔太团进行了一次买进卖出的短线操作，她们向股市里各投入100万元，卖出后每人赚得10多万元。

初战胜利，她们在一间豪华大酒店宴请曾思狂，一顿美餐后，每人还赠给了他一个红包。

就这样，每个周三曾思狂都会为阔太团制定一套操作计划。起初她们操作得还很顺利，但慢慢她们发现时机很关键，有时看好某个股票时，大盘突然发生变化，若按之前的计划实施，她们只有被套的份；而有时，她们看好的股票突然下跌，当她们决定不买后，又突然开始大涨……

几次操作失误后，她们又想出一个新方案，几人凑齐500万元交到曾思狂手里，请他坐镇大户室，直接全权操盘。

“我们聘请你担任我们的操盘手，月薪1万元，赢利后再给你25%的分成。”

曾思狂欣然接受了这份兼职工作，负责任地为她们打理股票。

这个时候，国内几家门户网站开始推广博客，喜欢“猎奇”的曾思狂也跟潮流开通了博客，昵称是武侠小说中一位高手的名字——“头狼哥”。

一开始，曾思狂把之前写的自传《股海追梦》发表在博客上，夸张地记录了一位天资聪颖、出身豪门、八岁博览群书、十二岁满腹经纶、博古通今，走遍世界几大洲，二十几岁就叱咤中国股市、精通投资的神秘股侠的故事。

然而，这篇文章并未引起网友的注意，博主“头狼哥”在博客圈名不见经传，文章的点击率少得可怜。

不久之后，南方一个证券软件商在J市举办股评报告会，请曾思狂做股评聚人气，来参加的有一千多人，场面非常热闹。曾思狂准备了一份分析大势和炒股技巧的报告，报告会快结束的时候，台下的听众要求他推荐两只股票。

“股市有风险，投资请谨慎。”曾思狂此时偏向看空大盘，不太敢推荐，便忠恳地劝告台下听众。台下却不依不饶：“不能这么敷衍我们，如果不说，我们就鼓掌鼓到你说为止……”说完，台下响应，掌声持续不断。

报告会的主持人附和道：“曾先生，您推荐两只股票让大家参考一下吧！放心，出了事不用您承担责任。”

曾思狂没办法，只好说了两只股票的名字，又补充道：“现在大盘形势不太乐观，希望你们不要在周一开盘的时候购买，等到价格合适，我会在博客里播放一曲《又见炊烟》，那时，大家就可以放心购买了。”

这次报告会后，“头狼哥”的博客点击量突然激增，终于响起了大家翘首以盼的《又见炊烟》的悠扬旋律，第二天他提到的两只股票也真的突飞猛涨了。

“这才是炒股界真正的高手啊！”众多关注“头狼哥”博客的网友十分兴奋地说道。

从这一天开始，曾思狂突然意识到散户股民期待的是铿锵有力的答案，他们不会追捧一位说话没有底气的职业人士，于是他一改往日温柔婉约的写作风格，开始以股市大盘论英雄，文字变得越来越激昂跋扈。不久，“头狼哥”的博文被网站推荐到首页。

短短三个月，曾思狂的博客点击率迅速飙升至每天2000人次，“头狼哥”这个名字开始在股市江湖崭露头角。

此时的沪市综合指数一直徘徊在2900点左右，从图形上看，由1000点涨上来的股市有明显的做头迹象，一些著名分析师发表评论说：“我们应该警惕大盘的鉴定风险。”

一位来自国外大投行，被称作“空军司令”的海龟人士——谢宁，曾放言：“3000点将成为至关重要的一个大顶。”

曾思狂知悉谢宁的观点后，在博客中写道：“今天，我要向谢宁发出战书，以 100 万元人民币为赌资，我赌今年 12 月 30 号以前中国股市最少能达到 4000 点。100 万元人民币，谢宁，你敢不敢来拿？”

在“战书”的结尾，他还不忘写上一句“我愿负本文的一切法律责任！”

一时间，众多网友前来“观战”。三天后，大盘真的如他所说，在地产、银行、石化三雄的推动下快速反弹，其中 A 股还出现了百点长阳，有三只银行股一度涨停。

接二连三预言成真，让广大散户把“头狼哥”奉为股神，大家都说：“炒股不识头狼哥，就称英雄也枉然！”

曾思狂心中甚为得意，接着又发表了一篇《告全国散户书》的文章。在文中，他以武林英雄的口吻表达了保护散户的决心，并充分展示了自己股市分析的独门绝技。文中说：“吾征战股市十七载，历经中国股市变迁。称过王，落过寇，本应心静如水，却流落凡间庸人自扰。本想凭一人之力扭转乾坤，无奈机关重重，险滩峻岭，吾本可逾越，可惜人心不古。英雄气短，寸断肝肠。”

此文一出，网络上一片哗然，他大义凛然且重情重义的侠客范儿瞬间征服了众多网民的心，“头狼哥”在股市散户中的地位更加牢不可破。自此，曾思狂在股市江湖一度成为令人敬佩的传奇人物，“头狼哥”的博客也在众多散户的追捧之下成为“天下第一博客”。

网民“翻身小散”是一个工作闲散的公务员，经常听周围的人谈论股市，渐渐也萌生了炒股的念头，准备拿出自己的积蓄在股市上碰碰运气。

“翻身小散”发现，就连麦当劳这种快餐店里也播放股市大盘的消息，不管认不认识，只要谈起股票，大家就像一家人一样熟络，市场中关于股票的工具书和炒股软件向来都是卖得最火的产品。

为了方便炒股，“翻身小散”买了一个可以上网看 K 线的手机，每次和亲友们线上“见面”的时候就会问：“嘿！哥们儿，今天你炒股了吗？”据他了解，现在很多保姆、阿姨也开始热衷炒股，既能挣钱，还不用看雇主的脸色干活，这让家政公司的客户们叫苦连连，现如今想找个敬业的保姆阿姨实在是太困难了。

想炒股的“翻身小散”，除了有一腔热情外，相关知识一概不懂，他不知道该怎么选股票，也不知道哪只股票能赚钱，哪只股票风险低。他对亲友们抱怨道：“都说股市像盘红烧肉那样诱人，对我来说它更像是一只烤全羊，虽然美味但不知从哪儿下口。我总觉得每只股票都可以买进。”

“从网上学习啊，网上有很多股票知识的。”有朋友说。

他也知道网络是最好的学习途径，但翻遍了网络的各个角落，浏览了各式各样的股评信息后，他不但没有理清头绪，反而更糊涂了。网络上关于股票的信息多如牛毛，令人眼花缭乱。他想，我不能再这么盲目，我可以跟着高手后边炒，这样既不费脑子，又能保证赚到钱。

就这样，“翻身小散”找到了“头狼哥”的博客。

他很喜欢“头狼哥”卓尔不群的博文风格，更喜欢他斩钉截铁的说法。“头狼哥”在博客首页写道：“宠辱不惊，静观堂前花开花落，去留无意，漫看天边云卷云舒。”这句话犹如一缕春风拂面，沁人心脾，在纷繁喧闹的股市中，让“翻身小散”觉得自己终于找到一个可靠、安宁的归宿，他准备跟随“头狼哥”的脚步，挖到股市中的第一桶金。

“头狼哥”颇具豪情，通常都能具体地预测出第二天大盘的点位和个股价格，并且会把第二天要涨的股票直言不讳地告诉网友们，甚至还会说明涨幅多少，能涨到什么程度……

在“头狼哥”的推荐下，翻身小散先后买了三只股票，第一次他就赚了5000元，第二次挣了1万多元，第三次他买的股票更是连连上涨，最终赚到本金的20%。而且，几乎所有跟着“头狼哥”炒股的散户都赚到了钱。

“翻身小散”把“头狼哥”当偶像一样崇拜，他最喜欢看“头狼哥”的自传《股海追梦》，其中那段《烟贩生涯》让他印象深刻。

那是一段关于主人公年少时第一次做生意的记录，文章中写道：“随着父亲的离去，我们家的生活水平一落千丈，我不得不赚钱供自己完成学业……那时学校的男生80%都吸烟，但他们买不起整包的香烟。我就用20元买22包9角钱一包的‘黄金叶’牌香烟，在学校按照一角钱一根的价格出售，很快，22包香烟就卖光了，还接到了300根的订单……几次之后，我发现自己在短短的时间里竟然赚了6000元钱……”

“头狼哥”的这段经历让“翻身小散”对他佩服得五体投地，他认为十五六岁就很会赚钱的“头狼哥”一定能带着他发大财。与其他传说中的“股神”不同，“翻身小散”认为“头狼哥”给人的印象很真实，他常对人说：“这小子生来就是为我们散户说话办事的！”

群狼战队

大陆的股市刚出现时，股民们只能靠彼此之间的交流获取信息。后来，电视上开始出现股评类节目，一群西装革履的股评专家们坐在演播室里高谈阔论，分析大盘走势。

渐渐地，股民们发现这些所谓的专家也不靠谱。他们的特许资质几乎都是通过考试得来的，没有多少真正的炒股经验，虽然说得头头是道，但讲授股市行情时常常漏洞百出，甚至连一般散户股民的水平都达不到。这些专家还经常显摆一些专业术语，让普通老百姓听得一头雾水。

与之相比，“头狼哥”的股评就简单直接得多，他会直接告诉股民什么股票会涨，什么时候要跌……“今天的大盘走势和我昨天预测的完全一样……”这段时间，这句话已经成了“头狼哥”的口头禅。

在散户的心目中，“头狼哥”的性格和他说话的风格一样，简单、坚决、不容置疑！有网友在他博客留言说：“我们就是喜欢你这种果断的性格，不像其他股评家那样半天说不清楚……”

“头狼哥”也喜欢听这些恭维话，他曾在博客中写道：“随着中国经济的飞速发展，物价逐年攀升，中国人的理财意识会逐渐加强，中国的股民数量也会出现爆炸性增长，尤其是在股市行情走好的今年，股民增长速度将会更快。据媒体报道，在我国，平均十三个人里就有一个股民……但是，仍然还有很多人不知道股票是什么……”

马上有网友回复道：“我记得有这么一个笑话，讲的是一个60岁的老太太在股市开户后问，股票长啥样？是跟钱长得一模一样吗？”

“头狼哥”回复：“这个例子极端，不过正说明了大多数股民的弊端，缺乏高人指点。因此，我决定在东滨市举办一场专业讲座……”

“我们支持你！”

“头狼哥好样的！”

“头狼哥，我一定会去捧场的……”

“头狼哥”要举办股市商业讲座的消息一经公布，立刻受到无数网友的热烈追捧，880元一张的门票竟然销售了一千多张。

讲座的地点选在了老东家薛白的涨停板咖啡馆。开场时，“头狼哥”的出现颇具侠客风范，一身剪裁得体的黑色中山装衬托得他更加精明干练，嘴里叼着一根没有点燃的熊猫牌香烟，身边的工作人员甚至蹲下，为他系好松开的鞋带，毕恭毕敬地请他入座。

整场讲座的气氛都是热烈而欢乐的，在讲座即将结束时，一位五十来岁的大妈手捧鲜花冲到演讲台上，就为了能近距离看一眼心中的英雄。一时间，全场爆发出阵阵掌声和欢呼声，其余的几百名观众也跟着往讲台移动，其中有想找他签名的，有想和他合影留念的，有抱着他的笔记本电脑不停翻看的，还有热情邀请他共进晚餐的……

面对有些失控的场面，工作人员及时阻止，对大家说："讲座结束后我们安排了一个小型晚宴，只要自愿交纳 2000 元，每个人都可以和'头狼哥'共进晚餐……"

为了能和偶像一起吃顿饭，大家纷纷把手伸向了钱包……由此可见，在这段股市激情燃烧的岁月中，股市明星的受欢迎程度一点也不亚于好莱坞巨星。

网络是虚拟的，人与人之间的信任度也会降到最低，但曾思狂用了不到一年的时间就从普通"人"变成了"网络股神"，而且还被众多股民奉为"散户的保护神"。以前股民见面会说"今天你炒股了吗"，但今天他们说的却是"今天你看头狼哥的博客了吗?"共同探讨"头狼哥"的股市观点，也成为许多业内人士和媒体股市栏目的主要话题。

这时候，曾经和曾思狂一起参加涨停板实战表演的戴超找到了他，"你现在名气这么大，怎么不自己开个公司呢? 有句话不是说'各领风骚一两年'吗? 我觉得你应该趁现在的大火，赶紧行动起来。"

"我也想过，但是我现在人手不够，如果你和我一起做的话，我就考虑考虑。"

"没问题啊，我来帮你!"

没过多久，曾思狂就注册了自己的投资咨询公司，自己担任董事长，戴超做总经理。戴超在"头狼哥"的粉丝中选出了 77 名积极分子，建立起遍布全国各地的头狼团队网络。

他们还投资 6 万多元对团队所有成员进行了严格的炒股技能培训，并不辞辛苦地往返奔波于 20 多个省区指点工作，在短短的 36 天中，他们的行程就将近 16000 公里。吃得最多的是泡面，流的最多的是汗水……

戴超曾笑言："我们这是经历了两次万里长征啊！"

"头狼团队"正式成立后，"头狼哥"解散了自己为散户进行指导和咨询的免费QQ群，重新建立了几个不同级别的收费QQ群，按照指导级别和服务内容向每位进群的股民征收不同的年费。

"快乐群"是他建立的第一个收费QQ群，年费3000元，随后他又创建了年费5000元的"财神群"、年费7000元的"财富群"以及年费3.7万元的"钻石群"……虽然收费越来越高，但"头狼哥"每次开的新群用不了两三天就会满员，粉丝的热情度连曾思狂都感到吃惊。他知道自己受散户的欢迎，却想不到受欢迎的程度如此之高。

"头狼哥"在博客中写道："交了会员费的会员在网上可以享受到五项服务——'头狼哥'全天为你答疑；'头狼哥'全天实盘在线指导；'头狼哥'一对一解答群友问题；每天精选多只股票供君选择；每天进行详细大盘点评……"

由于精力有限，当"头狼哥"开到第9个"财茂群"的时候曾说："这将是我最后一个狼群团队！"

结果其他股民开始抱怨："'头狼哥'，鞋都挤掉了，还是进不去啊……"

戴超也说："我建议你再开几个群，要不然受益者太少了。"

曾思狂想了想，只好又开了黄金群、白金群和无敌群……直到第13个QQ群，曾思狂才彻底收手。这时，他一共拥有900多个会员，除了西藏以外，几乎所有的省区都能找出几个"头狼哥"的会员粉丝……

这13个狼群战队的成员不仅有散户还有不少大户和亿万富翁，有些大户甚至把自己的资金委托给"头狼哥"操盘，并把收益的25%～30%作为佣金支付给他。戴超曾经作过统计，发现这些人里面，年龄最小的才20岁，还在读大学，年龄最大的已经70多岁，他们都很信任曾思狂，心甘情愿地把自己的钱交给他打理。

"翻身小散"一直很敬佩"头狼哥"，在他开创"快乐群"时就毫不犹豫地汇去了3000元钱，成为狼群战队中最早的一批会员。他在"头狼哥"的推荐下确实赚了不少钱，心里别提多高兴。

转眼间几个月过去了，"头狼哥"的公司越做越红火，他更是意气风发，不止一次地预测说："如今的中国股市正处于有史以来最大的一次牛市中，沪市综指起码能达到6000点!”

“会不会有风险呢?”“翻身小散”准备在7月1日结婚，他已经和未婚妻商量好先用结婚的钱炒股，而这笔钱是他和父母省吃俭用一起积攒出来的，全部投到股市里，他也有些担忧。

“现在市场中最大的风险就是知道有风险!”“头狼哥”坚定地告诉他。

“那就……买吧!”“翻身小散”对未婚妻说。

未婚妻郑重地点了点头，小夫妻把目标定在了“头狼哥”推荐的新泉股份上，果断满仓。

这天新泉股份的价格是9.2元，“头狼哥”说：“这只股票至少能涨到40元。”

翻身小散高兴得一整晚没睡好觉，不断憧憬着发财后的生活。可他做梦都没想到的是，当天深夜，有关部门发布了一项新的政策消息，将股票交易印花税的税率由原来的1‰上调至3‰……

这项决议犹如一盆冷水浇在了狂热的股市上。股民们发现，第二日沪深两地股市刚开盘，股指就开始暴跌，当天收盘时上证综指下跌281点，跌幅高达6.5%，两市跌停股票数不胜数，流通市值仅一天就蒸发了42532亿元，众多投资者被套……

不仅如此，从这一天开始，连续几个交易日沪深两地的市场一直处于深幅暴跌之中，有不少股票连续出现了五个跌停板，整个大盘惨不忍睹。

“翻身小散”被跌傻了，他满仓买进的新泉股份在这几天出现了四个跌停板，他不停地在QQ群里问：“头狼哥怎么办？怎么办啊?”

此时，不只是“翻身小散”惊慌失措拿不定主意，“头狼哥”所有的QQ群都已经乱成了一团。

终于心理崩溃了，急火攻心的“翻身小散”终于心理崩溃，他在QQ群里写道：“头狼哥，你是个骗子！你不是说股市会涨到6000点吗？你不是说新泉股份能涨到40元吗？为什么现在已经出现四个跌停板了？你这个大骗子，一定是你和庄家合谋坑害我们散户，否则你那么高的水平，怎么可能不知道这次的大跌？你不是股神吗？骗子快还钱，否则我就去告你!”

“头狼哥”对此也发表“声明”，他在博客里写道：“我的股市预测是没有错的，错就错在‘半夜鸡叫’以及某些官员，之前风传上调印花税的消息，他们通过媒体向外界表示没有这回事。正是他们向市场发出了这样的信号，我才吃了‘定心丸’，根据技术才判断大盘会继续上涨……”

股神梦醒

随着 QQ 好友上线提醒音的响起，已经在电脑前守候多日的网络警察顿时警觉起来，“‘头狼哥’上线了!”

“马上锁定 IP 地址!”专案组长立刻下达命令，很快就锁定了目标位置——J 市的一家酒店，警察火速赶往现场。

酒店的工作人员说：“我们酒店所有的房间是共用一个 IP 地址的。”

“怎么办？酒店房间这么多，怎么才能准确定位呢?”抓捕小组成员挠头，如果逐一排查，很可能打草惊蛇把“头狼哥”吓跑。

“队长，我们刚刚发现一个情况，这段时间里只有一间客房里的客人使用过网络……”

“马上行动!”抓捕小组分成了两队，一队冲进房间，发现早已人去楼空，另一队连忙调出酒店的监控录像，发现有三名男子恰好在“头狼哥”的 QQ 登录时间前进入了该房间，几分钟后又匆匆离开，时间和 IP 地址都吻合。

网络警察查看了三名男子的登记资料，最后把嫌疑目标锁定在一名叫“曾思狂”的男子身上。警方经过一番调查，最终确认曾思狂就是他们要找的“头狼哥”，并为此，制定了周密的抓捕计划。

不久后的一天，警方将刚到办公室的曾思狂带走。这位中等个子、身材有些消瘦的年轻男子就是曾被网民们尊称为“网络股神”的“中国草根第一博”博主——“头狼哥”。

“只有在潮水退去时，才知道谁一直在裸泳。”“头狼哥”曾用巴菲特的这句名言来捍卫自己的江湖地位，而今天，人们在退潮后才发现一直在裸泳的人原来就是他曾思狂。短短几个月的时间，他从天堂跌到了地狱，就像今天的股海一样，波涛汹涌，跌宕起伏……

这次行动，是警方应证券主管部门的要求展开的，最后以“未经国家主管机关批准，擅自从事证券公募投资基金募集、管理，涉嫌非法金融业务活动”的罪名拘留了曾思狂，并对他的个人财产及交易所户头进行了调查。

调查中，警方发现曾思狂在两个营业部都有户头，开户行都是J省的农行。这两个农行的户头与工行之间有资金互转的情况，涉及的账户共有15个，在已经销户的几个账户的资金流水账中，警方还发现来自全国各地的几百笔汇款，涉案总金额高达1000多万元人民币。经查证，这些资金大部分是曾思狂开展证券投资咨询业务时的非法所得。

股民们一片哗然，谁也没想到昔日的股神摇身一变竟然成了今天的犯罪嫌疑人。

面对记者的采访，一位律师这样说道："如果他只是在博客上发表一些对股票的看法和预测，事情不会这么严重，但他在不具备相关从业资格的情况下收取费用，这就构成了非法实质经营。"

此时，有关部门发出通告称："头狼哥"曾思狂等当事人利用互联网开展非法证券投资咨询活动的行为，违反了《证券法》第122条有关"未经国务院证券监督管理机构批准，任何单位和个人不得经营证券业务"的规定，构成了第197条有关"未经批准，擅自非法经营证券业务"的行为……

由于案情比较复杂，J市爱民区人民法院直到一年后才对被告人曾思狂涉嫌非法经营一案，作出一审判决。

"判处曾思狂有期徒刑三年，并处罚金人民币60万元，追缴违法所得款人民币20.561272万元上缴国库……"

各大媒体对这件事均进行了追踪报道，某大报还把法院对曾思狂的判决书刊登了出来。

"J市爱民区人民法院立案，并依法组成合议庭审理了本案。经审理查明，被告人曾思狂为非法获利，在未经中国证监会许可的情况下，自××××年×月至××××年×月多次在互联网上发布招募会员信息。先后以每人每年3000元、5000元、7000元、9000元、10000元、13000元、27000元、37000元不等的标准建立元老狼群、新四狼群、财聚狼群、财宝狼群、黄金狼群、铂金狼群、钻石狼群收取费用，对缴费会员进行证券买卖指导，非法经营收入205612.72元。案发后，赃款已被公安机关扣押……"

"爱民区法院经审理认为：被告人曾思狂未经中国证监会许可，违反国家规定，非法经营扰乱市场秩序，违法收入205612.72元，情节严重，其行为已构成非法经营罪。依照《中华人民共和国刑法》第二百二十五条第（三）项、

第五十二条、第五十三条、第六十四条、第四十七条的规定，判决被告人曾思狂犯非法经营罪，判处有期徒刑三年，并处罚金人民币60万元，追缴违法所得款人民币205612.72元上缴国库……”

放下手中报纸，谢玄轻轻地叹了口气。

“学到股市的上乘功夫，不仅要学会股市专业套利的技术，还要学会读懂人生，学会思考，做人首先要有基本素质。”谢玄这样感慨道，“没有基本素质，再好的技术也一样要栽跟头。”

谢玄觉得这一事件正好可以作为反面教材，他拿出一张纸，总结出几条教训：“开启智慧的方法有四点，第一，睁眼看世界，见多识广，不要坐井观天；第二，事物没有绝对的好坏，不同的事物整体比较才会高下立分；第三，网状思维，多角度看问题，不能总站在某一角度看问题；第四，做事情，目的和行为手段要匹配，要符合逻辑。”

头狼哥的案子在股市引起不小的骚动，终于尘埃落定了，谢玄带着玄天青来到了京城东郊的温榆河边。

谢玄问：“你对‘头狼哥’这一案件有什么看法？”

玄天青始终关注着案情的发展，说道：“人怕出名、猪怕壮，他这样的处事风格，不出事儿才不正常呢！”

谢玄呵呵一乐，问道：“为什么这样说？”

玄天青想了想，认真地回答道：“他妄自菲薄，自称为散户的保护神，导致股民对他抱有不切实际的过高期望，但他根本不具备救世主的能力，遇到股市大跌时，谁都会失误，人们的期望转为失望，情绪瞬间爆发。一般情况下，股市预测失误在所难免，但他居然采取收费的方式，那性质就不同了，这样就出现了对他的恶性回馈。曾思狂根本不懂法律，他的名气越大，离悬崖边缘越近……”

谢玄点头称赞道：“你讲得有道理，还有呢？”

玄天青说：“我觉得奇怪，‘头狼哥’的事情在几个月前就已经轰动，又有明显的违法行为，为什么直到引起众怒后，才真的出事？”

谢玄笑道：“咱们国家的法律很严密，经常有兜底条文，这样可以给执法人员一个罗织罪名的空间。一般情况下，执法人员的执法手段比较灵活，甚至有时是有选择性的……”

"选择性?"玄天青微微皱起了眉，不太明白师傅的意思。

谢玄点点头，说道："当你还是一只瘦小的蚂蚁时，市场需要你鼓劲，这时候，执法人员按兵不动，当你慢慢变肥，执法人员才会出面，一是罚钱，二是转移股民们愤怒的方向。当然，这是我个人想法，难免偏颇，但是持有这种态度的执法人员肯定存在。尤其是，他们在针对没有背景的草根名人时，采用这种执法方式既安全，又可以起到轰动效应，更容易让自己立功。"

玄天青听后沉默了一会儿，又问："老大，还有一个问题。"

"什么问题?"

"刚开始的时候，媒体报道'头狼哥'的涉案金额有1300多万元人民币，为什么后来却变成20多万元?我觉得这里面应该有猫腻儿。"

谢玄回答道："这个问题我也注意到了，不过我倒不觉得里面有什么猫腻，这种具有轰动效应的案子，很难有徇私枉法的可能性，而且'头狼哥'也没有这么强大的实力背景。"

"那前后金额的巨大差异是怎么一回事呢?"玄天青刨根问底。

谢玄说："法律的定性有两个关键因素，一是法律条文，二是证据。法律条文禁止的行为，你做了就是违法犯罪，法律条文没有明文禁止的行为，便为可行。第二是证据，你做过什么，没有做过什么，不是由谁说了算，而是由证据说了算。头狼哥被逮捕的时候，正是资本市场受到强烈调控的关键时刻。当时的舆论，把头狼哥描写成一个十恶不赦的坏人，其罪名也被罗织了一大堆，诸如非法经营、诈骗、偷税、非法吸收公众存款和虚报注册资本等，毫无疑问已属于严打对象。但后来，可能是因为证据的问题，最后确定以非法经营罪起诉，涉案金额也缩减到20余万元。这不仅是头狼哥一个人的幸事，也确实体现出咱们国家的法律环境在进步，并没有简单地凭想象和推测判定是与非。"

听了谢玄的一番话，玄天青又对师傅肃然起敬，本来玄天青自己觉得通过这么多年的努力，已经学到老大的本事，然而，师傅对人生的感悟和智慧，不经过时间的打磨，是无论如何也学不来的。

谢玄见他的眉头紧锁，就拍了拍他的肩膀，安慰道："有经济基础的专业人士在股市套利赚钱更要谨慎，哪些钱赚得合法，哪些钱赚得不合法，你必须心中有数，这是一条高压线，千万不能碰……以前我让你背《证券法》的条款，熟悉相关的法律法规就是为了让你明白，自己该做什么，不该做什么……”

“嗯……”玄天青点了点头。

谢玄继续说道：“‘常在河边走，哪有不湿鞋。’有时确实会遇到不如意的事情，比如说树大招风，比如说‘宰肥羊’的心理，这是中国所有白手起家的人无法避免的。”

“如果真遇到这样的事情，我该怎么办？”

“如果，你遇到行政执法部门的坏人无故找麻烦，你一定要注意法律条文、行为证据、主观意图、执法程序这四个环节，没做过、想过的事情，打死也不能承认，你说过的话是第一证据，不管别人怎样欺骗、威胁和利诱。所有领域都是有专业经验的，行政执法人员也是这样，他们诱供最为典型的一个套路是‘我们调查你，你就肯定有问题，不查出来，我们交不了差。你干脆承认一点小问题，这样既可以不处理你，我们又可以交差’。不知道有多少傻瓜死在这招上，哪个行业都有好人，也都有坏人……”

玄天青醍醐灌顶，这些问题自己从来没有想过。

谢玄知道他在想什么，微微一笑说：“不要上当就好，这只是一部分急功近利的执法人员误导老百姓的专业技能。另外，还有欺负普通老百姓不懂法，知法犯法，处理公务时恶意违反程序。遇到这种情况，留意收集他们的违法证据。证券这行业啊，像头狼哥这种人搬起石头砸自己的脚，但不懂法被冤枉的人也有，特别是股市中太肥的大赢家。我今天讲的这些，终归一句俗话，害人之心不可有，防人之心不可无……”

第十篇
山雨欲来

散户靠运气、机构靠打法

“股票它涨得快，一夜之间就发财，要我卖，也不卖，再等一下会更high。”

在过去的2006年，一首股市最牛歌——《2006股市太刺激》，勾勒出股市呈现出的一张脸谱。

2007年股市承接前一年的上涨之势，连续单边上涨的逼空行情吸引了大批新股民入市，全民炒股热情空前高涨。

“初生牛犊不怕虎。”老股民喜欢把这句话套用在新股民身上。这一天，在薛白的涨停板咖啡馆一楼大厅里，一位老股民就遇到这样一位“不怕虎”的新股民。新股民是个小伙子，刚刚开好户，看着大屏幕上不断跳跃的数字，疑惑地问旁边的老股民：“绿色的数字是啥意思？红色的又是啥意思呢？”

见老股民没有反应，他就悄声说道：“如果你告诉我，我就告诉你一只能赚大钱的黑马股！”

老股民瞟了瞟白眼，打量了他几眼，打趣道：“绿色的数字代表股价正在下跌，红色的数字代表股价正在上涨……你连这都不懂，还说什么大黑马股票？”

小伙子连忙从上衣口袋里掏出了一张纸条，对他说："这是我昨天在银行门口捡到的……"

"捡来的纸条?"老股民皮笑肉不笑地嘲讽道，不屑地接过纸条，看到上面写着："赶快买600×××，明天要大涨，绝对可靠，别告诉别人。"

"署名竟然是巴菲特!?"老股民忍不住笑了，瞄了一眼那只股票，正处于下跌状态……

老股民乐了，心想：真是林子大了，什么鸟儿都有……

过了一会儿，老股民正准备把手里的纸条扔给小伙子，他突然发现，刚刚还在下跌的股票此时竟然直线拉涨停了……

他顿时傻了眼，瞠目结舌。

旁边电视播出的一档节目也很有意思：辽宁一名4岁的孩子，立志长大后当一名炒股专家……西安惊现僧人股民，该僧人已在交易所开户……南京×某借上千万高利贷进股市豪赌……上海阿姨见股市行情好转，纷纷告假投身股海，导致上海保姆奇缺……广州的哥倾心炒股，请亲戚顶班……

"孚日股份不错，要启动了啊? 买十万股吧……"相声演员江笑湖和几位同行吃饭时接到戚远的电话，推荐孚日股份的股票，但餐厅嘈杂，他只记下股票名就匆匆挂断了。

"戚远说孚日股份不错，我准备明天买十万股。"

"行，我也买点。"吃饭的几位听他这么一说，第二天齐刷刷全买了孚日股份。

几天后，孚日股份连续五个涨停，直到涨停板的价格封不住，江笑湖才全部清仓。不久，江笑湖见到戚远，道谢时抑制不住地兴奋："孚日股份竟然五个涨停板，哥们儿，你的消息真给力啊!"

戚远听糊涂了，问他："你买的股票代码是多少?"

江笑湖说了一遍股票的代码，戚远忍不住哈哈大笑："哥，你真是福将，弄错了，反而赚钱更多。"

"什么弄错了?"

"我让你买的是福日股份，不是孚日股份。"

"啊? 哈哈哈，那也有你的功劳。"江笑湖听后也笑得不行。

回家后，江笑湖还把两只股票的涨幅对比，发现他误打误撞买进的孚日股份比福日股份的涨幅多三分之一还强，真是运气来了，接错个电话都能赚大钱。

和散户靠运气的股票投资方式不同，机构投资者都有自己的打法。戚远是好运来私募基金的实际控制人，他虽然器重方森，但他深谙股市风云诡谲，并不全部投注于他一人身上。他的信息渠道非常广泛，而且精心扩展人脉，不管是正规军还是游走在法律边缘的人物，他都广纳于自己的人脉网中，以备不时之需。

短线高手小梁、小蔡常常给戚远提供一些消息，通过事实证明，戚远觉得还是非常灵验的。

小梁是一位证券电脑工程师，他独创了一套巧妙的炒股技巧。他供职的那家大券商和交易所联系紧密。节假日，小梁以送贺卡的名义给交易所工作人员发送 e－mail，并将事先编好的木马程序绑定在这些邮件中，只要交易所的工作人员查看邮件，木马程序就会立即植入电脑，执行小梁预设的远程控制指令。

心机颇深的小梁在新浪等多个网站开设了博客，将自己编写的远程控制指令嵌入博客网页。远程控制指令放在网页而非个人电脑，那么，上网的地方即可操作指令，不仅操作方便，还可以给监管部门制造麻烦，如果事发，执法人员采集证据非常困难。

当小梁植入的木马程序成功读取控制指令，进而对交易所工作人员的电脑文件进行扫描，一旦搜索到“业绩预增”、“大幅增长”、“利润分配方案”等关键字，这些文件即被加密，发送到他在境外网站开设的存储空间上。

小梁对同学小蔡解释说：“把接收到的信息存储在境外的存储空间，这样才万无一失，证监会绝对不会发现的……”

小蔡是小梁的同学，也是炒股搭档，同时还是这些内幕信息的境内接收方。小蔡和小梁并不直接交换信息，小蔡通过一款名为 Faxreader 的特定软件，直接接收和读取小梁窃取的加密信息。他每日悠闲地坐在电脑前轻松获得众多上市公司的内幕信息，再根据信息的重要性和时效性进行筛选和分析，在股市中有针对性地短线操作，从容套利。

两人知道这么做违法。因此，为了避免暴露，小蔡交易的股票账户是用他人身份证开设的。

通过这种方法获取即将上市公司的内幕信息，进行短线操作，胜率当然非常高。

除了从交易所窃取内幕信息，小梁同时还觊觎其任职的券商内部信息。在他供职的券商的办公系统上，存储着多个部门工作人员的办公文件、电子邮件、内部报告等。作为电脑部的工作人员，小梁能轻松进入该系统，从电脑服务器中窃取该券商与其他上市公司商谈的有关股权分置改革、收购、重组、整体上市等内部报告，并经过上述通道，传送给小蔡，由小蔡分析选择操作。

戚远是在一次飞机旅途上认识小梁和小蔡的，职业的灵敏嗅觉使他在两人短暂的谈话中，很快察觉他们股票操作方法非同一般，于是主动搭讪，交换了联系电话。之后，戚远经常请两人去九号公馆吃饭、按摩、足浴。很快，他成功获得两人的信任，并约定从他们手里购买短线消息，再根据赢利情况分成。

戚远知道这样做的后果，因此没有告诉方森，以免走漏风声。付两人报酬的地点选在九号公馆，现金结算，关键话在桑拿房里说，赤条条笼罩在烟雾缭绕里，什么把柄也落不下。

在这轮牛市中，涨停板敢死队的元老朱海鸣也创新了自己的投机技巧，他发现股民看行情的软件绝大多数都有“短线精灵”或者“大单闪电”这两个即时的短线涨速提示窗口。一般情况下，短线暴拉的股票都会体现在这两个窗口中，从而造成风助火势、火势引风的正反馈效应。朱海鸣从中发现了机会，经过多次操作总结，完善了之前的涨停板敢死队战法。

这是一次朱海鸣 style 的经典操作：

建仓：第一天，上午 11 时 07 分 22 秒至 32 秒，以当时 ST 房建的跌停价 4.91 元买入 180 万股股票。

拉抬：第一天，上午 11 时 15 分 33 秒，以 4.99 元申买档位的第 3 档挂单 69 万股，其时成交价为 5.03 元，尚未成交买单 213 万股。2 分 18 秒后，撤销委托申报。上午 11 时 18 分 10 秒，朱海鸣以 5.1 元申买档位第 4 档挂单 36 万股，其时成交价 5.13 元，未成交买单 225 万股。4 分 35 秒后撤销申报。上午 11 时 19 分 16 秒，以 5.14 元申买档位第 3 档挂单 60 万股，其时该股成交价 5.17 元，未成交买单 270 万股。3 分 23 秒后撤单。

上述 4 分钟内，朱海鸣不断挂出大单，制造买单汹涌的假象，成功吸引到全国其他短线投资者跟进，造成股价不断上涨，而根据不断上涨的股价，朱海鸣再考虑是否继续挂出大单，如此往复。

好戏还在下午。

下午 13 时开盘后，朱海鸣在 13 时 01 分 50 秒、13 时 02 分 50 秒和 13 时 03 分 48 秒，先后以 5. 34 元、5. 38 元和 5. 43 元的当日涨停价挂出 60 万股、90 万股和 99 万股的大单，其时该股的跟风买入者不断增多，成交量也开始放大，三笔单子挂出时的未成交买单分别为 346 万股、468 万股和 591 万股，朱海鸣根据盘面量价的变化加快了撤单速度，三笔单子的驻留时间缩短为 21 秒、34 秒和 23 秒。

至此，通过频繁申报和撤销，以及其他投资者的跟风买入，股价被成功推到涨停板。

为了制造巨量买单封死涨停的表象，朱海鸣先后 9 次在涨停价上挂单共计 798 万股，当然，这 9 单是在其他投资者的买单后面挂上的，他没有撤销，是因为事实上这些挂单在大盘正常情况下不可能成交。

第二天，上午 9 时 18 分 22 秒，正值开盘集合竞价时，朱海鸣又以涨停价 5. 7 元挂出 99 万股买单，继续制造无量涨停的格局，40 秒后撤单。

出货：第二天，上午 9 时 24 分 53 秒，朱海鸣将 180 万股 ST 房建股票以 5. 68 元、略低于涨停价的价格全部卖出。

至此，两天时间朱海鸣获利 1342008 元。

中国首善

这一年是薛三奇的“丰收年”——股市大涨，房价大涨，公司经营业绩大涨。

以往，薛三奇最喜欢唱的一首歌曲是《爱拼才会赢》，他模仿的闽南话虽不标准，但自认为最能体会歌中意境。

如今，他最爱唱《今天是个好日子》，每天都会哼上几句。

“哎……开心的锣鼓敲出年年的喜庆，好看的舞蹈送来天天的欢腾。阳光的油彩涂红了今天的日子哟，生活的花朵是我们的笑容。哎……今天是个好日子，心想的事儿都能成。今天是个好日子，打开了家门咱迎春风。哎……门外的灯笼露出红红的光景，好听的歌儿传达浓浓的深情。月光的水彩涂亮明天的日子哟，美好的世界在我们的心中……”

临近中秋节的一天，薛三奇在哼唱这首歌时突然灵光一闪，想到一个新的慈善计划——低碳环保派送自行车活动。

想到就做。中秋节这天，他一大早就赶到北京月坛体育中心，免费向市民派送了2000辆自行车。

活动开始前，主办方先安排了一场室外记者会。记者问薛三奇：“为什么要这么做呢?”

他笑着回答：“这是我和大家的约定，不仅要把免费的环保自行车骑回家，还要将环保活动进行到底。如果这次活动在北京反响不错，我还会去上海、全国各地举办……我不仅希望普通老百姓踊跃参加，更希望全国的人大代表、政协委员都能到场领一辆自行车，发扬环保精神……”

一位记者抢着问道：“听说您喜欢唱歌，最喜欢唱的一首歌是《今天是个好日子》，是这样吗?”

薛三奇对这个问题很感兴趣，他大笑着回答：“虽然我很喜欢《今天是个好日子》这首歌，但是今天我想唱的歌却是《笑傲江湖》……前不久学古琴时我喜欢上了这首曲子，用了一个月的时间学会了边弹边唱。将来，等我学会用古琴弹奏10首歌曲之后，我希望能有机会到维也纳的金色大厅开一场演唱会……”

“您会找谁做您的搭档呢?”记者又问。

“我可以自弹自唱嘛……”薛三奇洋洋得意，一点不在意自己还是个古琴初段位的小学生。

他说：“我有专业的古琴老师，在他的指导下我练习两个月了。”

“您为什么对古琴情有独钟呢?”

薛三奇笑道：“音色优美吧，只是纯粹地喜欢，弹奏时感觉能让人消除疲劳，每次弹完琴都觉得神清气爽。”

过了一会儿，他攥着食指苦恼地对记者说：“不过，练琴时间长手指会疼，但我还肯定会继续练习。我不是一个轻言放弃的人，等我熟练弹奏10首歌曲，去维也纳金色大厅之前，我会先在国家大剧院开一场个人演唱会，贫困老百姓将优先受邀。如果演唱会受欢迎，我计划连开一个月，到时还会邀请一些大腕儿明星助唱。”

“您的下一步慈善计划是什么呢?”

薛三奇想了想，回答道：“我想分别从贵州、云南、四川、甘肃、新疆几个大省各选一个经济相对落后的乡镇，在这些乡镇中再选出最需要关爱的1000户贫困人家，请他们吃一顿丰盛的年夜饭。我要到最困难的地方去体会他们生活的艰辛和无奈，为他们带去快乐和希望。我想和他们共唱一首《唱支山歌给党听》，用我个人的力量把党和国家的爱传递给他们。到时候，我不仅会送给他们崭新的桌椅，还会为他们带去大米、白面和电视机。我准备中秋节之后就开始行动，首先赶赴云南……”

现场采访的记者发现，为了契合环保、低碳的主题，这批自行车设计成抢眼的绿色，同时还贴上了各式活动标语，其中一条是“薛三奇赠送，骑它回家，不骑是小狗”。

如今，薛三奇事业顺利、家庭和睦，于是他开发起自己的兴趣爱好。身着运动装的薛三奇在活动现场还大秀了一把车技，把现场气氛推向了高潮。

虽然这次活动是打着“随到随送”的宣传语，但为了控制现场人数，主办方对进场人员仍进行了相应限制，整场活动进行得有条不紊，并未出现哄抢的场面。

薛三奇又一次说到做到。在哈尼族的春节——“昂玛突”节到来之际，他赶到云南的哈尼族村，邀请所有村民享用了一次长街盛宴。

开宴当天，当地的村民用薛三奇带来的食材做了黄糯米糕、三色蛋、猪、鸡、鱼、鸭肉、牛肉干巴、麂子干巴、肉松等近40种哈尼族风味的菜肴，备好米酒，沿街摆了一条长达700米的街心宴。

薛三奇把5万多元现金发放到村民手里，让他们欢欢喜喜过大年。村民们知道薛三奇喜欢唱歌，专门为他准备了一场“歌唱会”，村里能歌善舞的人全部围绕着薛三奇，一边唱歌、一边跳舞，场面热闹非凡……

宴后，村长代表全体村民感激地对薛三奇说：“薛总，谢谢您，您是个大善人啊……”

薛三奇笑道：“目前有世界首富，却没有世界首善，我的目标就是成为第一个世界首善……虽然我的财富比不过盖茨、巴菲特、李嘉诚，但是我的爱心不比他们少。以后，我会用实际行动证明给大家看!”说着，他还握紧了拳头，在镜头前比划了比划。

除了在内地频频举办的慈善活动外，薛三奇还想把慈善做到更远的地方，他首先确定的目标是台湾。

薛三奇率领一个由知名企业家组成的慈善团抵达台湾。薛三奇刚走出机场就被记者围得水泄不通，机场除了热烈欢迎他的台湾朋友外，还有另外一些不速之客，手举“伪善团”的标语对他表示抗议的绿营人士。

记者问：“有批评说您组织的是‘伪善团’，请问您是怎么看待这一评价的?”

薛三奇微微一笑，说道：“我知道有人无法理解我的行为，这很正常。不过我真心希望通过这次活动为台湾同胞做些事。我们本来打算低调点，却没想到引起这么多人的关注……”

相比他此前的慈善行为，薛三奇的台湾之行的确低调很多，甚至还要求去参观台北故宫的团员佩戴上印有“低调之旅”的胸章。

薛三奇在台湾下榻的圆山饭店遇见一位老妇，她反复向薛三奇诉说家里生活有多困难。薛三奇先给了她一个1万元新台币的红包，老妇接着说“家里还有老妈妈要养”，薛三奇再给了1万元红包，随即老妇又拿出低收入户证明，薛三奇又给她一个装有5万元的红包。

中午时分，薛三奇在一家餐厅用时，突然一位父亲抱着女儿拦路，薛三奇立刻送上2万元红包。这些资助行为都不在他原本的慈善计划中，有一位记者全程记录下了这些事情。这位记者好奇地问他：“您之前认识他们吗?”

薛三奇摇头说道：“不认识，但他们需要帮助，而我来台湾的目的就是帮助别人，这是我该做的事情。”

记者告诉薛三奇：“台湾都是以支票的形式进行捐赠的，薛先生你这种用现金的形式，很有意思。”

薛三奇有些意外，像是对自己，也像是再回答记者，喃喃地说：“那，我也入乡随俗吧。”

在新竹县政府的大礼堂向弱势团体、儿童致赠时，薛三奇把400万元新台币和60万元人民币的善款支票交给了新竹县团体负责人，然后由县长夫人现场代赠，受赠者以高风险家庭、救助边缘户、孤苦无依的老人为主，共计318人。

居民葛先生激动地接过“红包”，抱着只有4岁的儿子连连感谢，他今天获得了2万元的资助金。

薛三奇在仪式上介绍："我们今天准备了500个红包，分1万元、2万元和5万元新台币三种类型，按照家庭的贫困程度派发到当地居民手里。我希望这些钱能真正帮到他们，为他们的生活带来一些希望……"

"您为什么会想到在台湾做慈善活动呢?"有人问。

这个问题已经有很多人问过了薛三奇，他仍然认真地回答道："每次大陆遇到困难时，总有一些台湾的爱心企业家和民众向大陆伸出援手。为了表达我们的感激之情，我也希望能回馈台湾同胞，做些力所能及的事情……"

活动致词时，新竹县县长发言："首先，我代表台湾民众，对薛三奇以及同行的大陆企业家的到来表示热烈欢迎……就在刚才，薛总在报纸上看到一篇有关贫困儿童种菜为生的报道时，他很痛心地说，孩子就应该幸福地坐在教室里读书，不应该受这样的苦。所以，薛总临时决定，不仅要买下他们所种的全部蔬菜，还要对这些贫困儿童予以资助，帮助他们脱离困境。薛总是一位真正的慈善家，值得所有人敬佩，我也真诚地希望全世界的爱心都不会因为挫折而停顿下来……"

哗……现场响起了热烈的掌声。

薛三奇说："未来几天我们还会到南投、花莲等地捐赠善款，今后每一年，我都会来台湾做慈善活动。"

这一段时间，有一些关心薛三奇一行的人见面会互相询问："薛三奇今天在哪做慈善?"

从薛三奇赴台第一天开始，就不断地有人围追堵截讨要红包。更有人发明"首善定位器"，设计软件让想讨红包的民众利用手机，掌握薛三奇的行踪。这款"首善定位器"使用方法简单，只要目击到薛三奇的行踪，接着回报其定位就可以让大家知道"首善"的位置。且"首善定位器"提供手机免费下载，设计者希望确定薛三奇的位置，帮助到需要帮助的人。

会卖的是师傅

2007年10月初，股市涨势凶猛，用娱乐明星宋丹丹的话来说"炒股捡钱那是相当容易"。全民股疯，老百姓在银行买证券投资基金，甚至需要抽签配售。虽然，市场刚经历5·30半夜鸡叫，但是，股市一片大好形势，绝大多数投资者并未想起“股市有风险”的教训，反而选择相信“撑死胆大的，饿死胆小的”。

沪市指数从2005年5月的996点涨到如今的5800多点。

玄天青和蒋威风一起参加了媒体和券商联合组织的股市财富论坛，他们此行是想亲身体验一下大牛市当下的热度，落座后，他们看见坐在第一排的江笑湖，与几位影歌星坐在同一排。

与会的专业人士与大多数投资者一样，一致看多。

先开讲的是一位券商首席策略师，他演讲的题目是——“明年8000点时看奥运”。

策略师演讲完，一位负责销售的公募副总上台演讲，他说：“今天我演讲的主题是‘中国股市即将迎来黄金十年’。在演讲开始前，我想给大家讲个故事。”

他喝了一口水，然后说：“1996年，美国有个叫安娜的老太太去世。老人活到101岁本身是个新闻，但更大的新闻在于老太太家属在清点遗产时，惊奇地发现，老太所持有的股票价值高达2000万美元。这位老人是从55岁退休拿5000美元开始做股票的，46年后老太变成了千万富翁。老太没学过投资专业，但其股绩令华尔街同仁汗颜。后人帮她总结获得辉煌的战果原因：一是买绩优成长性好的股票；二是耐心持有不管涨跌；三是心态极好，老太不懂股票所以也从不心烦……”

江笑湖听到这里，连连感叹：“了不起，了不起，人家老太太竟无意中就创造了奇迹。”

接下来发言的是一位来自美国的国际投资大师，他说：“中国股市的牛市时间将会持续80年……”

“哗……”现场爆发出一阵热烈的掌声，他的发言无疑迎合了大多数听众的意愿。

乔锋最后一个上台发言，他刚走上台，女司仪微笑着对观众说：“前面三位大师的发言很振奋人心，但遗憾的是没有指出市场下一个板块热点是什么。虽然策略研究员表示继续看好大盘蓝筹股，但暴涨的会是哪个板块呢？是煤炭股、航空股，还是石化股？大家肯定和我一样，有这样的疑问，对不对？”

顿了一下，她笑着继续说，“乔锋先生一直是位实战派人士，他不仅拥有丰富的股市实战经验，并且为人大方、真诚。”

女司仪边说边用热切的眼神看向乔峰，问道：“乔峰先生，您愿意和现场的朋友分享您最新的研究成果吗？大家好，才是真的好！大家说是不是啊？”

女司仪的话引来热烈的掌声。

乔锋站在演讲席的话筒前，顿了好一会儿，开口讲话的声音明显没有平常那么洪亮，语气中带点犹豫，“今天的演讲，我一直在犹豫讲什么。讲股市操作策略，我无须犹豫。但要讲与大家分享，我还是有些犹豫，担心我的话误导一部分没有经验的投资者。刚才，美丽的女司仪既然说了，我想我应该有绅士风度，谁让我也是耳朵根软的人。”

现场的听众忍不住笑了起来，江笑湖小声地对身边的朋友介绍：“乔大侠的演讲特点就是这样，既务实又幽默。”

乔锋接着说：“今天，我还决定把自己心里想的和要做的事情，告诉大家……”他清了清嗓子，喝了口水，继续说道，“今天演讲的题目和我即将发给客户的公开信是一样的——我将解散我的私募基金……”

乔锋清盘私募基金的消息，很快在市场传开了，关于原因众说纷纭。对于极少数老股民无疑起到了清醒剂的作用，股市会不会因为泡沫太大而出现问题？然而，市场还在涨，国庆节后沪市指数突破 6000 点，股市凶猛之势瞬间淹没了乔峰的声音。你不理财，财不理你？谁会与钱过意不去？几乎所有股民都期待着 8000 点看奥运。

其实，论坛举办之前，乔锋就在趣园与谢玄等几位大户私下聚会时，表示了清盘自己的私募基金的想法，当时一位大鳄大吃一惊，“为什么？现在股市是最好的时候，几乎每天都能轻松捞钱，客户们也都很满意。现在解散基金，没有理由啊？”

乔锋摇了摇头，说道：“现在的股市市盈率已经达到 70 多倍，市场的狂热程度你也见识到了，能进股市的钱基本上都进得差不多了，而大盘新股的发行价高得离谱。泡沫随时会破，一旦股市下跌，很可能暴跌，全世界的股市都这样，这不是第一次。到那时，像咱们这种规模的资金，跑都跑不掉，因为那时不一定会有承接盘。”

乔锋拿过当天的一张证券报，“今天证券报的头版头条就是国家领导的讲话，要防止股市暴涨暴跌。现在已经暴涨了，下面就该防止暴跌了，谁来防，是要靠咱们自己来防的。股市里的傻瓜们，可能还以为不用替自己操心，国家会替他们防范风险呢？现在的股市赚钱好像是很容易，但这只会是一个短暂现象，不会持续长久的，1 赢 2 平 7 亏是股谚，这个规律一旦打破，其他行业就会没有人去做，全都来炒股了。再说，咱们现在已经是自由人，好不容易抓住这么一个机会从井下爬上来，不能因为贪婪和追求完美，再愚蠢地跌回井底吧。”

谢玄认真地思考着乔锋的话，最近谢玄也在想同样的问题，尤其是最后几句话几乎道出了他的心声。

他还记得曾经问过乔锋：“你认为在沪深股市中，赚什么样的钱最容易？”

乔锋说：“赚周期的钱最容易，这个世界没有只涨不跌的股市，也没有只跌不涨的股市，大涨之后必有大跌，大跌之后必有大涨……股市中人的命运变化和做实业的人相比，存在市盈率的乘数……”

谢玄非常支持乔锋的说法，说道：“你说得很有道理，现在市场上超过 70 倍的市盈率如果跌到合理的 20 倍以下，情况确实很恐怖，估计有些人一辈子都没机会翻身了……天下没有不散的筵席，早一点清盘也许更能掌握主动权。做私募基金最大的难度，就是永远无法满足客户的期望。在股市中，越是外行，要求越高，哎……”

在谢玄积累财富的过程中，基本一帆风顺，除了有一次险些翻船外。

谢玄与玄天青谈起 3・27 国债期货一战惊心动魄的往事，玄天青第一次从他脸上读出那种心有余悸的神色。

他回忆道：“当时我和一个朋友，在辽国发证券做空 3・27 国债，辽国发证券的自营盘房间跟我在同一层楼，我接受辽国发的建议，决定做空。下午 1 点半，我忽然觉得行情不妙……于是，立即给乔锋打去电话，他劝我做多。我放下电话思考了 3 分钟，立刻改为空翻多。就是灵光一现的决定，让我死里逃生。否则，就没有现在的趣园，也没有现在的我了。”

幸亏那一次有惊无险，避免了一场悲剧。所以他十分感激乔峰，为此他也希望自己能真正帮到乔峰。谢玄虽然认可乔峰的想法，但他觉得还有更完美的解决办法，于是，他试探地问道：“你以后是想做一个完全的自由人，不再为别人炒股票了吗？我是想说，我知道你的客户中，有几个朋友比较特殊，如果他们有意愿，你是不是留两三个帮他们继续做股票，理理财，保持一种特殊的关系。”

乔锋有些疑惑，问道：“我的想法是彻底清盘，做一个自由人。穷时兼济客户，富时独自发财。钱已经赚够了，留两三个朋友的股票账户有什么意义吗？”

谢玄直截了当地说出自己的想法，“目前中国处于经济高速发展的转型期，社会的复杂程度可能是一般人想象不到的，比如说，咱们不做投资公司、私募，还要做些其他投资吧？说不定就需要别人的帮助，积累社会资源，比如继续替那几个朋友理财，不也很必要吗？”

乔锋听明白了谢玄是想让自己利用炒股的专长，与有实权的朋友优势互补，维持朋友关系，以防“匹夫无罪，怀璧其罪”，或者莫名其妙的恶意“碰瓷”。

乔锋很感激谢玄的真诚提醒，他觉得谢玄不仅深谋远虑，还站在自己的立场考虑得如此周全，他心中认定了这位兄弟，两位英雄惺惺相惜。

股王出世

2007 年 11 月 3 日，星期六，就在新蓝筹股中国当时最赚钱的公司——中国石油，即将在 A 股开盘的最后一个周末，油荒在全国各地大面积“爆发”，消息迅速登上各大网站媒体的头版。

消息说：“加油站前挤满了各种车辆……发改委发文称，自当日起，民用燃油的出厂价格每吨上调 500 元，涨幅接近 10%……”

此前不久，曾经以 1.5 港元的成本买进，并成为第二大股东的巴菲特却数次出手，连连抛售中石油股份。

2007 年 10 月 18 日，巴菲特对外公开宣称：“基于股票价格的考虑，我已经把所持有的中石油的 23.4 亿股 H 股全部卖出……5 亿美元的投资换回了 35 亿美元的回报……”

针对于巴菲特抛售中石油的消息，国内的媒体和巴菲特的门徒们却不以为然。

《炎黄证券报》专门发表文章称：“从此事可以看出，巴菲特并不是神，他抛售中石油的行为有三点错误。第一，巴菲特没有预测到石油价格的趋势——石油是不可再生资源，未来石油的价格肯定会越来越高；第二，巴菲特没有预测到中石油产能的爆发性增长——中石油发现的中国南堡油田储量远远高于原设想的10亿吨油当量；第三，巴菲特没有预测到中石油作为大蓝筹回归A股势在必行……”

一位在国内以“巴菲特的最重视门徒”称誉股坛的巴菲特研究专家，在中石油A股上市前说：“巴菲特卖掉中石油股票是一个巨大的错误，他违背了自己崇尚的价值投资理念和巴菲特投资哲学精神。曾经，华人首富李嘉诚也犯过类似的错误……”

中国股民绝大多数是天性看多的。此时，无论是港股还是A股，股民都在期盼中石油“股王出世”，再次走出和中海油服、中国神华两只新蓝筹股一样走势的短线闪电暴涨行情。

中石油上市前夕的事情，要说无人在背后精心“策划”，大家肯定很难相信。要说有人精心“策划”，似乎也无可能。这就是我们A股市场的无形之手，它们在A股市场，以中石油为案例，给已经狂热的股票市场投资者上了一堂如此生动的大课——为了中国石油开个好价、卖个好价，不惜动用所有可以动用的各种资源。

11月5日，股市开市，中国石油确实不负持有者的厚望，以48.60元大幅高开，这意味着中石油的总市值，瞬间达到1万亿美元，超过埃克森美孚一倍以上，一举成为全球最大市值、空前绝后的“超级股王”。

48.60元的开盘价还意味着，打中一个新股“签儿”，大赚3万多元，而中石油的中签率接近2%。

玄天青、蒋威风，还有乔锋此前已经抛空二级市场股票，这一日又再度在5700多点抛空了中石油。尽管后来，沪市指数又上涨到6124点，但是他们在中海油服、中国神华、中国石油这几个大盘新股IPO上赚的钱，远远超过指数上涨的这最后一段甘蔗梢的涨幅。不过技巧的胜利比起特权的胜利，还是微不足道的。此前，中石油共计40亿A股的总发行额度中，有10亿股在网下直接“划给”了484家机构投资者，其收益率，至少是100%以上；而网上参与申购中石油的所有打新资金的单次收益率，只有3.3%。

自沪市指数出现6000点的巨大泡沫后，股市的监管层蠢蠢欲动，他们分兵两路展开行动：一方面成立了中国股市上第一稽查总队，加强对二级市场的监管；另一方面监管基金公司，从资金层面严控资金流入，也就是传说中的“窗口指导”。

2007 年 11 月 16 日，谢玄看到了《炎黄证券报》头版上的一则报道：证监会副主席宣布，证监会正式成立稽查总队。在这个报道中还提到，中央机构编制办批复给稽查总队的编制达 170 人，使之成为国务院近 20 年来批准成立的最大规模的机构。稽查总队不仅人数多，而且规格高。这 170 人中，局级领导有 7 名、处级干部多达 52 名。这些人领导稽查总队的 20 个处室，包括 15 个调查处、2 个内审处、办公室（党委办公室）、技术支持处、纪委（监察室）等。各部门的大门均设密，外人不得入内。万不得已‘串门’时，谁何时何地见了谁，都要记录在案。稽查总队会对员工的电话、传真、电子邮件进行监控。”

消息公布后不久，韩虎在趣园又召集齐股市大鳄。

乔锋首先发言道：“稽查总队之所以受到前所未有的重视，与此轮大牛市休戚相关。从以往的经验来看，中国股市维持高市盈率，主要因素有二：一是投资者队伍不断扩容，今年随着大牛市的出现，能进入股市的中国家庭几乎已全部进入，这样股市的需求资金，在没有对世界开放前将陷入停滞的状态，新股发行的持续和股改大小非股东持股的解禁，将为股票市场提供源源不断的后续能量；二是中国股市二级市场处于不规范的庄家活跃状态，如果庄家时代一去不复返，进入二级市场机构投资行为相对规范而上市公司规范度有限的时代，前后两个时代能维持的市盈率是不同的，甚至是差别巨大的。”

谢玄补充说：“美国已经出现的金融危机伤筋动骨，不可能对其他国家没有影响，也不可能对中国经济没影响，最起码心理上的影响就相当巨大。”

韩虎此时已经抛掉大部分股票，只留一部分低市盈率股。听了谢玄的话，不禁幽默地吐了吐舌头，学着江苏的调调，说道：“乖乖，唧立个咚，照你们两人的说法，这大盘不得跌到 2000 点啊。”

这次趣园聚会后，俱乐部的其他大鳄抛尽了手中剩余股票，然后，旅游的旅游、投资的投资，这个圈子几乎成为这一轮大牛市的完美受益者。

有幸运者，就会有倒霉蛋。朱海鸣不幸以另外一种方式诠释了股市的倒霉蛋。

2008年新年伊始，中国证监会在《炎黄证券报》上发布了朱海鸣操纵证券市场案的处罚决定书，对朱海鸣在2006年因操纵股票价格所得的399万余元非法收入予以全额没收，并处以同等金额的罚款。

“朱海鸣案”是自去年证监会正式成立稽查总队后，首起查处的虚假申报操纵股市案。根据中国证监会公布的《中国证监会行政处罚决定书（朱海鸣）》：

2006年6月26日，朱海鸣在上午21分钟内连续挂出61笔晋中煤业买单，共计4009万股，申报价格从第一笔的10.22元提高到第61笔的10.59元，并随后在26分钟内全部撤单，在撤单后，以10.36元卖出晋中煤业433万余股。

此后朱海鸣又同样以短时间内频繁申报和撤销申报手段操纵了“西北路桥”、“G同大”、“G中江”、“丰收股份”、“东方纺织”、“东南医药”、“G实验”、“华南高新”、“宇新钢铁”、“滨南股份”、“长城科技”、“G民新”、“*ST同化”、“城市建投”和ST房建等15只股票的股价，非法所得399万余元。

其实，朱海鸣对这次被证监会查处，虽感到意外，但也不是完全没有征兆。

之前，朱海鸣已经被上交所警告过多次。为此，他查询《证券法》，发现在交易禁止行为中没有禁止挂单这一项。于是，他根本不把交易所的警告当回事，依然我行我素。让他没想到的是，自己现在真成了稽查风暴开始后第一个被试刀的人。

稽查总队第一次找朱海鸣谈话时，朱海鸣问：“你们有什么法律依据，认定我操纵市场?”

稽查总队的一个队长对朱海鸣说：“你看看，《证券法》的第七十七条禁止任何人以下列手段操纵证券市场：（四）以其他手段操纵证券市场。”

事实上，证监会近年来就注意到，一些账户的交易行为属于《证券法》第七十七条第一款第四项规定‘以其他手段操纵证券市场’的行为，‘虚假申报’就是其中一种手段。但由于证据不够充分，一直没有公开查办类似行为。

这次处罚朱海鸣是证监会第一次查处‘虚假申报’的行动，稽查总队的调查人员原以为‘以其他手段操纵证券市场的行为’的处罚会遇到朱海鸣的质疑，但是仅与他谈了一两次话，朱海鸣就承认了自己的错误，没做更多的辩解。朱海鸣表示他并不知道这是一种违法行为，只自认为这样做可以获利，就一直大胆操作。

根据证监会的《内部操纵市场认定办法》的指导，认定虚假申报操纵，须满足三个条件：行为人不以成交为目的；行为人做出频繁申报和撤销申报的行为；影响证券交易价格或者证券交易量。

这个案子对于中国股市二级市场来说意义重大，这意味着庄家时代即将结束。

稽查人员在做该案总结时说："实际上，对朱海鸣一案的判定要比这个标准宽松得多，稽查人员非常谨慎，当时锁定的被操纵股票有几十只，但最后认定的仅有15只，基本都是连续几十次的申报和撤单，属于情节比较严重的行为。考虑到这是虚假申报的第一案，我们的办案过程非常严谨。"

限制交易

涨停板咖啡厅虽然仍旧熙熙攘攘，但早已不是股市的聚焦点了。咖啡馆的经营一切回归常规轨道后，薛白也开始转移精力，亲自操盘。谁知道，刚有进展，竟被限制交易了，有三只被指定的股票无法买卖。

他早就听说所谓的"重点监控"、"窗口指导"，但没想到自己成为"窗口指导"的"重点监控"对象。起因是，薛白在一天内分四笔买进一万多股的东兴医药，他买进这只股票的原因是看见该股的图形不错，刚开始上涨第一天，他认为后市可能还会涨，想做个短线投机。

龙腾证券营业部的工作人员打来电话："薛先生，您不能再继续买东兴医药这只股票了，否则营业部将会停止您的账户交易。另外，300××1、300××2，您也不能买……"

薛白感到奇怪，这两只创业板股票自己根本没买过，这是怎么一回事呢？他想找营业部的人问个清楚，但以前熟识的营业部王总已经调走，新上任的总经理跟自己又不熟。

薛白想起以前买创业板股票红果林苗时也被警告过，结果他40元撤单后，那只股票很快就涨到96元，气得他只想向龙腾证券索赔。

如果买入大涨过的股票被警告他还能理解，但这次的三只股票涨幅和成交量都不出众，后两只他又没买，为什么也不允许他买入呢？

于是，薛白把这三只股票的图形和基本面仔细研究了一番，发现三只股票同步涨跌，会不会是同一个机构在操作？为了进一步弄清楚限制交易的原因，薛白专门查了交易规则，发现自己并没有违反任何法规和交易规则。既然没违规，凭什么不让他买呢？薛白又试了几次，结果发现，只要他一购买东兴医药的股票，就会接到龙腾证券打来的警告电话。薛白干脆继续购买，直到委托软件提示他：系统出错。

薛白气得打电话质问龙腾证券的工作人员："为什么要限制我的交易？"

工作人员回答道："不是我们限制，这是交易所的要求，与我们无关……"

薛白又立即拨打交易所的电话，结果无人接听，再打，还是没人接。

晚上，薛白越想越生气，气愤之余打开电脑，给交易所发了一封电子邮件：

××交易所：

你好！

我（股东代码××××）昨日从10:45到14:31共买入东兴医药20000股。在操作期间，龙腾证券东滨营业部曾多次要求我停止购买，最终在交易系统中禁止我再次买入该股，并向我说明这是交易所要求的。我查遍现有的交易规则（包括6.1条和6.2条），并没有看到交易所或券商有权干预我正常交易的条款。

第一，东兴医药没有连续上涨，不属于异动股票；

第二，在两个小时的交易时间内分4笔买入的近20000股算不上连续申报、大笔申报（除非交易所或者券商另有内部标准）。

因此，我希望你们能回答我以下几个问题：

1. 到底是交易所还是券商剥夺了我的交易权利（昨天龙虎榜买入第一名是龙腾证券，我是否可以怀疑龙腾证券借交易所之名收集筹码）？

2. 龙腾证券或交易所依据哪条条款拥有禁止投资者交易的权利？

3. 买入多少股（1000股？10000股？1%？0.1%？）算大笔申报？请给出具体指标。

4. 如果该只股票确实禁止购买，为什么交易所不将这一信息公开？为什么这只股票昨天还会有478万股的成交量？如何洗脱龙腾证券或交易所勾结庄家控制筹码的嫌疑?

如果交易所不对我的疑问进行答复,我会在我的微博、全国各大论坛发帖公告,甚至采取法律手段维护自己的合法利益和权利。

谢谢!

投资人薛白

××××年××月××日

交易所很快回了一个邮件,内容如下:

尊敬的投资者:

您好!我中心已将您的意见向有关部门转达,感谢您对我们工作的支持与帮助。

交易所投资者教育中心

第二天上午九点左右,薛白接到龙腾证券的人打来的电话,称公司老总想登门拜访。

下午,龙腾证券海滨营业部的张总来到涨停板咖啡店,与薛白见面。

张总是个中年人,态度很谦和。他对薛白说:"你给交易所的邮件我们收到了,昨天交易所市场监察部专门给总公司的风控管理部经理和我都打了电话。要求我们跟你谈谈,做好你的思想工作,不要影响你的情绪,否则对大家都不好。我今天来,就是这个目的。薛白,你怎么看这件事情?"

薛白问:"我哪里违规,你们警告并停止我的交易,有没有法律依据?"

张总讪笑道:"这个事情很复杂,我们券商也很无奈。交易所内部控制创业板交易具体什么标准我也不清楚,没发过相关文件。但交易所让券商发出警告,理论上我们只有执行。我本人也觉得没有道理,有些警告并没发出。昨天风控部经理还问我,能不能暗中帮投资者搞翻交易所。我细想下觉得这种做法行不通,得罪了交易所,公司推荐给深交所上市的股票就会被枪毙,不能因小失大。"

薛白刚想插话,被张总摆手打断了。

他接着说,"其实,交易所也是按照领导的要求执行,不是某一个人能控制的。领导的意思让我友好处理,争取'大事化小,小事化了',不要扩大这件事的影响面。而且,如果我们券商处理不好这件事情,交易所就会给我们扣分……虽然我个人认为交易所限制你交易的行为有些过激，但是……你看……你有什么想法都可以告诉我，我会向总公司汇报的。”

薛白看着张总，缓慢而坚定地说道：“我也不想把事情弄大，现在是你们公司，或者是交易所在没有任何依据的情况下限制我的交易，我要求你们赔偿我的损失，并杜绝类似事件的发生……”

张总在准备好的笔记本上，将薛白说的话一字不漏地记了下来，然后客气地说：“你的要求和意见我都记下了，回去后我会向总公司汇报，并尽快给你答复。”

薛白点点头，把张总送出了咖啡厅。

第二天，龙腾证券营业部的一个部门经理来到咖啡厅，对薛白说：“赔偿的事情公司做不了账，经过商议，公司决定给您降低佣金，并赠送您一个iPod?”

薛白很干脆地回答道：“不行。”

部门经理说：“那，我们回去再商量商量，我做不了主。我可以记下你的电话吗？这样沟通方便些。”

薛白用自己的手机给他拨通了。

第三天中午，薛白接到龙腾证券电话，仍是那个部门经理，他说：“你的事情，我们实在没有办法解决。交易所暂停你的交易，是因为大笔申报和连续申报，是严重操纵股价的行为。”

薛白冷声质问：“真是‘滑天下之大稽’，我一天之内才进行四笔交易，总共买入一万多股就能操纵股价？三笔都是低挂，有一笔高0.2%，这也算操纵股价？你们的依据是什么?”

部门经理说：“重点监控股票超过5000股委托就算大笔申报，每天超过三笔算连续申报……”

薛白听后更加生气，“我想知道这些规定是在哪里公示的？什么叫做重点监控股票?”

“这些都是交易所内控的，重点监控股票的标准也由交易所决定。薛先生，很抱歉。我只是向您传达交易所的意见，对不起，我该传达的都传达了，就这样吧。”他说完挂断了电话。

薛白愣住了，直到电话里传来忙音才回过神来，他气愤地把电话扔到沙发上，心中暗骂：如果法律的标准都由法官内控，那行贿的人岂不是早就排起长队了？法官不就乐开花了？你们玩阴的，别怪我不仗义。

这时候股市大盘已经开盘，薛白看着账户里原有的5000股东兴医药，越想越生气，再一次挂单买入3000股东兴医药。

龙腾证券的电话立刻打了过来，“薛先生，交易所让我们通知你，如果再继续购买东兴医药以及另外两只股票的话，我们会根据规定立刻冻结你的账户，在未来3个月内你将不能继续交易……请冷静一下，考虑清楚，不要盲目冲动。”

薛白气愤得摔了电话。

收市后，他找到一位熟悉的律师。律师找出相关的规则和条款，指着其中一条对薛白说：“你看，他们的主要依据就是这一条款。”

6.1 本所对证券交易中的下列事项，予以重点监控：

（一）涉嫌内幕交易、操纵市场等违法违规行为；

（二）证券买卖的时间、数量、方式等受到法律、行政法规、部门规章和规范性文件及本所业务规则等相关规定限制的行为；

（三）可能影响证券交易价格或者证券交易量的异常交易行为；

（四）证券交易价格或者证券交易量明显异常的情形；

（五）本所认为需要重点监控的其他事项。

律师摇摇头，有些无奈地说：“主要是第五条所说的‘本所认为需要重点监控的其他事项’，这一条包含的内容太多了，你根本没有赢的希望，还是别浪费时间了。”

满仓等待暴跌

2008年春节前夕，龙腾证券京城总部举办了一场跨年晚会。傍晚时分，京城的大户和部分员工陆续来到晚会现场。

江笑湖也在邀请之列，他在现场和张宝祥合作表演了一段关于股市的相声，相声的名字是《爱上一个不空仓的人》。江笑湖还演唱了一首经过改编的流行歌曲，其中有一段是这样唱的：“常常责怪自己当初不应该，常常后悔没有把钱留下来，为什么明明知道到顶最后还是没走开，是否我们总在亏损之下徘徊，谁知道为什么相聚在股海……”

表演结束后，他回到座位时，旁边有人小声问他：“你是不是认为大盘见大顶了，在暗示大家不要仓位太重呢？”

江笑湖哈哈大笑道：“别瞎猜了，大牛市还没结束呢！我十分看好中国经济未来的发展，2008 年 8 月，我要在 8000 点时去看奥运会！”

龙腾证券的首席策略师赵大箫在晚会现场做了简短的演讲：“牛市现在才刚刚开始，我认为 10000 点都不算是顶点……”

此话一出，引得大家哄堂而笑。

晚会的最后一个节目是抽奖，由龙腾证券总裁抽出这次晚会的大奖获得者。

“本次晚会的大奖获得者是……熊大来……”

张宝祥听到“熊大来”这个名字后，忍不住笑出声来，“在牛市竟然是熊先生拿到了大奖，难道大盘真的有风险？”

江笑湖连忙摆手，说道：“乌鸦嘴，别瞎说。”

随后的几天，看着大盘走势，江笑湖也开始怀疑自己改编的歌词以及熊先生的中奖，是不是真预兆了什么。

联欢会后不久，大盘开始大暴跌，江笑湖重仓持有的精研科技也随着大盘出现大跌，与前一年度第四季度的那一轮下跌不同，这个时候，江笑湖的心里异常慌乱。上一轮股市大跌，江笑湖之所以不怕，是因为他在 2007 年浮赢很多，所以跌一点无所谓，但这一波快过年了，还出现两个跌停板，这种走法就有点让人受不了。

江笑湖也动过卖掉股票的念头，但牛市的惯性思维让他觉得市场不会坏到不能接受的程度。再加上春节前要准备录制几家电视台的晚会，没有腾出时间处理股票的事情。

春节期间，江笑湖和亲友吃饭，谈论的话题自然少不了股票。不少人都被套牢了，大家把希望都放在了年后的股市上。

江笑湖手里的股票此时正处在尴尬的价位上，见大家都看好后市，他也放弃了卖出的打算。

没过两天，江笑湖收到了江南电视台做专访的邀请。

“今天我们邀请到的嘉宾是著名相声演员——江笑湖先生……今天我们的

主题是‘从著名相声演员到股市高手的华丽变身’……”

节目中，江笑湖讲述了自己的炒股经历和对未来股市的看法，然而，股市行情却在不知不觉中发生了巨大的变化……

3 月份，市场像“铁了心”般一路向下滑，在短短一个月的时间里跌穿了 4000 点和 3500 点两个关口。市场上针对“底在何处”、“救不救市”的问题一直争论不休。

江笑湖所持有的精研科技已经从当初的 29 元跌到了 19 元，跌近了他的心理价位——买时的成本价。江笑湖每天都在纠结应该补仓还是减仓，看着利润一点点被吞噬，他越来越拿不定主意。

在匆忙举办的家庭派对中，江笑湖四处咨询，但谁也看不清未来股市的走向，谁也无法给出确切的答案。

玄天青说：“江老师，逢高减一点仓吧。”

方森说：“我建议您再等一等……”

熬到 3 月份的最后一个交易日，江笑湖的账户已经由红变绿，开始亏本金了。

4 月 1 日是西方的愚人节，A 股在这天也着实“愚”了大家一把。

这一天，沪市暴跌 4.13%，深市暴挫 6.33%，两市仅有 25 只个股上涨，跌停股票不含 ST 股在内共计 500 多只，有 823 只股票的跌幅超过 9%，下跌个股超过 1400 只……

4 月下旬的时候，股市行情开始宽幅震荡，江笑湖手里的精研科技也跟着行情忽上忽下，其中，还出现过一个涨停板。这让江笑湖又看到了一丝希望，他想：市场应该还是能走好的吧，等涨到成本价的时候我再卖掉股票……

5 月，股市开始走红，大家都在展望红五月。

电视节目中，一位资深评论员兼炒股高手信誓旦旦地说：“我敢肯定，现在就是大盘的底部了……我是这样认为，也是这样做的。昨天，在公司开会时我要求休会十分钟，让员工们买股票。原则上，上班时间是不应该炒股的，但现在市场到底了，我觉得是个好机会，如果有人愿意抄底，可以利用这十分钟的时间买股票……现在的点位不会再跌多少了，赚大钱的可能性很高。我要满仓等待暴跌……”

江笑湖听完专家的话后激动不已，他觉得这才是高手风范，那些还在看空的人，终究是赚不到大钱的。在这位炒股高手的“带动”下，江笑湖的情绪也高涨起来，在接下来的一个交易日里果断加仓买进精研科技。

人算不如天算，江笑湖刚加仓，地震就来了。

“5·12”汶川地震令全国人民悲恸不已，大家在关心灾区人民的同时，股市也出现了自发锁仓的号召，到处都流传着各大机构基金“毅然”锁仓的传言。然而，事后的数据显示，这一时期的机构席位呈现净卖出状态，“散户锁仓”也变成了市场参与主体的出货良机。

股市再次大跌。5月20日之后，一家证券媒体指出，包括京华信基金公司在内的两家抛盘量较大的基金公司，遭到被套股民的严厉谴责。

京华信大盘精选基金的基金经理王伟徽说：“抛售股票只是我个人的投资策略，是为了基金持有人的利益而决定的，与证券投资和社会中的其他事情没有关系，只要遵循法规和交易规则，就不必担负其他责任……”

虽然部分股民对京华信基金的行为感到不满，但京华信基金公司却因为这次大规模出货，成功规避了后市的大跌，并因为不久之后的低位成功抄底，在年度基金排名中，以仅亏19%的业绩再次成为该年度公募基金净值增长的第一名。

江笑湖被灾情深深触动，已经没有心思管手中的股票了，他忽然觉得钱不过是身外之物，只要活着就好。在这种无奈的心情下，他给自己和家人买了几份高额保险。

这时，他的股票已经亏损30%左右。炒过股的人都知道，股票一旦被套30%，持股者就已经很难下手割肉，因为实在太疼了……

“常常责怪自己当初不应该，常常后悔没有把钱留下来，为什么明明知道到顶最后还是没走开，是否我们总在亏损之下徘徊，谁知道为什么相聚在股海……”当江笑湖再次唱起这首歌，歌声饱含满怀的无奈……

“为什么会跌呢?”

江笑湖不知道是他错了还是市场错了，根据直觉他认为自己没错。他所做的一切完全符合价值投资理念——建仓一只看好的股票，跌了补仓，坚定持有……

“为什么会跌得这么惨呢?”江笑湖莫名不已。

高通胀、高油价、大小非、美国次贷危机、人民币升值……这些江笑湖以前很少关注的信息现在都变成了他生活的重点，虽然自己已经算得半个专业经济学家了，但市场依旧“大忽悠”，从未给过他准确的答案……

现实是残酷的，2008年的市场遭遇了一场罕见的“连锁风暴”，在这场风暴中，只有谢玄、乔锋和趣园的大鳄们闪开了，谢玄和乔峰甚至还因为短线反弹做得好，不仅不赔反而赚了不少，令那些被风暴殃及的人眼红、忌恨。

江笑湖这段时间不敢回头去看K线，K线让他看到自己有多愚蠢。想到自己曾经动过卖掉金丝楠家具换成股票的念头，他便心有余悸。他现在每天能做的事情就是逼自己准时睡觉，耐心等待。

奥运会前夕，江笑湖举办了一次家庭股市沙龙。之前因为心情不好，他已经很长一段时间没有举办过。这次，他想趁着奥运会来临之际，给自己打气加油。

沙龙开始前，他说：“今天，我们沙龙的主题是‘看好股市’。股市跌到现在也该涨起来了，如果在座的有人觉得股市还会继续跌下去，请马上离开，否则我怕自己无法控制骂人的冲动……”

大家都在盼望奥运会期间股市的行情能够变好，江笑湖觉得8000点看奥运的希望是没有了，但4000点总应该达到吧。

而且，最近媒体也在不停报道：大空头索罗斯预测，中国股市在2008年奥运会结束前肯定会保持平稳运行。

大家满怀希望等待奥运会的到来，可就在奥运会开幕的前一天，噩梦再次开始。大熊市出现了最惨烈的状况，沪市指数从3000点一口气跌到1800点，整个股市阴云密布。

5000点时，江笑湖认为“下跌只是暂时的，是指数上8000点的铺垫”；4500点的时候，他认为股市“将完成最后一跌，大三浪反弹会随时展开”；跌到4000点，他听到股评家说“主动买套，只输时间不输钱”；3500点时，他又听说“红五月可以期待”；3000点，投资者仍信心百倍，大家都说“3000点保卫战已经打响”；等到2500点的时候，仍然有人说，“严重超跌，反弹在即，不宜割肉”；2000点时，江笑湖听到了“机构正在抄大底猛加仓”的消息；但等到股市跌到了1800点，他听到的却是“下一步将会跌到1200点”……

这一次，江笑湖真的感到恐惧了。

他开始意识到，熊市中任何一次买进都是错误的，任何一次卖出都是对的，晚卖一天就多损失一天。

江笑湖不敢想象股市最后会跌成什么样，一咬牙，在1800点时把手里的股票全部卖掉了。由于接盘很少，江笑湖卖掉精研科技的时候，把这只股票砸跌了3%。

卖完精研科技后，江笑湖来到自家附近的公园。平日里，每天晚饭后他都会来这里散步，在那棵大古树下活动活动筋骨，高兴的话还会“吼”两嗓子。

“啊……啊……”烫手的“山芋”终于抛出去了！江笑湖不再像前几天那么压抑，忍不住大喊了两嗓子，这时手机响了。

是张宝祥打来的电话。刚一接通，就听见电话那头传出兴奋的声音：“江员外，重大消息，国家要救市了！降低印花税……国资委支持央企增持或回购上市公司股份，汇金公司大举入市……”

电话里张宝祥还说了些什么，江笑湖已经记不清了，只觉得大脑一片空白，接着一屁股瘫坐在地上，“妈呀！怎么这时候救市啊？我刚把股票抛掉啊……”

第二天，果然如张宝祥所说，沪深两市几乎全线涨停！

江笑湖经历了这场大起大落后，编了一段顺口溜：

博士进去，烈士出来；
姚明进去，潘长江出来；
西服进去，三点式出来；
杨百万进去，杨白劳出来；
欲投资进去，想投河出来；
千方百计挤进去，黔驴技穷跑出来；
探头探脑进去，连滚带爬出来；
想买房子进去，卖了房子出来；
自作聪明进去，自认倒霉出来；
带着鱼饵进去，咬着鱼钩出来；
听着故事进去，看清现实出来；
大小非解禁进去，大小便失禁出来；
捐了救灾款进去，领了救济款出来；
山丹丹花开红艳艳进去，水浊浊流淌死翘翘出来。

第十一篇
现世因果

美人心计

章婷从德国回来后，在北京频繁出席了多场娱乐活动，聚光灯下的光鲜和炫目反衬得生活忽然变得苍白、空洞，一段时间后，章婷萌生了出国深造的想法。

章婷飞机刚刚抵达美国，她先跟妈妈报完平安后，就打给了蒋威风，说道：

“亲爱的，我到了美国了，一切安好，放心。”

还没等章婷说完，蒋威风大声汇报道：

“大美女，我获得了本年度的私募冠军，哈哈，快快恭喜我吧。”接到章婷的电话，蒋威风迫不及待地告诉了她，两人煲了很长时间的电话粥。

最后，蒋威风有些迟疑地说：“上次你去德国，方森到处打听你的消息，而且，听说，那会儿他的基金运作不太顺利……这次，他没再联系过我，我打过去，也没人接听。”

章婷借口机场不太熟悉，要去领取行李，便匆匆挂断了电话。她的心里，掠过一丝寒意。

在美国的耶鲁大学读 MBA 期间，章婷迷上了脱口秀主持人奥普拉·温弗瑞。她是美国第一位资产过亿的黑人女性，普林斯顿大学的荣誉博士，“鲍勃·霍普人道主义奖”的获奖者，是无可争议的“脱口秀女皇”……

毕业后，章婷还是决定回国发展。在飞往香港的航班上，命运让她邂逅了墨菲综闻集团的董事长弗朗西斯。

气质优雅、举止得体的章婷刚刚坐下，邻座的一位中年男士亲切地和她打招呼：

“去中国吗？”

“您好，是的，我是中国人，这次是留学回国。”

“您好，我叫弗朗西斯，很高兴认识你。”

“您好，我叫章婷。您的中文很流利。”

“哦，哈哈，我只会这一点点……”

章婷露出甜美迷人的微笑，随即改用英语打招呼，并向旁边的中年男士简单地介绍了中文的特点。一趟旅行下来，章婷和弗朗西斯谈得非常开心，她得知弗朗西斯就是墨菲综闻集团的董事长，夸赞道：

“没想到您这么亲切和蔼。”

章婷感觉到弗朗西斯对她的好感，当他得知章婷拥有耶鲁大学的 MBA 文凭时，主动问她：“你是否愿意到东珠卫星电视公司实习？”

章婷欣然接受。

不久，弗朗西斯盛情邀请章婷参加公司举办的周年庆舞会，她沿袭自己一贯优雅高贵的梳妆，魅力四射地出现在舞会现场。

章婷和弗朗西斯的第二次攀谈，两人聊得非常尽兴，章婷甚至感觉弗朗西斯已经迷上了自己。周围同事私下议论，章婷不仅人长得惊天美丽，心思应该也不是一般的细腻，怪不得大老板会如此动心。

弗朗西斯是一位传奇人物，他是澳洲裔人，后加入美国国籍。从澳洲到欧洲，再到美国，都有他辉煌的创业印记。他个性很强、坚持自己的想法，是一个十足的“工作狂”。大学毕业时，他从父亲手中接过了报社，和父亲不一样的是，他自己不会写新闻报道，他擅长的是卖报纸以及推销传媒产品。他总说：“在买卖中，我学会了经营媒体。”

章婷邂逅弗朗西斯时，他已经是身价百亿的顶级富豪，但他仍然像“拓荒者”一样起早贪黑地不断工作。他每天早上 5 点半起床，喝一杯胡萝卜汁，然后游半小时泳，早上7点准时开始工作，一直忙碌到晚上9点才休息。墨菲综闻集团是全球规模最大、国际化程度最高的综合性传媒公司，净资产超过400亿美元。集团经营的核心业务涵盖了电影、电视节目制作发行、无线电视、卫星电视、有线电视广播、报纸、杂志、书籍出版，以及数字广播、加密和收视管理系统开发等领域。

弗郎西斯深深被章婷吸引住了，他喜欢她举手投足间的自信和优雅，他欣赏她的上进心，他更喜欢她身上浓浓的东方韵味。

女操盘手

章婷在墨菲综闻集团的“华人秀”栏目做得相当成功，她最近在策划一期关于“投机者如何利用技术合法赚钱”的节目。她和同事商量说：“最好是做短线投资的内容，这样才能吸引观众眼球和大公司的注意，为节目拉来更多广告。”

同事点头说：“喜欢看这类节目的观众，大部分都是拥有高净值财富的人，比如那些汽车类、奢侈品类的潜在客户……你想怎么做呢?”

“我有个闺蜜正好是从事基金投资的，我想找她做一期节目。”

“女操盘手?”同事听后有些惊讶，兴奋地说：“那么这个题材就更吸引人了。”

她问过蒋威风，但威风却说时机未到，还需要等一段时间。

“你在等什么时机呢?”章婷问她。

蒋威风说：“在股市中，即使高手也不是随时都能行动的，只有抓准时机的操盘手才是真正的高手。‘永动机中的战斗机’只会让大家联想到赌徒，不但无法为节目增色，反而降低档次。”

章婷只好耐心地等待。终于有一天，蒋威风打来电话说：“大策划，现在时机成熟，我们见面具体聊聊……”

蒋威风选择的股市套利品种是金华资源基金，这是一只行业指数股票型分级基金，基金的A、B份额比为4∶6，10份金华资源基金可以分成4份金华金瑞和6份金华鑫瑞。

玄天青和蒋威风两人仔细研究过这只基金，他们发现，这只基金很有可能在2月10日出现溢价套利的机会。于是，他们约出章婷，请她带摄影师录制这次套利操作的全过程。

2月10日当天，每份金华资源基金的净值为1.0500元，蒋威风申购了100万份。

2月13日，金华资源基金到账；2月14日蒋威风通过基金账户申请基金拆分，分别获得400000份金华金瑞和600000份金华鑫瑞，共花费1050000元人民币。

2月15日，金华金瑞的收盘价是0.91元，金华鑫瑞的收盘价是1.417元，蒋威风毫不犹豫地把两份基金全部卖出，获得了1214200（400000 * 0.91 + 600000 * 1.417）元的资金量。

操作结束后，蒋威风对章婷说："减去本金、1.2%的申购费和0.1%的佣金等交易成本，五天时间我们一共获得150400元的收益，收益率为14%。"

章婷感到不可思议："这太神奇了，就像玩魔术一样，你把钱放在股市里，短短几天就能赚十几万元！一般高手炒股，和你们有什么不一样的地方吗?"

蒋威风回答道："其实是有的，我用的这种方法叫做盲点套利。由于很多投资者对新出现的交易品种不太熟悉，很容易造成交易品种的短线交易价格和其真实价值偏离，我就是利用这个盲点进行套利的。"

这一次采访，章婷出境担任起了记者兼主持人的双料身份，她向节目组解释："自己和蒋威风非常熟悉，这样可以保证节目高效、顺畅。"

章婷又问："这种炒股方法是不是很难学啊？像我这样的股盲恐怕是永远都学不会了吧?"

蒋威风笑道："其实，这种股市套利方法很容易学会的。如果把其他炒股方法比作初中的解方程或者平面结合，那盲点套利法可能只能算是小学算术的四则混合运算。"

"这样的啊?"章婷顿时佩服起身边的闺蜜。

"方法很简单，但有一点很重要，那就是操盘手需要熟悉市场的交易规则以及交易品种的初始创设规则。随着市场交易品种的增加，股市指数的波动会变得越来越平缓，这种套利方法的优势也就更容易体现。尤其是国债期货等新品种出来后，盲点套利技术在国内会越来越受欢迎。听说现在有不少机构为拉拢那些会盲点套利技术的人才，提供几百万年薪的待遇呢!”

“我听说，2008年股市从6100点跌到1600点时，你操作的西钢钢矾和上电股份等无风险品种获得了丰厚收益，让那些男基金经理都羡慕不已！这也是一种盲点套利技术吗?。”

章婷提到西钢钢钒，正是方森和戚远在谢玄的指引下获得巨大收益的那一品种。

蒋威风回答说：“那是现金选择权，是完全的无风险套利。咱们这次的套利是高概率套利，并不是完全没有风险的，但它是一种具有高概率盈利机会的操作方法。因为，分级基金的溢折价套利不能实现T+0，它需要3~4个工作日才能完成，而这段时间就存在一定的风险。如果操作期间股市发生波动，会直接导致母基金净值或者A、B份额市价发生变动，使股票产生折溢价率收敛风险。”

“什么是折溢价率收敛风险?”章婷问。

“折溢价率收敛风险是指套利空间在大盘波动下收窄，导致套利亏损。另外，由于母基金的净值是在每个交易日结束后才公布，因此盘中的实时折溢价情况存在较大的不确定性，需要操盘手对手中的股票进行实时预估……”

蒋威风越讲越深奥，章婷听得有点糊涂，打断她说：“你的意思是……这种操作方法的确能盈利，对吗? 那如果一直这样操作，是不是就能赚到更多的钱?”

蒋威风笑着摇了摇头，说：“世界上没有百分百完美的事物，盲点套利的方法虽然操作起来比较稳妥，但它需要等待时机，而且即使时机成熟，我们能买到的筹码量也是有限的。前不久，我买的富国天丰封闭基金转为开放基金，虽然一个星期可以获得6%的无风险收益，但我在0.93元的最佳价位只买进了300多万元，这次也只买进了100万元，根本算不上暴利。不过，对于中小规模的投资者来说，用这种方法操作确实能获得不错的收益，而且活得比较自由。”

章婷又问：“这个方法你是自己研究出来的，还是有人教你的?”

蒋威风笑道：“我是从其他高手那里学来的。”

“哪位高人?”章婷调侃道。

她说：“这个盲点套利的方法是从我师傅谢玄那学到的，他是个很低调的人，不太接触媒体。我可以给大家讲一个关于他的故事，有一次，我师傅在期货公司遇到一个要跳楼自杀的年轻男子，他走上楼顶，和小伙子攀谈起来，问他：‘小伙子，你为什么要跳楼呢？’小伙子说：‘我大学毕业没多久，炒期货把父母的血汗钱全亏光了，不知道怎么面对他们。’师傅又问他亏了多少，年轻人说十万元。师傅跟那个小伙子说，你下来，我带你把钱赚回来。他成功将小伙子从楼顶劝下来，还当真在当天当地的期货交易中赚到十万元，交给了那个小伙子……”

章婷惊叹道：“你师傅不仅炒股厉害，人心还很善良。以后有机会我一定要请他来参加我的节目，不知道他会不会来……”

蒋威风听到这话，突然满含深意看了章婷一眼，低声回答道：“他虽然低调，但如果你请，我相信他一定会来的。”

章婷微笑，还以为这是好闺密故意在节目里炒作自己。

下一个问题，章婷问谢玄为何会将自己的炒股技巧教授他们。蒋威风说：“师傅说他年纪大了，更想做些有意义的事情，希望我们学会这些技术，实现自己的财富自由梦想。所以，他培养了几个年轻人。不过，师傅教我们是有条件的……”

章婷问：“哦？什么条件，商业利益方面的吗？”

蒋威风被她的话逗笑了，她回答道：“师傅不是这样的人，他要我们懂得回报，用盲点套利技术赚到的钱要用在实处，为社会多做有意义的事情。”

章婷对闺蜜口中的这位师傅肃然起敬。她想起趣园对自己的无私帮助，明白自己也是一位幸运的受资助对象。她的思绪快速回到节目，继续问道：“关于回报社会的具体情况，可以和看节目的观众聊一聊吗？”

蒋威风不好意思地笑着说道：“我的花木兰基金成立时间比较短，基金总份额不大，所以我赚的钱并不多。目前，我只资助了两个项目，一个是和趣园公益基金一起资助的 G 市烧伤救助医院；另一个是我和天青资助的免费馒头店，救助对象是贫困人群。”

章婷听出威风和玄天青终于跨越了暧昧阶段，幸福地走到了一起，作为闺中密友，章婷由衷地为她高兴。她微笑的双眼，饱含祝福。

蒋威风虽然有些不好意思，但在节目录制现场，她还是认真地为自家小店做起了宣传：“我们这家馒头店的馒头不对外销售，全都无偿赠送。生活困难的下岗职工、收入低微的贫寒家庭、正在为找工作奔波的毕业生、无助老人、流浪者……都是我们的资助对象。只要他们愿意，随时可以在我们的馒头店免费领取馒头……我们一年大概会送出几十万个馒头……”

章婷听完她的讲述，说：“在美国留学的时候，我听到很多人成功之后都会参加慈善活动，他们不求回报，只是想帮助那些贫困的人……比尔·盖茨、巴菲特、索罗斯，等等，现在，你们也加入了这一行列，这说明随着富裕群体的增多，华人的精神层次也在不断提高。那么，你们是如何定义自己的?”

“美国是不是把这种精神叫做骑士精神，我想做中国的女骑士，还一直在努力中。”

“我们接下来很想做一期‘中国精神贵族’的节目，让更多的人了解和接受精神贵族的概念，到时候，我们可以安排记者对你资助的项目进行跟踪采访吗？我希望女性观众在看了我们这期节目后，都会去关注你的花木兰女子基金……”

蒋威风微笑着点头说道：“没问题，我也希望能有更多的女同胞加入我的花木兰女子基金……”

采访结束后，章婷挽着蒋威风的胳膊，祝福道：“看你幸福的样子，结婚的时候要记得告诉我，我等着喝你的喜酒啊……”

“好啊，你也要找到属于自己的幸福。”蒋威风几次欲言又止，最终还是没把藏在心底的秘密说出来。她无意中听到了谢玄和胡筱媚的谈话，知道章婷就是谢玄的亲生女儿。她想，可能章婷的父母有自己的考虑，但她真的很想告诉章婷，她觉得章婷会为自己的父亲感到骄傲。

几个月后，蒋威风去福州一家中小板上市公司调研，她从一家券商的研究报告中了解到，这家公司和高速铁路建设关系极为密切。国家正大力建设铁路和城市交通轨道，她认为这家企业的股票具有优秀的成长潜力，想逢低买，中线持有。

蒋威风对月台上恋恋不舍的玄天青说：“从市场的波动规律看，每当市场暴跌后再启动新行情时，暴跌的中小市值个股的涨幅都很不错。”

玄天青笑着点点头，说道：

“好了，这都马上分别了，你还在说股票。”

蒋威风忽然意识到，笑着捶了玄天青一下，说道：

“记得想我哦。那我上车了……”

“威风……”在她即将跨进车门时，玄天青突然拉住她，专注地看着她的眼睛，认真地说道：“等你从福州回来后，我们结婚吧……”

蒋威风没想到他会在这个时候向自己求婚，先是一愣，随后羞涩地点点头，“嗯，回来再说吧……”

玄天青笑了。“快上车吧。”

“嗯，我走了。”蒋威风双颊微红，向前迈了两步突然折回来，迅速在玄天青的脸颊上吻了一下。

玄天青把她送上了火车，火车缓缓开动，他们挥手再见。

“等我回来……”她说。

“嗯。”脸上残留着她唇上的温度，玄天青心中一片甜蜜，他看着慢慢驶离的火车，隐隐感到一丝不安。不知道是不是幸福来得太突然，有些不安呢？玄天青这么想着，会心一笑。

走出车站，玄天青突然感到一阵晕眩，差点没站住，他摇摇头，自嘲般道：“这就是爱情的感觉吗？”玄天青从火车站回家后仍感觉身体不适，便去药店买了一盒藿香正气丸。

“不是想她想的，也许是天气太热了。”他又纳闷地想。

第二天晚上，玄天青看完一部谍战剧后正准备关电脑，无意中在网页上看到一条最新头版消息。

7 月 23 日 20 时 27 分，北京至福州的 D301 次列车行驶至温州市双屿路段时，与杭州开往福州的 D3115 次列车追尾，造成 D3115 次列车的两节车厢坠落桥下，另一节车厢悬挂半空。

“威风！”玄天青本能地喊了一声，蒋威风乘坐的就是 D301。为了不打扰蒋威风的工作，从昨天至今一直没和她联系。玄天青心中的不安越来越强烈，他不停地拨打蒋威风的手机，始终无人接听。

“见到短信后速回电话！”他只好给蒋威风发短信，依然没有任何回应。

玄天青一夜没合眼，脑海中频频闪过他和蒋威风在一起的点点滴滴……整整一夜没等到蒋威风的消息，玄天青再也等不下去了，立刻冲到了飞机场，他要尽快赶去确认蒋威风的安危。

温州动车事件发生的第七天，也是遇难者的“头七”，一批批遇难家属赶到现场，怀着悲痛的心情摆放鲜花、香烛，焚烧冥镪，拜祭罹难的亲人。

媒体公布，这次动车追尾事故一共有40人遇难，191人受伤，蒋威风在这场事故中身受重伤，送往温州铁路医院抢救两天后，不治身亡。

玄天青脑中一片空白。

医生寄给玄天青的一张纸上说："这是蒋威风女士离世前留下的遗嘱，她本人口述，由我记录下来的……"

"天青，请帮我照顾好我妈妈，告诉章婷她的父亲是谢玄，还有，我曾经把你和师傅的操作信息透露给薛白，他救过我爸爸，对不起……"

荣辱两重天

H建筑工业大学为庆祝建校60周年，6月22日在校内的科学报告厅隆重举办了校友论坛会。偌大的科学报告厅内座无虚席，除了在校领导和全体师生外，学校还邀请了著名的电视人作为论坛的主持人。另外，学校还特邀了五位杰出校友。

"接下来，让我们用热烈的掌声欢迎H建筑工学院改革开放后，第一届全国招考的毕业生薛三奇和谢玄上场……"主持人邀请二位上台，并介绍了另外三名毕业于80年代的杰出校友。

"这五人好像都改行了啊？"几名在校生听完主持人的介绍后，交头接耳道："你听，他们当中没有一个人是从事建筑设计行业的……"

"坐在左边的两位是政府官员，右边的三位是企业家……"

"我听说这次校庆，他们给学校捐献了大笔的助学善款……"

台下大家议论纷纷。

论坛正式开始。领导讲话后，主持人把薛三奇和谢玄两人请到讲台中央，讲起他们当年在毕业典礼上的传奇故事。

"今天，倪老师也来到了现场，让我们用热烈的掌声欢迎倪老师……"

倪雅斯已经退休，昔日优雅的女老师如今已成为面容慈祥、满头白发的老太太，她慢步走上讲台，欣慰地看着谢玄和薛三奇。

主持人问道："倪老师，请您见证一下，您的学生到底谁是最后的赢家……"

倪雅斯被两位学生搀扶着，微笑着说道："都是成功者，都是赢家……"

主持人说："听说当年毕业时，您和同学们合唱了一首《八十年代的新一辈》，今天能不能让我们一饱耳福呢？"

倪雅斯高兴地拍了拍两人的手，说道："当然可以，今天是个好日子，是我这辈子最高兴的日子。"

谢玄和薛三奇，还有其他同学簇拥着倪老师，仿佛又回到了少年时光，那时候的他们全身洋溢着无限的青春活力，对未来充满了希望……

校庆活动完美落下帷幕，然而原本在校庆活动筹备阶段，邀请杰出校友的名单为六位，但就在校庆前一天，莫刚东窗事发，落马了。

一天晚上，某官二代载女友开着一辆黑色迈腾车，在H建筑工业大学校区内撞了两名女生，造成一死一伤。

更让人气愤的是，撞倒两名女生后，该男不但不停车，反而继续前行，直到把女友送到女生宿舍楼前，肇事者才被学生和保安拦下来。他不但没有表现出丝毫的歉意和不安，反而态度冷漠，满嘴酒气地对拦路的人嚣张地喊道："我的车还被那两个女生刮花了呢！你们还是省点力气吧！知道我爸是谁吗？我爸是莫刚！有本事你们上法院告我去！"

这则消息立即受到广泛关注，酒后肇事，口出狂言，一句"我爸是莫刚"立刻引发全国网友的满腔愤慨。网上还兴起了用"我爸是莫刚"造句的热潮。

葡萄美酒夜光杯，欲见女友把命催，醉驾撞人咱不怕，莫刚就是我老爸；

不要悲伤，我爸是莫刚；

床前明月光，我爸是莫刚；

我在仰望，月亮之上，我的爸爸是莫刚；

不是所有爸爸都叫莫刚；

俱往矣，数千古风流人物，还看莫刚；

人间正道是沧桑，我的爸爸是莫刚……

莫刚顿时千夫所指，被推到了风口浪尖。

网络的力量是强大的，莫刚立即受到相关部门的严密调查，最终折戟，肇始原因在于"民生公用"这只股票。近两年，这只股票变成一只"妖股"，不仅连续拉出14个涨停板，还经常有逆势的表现，在市场中显得十分另类。

《中华人民共和国刑法》（修正案）（七）第一百八十条第一款指出："证

券、期货交易内幕信息的知情人员或者非法获取证券、期货交易内幕信息人员，在涉及证券的发行，证券、期货交易或者其他对证券、期货交易价格有重大影响的信息尚未公开前，买入或者卖出该证券，或者从事与该内幕信息有关的期货交易，或者泄露该信息，或者明示、暗示他人从事上述交易活动，情节严重的，处五年以下有期徒刑或者拘役，并处违法所得一倍以上五倍以下罚金；情节特别严重的，处五年以上十年以下有期徒刑，并处违法所得一倍以上五倍以下罚金。”

“莫刚依靠手中掌握的内幕信息，在三个月内获利2300万……”

H建筑工业大学校庆活动前一天，K市中级人民法院公开审理了H市原市长莫刚涉嫌内幕交易、泄露内幕信息和受贿一案。

莫刚是中国第一位被指控涉嫌内幕交易的正厅级官员，除莫刚和他的四名情妇外，上市公司的董事长郭爱国和明星私募基金的方森均在被告之列。

“现在开庭！”在审判长敲响的法槌声中，莫刚等7名被告人被依次带入法庭。

法庭上，莫刚满脸愁容，很难把他和“新时代十大品牌市长”称号联系在一起。

公诉人宣读起诉书时，莫刚一直在安静地听着。

“我对公诉人提出的三项罪名没有意见，但对部分细节存在异议……”莫刚申辩说，“我本人并不懂《证券法》。当时，郭爱国对我说投资股票并不违法，但是媒体报道会影响我的事业，我是因一时贪念，才相信了郭爱国的话。现在，我知道我的行为确实触犯了法律，但在此之前，我的确不知道这是需要负刑事责任的行为……”

公诉人当庭怒喝：“那你受贿、生活腐败又是怎么回事？你被评为新时代十大品牌市长，你配不配？”

莫刚低下头，缓慢地说：“我不配，也没有资格当市长，我痛恨自己的无知，辜负了党的培养、人民的信任以及家人的期望，我为自己的行为感到后悔。”

低着头，莫刚头脑中闪现一幕幕画面。

莫刚前半生，仕途一帆风顺，但一直有个遗憾——他那不成器的儿子。莫刚的儿子不仅没继承他的精明，甚至连大学都没考上，最后莫刚无奈只好花钱送他出国读书，买到一个“野鸡大学”文凭。这一次，莫刚东窗事发，也是拜儿子成为众矢之的所赐。

之后，在戚远的启发下，莫刚邂逅第一任情妇代真。代真结婚后，令莫刚意外的是，代真的妹妹代晖却主动找上门来。代晖知道姐姐跟市长的“特殊关系”，就干脆大大咧咧地闯进市长办公室，要求莫刚安排工作。

青春靓丽的代晖立刻引起莫刚的兴趣，于是顺理成章地被他搞定，成为他的第二任情人。

两人浓情蜜意，莫刚问：“你人生的愿望是什么？”

代晖说：“我想当官，可惜我读的书少，学历低……”

莫刚笑了，说：“那我教导你一下吧，现在学识好的反而当不了官……”

莫刚还说，“现在很多官员的文凭都是在职研究生，都是公开的假学历，实际上他们的文化水平还不如高中生。当官不是考大学，不是比文凭，要比谁更会吹牛拍马，更会玩平衡术……”

在莫刚的帮助下，代晖很快拿到了在职本科的文凭，并在一年后被提拔为某单位的副局长。莫刚经常传授代晖做官的“真经”。

他说：“抓住上司，吓死部下，天下大吉！”

代晖佩服地点点头。莫刚哈哈大笑，说：“这些话只能自己人说，跟外人可不能瞎说啊。”

戚远开始对莫刚找情人很理解，甚至还引荐了几位。然而，后来他发现莫刚找的情人越来越“萝莉”，年龄越来越小。

戚远始终认为，男人纵欲可以，但绝不能玩物丧志，他曾说：“有权有钱老男人容易自己做傻事，绝色的年轻红颜容易坏别人的事。”有权有钱老男人和年轻漂亮女人在一起，不出事才怪。

一次，莫刚对戚远说要重组一个上市公司，戚远说：“我同意你的想法，但这件事必须对你的情妇们保密，更不能让她们参与。”

莫刚一口答应下来，戚远为他提供全程“服务”。提示他购买股票的数额、提醒他不要用个人账户购买……为莫刚提供一切逃避监管的办法。

男人在床上是软弱的，任什么样的男人都挡不住枕头风。没过多久，莫刚就把戚远的警告忘到脑后。莫刚的仕途太顺利，他太自信。他不仅把消息告诉了自己的情人，而且不止一个，他以为她们手上的钱不多，不会出事。然而，莫刚忽视了女人的野心，情妇中一个最美最年轻的23岁职业丽人，一下子买了48万股。

也正是这个年轻尤物成为了监管机构调查人员的突破口。

行政执法机构并不像公检法机关那么有效率，也没有强制性，莫刚如果想出逃，和戚远一样，他是有机会逃到国外的。不过，就这么放弃已经获得的一切，他不甘心。

晚上11点多，莫刚在屋里，没有开灯，漆黑的房间里莫刚踱来踱去，跑还是不跑，如果跑，怎么跑。当他眼光扫到橱窗里亮着的夜光杯时，心中焦躁不安，走过去一把将它摔在地上，结果夜光杯碰到了旁边如来佛金像，佛像前后摇了两下，稳住了。他想：天不应灭我，佛祖会保佑我。

于是，他拨通一位得道大师的电话，问他："大师，我最近会有灾祸吗?"

大师在电话里哼唧了一会，对他说："我刚刚掐指一算，你有贵人相助，不要担心，安心地休息吧。"

莫刚信以为真，放弃了出逃的想法。

第三天上午他正在开会时被"双规"了。

这时，远在加拿大的戚远听到传闻后，无奈地摇了摇头，心中暗叹："我太了解莫刚了，他舍不得那些情人们。他被'巴掌山'晃花了眼睛，被'月牙泉'迷晕了心智，活该啊。"

莫刚被判了死缓，真是"良言难劝该死鬼"，戚远心想：如果不是因为喜欢笨女人，他会仕途无阻的。

畏罪潜逃

戚远认为，身处绝境又才华横溢的年轻人，培养出来的性价比最高。所以，当"头狼哥"出事后，他主动帮助曾思狂请律师，为他奔走，争取让曾思狂立功，好早日出狱。

戚远和方森早已分心。方森对戚远的认识有过几次变化，刚认识戚远时，他觉得戚远人脉很广，甚至觉得他是个神奇的人物。对戚远有了深入了解后，他认为戚远并没有什么实际才能，光凭一张嘴，更像一个骗子。然而在和戚远创立私募基金时，他见识到戚远左右逢源的本领，意识到戚远的头脑绝非常人能及。再就是，2008 年股市大跌，戚远建议买进西钢钢钒，他觉得戚远还是有两下的，但是是不是谢玄指点，这也不好说，好像自己从来没有看透过这个人……

然而，方森越来越发现不对劲儿，戚远和莫刚以及小蔡的私下交流，他或多或少地了解了些内情，他越来越觉得戚远狡诈和奸猾，毫无原则可言，和这样的人搭档，犹如与狼共舞，于自己、与他人都风险性极大。戚远也感觉到方森的刻意疏远，偶然一次戚远看到方森的聊天记录，发现他有离开公司的打算。

于是，两人貌合神离，虽然谁也没说破，但都已开始各做打算。

没多久，“头狼哥”因在狱中有立功表现，获得减刑并提前出狱。出狱那天，戚远亲自开车来接，特意安排带他到香港、澳门玩了一圈。

“你先调节一下心情，然后就留在 H 市帮我工作吧。”戚远给了曾思狂一笔钱，对他说：“等心情恢复了，你了解下纸黄金的交易操作。”

戚远认为，现在 A 股市场的供求关系失衡，庄家时代已经结束。在这种情况下，市场的市盈率会出现较大变化，A 股可能会在很长一段时间内处于调整状态。因此，有必要发掘和探索新的金融投机领域，他想到了纸黄金交易。

几天后，他告诉曾思狂：“操作黄金交易可以利用网上银行、电话委托，也可以去柜台或者自助操作，你就选择自己擅长和拿手的方式交易。”

曾思狂没想到自己落魄竟然遇见伯乐，在他心中戚远是位有眼光、够仗义的兄弟，对戚远感激涕零，他对戚远说道：“你放心，我一定竭尽全力做好你交代的每件事。”

他回答：“我觉得电话银行委托很方便，通过 GSYH 银行为个人账户提供的黄金交易系统，通过电话银行操作就可以了。”

“嗯，你放胆尝试吧，赚了咱们二八分成，赔了我买单。”

曾思狂立即着手操作纸黄金交易。最初几次有赚有赔，但无论赚赔都没消退他的热情。戚远对输赢也持无所谓的态度，他只想了解这一行，投入资金不多。

几个月后，天气越来越炎热，街上的女孩们纷纷换了清爽的打扮，曾思狂所有夏天的衣物都在 J 市的家里，他决定离开 H 市几天，回家看看，顺便带些夏天的衣物回来。

炒黄金只能在H市操作，走之前他进行了电话委托，当时市场黄金价格为每克160元上下，曾思狂输入了极低价格145元，并进行了5天的委托期。5天后，曾思狂从J市的家中归来，他通过电话查询，自己的委托竟然成功了。这让曾思狂惊喜不已。

惊喜之余，曾思狂发现，从这一天开始，自己的每笔交易竟然都赚了钱。他不断地用超低价挂买单，每单都能成交，最低他以142元的价格成交过几笔，但再低就无法成交了。

这种情况让他误以为，炒黄金和炒股票其实是一样的道理，可能是在离开H市的这段时间有人在控制黄金操纵价格，而他碰巧赶上了。

曾思狂立刻打电话对戚远说："我发现了一个赚钱的绝招。"

戚远听了他的想法后，以最快的速度赶了回来，亲眼看到曾思狂用超低的低格又成功委托了一小笔交易后，说："马上停止操作，不要惊动了庄家……"

曾思狂看着他从平静转为惊喜的表情，高兴地问："这是个发财的好机会吧?"

"何止是发财……咱们两个都要发大财了!"戚远赞许地看着曾思狂，拍拍他的肩膀，吩咐道，"你现在马上去不同的银行网点开几个账户，全部开通网上转账功能，等我把资金调齐后咱们就大干一场!"

"好，我马上去。"

"这笔买卖如果成了，你的生存自由问题就能彻底解决了，到时候咱们还是按二八开，你可以当合伙人了。对了，这笔买卖做成后，咱们俩去欧洲玩玩。你抽空把护照给我，我让旅行社办签证。"

"太好了，我还没出过国呢。"

"谢玄不是自诩盲点套利高手嘛，这回我也让他看看，到底谁才是真正的盲点套利高手。"戚远心里得意得不得了，他觉得之前钦佩的谢玄也不过如此，一旦掌握方法、看准机会，自己不也一样轻松盲点套利嘛。

几天后，一切准备就绪。戚远这一天早早把车停在了楼下，他到办公室亲自指挥曾思狂用全部资金以电话委托的形式低价买进纸黄金。因为是T+0，买进又快速卖出，在这多次的一买一卖交易操作中，他们的账户很快获得了五千多万的收益。

戚远说："咱们见好就收。你现在拿着行李先上车等我，我收拾完马上下去，接下来咱们去香港办一件重要的事情。"

曾思狂心里有点疑惑，但没多问，拿着行李下了楼。

曾思狂离开后，戚远迅速把账户里的资金全部转到另一家银行，然后又转到一家地下钱庄的账户。在此之前，戚远早跟这家地下钱庄打好招呼，他们会以最快速度从账户提出现金，然后存进他们在加拿大的银行帐户中。

戚远径直把车开到了机场，在机场的地下停车室，他才对曾思狂解释道："曾思狂，我有件事情要跟你说……"

曾思狂怔怔地看着他。

"首先，祝贺你，你现在已经是千万富翁了，刚才咱们赚的五千多万，你可以拿到一千多万……但是，咱们必须离开这个国家，我们刚才是处在法律边缘的操作。这件事情如果遇到别的国家的私人银行，利用漏洞操作获利，应该没问题，甚至他们可能还会感谢咱们帮他们弥补了漏洞。可是，在咱们国家，银行是国家的，这样做，银行一定会把资金要回去的，说不定咱们两个还要坐牢……所以，我想带你离开，到加拿大去开始新的生活。我一直把你当好哥们，不愿想你再陷入困境，我已经办好了所有的手续。我现在想知道，你跟我一起去加拿大吗?"

曾思狂愣住了，几分钟后他反应过来，感动地对戚远说："戚哥，谢谢你！你是我人生中的贵人。戚大哥，我相信你，我听你的。"

其实，戚远匆忙出逃的原因有两个，一是利用银行的纸黄金交易漏洞赚得五千万的投机收益，不过更重要的原因是，莫刚内幕交易东窗事发，而这一案件必然牵涉到他和方森。

后来，戚远在加拿大得知方森获刑，大吃一惊。

方森刑期五年，虽然他不是第一个被警方逮捕的基金经理，也不会是最后一个，然而他是国内第一个跨公募和私募界，最终站在法庭上的知名基金经理。方森觉得自己冤枉，他买进"民生公用"是戚远的建议，但戚远出逃，监管部门的调查十分困难，而他拿不出任何直接证据为自己洗刷冤情。

戚远逃跑之前也考虑过方森，他深知内幕交易调查极其困难，尤其是方森，这种转了道弯的内幕消息。戚远本人不在警方的控制之下，只要方森不吭声，就不可能有直接证据。

检察院指证方森内幕交易的证据，全部来自他的笔录。戚远不解，方森再如何清高、不谙世事，也不该为不知情的事儿伏法认罪，替别人背黑锅吧。

其实，方森心里认定是戚远投机，让自己当替罪羊，加上他并没有处理这种事情的经验和意识，所以他轻易接受了指控。方森身陷囹圄，消沉、绝望，他望着高高的墙上一扇小小的铁窗，想到他在股市的风云和落寞，和章婷美好的相遇和无奈的错过，想到戚远……他恨戚远，因为戚远将自己玩弄于股掌之上。

亿万新娘

拥有智慧和基本的条件，再把握住时机，时间自然会成就你一个圆满的结局。

章婷就完美演绎了幸福女人的豪门梦。

酒会那一次，章婷和弗郎西斯聊得十分投机，弗郎西斯立刻被眼前这位风姿绰约的东方女孩吸引住了。酒会结束，弗郎西斯仍然对章婷念念不忘，他私下了解，章婷曾是内地的选美小姐，“怪不得气质不凡，还聪慧无比。”

弗郎西斯一直垂涎中国巨大的潜在文化市场，特意安排了到中国考察访问。同时点名让章婷以译员身份陪行。考察结束后，两人之间的关系又亲近了不少，东珠卫视的员工经常看到他们出双入对，他们也丝毫不避讳外人的目光。

不久，他们在香港某餐厅共进晚餐时的亲密照片被媒体曝光，两人的恋情被公之于世。与他们的工作效率一样，爱情同样是闪电战。

恩里克是弗郎西斯的老朋友，也是他的私人顾问。在周末召开的发布会现场，他向记者宣布：“现年 70 岁的集团总裁弗郎西斯即将与第二任妻子安妮离婚，和 28 岁的东珠卫视副总裁章婷小姐结婚。”这之前，弗郎西斯与结婚 31 年的妻子安妮正式签订了离婚协议，并已决定好周末召开新闻发布会。

这则消息像一枚重磅炸弹，娱记们都惊得目瞪口呆了，慌忙收拾起惊愕的表情，娱记们迅速转播报，瞬间弗郎西斯和章婷再婚的消息占满了大街小巷的报纸、杂志、电视头条。

“恩里克先生，您能讲述一下弗郎西斯先生和章婷小姐的恋爱经过吗?”

“恩里克先生，您认为外界会怎么看待这件事情?”

“恩里克先生……”

面对记者们接踵而来的提问，恩里克无奈地回答道：“十分抱歉，对于你们的问题我无可奉告，因为我和你们一样，是刚刚才知道这个消息。对弗郎西斯先生的决定我感到很吃惊，也觉得不可理解，但是我尊重他们的选择，真诚地祝福他们幸福美满……”

十八天后，弗郎西斯和章婷在浪漫之都——法国巴黎——举行了盛大而奢华的婚礼。

婚礼发出了1200份请柬，为表达诚意也为让婚礼与众不同，弗郎西斯和章婷在请柬上花了不少心思。这份印制精美、厚达20页的请柬，装在银制礼盒里。请柬上不仅印有英国和中国传统的爱情诗句，还附上了公司雇员歌颂他们爱情的作品。

为给客人提供食宿，弗郎西斯包下巴黎最豪华的五星级酒店——洲际大饭店。一楼是大型迎宾厅，每位参加婚礼的客人进出，身着传统印度服装的男子就会边打鼓边向他们抛洒玫瑰花瓣。婚礼由法国名厨亲自操刀，为宾客备好传统的法式大餐，还为宾客准备了法国木桐·罗吉德堡葡萄酒。酒店还为客人出行准备了多辆豪华马车，每辆马车上有一个迷你酒吧。

在宾客的簇拥下，两位新人来到巴黎东郊的“子爵堡”举行了婚礼仪式。“子爵堡”是一座17世纪的古堡，堪称法式园林的杰出代表，据说它比凡尔赛宫更漂亮。

婚礼派对在迷人的塞纳河畔举行了一天一夜。好莱坞著名编剧把弗郎西斯和章婷的爱情故事改写成剧本，在婚礼当天让新人在剧中本色出演，为大家带来了一场浪漫感人的话剧。让女宾客惊喜的是，婚礼结束时，她们每人得到了一小袋精美的珠宝。

法国多家媒体对这场顶级奢华的婚礼进行了大篇幅的报道，有人估算这场婚礼的成本相当于一架“空中客车”A320客机的价格，法国发行量最大的杂志则以《老公，给我买下埃菲尔铁塔吧》为题刊登了报道。

有媒体分析，弗郎西斯看上的是章婷背后拥有的中国文化潜在市场，甚至有媒体用“娶了章婷就是娶了中国市场”这样的字眼来解释这场婚姻，但被外界公认为是弗郎西斯背后的伟大女人的安妮却不这么认为：“虽然章婷有可利用的中国背景，但她并不是条件最好的，可弗郎西斯依然选择了章婷，因为她确有不同寻常之处……”

接受媒体采访时，安妮一直对她和弗郎西斯达成的秘密离婚协议守口如瓶，当记者问她：“弗郎西斯为此支付了10亿美元的分手费是不是真的?”她既没有点头，也没有否认。

安妮并非一般女人。她始终对章婷以及她和弗郎西斯之间的纠纷保持沉默，原因之一就是安妮不想在她和孩子的利益未获得之前得罪弗郎西斯。

为了保障她和孩子们的利益，离婚时，她对弗郎西斯说：“我只有一个条件。”

“什么条件我都答应。”弗郎西斯说。

安妮要求：“如果你跟章婷婚后没有孩子，那么你去世后，作为妻子她无权继承你的任何遗产。如果有孩子，只有孩子不满18岁的情况下，她才能掌控孩子名下的股份……”

弗郎西斯并未直接答复，弗郎西斯问过章婷，她同意了。章婷知道这是安妮的“阴谋”，弗郎西斯已经被诊断患有初期前列腺癌，不仅要定期接受放射治疗，也意味着丧失了生育能力。所以，安妮觉得弗郎西斯的财产早晚会落到她和三个子女手里，章婷不会占到一点便宜。

然而，章婷利用高科试管婴儿技术，靠弗郎西斯化疗前存下的冷冻精子受孕。第二年，章婷生下和弗郎西斯的第一个宝宝，终于“母凭子贵”，成功地在弗郎西斯的财产中插上一脚。小宝宝的出世，使弗郎西斯亿万家产的“轮盘赌”变得更加扑朔迷离。

婚后，弗郎西斯一改平日西装革履的形象，经常身穿针织衫和休闲裤，脚穿黑色的中国布鞋出现在人们视线中。

有人开玩笑问他：“是受了章婷的影响?”

弗郎西斯哈哈大笑道：“我娶了章婷，就是中国人的女婿。我还准备带领东珠卫视进入中国市场，章婷是现代经济领域的‘文成公主’……”

婚后的章婷一直精心照顾他和弗郎西斯的三个“试管宝宝”，她和弗郎西斯商量给最小的一个起名“威风”，以此纪念她逝去的好友。章婷是在蒋威风遇难很久之后，才收到玄天青发来的E-mail，玄天青写道：

章婷您好，

威风对你心里一直有愧疚，这事等你回来见到老大，我想就真相大白了。上一辈的事儿，其实我们无权干涉。假使经百劫，所作业不亡，因缘会遇时，果报还自受。

我会继续把花木兰基金做下去，它像威风生命的延续。

玄天青

尾声
钻石底

如果你问："股市中什么是高手？"

肯定会有人这样回答："所谓高手，就是不管他在不在江湖，江湖中都会出现他的传说！"

2012年底，股市跌破钻石底之后，最新的传说有：

关于乔峰的

2012年世界扑克大赛"德克萨斯州扑克锦标赛"的冠军名叫格雷格·默森，是一位来自美国华盛顿的24岁小伙子。很难想象，这个获得了853万美元（约合人民币5321万元）奖金的小伙子在一年前还是个瘾君子，并从大学辍学。

默森在读了中国投资人乔峰所著的《操盘手》系列后，迷上职业套利学，才参加了德克萨斯州扑克锦标赛……

关于薛白的

薛白和桑美静经历了一段若即若离的暧昧"恋情"后，最终分道扬镳。

不久，薛白认识了一个喜欢吃双皮奶的广州女孩，两个人情投意合。有一天，女孩和他开玩笑，说：“如果你能从你家徒步走到广州，我就嫁给你。”

薛白毫不犹豫地背起行囊，开始了1800公里的徒步旅行。他随身携带一面自制的小红旗，上面写着：“雄赳赳，气昂昂，走着去见丈母娘。”

关于江员外的

2008年低位杀跌之后，江笑湖在2009年成功抓住一只小盘黑马股，一举“扳”回了之前的所有损失。

从此，他悟出一条股市真理：股民要当股票收藏家，只买不卖，卖就犯错。

江笑湖的微博也越来越受大户喜爱，因为它很神奇——江笑湖头天在微博上骂股市，第二天大盘肯定会涨；如果他在微博上喊冲锋买股票，那么，第二天的市场大家就要小心了……

关于薛三奇的

“中国首善”薛三奇在公司网站上刊登了一封致巴菲特的信。

薛三奇在信中说：“在即将离开这个世界的时候，如果能够把财富归还给世界才是一种高尚和伟大的精神。在我离开这个世界的时候，我会把我的全部财产捐献给社会，不留分文。”

半年后，薛三奇在大海商学院讲课时，艳遇一个80后女演员，两人一见钟情。随即，薛三琦为了新爱情，净身出户，私奔了……

关于曾思狂的

温哥华一家保险公司的推销员不断给曾思狂打电话推销保险，曾思狂很有耐心，只要来电话两人就聊个不停，后来居然成为“电话朋友”，一年过去了，曾思狂也没买保险。不过，也不是完全没有成果，卖保险的推销员重仓套在了股票“××保险”上。

关于王伟徽的

王伟徽在获得公募基金年净值增长三连冠后，被监管层调查。辞职后，他在股指跌破钻石底时成立了自己的私募管理公司，并发行了首只私募产品。这只产品轻松募集了20亿元，打破了此前单只私募首发规模11亿元的最高纪录。

关于玄天青的

一位画家画了一张“九雀图”，送给了玄天青。

作画时，玄天青明明看到画上有九只山雀，回家打开画再看，却发现画上只有八只山雀……

第二天，玄天青持有的一只股票涨停，这只股票的名字有一个“雀”字。

关于方森的

方森出狱后，再次成为国内优秀的私募基金经理之一。

关于戚远的

第一次有关部门找戚远聊天，要留身份证，他称回家去取。

出门后，迅速订了自香港飞往加拿大的机票；同时，将手机给一街头乞丐，称要出差，外地漫游太贵，3000元酬金，让其帮忙保管，并嘱其不关机也不接听。该乞丐满城跑，监控者以为戚远尚在城中，三天后才知上当。晚矣。

在加拿大生活一年后，戚远得了一种怪病，痛苦不已的他最终在加拿大自杀身亡。

谢玄和章婷

京港澳高速南岗洼路段在北京“7·21”暴雨中受灾严重，当晚150名农民工在高速公路救了上百名危在旦夕的游客。

7月30日晚，谢玄在北京丰台区南宫宾馆请参加“7·21”京港澳高速公路救援的154名农民工吃饭，饭前默哀一分钟。

章婷特意赶来捧场。

谢玄加大了对俱乐部足球队的投资力度，为中国的足球俱乐部打出了第一个亚洲冠军……

全书完

本小说内容纯属股史演义，如果与真人真事雷同，请不要对号入座！